Die schönsten Märchen

Die schönsten Märchen

von den Gebrüdern Grimm,
Ludwig Bechstein und
Hans Christian Andersen

Mit zeitgenössischen Illustrationen

NGV

Orthografie und Interpunktion im nachfolgenden Werk wurden der Neuen deutschen Rechtschreibung angeglichen. Der Wortlaut wurde nur an ganz wenigen Stellen verändert (z. B. *Schneewittchen* statt *Sneewittchen*).

Gesamtherstellung: Naumann & Göbel Verlagsgesellschaft mbH, Köln

ISBN 978-3-625-11686-8

www.naumann-goebel.de

Inhalt

Ausgewählte Märchen von Ludwig Bechstein

Des Märchens Geburt

Es war einmal eine Zeit, da es noch keine Märchen gab, und die war betrübend für die Kinder, denn es fehlte in ihrem Jugendparadiese der schönste Schmetterling.

Und da waren auch zwei Königskinder, die spielten miteinander in dem prächtigen Garten ihres Vaters. Der Garten war voll herrlicher Blumen, seine Pfade waren mit bunten Steinen und Goldkies bestreut, und glänzten wetteifernd mit dem Taugefunkel auf den Blumenbeeten. Es gab in dem Garten kühle Grotten mit plätschernden Quellen, hoch zum Himmel aufrauschende Fontänen, schöne Marmorbildsäulen, liebliche Ruhebänke. In den Wasserbecken schwammen Gold- und Silberfische; in goldenen großen Vogelhäusern flatterten die schönsten Vögel, und andere Vögel hüpften und flogen frei umher, und sangen mit lieblichen Stimmen ihre Lieder. Die beiden Königskinder aber hatten und sahen das alle Tage, und so waren sie müde des Glanzes der Steine, des Duftes der Blumen, der Springbrunnen und der Fische, welche so stumm waren, und der Vögel, deren Lieder sie nicht verstanden. Die Kinder saßen still beisammen und waren traurig; sie hatten alles, was nur ein Kind sich wünschen mag, gute Eltern, die kostbarsten Spielsachen, die schönsten Kleider, wohlschmeckende Speisen und Getränke, und durften tagtäglich in dem schönen Garten spielen – sie waren traurig, obschon sie nicht wussten, warum, und nicht wussten, was ihnen fehle.

Da trat zu ihnen ihre Mutter, die Königin, eine schöne hohe Frau mit mildfreundlichen Zügen, und sie bekümmerte sich darüber, dass ihre Kinder so traurig waren und sie nur wehmütig anlächelten, statt mit Jauchzen ihr entgegen zu fliegen; sie betrübte sich, dass ihre Kinder nicht glücklich waren, wie doch Kinder sein sollen und sein können, weil sie noch keine Sorgen kennen, und weil der Himmel der Jugend meist ein wolkenloser ist.

Die Königin setzte sich zu ihren beiden Kindern, die ein Knabe und ein Mädchen waren, und schlang um jedes derselben einen ihrer vollen weißen Arme, welche goldne Spangen schmückten, und fragte gar mütterlich und liebreich: »Was fehlt euch, meine lieben Kinder?«

»Wir wissen es nicht, teure Mutter!«, sprach der Knabe.

»Wir sind so traurig!«, sprach das Mädchen.

»Es ist so schön hier in diesem Garten, und ihr habt alles, was euch Freude machen kann; macht es euch denn keine Freude?«, fragte die Königin, und eine Träne trat in ihr Auge, aus dem eine Seele voll Güte lächelte.

»Nicht genug Freude macht uns, was wir haben«, antwortete dieser Frage das Mädchen. »Wir wünschen uns was, und wissen nicht, was!«, setzte der Knabe hinzu.

Die Mutter schwieg bekümmert, und sann nach, was wohl die Kinder wünschen möchten, das sie mehr erfreue, als die Pracht des Gartens, der Schmuck der Kleider, die Menge der Spielsachen, der Genuss edler Speisen und Getränke, aber sie fand nicht, was ihre Gedanken suchten.

»Oh wäre ich nur selbst wieder ein Kind!«, sprach die Königin still zu sich, mit einem leisen Seufzer: »dann fiele mir wohl ein, was Kinder froh macht. Um Kindeswünsche zu begreifen, muss man selbst ein Kind sein. Aber ich bin schon zu weit gewandert aus dem Jugendlande, wo die goldnen Vögel durch die Bäume des Paradieses fliegen, jene Vögel, die keine Füße haben, weil die Nimmermüden irdischer Ruhe nicht bedürfen. Oh käme doch ein solcher Vogel her, und brächte meinen teuren Kindern, was sie glücklich macht!« Siehe, wie die Königin also wünschte, da wiegte sich plötzlich über ihr in den blauen Lüften ein wunderherrlicher Vogel, von dem ein Glanz ausging, wie Goldflammen und Edelsteinblitze, der schwebte tiefer und tiefer, und es sah ihn die Königin, es sahen ihn die Kinder. Diese riefen nur:

»Ah! Ah!«, und Staunen ließ sie keine anderen Worte finden.

Der Vogel war überaus herrlich anzusehen, wie er, immer tiefer schwebend, sich niedersenkte, so schimmernd, so glänzend, im Regenbogenfarbengefunkel, fast das Auge blendend, und doch immer wieder das Auge fesselnd. Er war so schön, dass die Königin und die Kinder vor Freude leise schauerten, zumal sie jetzt das

Wehen seiner Flügel fühlten. Und ehe sie es ahnten, so hatte sich der Wundervogel niedergelassen in den Schoß der Königin, der Mutter, und sah aus Augen, die wie freundliche Kinderaugen gestaltet waren, die Kinder an, und doch war etwas in diesen Augen, das die Kinder nicht begriffen, etwas Fremdartiges, Schauerhaftes, und sie wagten darum nicht, den Vogel zu berühren, auch sahen sie jetzt, dass der seltsame, überirdisch schöne Vogel unter seinen glänzend bunten Federn auch einige tiefschwarze Federn hatte, die man aber von Weitem nicht gewahrte. Indes blieb den Kindern zu näherer Betrachtung des schönen Wundervogels kaum so lange Zeit, als nötig war, dies zu erwähnen, denn alsbald hob sich der Vogel wieder empor, der Paradiesvogel ohne Füße, schwebte, schimmerte, flog immer höher, bis er nur eine im Äther schwimmende bunte Feder schien, dann nur noch ein goldner Streif, und dann entschwand – so lange aber, bis das geschah, sahen ihm auch die Königin und die Kinder mit Staunen nach. Aber oh Wunder! Als Mutter und Kinder wieder niederblickten, wie staunten sie da aufs Neue! Auf dem Schoße der Mutter lag ein goldnes Ei, das hatte der Vogel gelegt, oh und das schimmerte auch so grüngolden und goldblau wie der köstlichste Labradorstein und die schönste Perlenmuschel der Meerestiefen. Und die Königskinder riefen aus einem Munde: »Ei! Das schöne Ei!« Die Mutter aber lächelte selig, und ahnte voll Dankgefühl, das müsse der Edelstein sein, der noch zum Glück ihrer Kinder fehle, das Ei müsse in seiner zauberfarbig-schillernden Schale ein Gut enthalten, das den Kindern gewähre, was dem Alter versagt ist, Zufriedenheit, und das ihre Sehnsucht, ihre kindische Trauer stille.

Die Kinder aber konnten sich nicht satt sehen an dem prächtigen Ei, und vergaßen bald über dem Ei den Vogel, der es brachte; erst wagten sie nicht, es zu berühren, endlich aber legte das Mägdlein doch eines seiner rosigen Fingerchen daran, und rief plötzlich, indem sein unschuldsvolles Gesichtchen sich mit Purpur übergoss: »Das Ei ist warm!« Nun tippte auch der Königsknabe vorsichtig und leise an das Ei, um zu fühlen, ob die Schwester wahr gesprochen. Endlich legte auch die Mutter ihre zarte weiße Hand auf das köstliche Ei, und siehe, was begab sich da? Die Schale fiel in zwei Hälften auseinander, und aus dem Ei kam ein Wesen hervor, wunderbar anzusehen. Es hatte Flügel, und war nicht Vogel, nicht Schmetterling, Biene nicht und nicht Libelle, und doch von allen diesen etwas, aber nicht zu beschreiben; mit einem Wort, es war das bunt geflügelte, farbenschillernde Kinderglück, selbst ein Kind, nämlich das des Wundervogels Fantasie, das Märchen. Und nun sah die Mutter ihre Kinder nicht mehr traurig, denn das Märchen blieb fortan immer bei den Kindern, und sie wurden seiner nicht müde, so lange sie Kinder blieben, und seit sie das Märchen hatten, wurden ihnen Garten und Blumen, Lauben und Grotten, Wälder und Haine erst recht lieb, denn das Märchen belebte alles zur Lust der Kinder; das Märchen lieh selbst den Kindern seine Flügel, da flogen sie weit umher in der unermesslichen Welt, und waren doch immer gleich wieder daheim, sobald sie nur wollten. Jene Königskinder – das waren die Menschen in ihrem Jugendparadiese, und die Natur war ihre schöne, mildfreundliche Mutter. Sie wünschte den Wundervogel Fantasie vom Himmel nieder, der so prächtige Goldfedern und auch einige tiefdunkle hat, und er legte in ihren Schoß das goldne Märchenei.

Und wie die Kinder das Märchen innig lieb gewannen, das ihre Kindheitstage verschönte, in tausenderlei Gestaltungen und Verwandlungen sie ergötzte, und über alle Häuser und Hütten, über alle Schlösser und Paläste flog, so war des Märchens Art auch diese, dass es selbst den Erwachsenen gefiel und sie sich seiner freuten, wenn sie nur etwas aus dem Garten der Kindheit mit herübergetragen in das reifere Alter, nämlich die Kindlichkeit des Herzens.

Ludwig Bechstein

Hausmärchen

Ausgewählte Märchen von den Gebrüdern Grimm

Der Froschkönig
oder
Der eiserne Heinrich

In den alten Zeiten, wo das Wünschen noch geholfen hat, lebte ein König, dessen Töchter waren alle schön, aber die jüngste war so schön, dass die Sonne selber, die doch so vieles gesehen hat, sich verwunderte, so oft sie ihr ins Gesicht schien. Nahe bei dem Schlosse des Königs lag ein großer, dunkler Wald, und in dem Walde unter einer alten Linde war ein Brunnen. Wenn nun der

Tag sehr heiß war, so ging das Königskind hinaus in den Wald und setzte sich an den Rand des kühlen Brunnens; und wenn sie Langeweile hatte, so nahm sie eine goldene Kugel, warf sie in die Höhe und fing sie wieder; und das war ihr liebstes Spielwerk.

Nun trug es sich einmal zu, dass die goldene Kugel der Königstochter nicht in ihr Händchen fiel, das sie in die Höhe gehalten hatte, sondern vorbei auf die Erde schlug und geradezu ins Wasser hineinrollte. Die Königstochter folgte ihr mit den Augen nach, aber die Kugel verschwand, und der Brunnen war tief, so tief, dass man keinen Grund sah. Da fing sie an zu weinen und weinte immer lauter und konnte sich gar nicht trösten. Und wie sie so klagte, rief ihr jemand zu: »Was hast du vor, Königstochter, du schreist ja, dass sich ein Stein erbarmen möchte.« Sie sah sich um, woher die Stimme käme, da erblickte sie einen Frosch, der seinen dicken, hässlichen

Kopf aus dem Wasser streckte. »Ach, du bist's, alter Wasserpatscher«, sagte sie, »ich weine über meine goldene Kugel, die mir in den Brunnen hinabgefallen ist.« »Sei still und weine nicht«, antwortete der Frosch, »ich kann wohl Rat schaffen, aber was gibst du mir, wenn ich dein Spielwerk wieder heraufhole?« »Was du haben willst, lieber Frosch«, sagte sie, »meine Kleider, meine Perlen und Edelsteine, auch noch die goldene Krone, die ich trage.« Der Frosch antwortete: »Deine Kleider, deine Perlen und Edelsteine, und deine goldene Krone, die mag ich nicht; aber wenn du mich lieb haben willst, und ich soll dein Geselle und Spielkamerad sein, an deinem Tischlein neben dir sitzen, von deinem goldenen Tellerlein essen, aus deinem Becherlein trinken, in deinem Bettlein schlafen; wenn du mir das versprichst, so will ich hinuntersteigen und dir die goldene Kugel wieder heraufholen.« »Ach ja«, sagte sie, »ich verspreche dir alles, was du willst, wenn du mir nur die Kugel wiederbringst.« Sie dachte aber: »Was der einfältige Frosch schwätzt, der sitzt im Wasser bei seinesgleichen und quakt und kann keines Menschen Geselle sein.«

Der Frosch, als er die Zusage erhalten hatte, tauchte seinen Kopf unter, sank hinab, und über ein Weilchen kam er wieder heraufgerudert, hatte die Kugel im Maul und warf sie ins Gras. Die Königstochter war voll Freude, als sie ihr schönes Spielwerk wieder erblickte, hob es auf und sprang damit fort. »Warte, warte«, rief der Frosch, »nimm mich mit, ich kann nicht so laufen wie du.« Aber was half ihm, dass er ihr sein »quak, quak« so laut nachschrie, als er konnte! Sie hörte nicht darauf, eilte nach Haus und hatte bald den armen Frosch vergessen, der wieder in seinen Brunnen hinabsteigen musste. Am andern Tage, als sie sich mit dem König und allen Hofleuten zur Tafel gesetzt hatte und von ihrem goldenen Tellerlein aß, da kam, plitsch platsch, plitsch platsch, etwas die Marmortreppe heraufgekrochen, und als es oben angelangt war, klopfte es an der Tür und rief: »Königstochter, jüngste, mach mir auf!« Sie lief und wollte sehen, wer draußen wäre; als sie aber aufmachte, saß der Frosch davor. Da warf sie die Tür hastig zu, setzte sich wieder an den Tisch, und war ihr ganz angst. Der König sah wohl, dass ihr das Herz gewaltig klopfte und sprach: »Mein Kind, was fürchtest du dich, steht etwa ein Riese vor der Tür und will dich holen?« – »Ach nein«, ant-

wortete sie, »es ist kein Riese, sondern ein garstiger Frosch.« – »Was will der Frosch von dir?« – »Ach, lieber Vater, als ich gestern im Wald bei dem Brunnen saß und spielte, da fiel meine goldene Kugel ins Wasser. Und weil ich so weinte, hat sie der Frosch wieder heraufgeholt, und weil er es durchaus verlangte, so versprach ich ihm, er sollte mein Geselle werden, ich dachte aber nimmermehr, dass er aus seinem Wasser herauskönnte. Nun ist er draußen und will zu mir herein.« Indem klopfte es zum zweiten Mal und rief:

»Königstochter, jüngste,
mach mir auf,
weißt du nicht, was gestern
du zu mir gesagt
bei dem kühlen Brunnenwasser?
Königstocher, jüngste,
mach mir auf.«

Da sagte der König: »Was du versprochen hast, das musst du auch halten; geh nur und mach ihm auf.« Sie ging und öffnete die Türe; da hüpfte der Frosch herein, ihr immer auf dem Fuße nach, bis zu ihrem Stuhl. Da saß er und rief: »Heb mich herauf zu dir!« Sie zauderte, bis es endlich der König befahl. Als der Frosch erst auf dem Stuhl war, wollte er auf den Tisch, und als er da saß, sprach er: »Nun schieb mir dein goldenes Tellerlein näher, damit wir zusammen essen.«

Das tat sie zwar, aber man sah wohl, dass sie's nicht gerne tat. Der Frosch ließ sich's gut schmecken, aber ihr blieb fast jedes Bisslein im Halse. Endlich sprach er: »Ich habe mich satt gegessen und bin müde, nun trag mich in dein Kämmerlein und mach dein seiden Bettlein zurecht, da wollen wir uns schlafen legen.«

Die Königstochter fing an zu weinen und fürchtete sich vor dem kalten Frosch, den sie nicht anzurühren getraute, und der nun in ihrem schönen, reinen Bettlein schlafen sollte. Der König aber ward zornig und sprach: »Wer dir geholfen hat, als du in der Not warst, den sollst du hernach nicht verachten.« Da packte sie ihn mit zwei Fingern, trug ihn hinauf und setzte ihn in eine Ecke. Als sie aber im Bette lag, kam er gekrochen und sprach: »Ich bin müde, ich will schlafen, so gut wie du; heb mich herauf, oder ich sag's deinem Vater.« Da ward sie erst bitterböse, holte ihn herauf und warf ihn aus allen Kräften wider die Wand und sagte: »Nun wirst du Ruhe haben, du garstiger Frosch!«

Als er aber herabfiel, war er kein Frosch, sondern ein Königssohn mit schönen, freundlichen Augen. Der war nun nach ihres Vaters Willen ihr lieber Geselle und Gemahl. Da erzählte er ihr, er wäre von einer bösen Hexe verwünscht worden, und niemand hätte ihn aus dem Brunnen erlösen können als sie allein, und morgen wollten sie zusammen in sein Reich gehen. Dann schliefen sie ein, und am andern Morgen, als die Sonne sie aufweckte, kam ein Wagen herangefahren mit acht weißen Pferden bespannt, die hatten weiße Straußfedern auf dem Kopfe, und gingen in goldenen Ketten, und hinten stand der Diener des jungen Königs, das war der treue Heinrich. Der treue Heinrich hatte sich so betrübt, als sein Herr in einen Frosch verwandelt worden war, dass er drei eiserne

Bande hatte um sein Herz legen lassen, damit es ihm nicht vor Weh und Traurigkeit zerspränge. Der Wagen aber sollte den jungen König in sein Reich abholen; der treue Heinrich hob beide hinein, stellte sich wieder hinten auf und war voller Freude über die Erlösung. Und als sie ein Stück Wegs gefahren waren, hörte der Kö-

nigssohn, dass es hinter ihm krachte, als wäre etwas zerbrochen. Da drehte er sich um und rief:

»Heinrich der Wagen bricht«,
»Nein, Herr, der Wagen nicht,
es ist ein Band von meinem Herzen,
das da lag in großen Schmerzen,
als ihr in dem Brunnen saßt,
als ihr eine Fretsche (Frosch) wast (wart).«

Noch einmal und noch einmal krachte es auf dem Weg, und der Königssohn meinte immer, der Wagen bräche, und es waren doch nur die Bande, die vom Herzen des treuen Heinrich absprangen, weil sein Herr erlöst und glücklich war.

Der goldene Schlüssel

Zur Winterszeit, als einmal ein tiefer Schnee lag, musste ein armer Junge hinausgehen und Holz auf einem Schlitten holen. Wie er es nun zusammengesucht und aufgeladen hatte, wollte er, weil er so erfroren war, noch nicht nach Haus gehen, sondern erst Feuer anmachen und sich ein bisschen wärmen. Da scharrte er den Schnee weg, und wie er so den Erdboden aufräumte, fand er einen kleinen, goldenen Schlüssel. Nun glaubte er, wo der Schlüssel wäre, müsste auch das Schloss dazu sein, grub in der Erde und fand ein eisernes Kästchen. »Wenn der Schlüssel nur passt!«, dachte er, »es sind gewiss kostbare Sachen in dem Kästchen.« Er suchte, aber es war kein Schlüsselloch da; endlich entdeckte er eins, aber so klein, dass man es kaum sehen konnte. Er probierte, und der Schlüssel passte glücklich. Da drehte er einmal herum, und nun müssen wir warten, bis er vollends aufgeschlossen und den Deckel aufgemacht hat, dann werden wir erfahren, was für wunderbare Sachen in dem Kästchen lagen.

Die Bremer Stadtmusikanten

Es hatte ein Mann einen Esel, der schon lange Jahre die Säcke unverdrossen zur Mühle getragen hatte, dessen Kräfte aber nun zu Ende gingen, sodass er zur Arbeit immer untauglicher ward. Da dachte der Herr daran, ihn aus dem Futter zu schaffen, aber der Esel merkte, dass kein guter Wind wehte, lief fort und machte sich auf den Weg nach Bremen: Dort, meinte er, könnte er ja Stadtmusikant werden. Als er ein Weilchen fortgegangen war, fand er einen Jagdhund auf dem Wege liegen, der jappte wie einer, der sich müde gelaufen hat. »Nun, was jappst du so, Packan?«, fragte der Esel. »Ach«, sagte der Hund, »weil ich alt bin und jeden Tag schwächer werde, auch auf der Jagd nicht mehr fort kann, hat mich mein Herr wollen tot schlagen, da hab ich Reißaus genommen; aber womit soll ich nun mein Brot verdienen?« »Weißt du was«, sprach der Esel, »ich gehe nach Bremen und werde dort Stadtmusikant, geh mit und lass dich auch bei der Musik annehmen. Ich spiele die Laute, und du schlägst die Pauken.« Der Hund war's zufrieden, und sie gingen weiter. Es dauerte nicht lange, so saß da eine Katze an dem Weg und machte ein Gesicht wie drei Tage Regenwetter. »Nun, was ist dir in die Quere gekommen, alter Bartputzer?«, sprach der Esel. »Wer kann da lustig sein, wenn's einem an den Kragen geht«, antwortete die Katze, »weil ich nun zu Jahren komme, meine Zähne stumpf werden, und ich lieber hinter dem Ofen sitze und spinne, als nach Mäusen herumjage, hat mich meine Frau ersäufen wollen; ich habe mich zwar noch fortgemacht, aber nun ist guter Rat teuer: Wo soll ich hin?« »Geh mit uns nach Bremen, du verstehst dich doch auf die Nachtmusik, da kannst du ein Stadtmusikant werden.« Die Katze hielt das für gut und ging mit. Darauf kamen die drei Landesflüchtigen an einem Hof vorbei, da saß auf dem Tor der Haushahn und schrie aus Leibeskräften. »Du schreist einem durch Mark und Bein«, sprach der Esel, »was hast du vor?« »Da hab ich gut Wetter prophezeit«, sprach der Hahn,

»weil unserer lieben Frau Tag ist, wo sie dem Christkindlein die Hemdchen gewaschen hat und sie trocknen will; aber weil morgen zum Sonntag Gäste kommen, so hat die Hausfrau doch kein Erbarmen, und hat der Köchin gesagt, sie wollte mich morgen in der Suppe essen, und da soll ich mir heut Abend den Kopf abschneiden lassen. Nun schrei ich aus vollem Hals, so lang ich noch kann.« »Ei was, du Rotkopf«, sagte der Esel, »zieh lieber mit uns fort, wir gehen nach Bremen, etwas Besseres als den Tod findest du überall; du hast eine gute Stimme, und wenn wir zusammen musizieren, so muss es eine Art haben.« Der Hahn ließ sich den Vorschlag gefallen, und sie gingen alle viere zusammen fort.

Sie konnten aber die Stadt Bremen in einem Tag nicht erreichen und kamen abends in einen Wald, wo sie übernachten wollten. Der Esel und der Hund legten sich unter einen großen Baum, die Katze und der Hahn machten sich in die Äste, der Hahn aber flog bis in die Spitze, wo es am sichersten für ihn war. Ehe er ein-

schlief, sah er sich noch einmal nach allen vier Winden um, da däuchte ihn, er sähe in der Ferne ein Fünkchen brennen und rief seinen Gesellen zu, es müsste nicht gar weit ein Haus sein, denn es scheine ein Licht. Sprach der Esel: »So müssen wir uns aufmachen und hingehen, denn hier ist die Herberge schlecht.« Der Hund meinte, ein paar Knochen und etwas Fleisch dran täten ihm auch gut. Also machten sie sich auf den Weg nach der Gegend, wo das Licht war, und sahen es bald heller schimmern, und es ward immer größer, bis sie vor ein hell erleuchtetes Räuberhaus kamen. Der Esel, als der Größte, näherte sich dem Fenster und schaute hinein. »Was siehst du, Grauschimmel?«, fragte der Hahn. »Was ich sehe?«, antwortete der Esel, »einen gedeckten Tisch mit schönem Essen und Trinken, und Räuber sitzen daran und lassen's sich wohl sein.« »Das wäre was für uns«, sprach der Hahn. »Ja, ja, ach, wären wir da!«, sagte der Esel. Da ratschlagten die Tiere, wie sie es anfangen müssten, um die Räuber hinauszujagen und fanden endlich ein Mittel. Der Esel musste sich mit den Vorderfüßen auf das Fenster stellen, der Hund auf des Esels Rücken springen, die Katze auf den Hund klettern, und endlich flog der Hahn hinauf und setzte sich der Katze auf den Kopf. Wie das geschehen war, fingen sie auf ein Zeichen insgesamt an ihre Musik zu machen: Der Esel schrie, der Hund bellte, die Katze miaute und der Hahn krähte; dann stürzten sie durch das Fenster in die Stube hinein, dass die Scheiben klirrten. Die Räuber fuhren bei dem entsetzlichen Geschrei in die Höhe, meinten nicht anders als ein Gespenst käme herein und flohen in größter Furcht in den Wald hinaus. Nun setzten sich die vier Gesellen an den Tisch, nahmen mit dem vorlieb, was übrig geblieben war, und aßen, als wenn sie vier Wochen hungern sollten.

Wie die vier Spielleute fertig waren, löschten sie das Licht aus und suchten sich eine Schlafstätte, jeder nach seiner Natur und Bequemlichkeit. Der Esel legte sich auf den Mist, der Hund hinter die Türe, die Katze auf den Herd bei der warmen Asche, und der Hahn setzte sich auf den Hahnenbalken: Und weil sie müde waren von ihrem langen Weg, schliefen sie auch bald ein. Als Mitternacht vorbei war, und die Räuber von Weitem sahen, dass kein Licht mehr im Hause brannte, auch alles ruhig schien, sprach der Hauptmann, »wir hätten uns doch nicht sollen ins Bockshorn jagen lassen«, und hieß einen hingehen und das Haus untersuchen. Der Abgeschickte fand alles still, ging in die Küche, ein Licht anzuzünden, und weil er die glühenden, feurigen Augen der Katze für lebendige Kohlen ansah, hielt er ein Schwefelhölzchen daran, dass es Feuer fangen sollte. Aber die Katze verstand keinen Spaß, sprang ihm ins Gesicht, spie und kratzte. Da erschrak er gewaltig, lief und wollte zur Hintertüre hinaus, aber der Hund, der da lag, sprang auf und biss ihn ins Bein: Und als er über den Hof an dem Miste vorbeirannte, gab ihm der Esel noch einen tüchtigen Schlag mit dem Hinterfuß; der Hahn aber, der vom Lärmen aus dem Schlaf geweckt und munter geworden war, rief vom Balken herab: »Kikeriki!« Da lief der Räuber, was er konnte, zu seinem Hauptmann zurück und sprach: »Ach, in dem Haus sitzt eine gräuliche Hexe, die hat mich angehaucht und mit ihren langen Fingern mir das Gesicht zerkratzt: Und vor der Türe steht ein Mann mit einem Messer, der hat mich ins Bein gestochen: Und auf dem Hof liegt ein schwarzes Ungetüm, das hat mit einer Holzkeule auf mich losgeschlagen: Und oben auf dem Dache, da sitzt der Richter, der rief: »Bringt mir den Schelm her.« Da machte ich, dass ich fortkam.«

Von nun an getrauten sich die Räuber nicht weiter mehr in das Haus, den vier Bremer Musikanten gefiel's aber so wohl darin, dass sie nicht wieder heraus wollten. Und der das zuletzt erzählt hat, dem ist der Mund noch warm.

Die drei Männlein im Walde

Es war ein Mann, dem starb seine Frau, und eine Frau, der starb ihr Mann; und der Mann hatte eine Tochter, und die Frau hatte auch eine Tochter. Die Mädchen waren miteinander bekannt und gingen zusammen spazieren und kamen hernach zu der Frau ins Haus. Da sprach sie zu des Mannes Tochter: »Hör', sag deinem Vater, ich wollt' ihn heiraten, dann sollst du jeden Morgen dich in Milch waschen und Wein trinken, meine Tochter aber soll sich in Wasser waschen und Wasser trinken.« Das Mädchen ging nach Haus und erzählte seinem Vater, was die Frau gesagt hatte. Der Mann sprach: »Was soll ich tun? Das Heiraten ist eine Freude und ist auch eine Qual.« Endlich, weil er keinen Entschluss fassen konnte, zog er seinen Stiefel aus und sagte: »Nimm diesen Stiefel, der hat in der Sohle ein Loch, geh damit auf den Boden, häng ihn an den großen Nagel und gieß dann Wasser hinein. Hält er das Wasser, so will ich wieder eine Frau nehmen, läuft's aber durch, so will ich nicht.« Das Mädchen tat, wie ihm geheißen war: Aber das Wasser zog das Loch zusammen, und der Stiefel ward voll bis obenhin. Es verkündete seinem Vater wie's ausgefallen war. Da stieg er selbst hinauf, und als er sah, dass es seine Richtigkeit hatte, ging er zu der Witwe und freite sie, und die Hochzeit ward gehalten.

Am andern Morgen, als die beiden Mädchen sich aufmachten, da stand vor des Mannes Tochter Milch zum Waschen und Wein zum Trinken, vor der Frau Tochter aber stand Wasser zum Waschen und Wasser zum Trinken. Am zweiten Morgen stand Wasser zum Waschen und Wasser zum Trinken so gut vor des Mannes Tochter als vor der Frau Tochter. Und am dritten Morgen stand Wasser zum Waschen und Wasser zum Trinken vor des Mannes Tochter und Milch zum Waschen und Wein zum Trinken vor der Frau Tochter, und dabei blieb's. Die Frau ward ihrer Stieftochter spinnefeind und wusste nicht, wie sie es ihr von einem Tag zum andern schlimmer machen sollte. Auch war sie neidisch, weil ihre Stieftochter schön und lieblich war, ihre rechte Tochter aber hässlich und widerlich.

Einmal, im Winter, als es steinhart gefroren hatte und Berg und Tal vollgeschneit lagen, machte die Frau ein Kleid von Papier, rief das Mädchen und sprach: »Da, zieh das Kleid an, geh hinaus in den Wald und hol mir ein Körbchen voll Erdbeeren; ich habe Verlangen danach.« »Du lieber Gott«, sagte das Mädchen, »im Winter wachsen ja keine Erdbeeren, die Erde ist gefroren, und der Schnee hat auch alles zugedeckt. Und warum soll ich in dem Papierkleide gehen? Es ist draußen so kalt, dass einem der Atem friert: Da weht ja der Wind hindurch, und die Dornen reißen mir's vom Leib.« »Willst du mir noch widersprechen?«, sagte die Stiefmutter, »mach dass du fortkommst, und lass dich nicht eher wieder sehen, als bis

du das Körbchen voll Erdbeeren hast.« Dann gab sie ihm noch ein Stückchen hartes Brot und sprach: »Davon kannst du den Tag über essen«, und dachte: »Draußen wird's erfrieren und verhungern und mir nimmermehr wieder vor die Augen kommen.«

Nun war das Mädchen gehorsam, tat das Papierkleid an und ging mit dem Körbchen hinaus. Da war nichts als Schnee die Weite und Breite, und war kein grünes Hähnchen zu merken. Als es in den Wald kam, sah es ein kleines Häuschen, daraus guckten drei kleine Haulemännerchen. Es wünschte ihnen die Tageszeit und klopfte bescheidentlich an die Tür. Sie riefen herein, und es trat in die Stube und setzte sich auf die Bank am Ofen, da wollte es sich wärmen und sein Frühstück essen. Die Haulemännerchen sprachen: »Gib uns auch was davon.« »Gerne«, sprach es, teilte sein Stückchen Brot entzwei und gab ihnen die Hälfte. Sie fragten:

»Was willst du zur Winterzeit in deinem dünnen Kleidchen hier im Wald?« »Ach«, antwortete es, »ich soll ein Körbchen voll Erdbeeren suchen und darf nicht eher nach Hause kommen, als bis ich es mitbringe.« Als es sein Brot gegessen hatte, gaben sie ihm einen Besen und sprachen: »Kehre damit an der Hintertüre den Schnee weg.« Wie es aber draußen war, sprachen die drei Männerchen untereinander: »Was sollen wir ihm schenken, weil es so artig und gut ist und ihr Brot mit uns geteilt hat?« Da sagte der erste: »Ich schenk ihm, dass es jeden Tag schöner wird.« Der zweite sprach: »Ich schenk ihr, dass Goldstücke ihr aus dem Mund fallen, so oft es ein Wort spricht.« Der dritte sprach: »Ich schenk ihr, dass ein König kommt und es zu seiner Gemahlin nimmt.«

Das Mädchen aber tat wie die Haulemännchen gesagt hatten, kehrte mit dem Besen den Schnee hinter dem kleinen Hause weg, was glaubt ihr wohl, dass es gefunden hat? Lauter reife Erdbeeren, die ganz dunkelrot aus dem Schnee hervorkamen. Da raffte es in seiner Freude sein Körbchen voll, dankte den Männern, gab jedem die Hand und lief nach Haus, und wollte der Stiefmutter das Verlangte bringen. Wie es eintrat und »Guten Abend« sagte, fiel ihr gleich ein Goldstück aus dem Mund. Darauf erzählte es, was ihm im Walde begegnet war, aber bei jedem Worte, das es sprach, fielen ihm die Goldstücke aus dem Mund, sodass bald die ganze Stube damit bedeckt ward. »Nun sehe einer den Übermut«, rief die Stiefschwester, »das Geld so hinzuwerfen«, aber heimlich war sie neidisch darüber und wollte auch hinaus in den Wald und Erdbeeren suchen. Die Mutter: »Nein, mein liebes Töchterchen, es ist zu kalt, du könntest mir erfrieren.« Weil sie ihr aber keine Ruhe ließ, gab es endlich nach, nähte ihm einen prächtigen Pelzrock, den es anziehen musste, und gab ihm Butterbrot und Kuchen mit auf den Weg.

Das Mädchen ging in den Wald und gerade auf das kleine Häuschen zu. Die drei kleinen Haulemänner guckten wieder, aber es grüßte sie nicht, und ohne sich nach ihnen umzusehen und ohne sie zu grüßen, stolperte es in die Stube hinein, setzte sich an den Ofen und fing an, sein Butterbrot und seinen Kuchen zu essen. »Gib uns etwas davon«, riefen die Kleinen, aber es antwortete:

»Es schickt mir selber nicht, wie kann ich andern noch davon abgeben?« Als es nun fertig war mit dem Essen, sprachen sie: »Da hast du einen Besen, kehr uns draußen vor der Hintertür rein.« »Ei, kehrt euch selber«, antwortete es, »ich bin eure Magd nicht.« Wie es sah, dass sie ihm nichts schenken wollten, ging es zur Türe hinaus. Da sprachen die kleinen Männer untereinander: »Was sollen wir ihm schenken, weil es so unartig ist und ein böses, neidisches Herz hat, das niemand etwas gönnt?« Der erste sprach: »Ich schenk ihm, dass es jeden Tag hässlicher wird.« Der zweite sprach: »Ich schenk ihm, dass ihm bei jedem Wort, das es spricht, eine Kröte aus dem Mund springt.« Der dritte sprach: »Ich schenk ihr, dass es eines unglücklichen Todes stirbt.« Das Mädchen suchte draußen nach Erdbeeren, als es aber keine fand, ging es verdrießlich nach Haus. Und wie es den Mund auftat und seiner Mutter erzählen wollte, was ihr im Walde begegnet war, sprang ihm bei jedem Wort eine Kröte aus dem Mund, sodass alle eine Abscheu vor ihm bekamen.

Nun ärgerte sich die Stiefmutter noch viel mehr und dachte nur darauf, wie sie der Tochter des Mannes alles Herzeleid antun wollte, deren Schönheit doch alle Tage größer ward. Endlich nahm sie einen Kessel, setzte ihn zum Feuer und sott Garn darin. Als es gesotten war, hing sie es dem armen Mädchen auf die Schulter, und gab ihm eine Axt dazu, damit sollte es auf den gefrorenen Fluss gehen, ein Eisloch hauen und das Garn schlittern. Es war gehorsam, ging hin und hackte ein Loch in das Eis, und als es mitten im Hacken war, kam ein prächtiger Wagen hergefahren, worin der König saß. Der Wagen hielt still, und der König fragte: »Mein Kind, wer bist du und was machst du da?« »Ich bin ein armes Mädchen und schlittere Garn.« Da fühlte der König Mitleiden, und als er sah, wie es gar so schön war, sprach er: »Willst du mit mir fahren?« »Ach ja, von Herzen gern«, antwortete es, denn es war froh, dass es der Mutter und Schwester aus den Augen kommen sollte.

Also stieg es in den Wagen und fuhr mit dem König fort, und als sie auf sein Schloss gekommen waren, ward die Hochzeit mit großer Pracht gefeiert, wie es die kleinen Männlein dem Mädchen geschenkt hatten. Über ein Jahr gebar die junge Königin einen

Sohn, und als die Stiefmutter von dem großen Glücke gehört hatte, so kam sie mit ihrer Tochter in das Schloss und tat, als wollte sie einen Besuch machen. Als aber der König einmal hinausgegangen und sonst niemand zugegen war, packte das böse Weib die Königin am Kopf, und ihre Tochter packte sie an den Füßen, hoben sie aus dem Bett und warfen sie zum Fenster hinaus, in den vorbeifließenden Strom. Darauf legte sich ihre hässliche Tochter ins Bett, und die Alte deckte sie bis über den Kopf zu. Als der König wieder zurückkam und mit seiner Frau sprechen wollte, rief die Alte: »Still, still, jetzt geht das nicht, sie liegt in starkem Schweiß, ihr müsst sie heute ruhen lassen.« Der König dachte nichts Böses dabei und kam erst den andern Morgen wieder, und wie er mit seiner Frau sprach, und sie ihm Antwort gab, sprang bei jedem Wort eine Kröte hervor, während sonst ein Goldstück herausgefallen war. Da fragte er, was das wäre, aber die Alte sprach, das hätte sie von dem starken Schweiß gekriegt, und würde sich schon wieder verlieren.

In der Nacht aber sah der Küchenjunge, wie eine Ente durch die Gosse geschwommen kam, die sprach:

»König, was machst du?
Schläfst du oder wachst du?«

Und als er keine Antwort gab, sprach sie:

»Was machen meine Gäste?«

Da antwortete der Küchenjunge:

»Sie schlafen feste!«

Fragte sie weiter:

»Was macht mein Kindelein?«

Antwortete er:

»Es schläft in der Wiege fein.«

Da ging sie in der Königin Gestalt hinauf, gab ihm zu trinken, schüttelte ihm sein Bettchen, deckte es zu und schwamm als Ente wieder durch die Gosse fort. So kam sie zwei Nächte, in der dritten sprach sie zu dem Küchenjungen: »Geh und sage dem König, dass er sein Schwert nimmt und auf der Schwelle dreimal über mir schwingt.« Da lief der Küchenjunge und sagte es dem König, der kam mit seinem Schwert und schwang es dreimal über dem Geist: Und beim dritten Mal stand seine Gemahlin vor ihm, frisch, lebendig und gesund, wie sie vorher gewesen war.

Nun war der König in großer Freude, er hielt aber die Königin in einer Kammer verborgen bis auf den Sonntag, wo das Kind getauft werden sollte. Und als es getauft war, sprach er: »Was gehört einem Menschen, der den andern aus dem Bett trägt und ins Wasser wirft?« »Nichts Besseres«, antwortete die Alte, »als dass man den Bösewicht in ein Fass steckt, das mit Nägeln ausgeschlagen ist, und den Berg hinab ins Wasser rollt.« Da sagte der König: »Du hast dein Urteil gesprochen«, ließ ein solches Fass holen und die Alte mit ihrer Tochter hineinstecken, dann ward der Boden zugehämmert und das Fass bergab gekullert, bis es in den Fluss rollte.

Das Rätsel

Es war einmal ein Königssohn, der bekam Lust in der Welt umherzuziehen und nahm niemand mit als einen treuen Diener. Eines Tages geriet er in einen großen Wald, und als der Abend kam, konnte er keine Herberge finden und wusste nicht, wo er die Nacht zubringen sollte. Da sah er ein Mädchen, das nach einem kleinen Häuschen zuging, und als er näher kam, sah er, dass das Mädchen jung und schön war. Er redete es an und sprach: »Liebes Kind, kann ich und mein Diener in dem Häuschen für die Nacht ein Unterkommen finden?« »Ach ja«, sagte das Mädchen mit trauriger Stimme, »das könnt ihr wohl, aber ich rate euch nicht dazu; geht nicht hinein.« »Warum soll ich nicht?«, fragte der Königssohn. Das Mädchen seufzte und sprach: »Meine Stiefmutter treibt böse Künste, sie meint's nicht gut mit den Fremden.« Da merkte er wohl, dass er zu dem Hause einer Hexe gekommen war, doch weil es finster ward, und er nicht weiter konnte, sich auch nicht fürchtete, so trat er ein. Die Alte saß auf einem Lehnstuhl beim Feuer, und sah mit ihren roten Augen die Fremden an. »Guten Abend«, schnarrte sie und tat ganz freundlich, »lasst euch nieder und ruht euch aus.« Sie blies die Kohlen an, bei welchen sie in einem kleinen Topf etwas kochte. Die Tochter warnte die beiden, vorsichtig zu sein, nichts zu essen und nichts zu trinken, denn die Alte braue böse Getränke. Sie schliefen ruhig bis zum frühen Morgen. Als sie sich zur Abreise fertig machten, und der Königssohn schon zu Pferde saß, sprach die Alte: »Warte einen Augenblick, ich will euch erst einen Abschiedstrank reichen.« Während sie ihn holte, ritt der Königssohn fort, und der Diener, der seinen Sattel festschnallen musste, war allein noch zugegen, als die böse Hexe mit dem Trank kam. »Das bring deinem Herrn«, sagte sie, aber in dem Augenblick sprang das Glas, und das Gift spritzte auf das Pferd, und war so heftig, dass das Tier gleich tot hinstürzte. Der Diener lief seinem Herrn nach und erzählte ihm, was geschehen war, wollte aber den Sattel nicht im Stich lassen und lief zurück, um ihn zu holen. Wie er aber zu dem toten Pferde kam, saß schon ein Rabe darauf und fraß davon. »Wer weiß, ob wir heute noch etwas Besseres finden«, sagte der Diener, tötete den Raben und nahm ihn mit. Nun zogen sie in dem Walde den ganzen Tag weiter, konnten aber nicht herauskommen. Bei Anbruch der Nacht fanden sie ein Wirtshaus und gingen hinein. Der Diener gab dem Wirt den Raben, den er zum Abendessen bereiten sollte. Sie waren aber in eine Mördergrube geraten, und in der Dunkelheit kamen zwölf Mörder und wollten die Fremden umbringen und berauben. Ehe sie sich aber ans Werk machten, setzten sie sich zu Tisch, und der Wirt und die Hexe setzten sich zu ihnen, und sie aßen zusammen eine Schüssel mit Suppe, in die das Fleisch des Raben gehackt war. Kaum hatten sie ein paar Bissen hinuntergeschluckt, so fielen sie alle tot nieder, denn dem Raben hatte sich das Gift von dem Pferdefleisch mitgeteilt. Es war nun niemand mehr im Hause übrig als die Tochter des Wirts, die es redlich meinte und an den gottlosen Dingen keinen Teil genommen hatte. Sie öffnete dem Fremden alle Türen und zeigte ihm die angehäuften Schätze. Der Königssohn aber sagte, sie möchte alles behalten, er wolle nichts davon und ritt mit seinem Diener weiter.

Nachdem sie lange herumgezogen waren, kamen sie in eine Stadt, worin eine schöne, aber übermütige Königstochter war, die hatte bekannt machen lassen, wer ihr ein Rätsel vorlegte, das sie nicht erraten könnte, der sollte ihr Gemahl werden: Erriete sie es aber, so müsste er sich das Haupt abschlagen lassen. Drei Tage hatte sie Zeit sich zu besinnen, sie war aber so klug, dass sie immer die vorgelegten Rätsel vor der bestimmten Zeit erriet. Schon waren neune auf diese Weise umgekommen, als der Königssohn anlangte und von ihrer Schönheit geblendet sein Leben daran setzen wollte. Da trat er vor sie hin und gab ihr sein Rätsel auf: »Was ist das«, sagte er, »einer schlug keinen und schlug doch zwölfe.« Sie wusste nicht, was das war, sie sann und sann, aber sie brachte es nicht heraus: Sie schlug ihre Rätselbücher auf, aber es stand nicht darin: kurz, ihre Weisheit war zu Ende. Da sie sich nicht zu helfen wusste, befahl sie ihrer Magd, in das Schlafgemach des Herrn zu schleichen, da sollte sie seine Träume behorchen, und dachte,

er rede vielleicht im Schlaf und verrate das Rätsel. Aber der kluge Diener hatte sich statt des Herrn ins Bett gelegt, und als die Magd herankam, riss er ihr den Mantel ab, in den sie sich verhüllt hatte, und jagte sie mit Ruten hinaus. In der zweiten Nacht schickte die Königstochter ihre Kammerjungfer, sie sollte sehen, ob es ihr mit Horchen besser glückte, aber der Diener nahm auch ihr den Mantel weg, und jagte sie mit Ruten hinaus. Nun glaubte der Herr für die dritte Nacht sicher zu sein und legte sich in sein Bett, da kam die Königstochter selbst, hatte einen nebelgrauen Mantel umgetan und setzte sich neben ihn. Und als sie dachte, er schliefe und träumte, so redete sie ihn an und hoffte, er werde im Traume antworten, wie viele tun: Aber er war wach und verstand und hörte alles sehr wohl. Da fragte sie: »Einer schlug keinen, was ist das?« Er antwortete: »Ein Rabe, der von einem toten und vergifteten Pferde fraß und davon starb.« Weiter fragte sie, »und schlug doch zwölfe, was ist das?« »Das sind zwölf Mörder, die den Raben verzehrten und daran starben.« Als sie das Rätsel wusste, wollte sie sich fortschleichen, aber er hielt ihren Mantel fest, dass sie ihn zurücklassen musste. Am andern Morgen verkündigte die Königstochter, sie habe das Rätsel erraten, und ließ die zwölf Richter kommen und löste es vor ihnen. Aber der Jüngling bat sich Gehör aus, und sagte: »Sie ist in der Nacht zu mir geschlichen und hat mich ausgefragt, denn sonst hätte sie es nicht erraten.«

Die Richter sprachen: »Bringt uns ein Wahrzeichen.« Da wurden die drei Mäntel von dem Diener herbeigebracht, und als die Richter den nebelgrauen erblickten, den die Königstochter zu tragen pflegte, so sagten sie: »Lasst den Mantel sticken mit Gold und Silber, so wird's euer Hochzeitsmantel sein.«

Rätselmärchen

Drei Frauen waren verwandelt in Blumen, die auf dem Felde standen, doch deren eine durfte des Nachts in ihrem Hause sein. Da sprach sie auf eine Zeit zu ihrem Mann, als sich der Tag nahete, und sie wiederum zu ihren Gespielen auf das Feld gehen und eine Blume werden musste: »So du heute Vormittag kommst und mich abbrichst, werde ich erlöst und fürder bei dir bleiben«; was dann auch geschah. Nun ist die Frage, wie sie ihr Mann erkannt habe, so die Blumen ganz gleich und ohne Unterschied waren? Antwort: »Dieweil sie die Nacht in ihrem Haus und nicht auf dem Feld war, fiel der Tau nicht auf sie, als auf die andern zwei, dabei sie der Mann erkannte.«

Rotkäppchen

Es war einmal eine kleine süße Dirne, die hatte jedermann lieb, der sie nur ansah, am allerliebsten aber ihre Großmutter, die wusste gar nicht, was sie alles dem Kinde geben sollte. Einmal schenkte sie ihm ein Käppchen von rotem Sammet, und weil ihm das so wohl stand, und es nichts anders mehr tragen wollte, hieß es nur das Rotkäppchen. Eines Tages sprach seine Mutter zu ihm: »Komm, Rotkäppchen, da hast du ein Stück Kuchen und eine Flasche Wein, bring das der Großmutter hinaus; sie ist krank und schwach und wird sich daran laben. Mach dich auf, bevor es heiß wird, und wenn du hinauskommst, so geh hübsch sittsam und lauf nicht vom Weg ab, sonst fällst du und zerbrichst das Glas, und die

Großmutter hat nichts. Und wenn du in ihre Stube kommst, so vergiss nicht guten Morgen zu sagen, und guck nicht erst in allen Ecken herum.«

»Ich will schon alles gut machen«, sagte Rotkäppchen zur Mutter und gab ihr die Hand darauf. Die Großmutter aber wohnte draußen im Wald, eine halbe Stunde vom Dorf. Wie nun Rotkäppchen in den Wald kam, begegnete ihm der Wolf. Rotkäppchen aber wusste nicht, was das für ein böses Tier war und fürchtete sich nicht vor ihm. »Guten Tag, Rotkäppchen«, sprach er. »Schönen Dank, Wolf.« – »Wo hinaus so früh, Rotkäppchen?« – »Zur Großmutter.« – »Was trägst du unter der Schürze?« »Kuchen und Wein; gestern haben wir gebacken, da soll sich die kranke und

GERINGSWALD sc

schwache Großmutter etwas zu gut tun, und sich damit stärken.« – »Rotkäppchen, wo wohnt deine Großmutter?« – »Noch eine gute Viertelstunde weiter im Wald, unter den drei großen Eichbäumen, da steht ihr Haus, unten sind die Nusshecken, das wirst du ja wissen«, sagte Rotkäppchen. Der Wolf dachte bei sich: »Das junge zarte Ding, das ist ein fetter Bissen, der wird noch besser schmecken als die Alte; du musst es listig anfangen, damit du beide erschnappst.« Da ging er ein Weilchen neben Rotkäppchen her, dann sprach er: »Rotkäppchen, sieh einmal die schönen Blumen, die rings umher stehen, warum guckst du dich nicht um? Ich glaube, du hörst gar nicht, wie die Vöglein so lieblich singen? Du gehst ja für dich hin, als wenn du zur Schule gingst, und ist so lustig draußen in dem Wald.«

Rotkäppchen schlug die Augen auf, und als es sah, wie die Sonnenstrahlen durch die Bäume hin und her tanzten, und alles voll schöner Blumen stand, dachte es: »Wenn ich der Großmutter einen frischen Strauß mitbringe, der wird ihr auch Freude machen; es ist so früh am Tag, dass ich doch zu rechter Zeit ankomme«, lief vom Wege ab in den Wald hinein und suchte Blumen. Und wenn es eine gebrochen hatte, meinte es, weiter hinaus stände eine schönere, und lief danach, und geriet immer tiefer in den Wald hinein. Der Wolf aber ging geradewegs nach dem Haus der Großmutter und klopfte an die Türe. »Wer ist draußen?« – »Rotkäppchen, das bringt Kuchen und Wein, mach auf.« – »Drück nur auf die Klinke«, rief die Großmutter, »ich bin zu schwach und kann nicht aufstehen.«

Der Wolf drückte auf die Klinke, die Türe sprang auf und er ging, ohne ein Wort zu sprechen, gerade zum Bett der Großmutter und verschluckte sie. Dann tat er ihre Kleider an, setzte ihre Haube auf, legte sich in ihr Bett und zog die Vorhänge vor.

Rotkäppchen aber war nach den Blumen herumgelaufen, und als es so viel zusammen hatte, dass es keine mehr tragen konnte, fiel ihm die Großmutter wieder ein, und es machte sich auf den Weg zu ihr. Es wunderte sich, dass die Türe aufstand und wie es in die Stube trat, so kam es ihm so seltsam darin vor, dass es dachte: »Ei, du mein Gott, wie ängstlich wird mir's heute zu Mut,

Das Märlein vom Rothkäppchen.
LR

und bin sonst so gerne bei der Großmutter!« – Es rief: »Guten Morgen«, bekam aber keine Antwort. Darauf ging es zum Bett und zog die Vorhänge zurück: Da lag die Großmutter und hatte die Haube tief ins Gesicht gesetzt und sah so wunderlich aus. »Ei, Großmutter, was hast du für große Ohren!« – »Dass ich dich besser hören kann.« – »Ei, Großmutter, was hast du für große Augen!« – »Dass ich dich besser sehen kann.« – »Ei, Großmutter, was hast du für große Hände!« – »Dass ich dich besser packen kann.« – »Aber Großmutter, was hast du für ein entsetzlich großes Maul!« – »Dass ich dich besser fressen kann.« Kaum hatte der Wolf das gesagt, so tat er einen Satz aus dem Bette und verschlang das arme Rotkäppchen.

Wie der Wolf sein Gelüsten gestillt hatte, legte er sich wieder ins Bett, schlief ein und fing an, überlaut zu schnarchen. Der Jäger ging eben an dem Haus vorbei und dachte: »Wie die alte Frau schnarcht, du musst doch sehen, ob ihr etwas fehlt.« Da trat er in die Stube, und wie er vor das Bett kam, so sah er, dass der Wolf darin lag. »Finde ich dich hier, du alter Sünder«, sagte er, »ich habe dich schon lange gesucht.« Nun wollte er seine Büchse anlegen, da fiel ihm ein, der Wolf könnte die Großmutter gefressen haben, und sie wäre noch zu retten: schoss nicht, sondern nahm eine Schere und fing an, dem schlafenden Wolf den Bauch aufzuschneiden. Wie er ein paar Schnitte getan hatte, da sah er das rote Käppchen leuchten, und noch ein paar Schnitte, da sprang das Mädchen heraus und rief: »Ach, wie war ich erschrocken, wie war's so dunkel in dem Wolf seinem Leib!« Und dann kam die alte Großmutter auch noch lebendig heraus und konnte kaum atmen. Rotkäppchen aber holte geschwind große Steine, damit füllten sie dem Wolf den Leib, und wie er aufwachte, wollte er fortspringen, aber die Steine waren so schwer, dass er gleich niedersank und sich tot fiel.

Da waren alle drei vergnügt; der Jäger zog dem Wolf den Pelz ab und ging damit heim, die Großmutter aß den Kuchen und trank den Wein, den Rotkäppchen gebracht hatte, und erholte sich wieder, Rotkäppchen aber dachte: »Du willst dein Lebtag nicht wieder allein vom Wege ab in den Wald laufen, wenn dir's die Mutter verboten hat.«

Die goldene Gans

Es war einmal Mann, der hatte drei Söhne, davon hieß der jüngste der Dummling und wurde verachtet und verspottet und bei jeder Gelegenheit zurückgesetzt. Es geschah, dass der älteste in den Wald gehen wollte, Holz hauen, und ehe er ging, gab ihm seine Mutter einen schönen, feinen Eierkuchen und eine Flasche Wein mit, damit er nicht Hunger und Durst litte. Als er in den Wald kam, begegnete ihm ein altes graues Männlein, das bot ihm einen guten Tag und sprach: »Gib mir doch ein Stück Kuchen aus deiner Tasche und lass mich einen Schluck von deinem Wein trinken, ich bin so hungrig und durstig.«

Der kluge Sohn aber antwortete: »Geb ich dir meinen Kuchen und meinen Wein, so hab' ich selber nichts; pack dich deiner Wege«, ließ das Männlein stehen und ging fort. Als er nun anfing, einen Baum zu behauen, dauerte es nicht lange, so hieb er fehl, und die Axt fuhr ihm in den Arm, dass er musste heimgehen und sich verbinden lassen. Das war aber von dem grauen Männchen gekommen.

Darauf ging der zweite Sohn in den Wald und die Mutter gab ihm, wie dem ältesten, einen Eierkuchen und eine Flasche Wein. Dem begegnete gleichfalls das alte, graue Männchen und hielt um ein Stückchen Kuchen und einen Trunk Wein an. Aber der zweite Sohn sprach auch ganz verständig: »Was ich dir gebe, das geht mir selber ab, pack dich deiner Wege«, ließ das Männlein stehen und ging fort. Die Strafe blieb nicht aus; als er ein paar Hiebe am Baum getan, hieb er sich ins Bein, dass er musste nach Haus getragen werden.

Da sagte der Dummling: »Vater, lass mich einmal hinausgehen und Holz hauen.« Antwortete der Vater: »Deine Brüder haben sich Schaden dabei getan, lass dich davon, du verstehst nichts davon.« Der Dummling aber bat so lange, bis er endlich sagte: »Geh' nur hin, durch Schaden wirst du klug werden.« Die Mutter gab ihm einen Kuchen, der war mit Wasser in der Asche gebacken und

dazu eine Flasche saures Bier. Als er in den Wald kam, begegnete ihm gleichfalls das alte, graue Männchen, grüßte ihn und sprach: »Gib mir ein Stück von deinem Kuchen und einen Trunk aus deiner Flasche, ich bin so hungrig und durstig.« Antwortete der Dummling: »Ich habe aber nur Aschenkuchen und saures Bier, wenn dir das recht ist, so wollen wir uns setzen und essen.« Da setzten sie sich, und als der Dummling seinen Aschenkuchen herausholte, so war's ein feiner Eierkuchen und das saure Bier war ein guter Wein. Nun aßen und tranken sie, und danach sprach das Männlein: »Weil du ein gutes Herz hast und von dem Deinigen gern mit teilst, so will ich dir Glück bescheren. Dort steht ein alter Baum, den hau ab, so wirst du in den Wurzeln etwas finden.« Darauf nahm das Männlein Abschied.

Der Dummling ging hin und hieb den Baum um, und wie er fiel, saß in den Wurzeln eine Gans, sie hatte Federn aus reinem

Gold. Er hob sie heraus, nahm sie mit sich und ging in ein Wirtshaus, da wollte er übernachten. Der Wirt hatte aber drei Töchter, die sahen die Gans, waren neugierig, was das für ein wunderlicher Vogel wäre und hätten gar gern eine von seinen goldenen Federn gehabt. Die älteste dachte: »Es wird sich schon eine Gelegenheit finden, wo ich mir eine Feder ausziehen kann«, und als der Dummling einmal hinausgegangen war, fasste sie die Gans beim Flügel, aber Finger und Hand blieben ihr daran festhängen. Bald danach kam die zweite und hatte keinen andern Gedanken, als sich eine goldene Feder zu holen; kaum aber hatte sie ihre Schwester angerührt, so blieb sie festhängen. Endlich kam auch die dritte in gleicher Absicht. Da schrien die andern: »Bleib weg, um Himmelswillen, bleib weg.« Aber sie begriff nicht, warum sie wegbleiben sollte, dachte: »Sind die dabei, so kann ich auch dabei sein«, und sprang herzu, und wie sie ihre Schwester angerührt hatte, so blieb sie an ihr hängen. So mussten sie die Nacht bei der Gans zubringen.

Am andern Morgen nahm der Dummling die Gans in den Arm, ging fort und bekümmerte sich nicht um die drei Mädchen, die daran hingen. Sie mussten immer hinter ihm drein laufen, links und rechts, wie's ihm in die Beine kam. Mitten auf dem Felde begegnete ihnen der Pfarrer, und als er den Aufzug sah, sprach er: »Schämt euch, ihr garstigen Mädchen, was lauft ihr dem jungen Burschen durchs Feld nach, schickt sich das?« Damit fasste er die jüngste an der Hand und wollte sie zurückziehen; wie er sie aber anrührte, blieb er gleichfalls hängen und musste selber hinterdrein laufen. Nicht lange, so kam der Küster daher und sah den Herrn Pfarrer, der drei Mädchen auf dem Fuße folgte. Da verwunderte er sich und rief: »Ei, Herr Pfarrer, wo hinaus so geschwind? Vergesst nicht, dass wir heute noch eine Kindtaufe haben«, lief auf ihn zu und fasste ihn am Ärmel, blieb aber auch festhängen. Wie die fünf so hintereinanderhertrabten, kamen zwei Bauern mit ihren Hacken vom Feld; da rief der Pfarrer sie an und bat, sie möchten ihn und den Küster losmachen. Kaum aber hatten sie den Küster angerührt, so blieben sie hängen und waren ihrer nun siebene, die dem Dummling mit der Gans nachliefen.

Er kam darauf in eine Stadt, da regierte ein König, der hatte eine Tochter, die war so ernsthaft, dass sie niemand zum Lachen bringen konnte. Darum hatte er ein Gesetz gegeben, wer sie könnte zum Lachen bringen, der sollte sie heiraten. Der Dummling, als er das hörte, ging mit seiner Gans und ihrem Anhang vor

die Königstochter, und als diese die sieben Menschen immer hintereinander herlaufen sah, fing sie überlaut an zu lachen und wollte gar nicht wieder aufhören. Da verlangte sie der Dummling zur Braut, aber dem König gefiel der Schwiegersohn nicht, er machte allerlei Einwendungen und sagte, er müsste ihm erst einen Mann bringen, der einen Keller voll Wein austrinken könnte. Der Dummling dachte an das graue Männchen, das könnte ihm wohl helfen, ging hinaus in den Wald, und auf der Stelle, wo er den Baum abgehauen hatte, sah er einen Mann liegen, der machte ein ganz betrübtes Gesicht. Der Dummling fragte, was er sich so sehr zu Herzen nähme. Da antwortete er: »Ich habe so großen Durst und kann ihn nicht löschen, das kalte Wasser vertrage ich nicht,

ein Fass Wein habe ich zwar ausgeleert, aber was ist ein Tropfen auf einem heißen Stein?« »Da kann ich dir helfen«, sagte der Dummling, »komm nur mit mir, du sollst satthaben.« Er führte ihn darauf in des Königs Keller, und der Mann machte sich über die großen Fässer her, trank und trank, dass ihm die Hüften weh taten, und ehe ein Tag herum war, hatte er den ganzen Keller ausgetrunken. Der Dummling verlangte abermals seine Braut; der König aber ärgerte sich, dass ein schlechter Bursch, den jedermann einen Dummling nannte, seine Tochter davontragen sollte und machte neue Bedingungen; er müsste erst einen Mann schaffen, der einen Berg voll Brot aufessen könnte. Der Dummling besann sich nicht lange, sondern ging gleich hinaus in den Wald. Da saß auf demselben Platz ein Mann, der schnürte sich den Leib mit einem Riemen zusammen, machte ein grämliches Gesicht und

sagte: »Ich habe einen ganzen Backofen voll Raspelbrot gegessen, aber was hilft das, wenn man so großen Hunger hat, wie ich. Mein Magen bleibt leer, und ich muss mich nun zuschnüren, wenn ich nicht Hungers sterben soll.« Der Dummling war froh darüber und sprach: »Mach dich auf und geh mit mir, du sollst dich satt essen.« Er führte ihn an den Hof des Königs, der hatte alles Mehl aus dem ganzen Reich zusammenfahren und einen ungeheuren Berg davon backen lassen. Der Mann aber aus dem Walde stellte sich da-

vor, fing an zu essen, und in einem Tag war der ganze Berg verschwunden. Der Dummling forderte zum dritten Mal seine Braut, der König aber suchte noch einmal Ausflucht und verlangte ein Schiff, das zu Land und zu Wasser fahren könnte. »Sowie du aber damit angesegelt kommst«, sagte er, »so sollst du gleich meine Tochter zur Gemahlin haben.« Der Dummling ging geradewegs in den Wald, da saß das alte, graue Männchen, dem er seinen Kuchen gegeben hatte, und sagte: »Ich habe für dich getrunken und gegessen, ich will dir auch das Schiff geben; das alles tu ich, weil du barmherzig gegen mich gewesen bist.« Da gab er ihm das Schiff, das zu Land und zu Wasser fuhr, und als der König das sah, konnte er ihm seine Tochter nicht länger vorenthalten. Die Hochzeit ward gefeiert; nach des Königs Tod erbte der Dummling das Reich und lebte lange Zeit vergnügt mit seiner Gemahlin.

Die Brautschau

Es war ein junger Hirt, der wollte gern heiraten und kannte drei Schwestern, davon war eine so schön wie die andere, dass ihm die Wahl schwer wurde und er sich nicht entschließen konnte, einer davon den Vorzug zu geben. Da fragte er seine Mutter um Rat, die sprach: »Lad alle drei ein und setz ihnen Käs vor und hab acht wie sie ihn anschneiden.« Das tat der Jüngling, die erste aber verschlang den Käs mit der Rinde; die zweite schnitt in der Hast die Rinde vom Käs ab, weil sie aber so hastig war, ließ sie noch viel Gutes daran und warf das mit weg; die dritte schälte ordentlich die Rinde ab, nicht zu viel und nicht zu wenig. Der Hirt erzählte das alles seiner Mutter, da sprach sie: »Nimm die dritte zu deiner Frau.« Das tat er und lebte zufrieden und glücklich mit ihr.

Allerleirau

Es war einmal ein König, der hatte eine Frau mit goldenen Haaren, und sie war so schön, dass sich ihresgleichen nicht mehr auf Erden fand. Es geschah, dass sie krank lag, und als sie fühlte, dass sie bald sterben würde, rief sie den König und sprach: »Wenn du nach meinem Tode dich wieder vermählen willst, so nimm keine, die nicht ebenso schön ist, als ich bin, und die nicht solche goldene Haare hat, wie ich habe; das musst du mir versprechen.« Nachdem es ihr der König versprochen hatte, tat sie die Augen zu und starb.

Der König war lange Zeit nicht zu trösten und dachte nicht daran, eine zweite Frau zu nehmen. Endlich sprachen seine Räte: »Es geht nicht anders, der König muss sich wieder vermählen, damit wir eine Königin haben.« Nun wurden Boten weit und breit umhergeschickt, eine Braut zu suchen, die an Schönheit der verstorbenen Königin ganz gleichkäme. Es war aber keine in der ganzen Welt zu finden, und wenn man sie auch gefunden hätte, so war doch keine da, die solche goldene Haare gehabt hätte. Also kamen die Boten unverrichteter Sache wieder heim.

Nun hatte der König eine Tochter, die war gerade so schön wie ihre verstorbene Mutter, und hatte auch solche goldene Haare. Als sie herangewachsen war, sah sie der König einmal an und sah, dass sie in allem seiner verstorbenen Gemahlin ähnlich war, und fühlte plötzlich eine heftige Liebe zu ihr. Da sprach er zu seinen Räten: »Ich will meine Tochter heiraten, denn sie ist das Ebenbild meiner verstorbenen Frau, und sonst kann ich doch keine Braut finden, die ihr gleicht.« Als die Räte das hörten, erschraken sie und sprachen: »Gott hat verboten, dass der Vater seine Tochter heirate, aus der Sünde kann nichts Gutes entspringen, und das Reich wird mit ins Verderben gezogen.« Die Tochter erschrak noch mehr, als sie den Entschluss ihres Vaters vernahm, hoffte aber, ihn von seinem Vorhaben noch abzubringen. Da sagte sie zu ihm: »Eh ich Euren Wunsch erfülle, muss ich erst drei Kleider haben, eins so golden wie die Sonne, eins so silbern wie der Mond, und eins so glänzend wie die Sterne; ferner verlange ich einen Mantel von tausenderlei Pelz und Rauwerk zusammengesetzt, und ein jedes Tier in Eurem Reich muss ein Stück von seiner Haut dazu geben.« Sie dachte aber, das anzuschaffen ist ganz unmöglich, und ich bringe damit meinen Vater von seinen bösen Gedanken ab. Der König ließ aber nicht ab, und die geschicktesten Jungfrauen in seinem Reiche mussten die drei Kleider weben, eins so golden wie die Sonne, eins so silbern wie der Mond, und eins so glänzend wie die Sterne; und seine Jäger mussten alle Tiere im ganzen Reiche auffangen und ihnen ein Stück von ihrer Haut abziehen; daraus ward ein Mantel von tausenderlei Rauwerk gemacht. Endlich, als alles fertig war, ließ der König den Mantel herbeiholen, breitete ihn vor ihr aus und sprach: »Morgen soll die Hochzeit sein.«

Als nun die Königstochter sah, dass keine Hoffnung mehr war, ihres Vaters Herz umzuwenden, so fasste sie den Entschluss zu entfliehen. In der Nacht, während alles schlief, stand sie auf und nahm von ihren Kostbarkeiten dreierlei, einen goldenen Ring, ein goldenes Spinnrädchen und ein goldenes Haspelchen; die drei Kleider von Sonne, Mond und Sternen tat sie in eine Nussschale, zog den Mantel von allerlei Rauwerk an und machte sich Gesicht und Hände mit Ruß schwarz. Dann befahl sie sich Gott und ging fort, und ging die ganze Nacht, bis sie in einen großen Wald kam. Und weil sie müde war, setzte sie sich in einen hohlen Baum und schlief ein.

Die Sonne ging auf, und sie schlief fort und schlief noch immer, als es schon hoher Tag war. Da trug es sich zu, dass der König, dem dieser Wald gehörte, darin jagte. Als seine Hunde zu dem Baum kamen, schnupperten sie, liefen ringsherum und bellten. Sprach der König zu den Jägern: »Seht doch, was dort für ein Wild sich versteckt hat.« Die Jäger folgten dem Befehl, und als sie wiederkamen, sprachen sie: »In dem hohlen Baum liegt ein wunderliches Tier, wie wir noch niemals eins gesehen haben: An seiner Haut ist tausenderlei Pelz; es liegt aber und schläft.« Sprach der König: »Seht zu, ob ihr's lebendig fangen könnt, dann bindet's auf

Im Walde
L.R.
A.G.

den Wagen und nehmt's mit.« Als die Jäger das Mädchen anfassten, erwachte es voll Schrecken und rief ihnen zu: »Ich bin ein armes Kind, von Vater und Mutter verlassen, erbarmt euch meiner und nehmt mich mit.« Da sprachen sie: »Allerleirau, du bist gut für die Küche, komm nur mit, da kannst du die Asche zusammenkehren.«

Also setzten sie es auf den Wagen und fuhren heim in das königliche Schloss. Dort wiesen sie ihm ein Ställchen an unter der Treppe, wo kein Tageslicht hinkam, und sagten: »Rautierchen, da kannst du wohnen und schlafen.« Dann ward es in die Küche geschickt, da trug es Holz und Wasser, schürte das Feuer, rupfte das Federvieh, belas das Gemüs, kehrte die Asche und tat alle schlechte Arbeit.

Da lebte Allerleirau lange Zeit recht armselig. Ach, du schöne Königstochter, wie soll's mit dir noch werden! Es geschah aber einmal, dass ein Fest im Schloss gefeiert ward, da sprach sie zum Koch: »Darf ich ein wenig hinaufgehen und zusehen? Ich will mich außen vor die Türe stellen.« Antwortete der Koch: »Ja, geh nur hin, aber in einer halben Stunde musst du wieder hier sein und die Asche zusammentragen.« Da nahm sie ihr Öllämpchen, ging in ihr Ställchen; zog den Pelzrock aus und wusch sich den Ruß von dem Gesicht und den Händen ab, sodass ihre volle Schönheit wieder an den Tag kam. Dann machte sie die Nuss auf und holte ihr Kleid hervor, das wie die Sonne glänzte. Und wie das geschehen war, ging sie hinauf zum Fest, und alle traten ihr aus dem Weg, denn niemand kannte sie, und meinten nicht anders, als dass es eine Königstochter wäre. Der König aber kam ihr entgegen, reichte ihr die Hand und tanzte mit ihr, und dachte in seinem Herzen, so schön haben meine Augen noch keine gesehen. Als der Tanz zu Ende war, verneigte sie sich, und wie sich der König umsah, war sie verschwunden, und niemand wusste, wohin. Die Wächter, die vor dem Schlosse standen, wurden gerufen und ausgefragt, aber niemand hatte sie erblickt.

Sie war aber in ihr Ställchen gelaufen, hatte geschwind ihr Kleid ausgezogen, Gesicht und Hände schwarz gemacht und den Pelzmantel umgetan, und war wieder Allerleirau. Als sie nun in die Küche kam und an ihre Arbeit gehen und die Asche zusammenkehren wollte, sprach der Koch: »Lass das gut sein bis morgen und koche mir da die Suppe für den König, ich will auch einmal ein bisschen oben zugucken: Aber lass mir kein Haar hineinfallen, sonst kriegst du in Zukunft nichts mehr zu essen.« Da ging der Koch fort, und Allereirau kochte die Suppe für den König, und kochte eine Brotsuppe, so gut es konnte, und wie sie fertig war, holte es in dem Ställchen seinen goldenen Ring und legte ihn in die Schüssel, in welche die Suppe angerichtet ward. Als der Tanz zu Ende war, ließ sich der König die Suppe bringen und aß sie, und sie schmeckte ihm so gut, dass er meinte, niemals eine bessere Suppe gegessen zu haben. Wie er aber auf den Grund kam, sah er da einen goldenen Ring liegen und konnte nicht bereifen, wie er dahin geraten war. Da befahl er, der Koch sollte vor ihn kommen. Der Koch erschrak, wie er den Befehl hörte, und sprach zu Allerleirau: »Gewiss hast du ein Haar in die Suppe fallen lassen; wenn's wahr ist, so kriegst du Schläge.« Als er vor den König kam, fragte dieser, wer die Suppe gekocht hätte. Antwortete der Koch: »Ich habe sie gekocht.« Der König aber sprach: »Das ist nicht wahr, denn sie war auf andere Art und viel besser gekocht als sonst.« Antwortete er: »Ich muss es gestehen, dass ich sie nicht gekocht habe, sondern das Rautierchen.« Sprach der König: »Geh und lass es heraufkommen.«

Als Allerleirau kam, fragte der König: »Wer bist du?« »Ich bin ein armes Kind, das keinen Vater und Mutter mehr hat.« Fragte er weiter: »Wozu bist du in meinem Schloss?« Antwortete es: »Ich bin zu nichts gut, als dass mir die Stiefeln um den Kopf geworfen werden.« Fragte er weiter: »Wo hast du den Ring her, der in der Suppe war?« Antwortete es: »Von dem Ring weiß ich nichts.« Also konnte der König nichts erfahren und musste es wieder fortschicken.

Über eine Zeit war wieder ein Fest, da bat Allerleirau den Koch wie voriges Mal um Erlaubnis, zusehen zu dürfen. Antwortete er: »Ja, aber komm in einer halben Stunde wieder und koch dem König die Brotsuppe, die er so gerne isst.« Da lief es in sein Ställchen, wusch sich geschwind und nahm aus der Nuss das Kleid, das so silbern war wie der Mond, und tat es an. Dann ging es hinauf, und glich einer Königstochter: Und der König trat ihr entgegen und freute sich, dass er sie wiedersah, und weil eben der Tanz anhub, so tanzten sie zusammen. Als aber der Tanz zu Ende war, verschwand sie wieder so schnell, dass der König nicht bemerken konnte, wo sie hinging. Sie sprang aber in ihr Ställchen, und machte sich wieder zum Rautierchen, und ging in die Küche, die Brotsuppe zu kochen. Als der Koch oben war, holte es das goldene Spinnrad und tat es in die Schüssel, sodass die Suppe darüber angerichtet wurde. Danach ward sie dem König gebracht, der aß sie, und sie schmeckte ihm so gut wie das vorige Mal, und ließ den Koch kommen, der musste auch diesmal gestehen, dass Allerleirau die Suppe gekocht hätte. Allerleirau kam da wieder vor den König, aber sie antwortete, dass sie nur dazu da wäre, dass ihr die Stiefeln an den Kopf geworfen würden und dass sie von dem goldenen Spinnrädchen gar nichts wüsste.

Als der König zum dritten Mal ein Fest anstellte, da ging es nicht anders als die vorigen Male. Der Koch sprach zwar: »Du bist eine Hexe, Rautierchen, und tust immer etwas in die Suppe, davon sie so gut wird, und dem König besser schmeckt, als was ich koche«; doch weil es so bat, so ließ er es auf die bestimmte Zeit hingehen. Nun zog es ein Kleid an, das wie die Sterne glänzte, und trat damit in den Saal. Der König tanzte wieder mit der schönen Jungfrau und meinte, dass sie noch niemals so schön gewesen wäre. Und während er tanzte, steckte er ihr, ohne dass sie es merkte, einen goldenen Ring an den Finger, und hatte befohlen, dass der Tanz recht lang währen sollte. Wie er zu Ende war, wollte er sie an den Händen festhalten, aber sie riss sich los und sprang so geschwind unter die Leute, dass sie vor seinen Augen verschwand. Sie lief, was sie konnte, in ihr Ställchen unter der Treppe, weil sie aber zu lange und über eine halbe Stunde geblieben war, so konnte sie das schöne Kleid nicht ausziehen, sondern warf nur den Mantel von Pelz darüber, und in der Eile machte sie sich auch nicht ganz rußig, sondern ein Finger blieb weiß. Allerleirau lief nun in die Küche, kochte dem König die Brotsuppe und legte, wie der Koch fort war, den goldenen Haspel hinein. Der König, als er den

Haspel auf dem Grunde fand, ließ Allerleirau rufen: Da erblickte er den weißen Finger und sah den Ring, den er im Tanze ihr angesteckt hatte. Da ergriff er sie an der Hand und hielt sie fest, und als sie sich losmachen und fortspringen wollte, tat sich der Pelzmantel ein wenig auf, und das Sternenkleid schimmerte hervor. Der König fasste den Mantel und riss ihn ab. Da kamen die goldenen Haare hervor, und sie stand da in voller Pracht und konnte sich nicht länger verbergen. Und als sie Ruß und Asche aus ihrem Gesicht gewischt hatte, da war sie schöner, als man noch jemand auf Erden gesehen hatte. Der König aber sprach: »Du bist meine liebe Braut, und wir scheiden nimmermehr voneinander.« Darauf ward die Hochzeit gefeiert, und sie lebten vergnügt bis an ihren Tod.

Der Ranzen, das Hütlein und das Hörnlein

Es waren einmal drei Brüder, die waren immer tiefer in Armut geraten, und endlich war die Not so groß, dass sie Hunger leiden mussten und nichts mehr zu beißen und zu brechen hatten. Da sprachen sie: »Es kann nicht so bleiben: Es ist besser, wir gehen in die Welt und suchen unser Glück.« Sie machten sich also auf, und waren schon weite Wege und über viele Grashälmerchen gegangen, aber das Glück war ihnen noch nicht begegnet. Da gelangten sie eines Tages in einen großen Wald, und mitten darin war ein Berg, und als sie näher kamen, so sahen sie, dass der Berg ganz von Silber war. Da sprach der Älteste: »Nun habe ich das gewünschte Glück gefunden und verlange kein größeres.« Er nahm von dem Silber so viel er nur tragen konnte, kehrte dann um und ging wieder nach Haus. Die beiden andern aber sprachen: »Wir verlangen vom Glück noch etwas mehr als bloßes Silber«, rührten es nicht an und gingen weiter. Nachdem sie abermals ein paar Tage gegangen waren, so kamen sie zu einem Berg, der ganz von Gold war. Der zweite Bruder stand, besann sich und war ungewiss. »Was soll ich tun?«, sprach er, »soll ich mir von dem Golde so viel nehmen, dass ich mein Lebtag genug habe, oder soll ich weitergehen?« Endlich fasste er einen Entschluss, füllte seine Taschen was hineinwollte, sagte seinem Bruder Lebewohl und ging heim. Der dritte aber sprach: »Silber und Gold, das rührt mich nicht: Ich will meinem Glück nicht absagen, vielleicht ist mir etwas besseres beschert.« Er zog weiter, und als er drei Tage gegangen war, so kam er in einen Wald, der noch größer war als die vorigen und gar kein Ende nehmen wollte; und da er nichts zu essen und zu trinken fand, so war er nahe daran zu verschmachten. Da stieg er auf einen hohen Baum, ob er da oben des Waldes Ende sehen möchte, aber so weit sein Auge reichte, sah er nichts als die Gipfel der Bäume. Da begab er sich von dem Baume wieder herunterzusteigen, aber der Hunger quälte ihn, und er dachte, »wenn ich nur noch einmal meinen Leib sättigen könnte.« Als er herabkam, sah er mit Erstaunen unter dem Baum einen Tisch, der mit Speisen reichlich besetzt war, die ihm entgegendampften. »Diesmal«, sprach er, »ist mein Wunsch zu rechter Zeit erfüllt worden«, und ohne zu fragen, wer das Essen gebracht und wer es gekocht hatte, nahte er sich dem Tisch und aß mit Lust, bis er seinen Hunger gestillt hatte. Als er fertig war, dachte er, »es wäre doch schade, wenn das feine Tischtüchlein hier in dem Walde verderben sollte«, legte es säuberlich zusammen und steckte es ein. Darauf ging er weiter, und abends, als der Hunger sich wieder regte, wollte er sein Tüchlein auf die Probe stellen, breitete es aus und sagte, »so wünsche ich, dass du abermals mit guten Speisen besetzt wärest«, und kaum war der Wunsch über seine Lippen gekommen, so standen so viel Schüsseln mit dem schönsten Essen darauf, als sie nur Platz hatten. »Jetzt merke ich«, sagte er, »in welcher Küche für mich gekocht wird; du sollst mir lieber sein als der Berg von Silber und Gold«, denn er sah wohl, dass es ein Tüchleindeckdich war. Das Tüchlein war ihm aber doch nicht genug, um sich daheim zur Ruhe zu setzen, sondern er wollte lieber noch in der Welt herumwandern und weiter sein Glück versuchen.

Eines Abends traf er in einem einsamen Walde einen schwarz bestaubten Köhler, der brannte da Kohlen, und hatte Kartoffeln am Feuer stehen, damit wollte er seine Mahlzeit halten. »Guten Abend, du Schwarzamsel«, sagte er, »wie geht dir's in deiner Einsamkeit?« »Einen Tag wie den andern«, erwiderte der Köhler, »und jeden Abend Kartoffeln; hast du Lust dazu und willst mein Gast sein?« »Schönen Dank«, antwortete der Reisende, »ich will dir die Mahlzeit nicht wegnehmen, du hast auf einen Gast nicht gerechnet, aber wenn du mit mir vorlieb nehmen willst, so sollst du eingeladen sein!« »Wer soll dir anrichten?«, sprach der Köhler, »ich sehe, dass du nichts bei dir hast, und ein paar Stunden im Umkreis ist niemand, der dir etwas geben könnte.« »Und doch soll's ein Essen sein«, antwortete er, »so gut, wie du noch keins gekostet hast.« Darauf holt er sein Tüchlein aus dem Ranzen, breitete es auf die Erde, und sprach: »Tüchlein, deck dich«, und alsbald stand da Gesottenes und Gebratenes, und war so warm, als wenn es eben aus der Küche käme. Der Köhler machte große Augen, ließ sich aber nicht lange bitten, sondern langte zu und schob immer grö-

ßere Bissen in sein schwarzes Maul hinein. Als sie abgegessen hatten, schmunzelte der Köhler und sagte: »Hör, dein Tüchlein hat meinen Beifall, das wäre so etwas für mich in dem Walde, wo mir niemand etwas Gutes kocht. Ich will dir einen Tausch vorschlagen; da in der Ecke hängt ein Soldatenranzen, der zwar alt und unscheinbar ist, in dem aber wunderbare Kräfte stecken; da ich ihn doch nicht mehr brauche, so will ich ihn für das Tüchlein geben.« »Erst muss ich wissen, was das für wunderbare Kräfte sind«, erwiderte er. »Das will ich dir sagen«, antwortete der Köhler, »wenn du mit der Hand darauf klopfst, so kommt jedes Mal ein Gefreiter mit sechs Mann, die haben Ober- und Untergewehr, und was du befiehlst, das vollbringen sie.« »Meinetwegen«, sagte er, »wenn's nicht anders sein kann, so wollen wir tauschen«, gab dem Köhler das Tüchlein, hob den Ranzen von dem Haken, hing ihn um und nahm Abschied.

Als er ein Stück Wegs gegangen war, wollte er die Wunderkräfte seines Ranzens versuchen und klopfte darauf. Alsbald traten die sieben Kriegshelden vor ihn, und der Gefreite sprach: »Was verlangt mein Herr und Gebieter?« »Marschiert im Eilschritt zu dem Köhler und fordert mein Wunschtüchlein zurück.« Sie machten links um, und gar nicht lange, so brachten sie das Verlangte und hatten es dem Köhler, ohne viel zu fragen, abgenommen. Er hieß sie wieder abziehen, ging weiter und hoffte, das Glück würde ihm noch heller scheinen. Bei Sonnenuntergang kam er zu einem andern Köhler, der bei dem Feuer seine Abendmahlzeit bereitete. »Willst du mit mir essen«, sagte der rußige Geselle, »Kartoffeln mit Salz, aber ohne Schmalz, so setz' dich zu mir nieder.« »Nein«, antwortete er, »für diesmal sollst du mein Gast sein«, deckte sein Tüchlein auf, das gleich mit den schönsten Gerichten besetzt war. Sie aßen und tranken zusammen und waren guter Dinge. Nach dem Essen sprach der Kohlenbrenner: »Da oben auf der Kammbank liegt ein altes, abgegriffenes Hütlein, das hat seltsame Eigenschaften: Wenn das einer aufsetzt und dreht es auf dem Kopf herum, so gehen die Feldschlangen, als wären zwölfe nebeneinander aufgeführt, und schießen alles darnieder, dass niemand dagegen bestehen kann. Mir nützt das Hütlein nichts, und für dein Tischtuch will ich's wohl hingeben.« »Das lässt sich hören«, antwortete er, nahm das Hütlein, setzte es auf und ließ sein Tüchlein zurück. Kaum aber war er ein Stück Wegs gegangen, so klopfte er auf seinen Ranzen, und seine Soldaten mussten ihm das Tüchlein wiederholen. »Es kommt eins zum andern«, dachte er, »und es ist mir, als wäre mein Glück noch nicht zu Ende.«

Seine Gedanken hatten ihn auch nicht betrogen. Nachdem er abermals einen Tag gegangen war, kam er zu einem dritten Köhler, der ihn nicht anders als die vorigen zu ungeschmälzten Kartoffeln einlud. Er ließ ihn aber von seinem Wunschtüchlein mitessen, und das schmeckte dem Köhler so gut, dass er ihm zuletzt ein Hörnlein dafür bot, das noch ganz andere Eigenschaften hatte als das Hütlein. Wenn man darauf blies, so fielen alle Mauern und Festungswerke, endlich alle Städte und Dörfer übern Haufen. Er gab dem Köhler zwar das Tüchlein dafür, ließ sich's aber hernach von seiner Mannschaft wieder abfordern, sodass er endlich Ranzen, Hütlein und Hörnlein beisammen hatte. »Jetzt«, sprach er, »bin ich ein gemachter Mann, und es ist Zeit, dass ich heimkehre und sehe, wie es meinen Brüdern ergeht.«

Als er daheim anlangte, hatten sich seine Brüder von ihrem Silber und Gold ein schönes Haus gebaut und lebten in Saus und Braus. Er trat bei ihnen ein, weil er aber in einem halb zerrissenen Rock kam, das schäbige Hütlein auf dem Kopf und den alten Ranzen auf dem Rücken, so wollten sie ihn nicht für ihren Bruder anerkennen. Sie spotteten und sagten: »Du gibst dich für unsern Bruder aus, der Silber und Gold verschmähte, und für sich ein besseres Glück verlangte: Der kommt gewiss in voller Pracht als

ein mächtiger König angefahren, nicht als ein Bettelmann«, und jagten ihn zur Tür hinaus. Da geriet er in Zorn, klopfte auf seinen Ranzen so lange, bis 150 Mann in Reih und Glied vor ihm standen. Er befahl ihnen, das Haus seiner Brüder zu umzingeln, und zwei sollten Haselgerten mitnehmen und den beiden Übermütigen die Haut auf dem Leib so lange weich gerben, bis sie wüssten, wer er wäre. Es entstand ein gewaltiger Lärm, die Leute liefen zusammen und wollten den beiden in der Not Beistand leisten, aber sie konnten gegen die Soldaten nichts ausrichten. Es geschah endlich dem Könige Meldung davon, der ward unwillig, und ließ einen Hauptmann mit seiner Schar ausrücken, der sollte den Ruhestörer aus der Stadt jagen: Aber der Mann mit dem Ranzen hatte bald eine größere Mannschaft zusammen, die schlug den Hauptmann mit seinen Leuten zurück, dass sie mit blutigen Nasen abziehen mussten. Der König sprach: »Der hergelaufene Kerl ist noch zu bändigen«, und schickte am andern Tage eine größere Schar gegen ihn aus, aber sie konnte noch weniger ausrichten. Er stellte noch mehr Volk entgegen, und um noch schneller fertig zu werden, drehte er ein paarmal sein Hütlein auf dem Kopfe herum: Da fing das schwere Geschütz an zu spielen, und des Königs Leute wurden geschlagen und in die Flucht gejagt. »Jetzt mache ich nicht eher Frieden«, sprach er, »als bis mir der König seine Tochter zur Frau gibt, und ich in seinem Namen das ganze Reich beherrsche.« Das ließ er dem König verkündigen, und dieser sprach zu seiner Tochter: »Muss ist eine harte Nuss: Was bleibt mir anders übrig, als dass ich tue, was er verlangt? Will ich Frieden haben und die Krone auf meinem Haupte behalten, so muss ich dich hingeben.«

Die Hochzeit ward also gefeiert, aber die Königstochter war verdrießlich, dass ihr Gemahl ein gemeiner Mann war, der einen schäbigen Hut trug und einen alten Ranzen umhängen hatte. Sie wäre ihn gerne wieder los gewesen und sann Tag und Nacht, wie sie das bewerkstelligen könnte. Da dachte sie, »sollten seine Wunderkräfte wohl in dem Ranzen stecken?«, verstellte sich und liebkoste ihn, und als sein Herz weich geworden war, sprach sie: »Wenn du nur den schlechten Ranzen ablegen wolltest, der verunziert dich so sehr, dass ich mich deiner schämen muss.« »Liebes Kind«, antwortete er, »dieser Ranzen ist mein größter Schatz, so lange ich den habe, fürchte ich keine Macht der Welt«; und verriet ihr, mit welchen Wunderkräften er begabt war. Da fiel sie ihm um den Hals, als wenn sie ihn küssen wollte, nahm ihm aber mit Behändigkeit den Ranzen von der Schulter, und lief damit fort. Sobald sie allein war, klopfte sie darauf und befahl den Kriegsleuten, sie sollten ihren vorigen Herrn festnehmen und aus dem königlichen Palast fortführen. Sie gehorchten, und die falsche Frau ließ noch mehr Leute hinter ihm herziehen, die ihn ganz zum Lande hinausjagen sollten. Da wäre er verloren gewesen, wenn er nicht das Hütlein gehabt hätte. Kaum aber waren seine Hände frei, so schwenkte er es ein paarmal: Alsbald fing das Geschütz an zu donnern und schlug alles nieder, und die Königstochter musste selbst kommen und um Gnade bitten. Weil sie so beweglich bat und sich zu bessern versprach, so ließ er sich überreden und bewilligte ihr Frieden. Sie tat freundlich mit ihm, stellte sich an, als hätte sie ihn sehr lieb und wusste ihn nach einiger Zeit so zu betören, dass er ihr vertraute, wenn auch einer den Ranzen in seine Gewalt bekäme, so könnte er doch nichts gegen ihn ausrichten, so lange das alte Hütlein noch sein wäre. Als sie das Geheimnis wusste, wartete sie, bis er eingeschlafen war, dann nahm sie ihm das Hütlein weg und ließ ihn hinaus auf die Straße werfen. Aber noch war ihm das Hörnlein übrig, und in großem Zorne blies er aus allen Kräften hinein. Alsbald fiel alles zusammen, Mauern, Festungswerk, Städte und Dörfer, und schlugen den König und die Königstochter tot. Und wenn er das Hörnchen nicht abgesetzt und nur noch ein wenig länger geblasen hätte, so wäre alles über den Haufen gestürzt und kein Stein auf dem andern geblieben. Da widerstand ihm niemand mehr, und er setzte sich zum König über das ganze Reich.

Der arme Müllerbursch und das Kätzchen

In einer Mühle lebte ein alter Müller, der hatte weder Frau noch Kinder, und drei Müllerburschen dienten bei ihm. Wie sie nun etliche Jahre bei ihm gewesen waren, sagte er eines Tags zu ihnen: »Ich bin alt und will mich hinter den Ofen setzen; zieht aus, und wer mir das beste Pferd nach Haus bringt, dem will ich die Mühle geben, und er soll mich dafür bis an meinen Tod verpflegen.« Der dritte von den Burschen war aber der Kleinknecht, der ward von den andern für albern gehalten, dem gönnten sie die Mühle nicht, und er wollte sie hernach nicht einmal. Da zogen sie alle drei miteinander aus, und wie sie vor das Dorf kamen, sagten die zwei zu dem albernen Hans: »Du kannst nur hier bleiben, du kriegst dein Lebtag keinen Gaul.« Hans aber ging doch mit, und als es Nacht war, kamen sie an eine Höhle, da hinein legten sie sich schlafen. Die zwei Klugen warteten, bis Hans eingeschlafen war, dann stiegen sie auf, machten sich fort und ließen Hänschen liegen, und meinten's, recht fein gemacht zu haben; ja, es wird euch doch nicht gut gehen! Wie nun die Sonne kam und Hans aufwachte, lag er in einer tiefen Höhle; er guckte sich überall um und rief: »Ach Gott, wo bin ich?« Da erhob er sich und krabbelte die Höhle hinaus, ging in den Wald und dachte: »Ich bin hier ganz allein und verlassen, wie soll ich nun zu einem Pferd kommen?« Indem er so in Gedanken dahin ging, begegnete ihm ein kleines, buntes Kätzchen, das sprach ganz freundlich: »Hans, wo willst du hin?« »Ach, du kannst mir doch nicht helfen.« »Was dein Begehren ist, weiß ich wohl«, sprach das Kätzchen, »du willst einen hübschen Gaul haben. Komm mit mir und sei sieben Jahre lang mein treuer Knecht, so will ich dir einen geben, schöner als du dein Lebtag einen gesehen hast.« »Nun, das ist eine wunderliche Katze«, dachte Hans, »aber sehen will ich doch, ob das wahr ist, was sie sagt.« Da nahm sie ihn mit in ihr verwünschtes Schlösschen, und hatte da lauter Kätzchen, die ihr dienten; die sprangen flink die Treppe auf und ab, waren lustig und guter Dinge. Abends, als sie sich zu Tisch setzten, mussten drei Musik machen; eins strich den Bass, das andere die Geige, das dritte setzte die Trompete an und blies die Backen auf, so sehr es nur konnte. Als sie gegessen hatten, wurde der Tisch weggetragen, und die Katze sagte: »Nun komm, Hans, und tanze mit mir.« »Nein«, antwortete er, »mit einer Miezekatze tanze ich nicht, das habe ich noch niemals getan.« »So bringt ihn ins Bett«, sagte sie zu den Kätzchen. Da leuchtete ihm eins in seine Schlafkammer, eins zog ihm die Schuhe aus, eins die Strümpfe, und zuletzt blies eins das Licht aus.

Am andern Morgen kamen sie wieder und halfen ihm aus dem Bett; eins zog ihm die Strümpfe an, eins band ihm die Strumpf-

bänder, eins holte die Schuhe, eins wusch ihn, und eins trocknete ihm mit dem Schwanz das Gesicht ab. »Das tut recht sanft«, sagte Hans. Er musste aber auch der Katze dienen und alle Tage Holz klein machen; dazu kriegte er eine Axt von Silber, und die Keile und Säge von Silber, und der Schläger war von Kupfer. Nun, da machte er's klein, blieb da im Haus, hatte sein gutes Essen und Trinken, sah aber niemand als die bunte Katze und ihr Gesinde. Einmal sagte sie zu ihm: »Geh hin und mähe meine Wiese, und mache das Gras trocken«, und gab ihm von Silber eine Sense und von Gold einen Wetzstein, hieß ihn aber auch alles wieder richtig abliefern. Da ging Hans hin und tat, was ihm geheißen war; nach vollbrachter Arbeit trug er Sense, Wetzstein und Heu nach

Haus und fragte, ob sie ihm noch nicht seinen Lohn geben wollte. »Nein«, sagte die Katze, »du sollst mir erst noch einerlei tun, da ist Bauholz von Silber, Zimmeraxt, Winkeleisen und was nötig ist, alles von Silber, daraus baue mir erst ein kleines Häuschen.« Da baute Hans das Häuschen fertig und sagte, er hätte nun alles getan und hätte noch kein Pferd. Doch waren ihm die sieben Jahre herumgegangen wie ein halbes. Fragte die Katze, ob er ihre Pferde sehen wollte? »Ja«, sagte Hans. Da machte sie ihm das Häuschen auf, und wie sie die Türe so aufmacht, da stehen zwölf Pferde, ach, die waren gewesen ganz stolz, die hatten geblankt und gespiegelt, dass sich sein Herz im Leibe darüber freute. Nun gab sie ihm zu essen und zu trinken und sprach: »Geh heim, dein Pferd geb ich dir nicht mit, in drei Tagen aber komm ich und bringe dir's nach.« Also machte Hans sich auf, und sie zeigte ihm den Weg zur Mühle. Sie hatte ihm aber nicht einmal ein neues

Kleid gegeben, sondern er musste sein altes, lumpiges Kittelchen behalten, das er mitgebracht hatte, und das ihm in den sieben Jahren überall zu kurz geworden war. Wie er nun heimkam, so waren die beiden andern Müllerburschen auch wieder da; jeder hatte zwar sein Pferd mitgebracht, aber des einen seins war blind, des andern seins lahm. Sie fragten: »Hans, wo hast du dein Pferd?« »In drei Tagen wird's nachkommen.« Da lachten sie und sagten: »Ja, du Hans, wo willst du ein Pferd herkriegen, das wird was Rechtes sein!« Hans ging in die Stube, der Müller sagte aber, er sollte nicht an den Tisch kommen, er wäre so zerrissen und zerlumpt, man müsste sich schämen, wenn jemand hereinkäme. Da gaben sie ihm ein bisschen Essen hinaus, und wie sie abends schlafen gingen, wollten ihm die zwei andern kein Bett geben, und er musste endlich ins Gänseställchen kriechen und sich auf ein wenig hartes Stroh legen.

Am Morgen, wie er aufwacht, sind schon die drei Tage herum, und es kommt eine Kutsche mit sechs Pferden, ei, die glänzten, dass es schön war, und ein Bedienter, der brachte noch ein siebtes, das war für den armen Müllerbursch. Aus der Kutsche aber stieg eine prächtige Königstochter und ging in die Mühle hinein, und die Königstochter war das kleine, bunte Kätzchen, dem der arme Hans sieben Jahre gedient hatte. Sie fragte den Müller, wo der Mahlbursch, der Kleinknecht wäre? Da sagte der Müller: »Den können wir nicht in die Mühle nehmen, der ist so verrissen und liegt im Gänsestall.« Da sagte die Königstocher, sie sollten ihn gleich holen. Also holten sie ihn heraus, und er musste sein Kittelchen zusammenpacken, um sich zu bedecken. Da schnallte der Bediente prächtige Kleider aus, und musste ihn waschen und anziehen, und wie er fertig war, konnte kein König schöner aussehen. Danach verlangte die Jungfrau die Pferde zu sehen, welche die andern Mahlburschen mitgebracht hatten, eins war blind, das andere lahm. Da ließ sie den Bedienten das siebte Pferd bringen. Wie der Müller das sah, sprach er, so eins wäre ihm noch nicht auf den Hof gekommen; »und das ist für den dritten Mahlbursch«, sagte sie. »Da muss er die Mühle haben«, sagte der Müller, die Königstocher aber sprach, da wäre das Pferd, er sollte seine Mühle auch behalten, und nimmt ihren treuen Hans und setzt ihn in die Kutsche und fährt mit ihm fort. Sie fahren zuerst nach dem kleinen Häuschen, das er mit dem silbernen Werkzeug gebaut hat, da ist es ein großes Schloss, und ist alles darin von Silber und Gold; und da hat sie ihn geheiratet, und war er reich, so reich, dass er für sein Lebtag genug hatte. Darum soll keiner sagen, dass, wer albern ist, deshalb nichts Rechtes werden könne.

Die Wichtelmänner

Es war ein Schuster ohne seine Schuld so arm geworden, dass ihm endlich nichts mehr übrig blieb als Leder zu einem einzigen Paar Schuhe. Nun schnitt er am Abend die Schuhe zu, die wollte er den nächsten Morgen in Arbeit nehmen; und weil er ein gutes Gewissen hatte, so legte er sich ruhig zu Bett, befahl sich dem lieben Gott und schlief ein. Morgens, nachdem er sein Gebet verrichtet hatte und sich zur Arbeit niedersetzen wollte, so standen die beiden Schuhe ganz fertig auf seinem Tisch. Er verwunderte sich und wusste nicht, was er dazu sagen sollte. Er nahm die Schuhe in die Hand, um sie näher zu betrachten: Sie waren so sauber gearbeitet, dass kein Stich daran falsch war, gerade als wenn es ein Meisterstück sein sollte. Bald darauf trat auch schon ein Käufer ein, und weil ihm die Schuhe so gut gefielen, so bezahlte er mehr als gewöhnlich dafür, und der Schuster konnte von dem Geld Leder zu zwei Paar Schuhen erhandeln. Er schnitt sie abends zu, und wollte den nächsten Morgen mit frischem Mut an die Arbeit gehen, aber er brauchte es nicht, denn als er aufstand, waren sie schon fertig, und es blieben auch nicht die Käufer aus, die ihm so viel Geld gaben, dass er Leder zu vier Paar Schuhen einkaufen konnte. Er fand früh morgens auch die vier Paar fertig; und so ging's immer fort, was er abends zuschnitt, das war am Morgen verarbeitet, also dass er bald wieder sein ehrliches Auskommen hatte und endlich ein wohlhabender Mann ward. Nun geschah es eines Abends, nicht lange vor Weihnachten, als der Mann wieder zugeschnitten hatte, dass er vor dem Schlafengehen zu seiner Frau sprach: »Wie wär's, wenn wir diese Nacht aufblieben, um zu sehen, wer uns solche hilfreiche Hand leistet?« Die Frau war's zufrieden und steckte ein Licht an; darauf verbargen sie sich in den Stubenecken, hinter den Kleidern, die da aufgehängt waren und gaben Acht. Als es Mitternacht war, da kamen zwei kleine, niedliche, nackte Männlein, setzten sich vor des Schusters Tisch, nahmen alle zugeschnittene Arbeit zu sich, und fingen an, mit ihren Fingerlein so behänd und schnell zu stechen, zu nähen, zu klopfen, dass der Schuster vor Verwunderung die Augen nicht abwenden konnte. Sie ließen nicht nach, bis alles zu Ende gebracht war und fertig auf dem Tische stand, dann sprangen sie schnell fort.

Am andern Morgen sprach die Frau: »Die kleinen Männer haben uns reich gemacht, wir müssten uns doch dankbar dafür bezeigen. Sie laufen so herum, haben nichts am Leib und müssen frieren. Weißt du was? Ich will Hemdlein, Rock, Wams und Höslein für sie nähen, auch jedem ein Paar Strümpfe stricken; mach du jedem ein Paar Schühlein dazu.« Der Mann sprach: »Das bin ich wohl zufrieden«, und abends, wie sie alles fertig hatten, legten sie die Geschenke statt der zugeschnittenen Arbeit zusammen auf den Tisch und versteckten sich dann, um mit anzusehen, wie sich die Männlein dazu anstellen würden. Um Mitternacht kamen sie herangesprungen und wollten sich gleich an die Arbeit machen, als sie aber kein zugeschnittenes Leder, sondern die niedlichen Kleidungsstücke fanden, verwunderten sie sich erst, dann aber bezeigten sie eine gewaltige Freude. Mit der größten Geschwindigkeit zogen sie sich an, strichen die schönen Kleider am Leib und sangen:

»Sind wir nicht Knaben glatt und fein?
Was sollen wir länger Schuster sein!«

Dann hüpften und tanzten sie, sprangen über Stühle und Bänke. Endlich tanzten sie zur Türe hinaus. Von nun an kamen sie nicht wieder, dem Schuster aber ging es wohl, so lang er lebte, und es glückte ihm alles, was er unternahm.

Schneewittchen

Im Winter war's, die Schneeflocken fielen wie Federn vom Himmel herab, da saß eine Königin an einem Fenster, das einen Rahmen von schwarzem Ebenholz hatte, und nähte. Und wie sie so nähte und nach dem Schnee aufblickte, stach sie sich mit der Nadel in den Finger, und es fielen drei Tropfen Blut in den Schnee. Und weil das Rote im weißen Schnee so schön aussah, dachte sie bei sich: »Hätt ich ein Kind, so weiß wie Schnee, so rot wie Blut, und so schwarz wie das Holz an dem Rahmen.« Bald darauf bekam sie ein Töchterlein, das war so weiß wie Schnee, so rot wie Blut, und so schwarzhaarig wie Ebenholz, und ward darum das Schneewittchen genannt. Und wie das Kind geboren war, starb die Königin.

Über ein Jahr nahm sich der König eine andere Gemahlin. Es war eine schöne Frau, aber sie war stolz und übermütig und konnte nicht leiden, dass sie an Schönheit von jemand sollte übertroffen werden. Sie hatte einen wunderbaren Spiegel, wenn sie vor den trat und sich darin beschaute, sprach sie:

»Spieglein, Spieglein an der Wand,
wer ist die Schönste im ganzen Land?«,

so antwortete der Spiegel:

»Frau Königin, Ihr seid die Schönste im Land.«

Da war sie zufrieden, denn sie wusste, dass der Spiegel die Wahrheit sagte.

Schneewittchen aber wuchs heran, und wurde immer schöner, und als es sieben Jahr alt war, war es so schön, wie der klare Tag, und schöner als die Königin selbst. Als diese einmal ihren Spiegel fragte:

»Spieglein, Spieglein an der Wand,
wer ist die Schönste im ganzen Land?«,

so antwortete er:

»Frau Königin, Ihr seid die Schönste hier,
aber Schneewittchen ist tausendmal schöner als Ihr.«

Da erschrak die Königin und ward gelb und grün vor Neid. Von Stund an, wenn sie Schneewittchen erblickte, kehrte sich ihr das Herz im Leibe herum, so hasste sie das Mädchen. Und Neid und Hochmut wuchsen wie ein Unkraut in ihrem Herzen immer höher, dass sie Tag und Nacht keine Ruhe mehr hatte. Da rief sie einen Jäger und sprach: »Bring das Kind hinaus in den Wald, ich will's nicht mehr vor meinen Augen sehen. Du sollst es töten, und mir Lunge und Leber zum Wahrzeichen mitbringen.« Der Jäger gehorchte und führte es hinaus, und als er den Hirschfänger gezogen hatte und Schneewittchens unschuldiges Herz durchbohren wollte, fing es an zu weinen und sprach: »Ach, lieber Jäger, lass mir mein Leben; ich will in den wilden Wald laufen und nimmermehr wieder heimkommen.« Und weil es so schön war, hatte der Jäger Mitleiden und sprach: »So lauf hin, du armes Kind.« »Die wilden Tiere werden dich bald gefressen haben«, dachte er, und doch war's ihm, als wär ein Stein von seinem Herzen gewälzt, weil er es nicht zu töten brauchte. Und als gerade ein junger Frischling dahergesprungen kam, stach er ihn ab, nahm Lunge und Leber heraus, und brachte sie als Wahrzeichen der Königin mit. Der Koch musste sie in Salz kochen, und das boshafte Weib aß sie auf und meinte, sie hätte Schneewittchens Lunge und Leber gegessen. Nun war das arme Kind in dem großen Wald mutterselig allein, und ward ihm so Angst, dass es alle Blätter an den Bäumen ansah und nicht wusste, wie es sich helfen sollte. Da fing es an zu laufen und lief über die spitzen Steine und durch die Dornen, und die wilden Tiere sprangen an ihm vorbei, aber sie taten ihm nichts. Es lief, so lange nur die Füße noch fort konnten, bis es bald Abend werden wollte, da sah es ein kleines Häuschen und ging hinein, sich zu ruhen. In dem Häuschen war alles klein, aber so zierlich und reinlich, dass es nicht zu sagen ist. Da stand ein weiß gedecktes Tischlein mit sieben kleinen Tellern, jedes Tellerlein mit seinem Löffelein, ferner sieben Messerlein und Gäblein, und sieben Becherlein. An der Wand waren sieben Bettlein nebeneinander

aufgestellt und schneeweiße Laken darübergedeckt. Schneewittchen, weil es so hungrig und durstig war, aß von jedem Tellerlein ein wenig Gemüs und Brot, und trank aus jedem Becherlein einen Tropfen Wein; denn es wollte nicht einem allein alles wegneh-

GERINGSWALD

men. Hernach, weil es so müde war, legte es sich in ein Bettchen, aber keins passte; das eine war zu lang, das andere zu kurz, bis endlich das siebte recht war: und darin blieb es liegen, befahl sich Gott und schlief ein.

Als es ganz dunkel geworden war, kamen die Herren von dem Häuslein, das waren die sieben Zwerge, die in den Bergen nach Erz hackten und gruben. Sie zündeten ihre sieben Lichtlein an, und wie es nun hell in dem Häuslein ward, sahen sie, dass jemand darin gewesen war, denn es stand nicht alles so in der Ordnung, wie sie es verlassen hatten. Der erste sprach: »Wer hat auf meinem Stühlchen gesessen?« Der zweite: »Wer hat von meinem Tellerchen gegessen?« Der dritte: »Wer hat von meinem Brötchen genommen?« Der vierte: »Wer hat von meinem Gemüschen gegessen?« Der fünfte: »Wer hat mit meinem Gäbelchen gestochen?« Der sechste: »Wer hat mit meinem Messerchen geschnitten?« Der siebte: »Wer hat aus meinem Becherlein getrunken?« Dann sah sich der erste um und sah, dass auf seinem Bett ein kleine Delle war; das sprach er: »Wer hat in mein Bettchen getreten?« Die andern kamen gelaufen und riefen: »In meinem hat auch jemand gelegen.« Der siebte aber, als er in sein Bett sah, erblickte Schneewittchen, das lag darin und schlief. Nun rief er die andern, die kamen herbeigelaufen, und schrien vor Verwunderung, holten ihre sieben Lichtlein und beleuchteten Schneewittchen. »Ei, du mein Gott! Ei, du mein Gott!«, riefen sie, »was ist das Kind so schön!«, und hatten so große Freude, dass sie es nicht aufweckten, sondern im Bettlein fortschlafen ließen. Der siebte Zwerg aber schlief bei seinen Gesellen, bei jedem eine Stunde, da war die Nacht herum.

Als es Morgen war, erwachte Schneewittchen, und wie es die sieben Zwerge sah, erschrak es. Sie waren aber freundlich und fragten: »Wie heißt du?« »Ich heiße Schneewittchen«, antwortete es. »Wie bist du in unser Haus gekommen?«, sprachen weiter die Zwerge. Da erzählte es ihnen, dass seine Stiefmutter es hätte umbringen lassen wollen, der Jäger hätte ihm aber das Leben geschenkt, und da wäre es gelaufen den ganzen Tag, bis es endlich ihr Häuslein gefunden hätte. Die Zwerge sprachen: »Willst du un-

seren Haushalt versehen, kochen, betten, waschen, nähen und stricken, und willst du alles ordentlich und reinlich halten, so kannst du bei uns bleiben, und es soll dir an nichts fehlen.« »Ja«, sagte Schneewittchen, »von Herzen gern«, und blieb bei ihnen. Es hielt ihnen das Haus in Ordnung: Morgens gingen sie in die Berge und suchten Erz und Gold, abends kamen sie wieder, und da musste ihr Essen bereit sein. Den Tag über war das Mädchen allein, da warnten es die guten Zwerglein und sprachen: »Hüte dich vor deiner Stiefmutter, die wird bald wissen, dass du hier bist; lass ja niemand herein.«

Die Königin aber, nachdem sie Schneewittchens Lunge und Leber glaubte gegessen zu haben, dachte nicht anders, als sie wäre wieder die Erste und Allerschönste, trat vor ihren Spiegel und sprach:

»Spieglein, Spieglein an der Wand,
wer ist die Schönste im ganzen Land?«

Da antwortete der Spiegel:

»Frau Königin, Ihr seid die Schönste hier,
aber Schneewittchen über den Bergen
bei den sieben Zwergen
ist noch tausendmal schöner als Ihr.«

Da erschrak sie, denn sie wusste, dass der Spiegel keine Unwahrheit sprach, und merkte, dass der Jäger sie betrogen hatte, und Schneewittchen noch am Leben war. Und da sann und sann sie aufs Neue, wie sie es umbringen wollte; denn so lange sie nicht die Schönste war im ganzen Lande, ließ ihr der Neid keine Ruhe. Und als sie sich endlich etwas ausgedacht hatte, färbte sie sich das Gesicht, und kleidete sich wie eine alte Krämerin, und war ganz unkenntlich. In dieser Gestalt ging sie über die sieben Berge zu den sieben Zwergen, klopfte an die Türe und rief: »Schöne Ware feil! Feil!« Schneewittchen guckte zum Fenster heraus und rief: »Guten Tag, liebe Frau, was habt ihr zu verkaufen?« »Gute Ware, schöne Ware«, antwortete sie, »Schnürriemen von allen Farben«, und holte einen hervor, der aus bunter Seide geflochten war. »Die ehrliche Frau kann ich hereinlassen«, dachte Schneewittchen, riegelte die Türe auf und kaufte sich den hübschen Schnürriemen. »Kind«, sprach die Alte, »wie du aussiehst! Komm, ich will dich einmal ordentlich schnüren.« Schneewittchen hatte kein Arg, stellte sich vor sie, und ließ sich mit den neuen Schnürriemen schnüren: Aber die Alte schnürte geschwind und schnürte so fest, dass dem Schneewittchen der Atem verging und es für tot hinfiel. »Nun bist du die Schönste gewesen«, sprach sie und eilte hinaus.

Nicht lange darauf, zur Abendzeit, kamen die sieben Zwerge nach Haus, aber wie erschraken sie, als sie ihr liebes Schneewittchen auf der Erde liegen sahen; und es regte und bewegte sich nicht, als wäre es tot. Sie hoben es in die Höhe, und weil sie sahen, dass es zu fest geschnürt war, schnitten sie den Schnürriemen entzwei: Da fing es an, ein wenig zu atmen und ward nach und nach wieder lebendig. Als die Zwerge hörten, was geschehen war, sprachen sie: »Die alte Krämersfrau war niemand, als die gottlose Königin: Hüte dich und lass keinen Menschen herein, wenn wir nicht bei dir sind.«

Das böse Weib aber, als es nach Haus gekommen war, ging vor den Spiegel und fragte:

»Spieglein, Spieglein an der Wand,
wer ist die Schönste im ganzen Land?«

Da antwortete er wie sonst:

»Frau Königin, Ihr seid die Schönste hier,
aber Schneewittchen über den Bergen
bei den sieben Zwergen
ist noch tausendmal schöner als Ihr.«

Als sie das hörte, lief ihr alles Blut zum Herzen, so erschrak sie, denn sie sah wohl, dass Schneewittchen wieder lebendig geworden war. »Nun aber«, sprach sie, »will ich etwas aussinnen, dass dich zugrunde richten soll«, und mit Hexenkünsten, die sie verstand, machte sie einen giftigen Kamm. Dann verkleidete sie sich und nahm die Gestalt eines andern alten Weibes an. So ging sie hin über die sieben Berge zu den sieben Zwergen, klopfte an die Türe, und rief: »Gute Ware feil! Feil!« Schneewittchen schaute heraus und sprach: »Geht nur weiter, ich darf niemand hereinlassen.« »Das

Ansehen wird dir doch erlaubt sein«, sprach die Alte, zog den giftigen Kamm heraus und hielt ihn in die Höhe. Da gefiel er dem Kinde so gut, dass es sich betören ließ und die Türe öffnete. Als sie des Kaufes einig waren, sprach die Alte: »Nun will ich dich einmal ordentlich kämmen.« Das arme Schneewittchen dachte an nichts, und ließ die Alte gewähren, aber kaum hatte sie den Kamm in die Haare gesteckt, als das Gift darin wirkte, und das Mädchen ohne Besinnung niederfiel. »Du Ausbund von Schönheit«, sprach das boshafte Weib, »jetzt ist's um dich geschehen«, und ging fort. Zum Glück aber war es bald Abend, wo die sieben Zwerglein nach Haus kamen. Als sie Schneewittchen wie tot auf der Erde liegen sahen, hatten sie gleich die Stiefmutter in Verdacht, suchten nach, und fanden den giftigen Kamm, und kaum hatten sie ihn herausgezogen, so kam Schneewittchen wieder zu sich und erzählte, was vorgegangen war. Da warnten sie es noch einmal, auf seiner Hut zu sein und niemand die Türe zu öffnen.

Die Königin stellte sich daheim vor den Spiegel und sprach:

»Spieglein, Spieglein an der Wand,
wer ist die Schönste im ganzen Land?«

Da antwortete er, wie vorher:

»Frau Königin, Ihr seid die Schönste hier,
aber Schneewittchen über den Bergen
bei den sieben Zwergen
ist doch noch tausendmal schöner als Ihr.«

Als sie den Spiegel so reden hörte, zitterte und bebte sie vor Zorn. »Schneewittchen soll sterben«, rief sie, »und wenn es mein eignes Leben kostet.« Darauf ging sie in eine ganz verborgene einsame Kammer, wo niemand hinkam, und machte da einen giftigen Apfel. Äußerlich sah er schön aus, weiß mit roten Backen, dass jeder, der ihn erblickte, Lust danach bekam, aber, wer ein Stückchen davon aß, der musste sterben. Als der Apfel fertig war, färbte sie sich das Gesicht, und verkleidete sich in eine Bauersfrau, und so ging sie über die sieben Berge zu den sieben Zwergen. Sie klopfte an, Schneewittchen streckte den Kopf zum Fenster heraus und sprach: »Ich darf keinen Menschen einlassen, die sieben Zwerge haben mir's verboten.« »Mir auch recht«, antwortete die Bäuerin, »meine Äpfel will ich schon loswerden. Da, einen will ich dir schenken.« »Nein«, sprach Schneewittchen, »ich darf nichts annehmen.« »Fürchtest du dich vor Gift?«, sprach die Alte, »siehst du, da schneide ich den Apfel in zwei Teile; den roten Backen isst du, den weißen will ich essen.« Der Apfel war aber so künstlich gemacht, dass der rote Backen allein vergiftet war. Schneewittchen lusterte den schönen Apfel an, und als es sah, dass die Bäuerin davon aß, so konnte es nicht länger widerstehen, streckte die Hand hinaus und nahm die giftige Hälfte. Kaum aber hatte es einen Bissen davon im Mund, so fiel es tot zur Erde nieder. Da betrachtete es die Königin mit grausigen Blicken und lachte überlaut, und sprach: »Weiß wie Schnee, rot wie Blut, schwarz wie Ebenholz!

Diesmal können dich die Zwerge nicht wieder erwecken.« Und als sie daheim den Spiegel befragte,

»Spieglein, Spieglein an der Wand,
wer ist die Schönste im ganzen Land?«

so antwortete er endlich:

»Frau Königin, Ihr seid die Schönste im Land.«

Da hatte ihr neidisches Herz Ruhe, so gut ein neidisches Herz Ruhe haben kann.

Die Zwerglein, wie sie abends nach Haus kamen, fanden Schneewittchen auf der Erde liegen, und es ging kein Atem mehr aus seinem Mund, und es war tot. Sie hoben es auf, suchten ob sie was Giftiges fanden, schnürten es auf, kämmten ihm die Haare, wuschen es mit Wasser und Wein, aber es half alles nichts; das liebe Kind war tot und blieb tot. Sie legten es auf eine Bahre und setzten sich alle siebene daran und beweinten es, und weinten drei Tage lang. Da wollten sie es begraben, aber es sah noch so frisch aus wie ein lebender Mensch, und hatte noch seine schönen roten Backen. Sie sprachen: »Das können wir nicht in die schwarze Erde versenken«, und ließen einen durchsichtigen Sarg von Glas machen, das man es von allen Seiten sehen konnte, legten es hinein und schrieben mit goldenen Buchstaben seinen Namen darauf, und dass es eine Königstochter wäre. Dann setzten sie den Sarg hinaus auf den Berg, und einer von ihnen blieb immer dabei und bewachte ihn. Und die Tiere kamen auch und beweinten Schneewittchen, erst eine Eule, dann ein Rabe, zuletzt ein Täubchen.

Nun lag Schneewittchen lange, lange Zeit in dem Sarg und verweste nicht, sondern sah aus als wenn es schliefe, denn es war noch so weiß wie Schnee, so rot wie Blut, und so schwarzhaarig wie Ebenholz. Es geschah aber, dass ein Königssohn in den Wald geriet und zu dem Zwergenhaus kam, da zu übernachten. Er sah auf dem Berg den Sarg und das schöne Schneewittchen darin, und las, was mit goldenen Buchstaben darauf geschrieben war. Da sprach er zu den Zwergen: »Lasst mir den Sarg, ich will euch geben, was ihr dafür haben wollt.« Aber die Zwerge antworteten: »Wir geben ihn nicht um alles Gold in der Welt.« Da sprach er: »So schenkt mir ihn, denn ich kann nicht leben ohne Schneewittchen zu sehen, ich will es ehren und hoch achten wie mein Liebstes.« Wie er so sprach, empfanden die guten Zwerglein Mitleiden mit ihm und gaben ihm den Sarg. Der Königssohn ließ ihn nun von seinen Dienern auf den Schultern forttragen. Da geschah es, dass sie über einen Strauch stolperten, und von dem Schüttern fuhr der giftige Apfelgrütz, den Schneewittchen abgebissen hatte, aus dem Hals. Und nicht lange, so öffnete es die Augen, hob den Deckel vom Sarg in die Höhe und richtete sich auf und war wieder lebendig. »Ach Gott, wo bin ich?«, rief es. Der Königssohn sagte voll Freude: »Du bist bei mir«, und erzählte, was sich zugetragen hatte und sprach: »Ich habe dich lieber als alles auf der Welt; komm mit mir in meines Vaters Schloss, du sollst meine Gemahlin werden.« Da war ihm Schneewittchen gut und ging mit ihm, und ihre Hochzeit ward mit großer Pracht und Herrlichkeit angeordnet.

Zu dem Fest wurde aber auch Schneewittchens gottlose Stiefmutter eingeladen. Wie sie sich nun mit schönen Kleidern angetan hatte, trat sie vor den Spiegel und sprach:

»Spieglein, Spieglein an der Wand,
wer ist die Schönste im ganzen Land?«

Der Spiegel antwortete:

»Frau Königin, Ihr seid die Schönste hier,
aber die junge Königin ist tausendmal schöner als Ihr.«

Da stieß das böse Weib einen Fluch aus, und ward ihr so Angst, so Angst, dass sie sich nicht zu lassen wusste. Sie wollte zuerst gar nicht auf die Hochzeit kommen; doch ließ es ihr keine Ruhe, sie musste fort und die junge Königin sehen. Und wie sie hineintrat, erkannte sie Schneewittchen, und vor Angst und Schrecken stand sie da und konnte sich nicht regen. Aber es waren schon eiserne Pantoffeln über Kohlenfeuer gestellt, und sie wurden mit Zangen hereingetragen und vor sie hingestellt. Da musste sie in die rot glühenden Schuhe treten und so lange tanzen, bis sie tot zur Erde fiel.

Die zwölf Jäger

Es war einmal ein Königssohn, der hatte eine Braut und hatte sie sehr lieb. Als er nun bei ihr saß und ganz vergnügt war, da kam die Nachricht, dass sein Vater todkrank läge und ihn noch vor seinem Ende zu sehen verlangte. Da sprach er zu seiner Liebsten: »Ich muss nun fort und muss dich verlassen, da geb ich dir einen Ring zu meinem Andenken. Wenn ich König bin, komm ich wieder und hol dich heim.« Da ritt er fort, und als er bei seinem Vater anlangte, war dieser sterbenskrank und dem Tode nahe. Er sprach zu ihm: »Liebster Sohn, ich habe dich vor meinem Ende noch einmal sehen wollen, versprich mir, nach meinem Willen dich zu verheiraten«, und nannte ihm eine gewisse Königstocher, die sollte seine Gemahlin werden. Der Sohn war so betrübt, dass er sich gar nicht bedachte, sondern sprach: »Ja, lieber Vater, was euer Wille ist, soll geschehen«, und darauf schloss der König die Augen und starb.

Als nun der Sohn zum König ausgerufen und die Trauerzeit verflossen war, musste er das Versprechen halten, das er seinem Vater gegeben hatte, und ließ um die Königstochter werben, und sie ward ihm auch zugesagt. Das hörte seine erste Braut und grämte sich über die Untreue so sehr, dass sie fast verging. Da sprach ihr Vater zu ihr: »Liebstes Kind, warum bist du so traurig? Was du dir wünschest, das sollst du haben.« Sie bedachte sich einen Augenblick, dann sprach sie: »Lieber Vater, ich wünsche mir elf Mädchen, von Angesicht, Gestalt und Wuchs mir völlig gleich.« Sprach der König: »Wenn's möglich ist, soll dein Wunsch erfüllt werden«, und ließ in seinem ganzen Reich so lange suchen, bis elf Jungfrauen gefunden waren, seiner Tochter von Angesicht, Gestalt und Wuchs völlig gleich. Als sie zu der Königstochter kamen, ließ diese zwölf Jägerkleider machen, eins wie das andere, und die elf Jungfrauen mussten die Jägerkleider anziehen, und sie selber zog das zwölfte an. Darauf nahm sie Abschied von ihrem Vater und ritt mit ihnen fort und ritt an den Hof ihres ehemaligen

Bräutigams, den sie so sehr liebte. Da fragte sie an, ob er Jäger brauchte, und ob er sie nicht alle zusammen in seinen Dienst neh-

men wollte. Der König sah sie an und erkannte sie nicht; weil es aber so schöne Leute waren, sprach er ja, er wollte sie gerne nehmen; und da waren sie die zwölf Jäger des Königs.

Der König aber hatte einen Löwen, das war ein wunderliches Tier, denn er wusste alles Verborgene und Heimliche. Es trug sich zu, dass er eines Abends zum König sprach: »Du meinst, du hättest da zwölf Jäger?« »Ja«, sagte der König, »zwölf Jäger sind's.« Sprach der Löwe weiter: »Du irrst dich, das sind zwölf Mädchen.« Antwortete der König: »Das ist nimmermehr wahr, wie willst du mir das beweisen?« »O, lass nur Erbsen in dein Vorzimmer streuen«, antwortete der Löwe, »da wirst du's gleich sehen. Männer haben einen festen Tritt, wenn sie über Erbsen hingehen, regt sich keine, aber Mädchen, die trippeln und trappeln und schlurfen, und die Erbsen rollen.« Dem König gefiel der Rat wohl, und er ließ die Erbsen streuen.

Es war aber ein Diener des Königs, der war den Jägern gut, und wie er hörte, dass sie sollten auf die Probe gestellt werden, ging er hin und erzählte ihnen alles wieder und sprach: »Der Löwe will dem König weismachen, ihr wäret Mädchen.« Da dankte ihm die Königstochter und sprach hernach zu ihren Jungfrauen: »Tut euch Gewalt an und tretet fest auf die Erbsen.« Als nun der König am andern Morgen die zwölf Jäger zu sich rufen ließ, und sie ins Vorzimmer kamen, wo die Erbsen lagen, so traten sie so fest darauf und hatten einen so sichern starken Gang, dass auch nicht eine rollte, oder sich bewegte. Da gingen sie wieder fort, und der König sprach zum Löwen: »Du hast mich belogen, sie gehen ja wie Männer.« Antwortete der Löwe: »Sie haben's gewusst, dass sie sollten auf die Probe gestellt werden, und haben sich Gewalt angetan. Lass nur einmal zwölf Spinnräder ins Vorzimmer bringen, so werden sie herzukommen und sich daran freuen, und das tut kein Mann.« Dem König gefiel der Rat, und er ließ die Spinnräder ins Vorzimmer stellen.

Der Diener aber, der's redlich mit den Jägern meinte, ging hin und entdeckte ihnen den Anschlag. Da sprach die Königstochter, als sie allein waren, zu ihren elf Mädchen: »Tut euch Gewalt an und blickt euch nicht um nach den Spinnrädern.« Wie nun der König am andern Morgen seine zwölf Jäger rufen ließ, so kamen sie durch das Vorzimmer und sahen die Spinnräder gar nicht an. Da sprach der König wiederum zum Löwen: »Du hast mich belogen, es sind Männer, denn sie haben die Spinnräder nicht angesehen.« Der Löwe antwortete: »Sie haben's gewusst, dass sie sollten auf die Probe gestellt werden, und haben sich Gewalt angetan.« Der König aber wollte dem Löwen nicht mehr glauben.

Die zwölf Jäger folgten dem König beständig zur Jagd, und er hatte sie je länger je lieber. Nun geschah es, dass, als sie einmal auf der Jagd waren, Nachricht kam, die Braut des Königs wäre im Anzug. Wie die rechte Braut das hörte, tat's ihr so weh, dass es ihr fast das Herz abstieß, und sie ohnmächtig auf die Erde fiel. Der König meinte, seinem lieben Jäger sei etwas begegnet, lief hinzu und wollte ihm helfen und zog ihm den Handschuh aus. Da erblickte er den Ring, den er seiner ersten Braut gegeben, und als er ihr in das Gesicht sah, erkannte er sie. Da ward sein Herz so gerührt, dass er sie küsste, und als sie die Augen aufschlug, sprach er: »Du bist mein, und ich bin dein, und kein Mensch auf der Welt kann das ändern.« Zu der andern Braut aber schickte er einen Boten und ließ sie bitten, in ihr Reich zurückzukehren, denn er habe schon eine Gemahlin, und wer einen alten Schlüssel wiedergefunden habe, brauche den neuen nicht. Darauf ward die Hochzeit gefeiert, und der Löwe kam wieder in Gnade, weil er doch die Wahrheit gesagt hatte.

Die drei Federn

Es lebte einmal ein König, der hatte drei Söhne, davon waren zwei klug und gescheit, aber der dritte sprach nicht viel, war einfältig und hieß nur der Dummling. Als der König alt und schwach ward und an sein Ende dachte, wusste er nicht, welcher von seinen Söhnen nach ihm das Reich erben sollte. Da sprach er zu ihnen: »Zieht aus, und wer mir den feinsten Teppich bringt, der soll nach meinem Tod König sein.« Und damit es keinen Streit unter ihnen gab, führte er sie vor sein Schloss, blies drei Federn in die Luft und sprach: »Wie die fliegen, so sollt ihr ziehen.« Die eine Feder flog nach Osten, die andere nach Westen, die dritte flog aber geradeaus, und flog nicht weit, sondern fiel bald zur Erde. Nun ging der eine Bruder rechts, der andere ging links, und sie lachten den Dummling aus, der bei der dritten Feder, da wo sie niedergefallen war, bleiben musste.

Der Dummling setzte sich nieder und war traurig. Da bemerkte er auf einmal, dass neben der Feder eine Falltüre lag. Er hob sie in die Höhe, fand eine Treppe und stieg hinab. Da kam er vor eine andere Türe, klopfte an und hörte, wie es inwendig rief:

»Jungfer grün und klein,
Hutzelbein,
Hutzelbeins Hündchen,
Hutzel hin und her,
lass geschwind sehen, wer draußen wär.«

Die Türe tat sich auf, und er sah eine große, dicke Jtsche (Kröte) sitzen und rings um sie eine Menge kleiner Jtschen. Die dicke Jtsche fragte, was sein Begehren wäre. Er antwortete: »Ich hätte gerne den schönsten und feinsten Teppich.« Da rief sie eine junge und sprach:

»Jungfer grün und klein,
Hutzelbein,

Hutzelbeins Hündchen,
Hutzel hin und her,
bring mir die große Schachtel her.«

Die junge Jtsche holte die Schachtel, und die dicke Jtsche machte sie auf und gab dem Dummling einen Teppich daraus, so schön und so fein, wie oben auf der Erde keiner konnte gewebt werden. Da dankte er ihr und stieg wieder hinauf.

Die beiden andern hatten aber ihren jüngsten Brüder für so albern gehalten, dass sie glaubten, er würde gar nichts finden und aufbringen. »Was sollen wir uns mit Suchen groß Mühe geben«, sprachen sie, nahmen dem ersten besten Schäfersweib, das ihnen begegnete, die groben Tücher vom Leib und trugen sie dem König heim. In derselben Zeit kam auch der Dummling zurück, und brachte seinen schönen Teppich, und als der König den sah, erstaunte er und sprach: »Wenn es dem Recht nach gehen soll, so gehört dem Jüngsten das Königreich.« Aber die zwei andern ließen dem Vater keine Ruhe und sprachen, unmöglich könnte der Dummling, dem es in allen Dingen an Verstand fehlte, König werden, und baten ihn, er möchte eine neue Bedingung machen. Da sagte der Vater: »Der soll das Reich erben, der mir den schönsten Ring bringt«, führte die drei Brüder hinaus, und blies drei Federn in die Luft, denen sie nachgehen sollten. Die zwei Ältesten zogen wieder nach Osten und Westen, und für den Dummling flog die Feder geradeaus und fiel neben der Erdtüre nieder. Da stieg er wieder hinab zu der dicken Jtsche und sagte ihr, dass er den schönsten Ring brauchte. Sie ließ sich gleich ihre große Schachtel holen, und gab ihm daraus einen Ring, der glänzte von Edelsteinen und war so schön, dass ihn kein Goldschmied auf der Erde hätte machen können. Die zwei Ältesten lachten über den Dummling, der einen goldenen Ring suchen wollte, gaben sich gar keine Mühe, sondern schlugen einem alten Wagenring die Nägel aus und brachten ihn dem König. Als aber der Dummling seinen goldenen Ring vorzeigte, so sprach der Vater abermals: »Ihm gehört das Reich.« Die zwei Ältesten ließen nicht ab, den König zu quälen, bis er noch eine dritte Bedingung machte und den Ausspruch

tat, der sollte das Reich haben, der die schönste Frau heimbrächte. Die drei Federn blies er nochmals in die Luft, und sie flogen wie die vorigen Male.

Da ging der Dummling ohne Weiteres hinab zu der dicken Jtsche und sprach: »Ich soll die schönste Frau heimbringen.« »Ei«, antwortete die Jtsche, »die schönste Frau! Die ist nicht gleich zur Hand, aber du sollst sie doch haben.« Sie gab ihm eine ausgehöhlte, gelbe Rübe, mit sechs Mäuschen bespannt. Da sprach der Dummling ganz traurig: »Was soll ich damit anfangen?« Die Jtsche antwortete: »Setze nur eine von meinen kleinen Jtschen hinein.« Da griff er aufs Geratewohl eine aus dem Kreis und setzte sie in die gelbe Kutsche, aber kaum saß sie darin, so ward sie zu einem wunderschönen Fräulein, die Rübe zur Kutsche und die sechs Mäuschen zu Pferden. Da küsste er sie, jagte mit den Pferden davon und brachte sie zum König. Seine Brüder kamen nach, die hatten sich gar keine Mühe gegeben, eine schöne Frau zu suchen, sondern die ersten besten Bauernweiber mitgenommen. Als der König sie erblickte, sprach er: »Dem Jüngsten gehört das Reich nach meinem Tod.« Aber die zwei Ältesten betäubten die Ohren des Königs aufs Neue mit ihrem Geschrei, »wir können's nicht zugeben, dass der Dummling König wird«, und verlangten, der sollte den Vorzug haben, dessen Frau durch einen Ring springen könnte, der da mitten in dem Saal hing. Sie dachten, die Bauernweiber könnten das wohl, die sind stark genug, aber das zarte Fräulein springt sich tot.« Der alte König gab das auch noch zu. Da sprangen die zwei Bauernweiber, sprangen auch durch den Ring, waren aber so plump, dass sie fielen und ihre groben Arme und Beine entzweibrachen. Darauf sprang das schöne Fräulein, das der Dummling mitgebracht hatte, und sprang so leicht hindurch wie ein Reh, und aller Widerspruch musste aufhören. Also erhielt er die Krone und hat lange in Weisheit geherrscht.

Die sieben Schwaben

Einmal waren sieben Schwaben beisammen, der erste war der Herr Schulz, der zweite der Jackli, der dritte der Marli, der vierte der Jergli, der fünfte der Michal, der sechste der Hans, der siebte der Veidi; sie hatten alle siebene sich vorgenommen, die Welt zu durchziehen, Abenteuer zu suchen und große Taten zu vollbringen. Damit sie aber auch mit bewaffneter Hand und sicher gingen, sahen sie's für gut an, dass sie sich zwar nur einen einzigen, aber recht starken und langen Spieß machen ließen. Diesen Spieß fassten sie alle siebene zusammen an, vorn ging der Kühnste und Männlichste, das musste der Herr Schulz sein, und dann folgten die anderen nach der Reihe, und der Veitli war der Letzte.

Nun geschah es, als sie im Heumonat eines Tags einen weiten Weg gegangen waren, auch noch ein gut Stück bis in das Dorf hatten, wo sie über Nacht bleiben mussten, dass in der Dämmerung auf einer Wiese ein großer Rosskäfer oder eine Hornisse nicht weit von ihnen hinter einer Staude vorbeiflog und feindlich brummelte. Der Herr Schulz erschrak, dass er fast den Spieß hätte fallen lassen und ihm der Angstschweiß am ganzen Leibe ausbrach. »Horcht, horcht«, rief er seinen Gesellen, »Gott, ich höre eine Trommel!« Der Jackli, der hinter ihm den Spieß hielt und dem ich weiß nicht was für ein Geruch in die Nase kam, sprach: »Etwas ist ohne Zweifel vorhanden, denn ich schmeck das Pulver und den Zündstrick.« Bei diesen Worten hub der Herr Schulz an, die Flucht zu ergreifen, und sprang im Hui über einen Zaun, weil er aber gerade auf die Zinken eines Rechens sprang, der vom Heumachen da liegen geblieben war, so fuhr ihm der Stiel ins Gesicht und gab ihm einen ungewaschenen Schlag. »O wei, o wei«, schrie der Herr Schulz, »nimm mich gefangen, ich ergeb mich, ich ergeb mich!« Die anderen sechs hüpften auch alle einer über den andern herzu und schrien: »Gibst du dich, so geb ich mich auch, gibst du dich, so geb ich mich auch.« Endlich, wie kein Feind da war, der sie binden und fortführen wollte, merkten sie, dass sie betrogen waren, und damit die Geschichte nicht unter die Leute käme und sie nicht genarrt und gespottet würden, verschwuren sie sich untereinander, so lange davon still zu schweigen, bis einer unverhofft das Maul auftäte. Hierauf zogen sie weiter. Die zweite Gefährlichkeit, die sie erlebten, kann aber mit der ersten nicht verglichen werden. Nach etlichen Tagen trug sie ihr Weg durch ein Brachfeld, da saß ein Hase in der Sonne und schlief, streckte die Ohren in die Höhe und hatte die großen, gläsernen Augen starr aufstehen. Da erschraken sie bei dem Anblick des grausamen und wilden Tieres insgesamt und hielten Rat, was zu tun das wenigst gefährliche wäre. Denn so sie fliehen wollten, war zu besorgen, das Ungeheuer setzte ihnen nach und verschlänge sie alle mit Haut und Haar. Also sprachen sie: »Wir müssen einen großen und gefährlichen Kampf bestehen, frisch gewagt ist halb gewonnen!«, fassten alle siebene den Spieß an, der Herr Schulz vorn und der Veidi hinten. Der Herr Schulz wollte den Spieß noch immer anhalten, der Veidi aber war hinten ganz mutig geworden, wollte losbrechen und rief:

»Stoß zu in aller Schwabe Name,
sonst wünsch i, dass ihr möcht erlahme.«

Aber der Hans wusste ihn zu treffen und sprach:

»Beim Element, du hascht gut schwätze,
bischt stets der letscht beim Drachehetze.«

Der Michal rief:

»Es wird nit fehle um ein Haar,
so ischt es wohl der Teufel gar.«

Drauf kam an den Jergli die Reihe, der sprach:

»Ischt er es nit, so ischts sei Muter
oder des Teufels Stiefbruder.«

Der Marli hatte da einen guten Gedanken und sagte zum Veitli:

»Gang, Veitli, gang, gang du voran,
I will dahinte vor di stahn.«

Der Veidi hörte aber nicht darauf, und der Jackli sagte:

»Der Schulz, der muss der erschte sei,
denn ihm gebührt die Ehr allei.«

Da nahm sich der Herr Schulz ein Herz und sprach gravitätisch:

»So zieht denn herzhaft in den Streit,
hieran erkennt man tapfre Leut.«

Da gingen sie insgesamt auf den Drachen los. Der Herr Schulz segnete sich und rief Gott um Beistand an; wie aber das alles nicht helfen wollte und er dem Feind immer näher kam, schrie er in

großer Angst: »Hau! Hurlehau! Hau! Hauhau!« Davon erwachte der Has, erschrak und sprang eilig davon. Als ihn der Herr Schulz so feldflüchtig sah, da rief er voll Freude:

»Potz, Veitli, lueg, lueg, was isch das?
Dös Ungehüer ischt nur a Has.«

Der Schwabenbund suchte aber weiter Abenteuer und kam an die Mosel, ein moosiges, stilles und tiefes Wasser, darüber nicht viel Brücken sind, sondern man an mehreren Orten sich muss in Schiffen überfahren lassen. Weil die sieben Schwaben dessen unberichtet waren, riefen sie einem Mann, der jenseits des Wassers seine Arbeit vollbrachte, zu, wie man doch hinüberkommen könnte? Der Mann verstand wegen der Weite und wegen ihrer Sprache nicht, was sie wollten, und fragte auf sein trierisch: »Wat? Wat?« Da meinte der Herr Schulz, er spräche nicht anders als: »Wate, wate durchs Wasser«, und hub an, weil er der Vorderste war, sich auf den Weg zu machen und in die Mosel hineinzugehen. Nicht lang, so versank er in dem Schlamm und in die antreibenden, tiefen Wellen, seinen Hut aber jagte der Wind hinüber an das jenseitige Ufer, und ein Frosch setzte sich dabei und quakte: »Wat, wat, wat.« Die sechs andern hörten das drüben und sprachen: »Unser Gesell, der Herr Schulz, ruft uns, kann er hinüberwaten, warum wir nicht auch?« Sprangen darum eilig alle zusammen in das Wasser und ertranken, also dass ein Frosch ihrer sechse ums Leben brachte, und niemand von dem Schwabenbund wieder nach Haus kam.

Hans im Glück

Hans hatte sieben Jahre bei seinem Herrn gedient, da sprach er zu ihm: »Herr, meine Zeit ist herum, nun wollte ich gerne wieder heim zu meiner Mutter, gebt mir meinen Lohn.« Der Herr antwortete: »Du hast mir treu und ehrlich gedient, wie der Dienst war, so soll der Lohn sein«, und gab ihm ein Stück Gold, das so groß als Hansens Kopf war. Hans zog sein Tüchlein aus der Tasche, wickelte den Klumpen hinein, setzte ihn auf die Schulter und machte sich auf den Weg nach Haus. Wie er so da-

hinging und immer ein Bein vor das andere setzte, kam ihm ein Reiter in die Augen, der frisch und fröhlich auf einem munteren Pferd vorbeitrabte. »Ach«, sprach Hans ganz laut, »was ist das Reiten für ein schönes Ding! Da sitzt einer wie auf einem Stuhl, stößt sich an keinen Stein, spart die Schuh und kommt fort, er weiß nicht wie.« Der Reiter, der das gehört hatte, hielt an und rief: »Ei, Hans, warum läufst du auch zu Fuß?« »Ich muss ja wohl«, antwortete er, »da habe ich einen Klumpen heimzutragen: es ist zwar Gold, aber ich kann den Kopf dabei nicht gerad halten, auch drückt mir's auf die Schulter.« »Weißt du was«, sagte der Reiter, »wir wollen tauschen: ich gebe dir mein Pferd, und du gibst mir deinen Klumpen.« »Von Herzen gern«, sprach Hans, »aber ich sage euch, ihr müsst euch damit schleppen.« Der Reiter stieg ab, nahm das Gold und half dem Hans hinauf, gab ihm die Zügel fest in die Hände und sprach: »Wenn's nun recht geschwind soll gehen, so musst du mit der Zunge schnalzen und hopp, hopp rufen.«

Hans war seelenfroh, als er auf dem Pferde saß und so frank und frei dahinritt. Über ein Weilchen fiel's ihm ein, es sollte noch schneller gehen, und fing an mit der Zunge zu schnalzen und hopp, hopp zu rufen. Das Pferd setzte sich in starken Trab und ehe sich's Hans versah, war er abgeworfen und lag in einem Graben, der die Äcker von der Landstraße trennte. Das Pferd wäre auch durchgegangen, wenn es nicht ein Bauer aufgehalten hätte, der des Weges kam und eine Kuh vor sich hertrieb. Hans suchte seine Glieder zusammen und machte sich wieder auf die Beine. Er war aber verdrießlich und sprach zu dem Bauer: »'s ist ein schlechter Spaß, das Reiten, zumal, wenn man auf so eine Mähre gerät wie diese, die stößt und einen herabwirft, dass man sich den Hals brechen kann; ich setze mich nun und nimmermehr wieder auf. Da lob ich mir eure Kuh, da kann einer mit Gemächlichkeit hinterhergehen, und hat obendrein seine Milch, Butter und Käse jeden Tag gewiss. Was gäb ich darum, wenn ich so eine Kuh hätte!« »Nun«, sprach der Bauer, »geschieht euch so ein großer Gefallen, so will ich euch wohl die Kuh für das Pferd vertauschen.« Hans willigte mit tausend Freuden ein; der Bauer schwang sich aufs Pferd und ritt eilig davon.

Hans trieb seine Kuh ruhig vor sich her und bedachte den glücklichen Handel. »Hab ich nur ein Stück Brot, und daran wird mir's doch nicht fehlen, so kann ich, so oft mir's beliebt, Butter und Käse dazu essen; hab ich Durst, so melk ich meine Kuh und trinke Milch. Herz, was verlangst du mir?« Als er zu einem Wirtshaus kam, machte er halt, aß in der großen Freude alles, was er bei sich hatte, sein Mittags- und Abendbrot, rein auf, und ließ sich für seine letzten paar Heller ein halbes Glas Bier einschenken. Dann trieb er seine Kuh weiter, immer nach dem Dorfe seiner Mutter zu. Die Hitze war drückender, je näher der Mittag kam, und Hans befand sich in einer Heide, die wohl noch eine Stunde dauerte. Da ward es ihm ganz heiß, sodass ihm vor Durst die Zunge am Gaumen klebte. »Dem Ding ist zu helfen«, dachte Hans, »jetzt will ich meine Kuh melken und mich an der

Milch laben.« Er band sie an einen dürren Baum, und da er keinen Eimer hatte, so stellte er seine Ledermütze unter, aber wie er sich auch bemühte, es kam kein Tropfen Milch zum Vorschein. Und weil er sich ungeschickt dabei anstellte, so gab ihm das ungeduldige Tier endlich mit einem der Hinterfüße einen solchen Schlag vor den Kopf, dass er zu Boden taumelte und eine Zeit lang sich gar nicht besinnen konnte, wo er war. Glücklicherweise kam gerade ein Metzger des Weges, der auf einem Schubkarren ein junges Schwein liegen hatte. »Was sind das für Streiche?«, rief er und half dem guten Hans auf. Hans erzählte, was vorgefallen war. Der Metzger reichte ihm seine Flasche und sprach: »Da trinkt einmal und erholt euch. Die Kuh will wohl keine Milch geben, das ist ein altes Tier, das höchstens noch zum Ziehen taugt oder zum Schlachten.« »Ei, ei«, sprach Hans, und strich sich die Haare über den Kopf, »wer hätte das gedacht! Es ist freilich gut, wenn man so ein Tier ins Haus abschlachten kann, was gibt's für Fleisch! Aber ich mache mir aus dem Kuhfleisch nicht viel, es ist mir nicht saftig genug. Ja!, wer so ein junges Schwein hätte! Das schmeckt anders, dabei noch die Würste.« »Hört, Hans«, sprach der Metzger, »euch zu Liebe will ich tauschen und will euch das Schwein für die Kuh lassen.« »Gott lohn euch eure Freundschaft«, sprach Hans, übergab ihm die Kuh, ließ sich das Schweinchen vom Karren losmachen und den Strick, woran es gebunden war, in die Hand geben.

Hans zog weiter und überdachte, wie ihm doch alles nach Wunsch ging, begegnete ihm ja eine Verdrießlichkeit, so würde sie doch gleich wieder gutgemacht. Es gesellte sich danach ein Bursch zu ihm, der trug eine schöne, weiße Gans unter dem Arm. Sie boten einander die Zeit, und Hans fing an von seinem Glück zu erzählen und wie er immer so vorteilhaft getauscht hätte. Der Bursch erzählte ihm, dass er die Gans zu einem Kindtaufschmaus brächte. »Hebt einmal«, fuhr er fort, und packte sie bei den Flügeln, »wie schwer sie ist, die ist aber auch acht Wochen lang genudelt worden. Wer in den Braten beißt, muss sich das Fett von beiden Seiten abwischen.« »Ja«, sprach Hans, und wog sie mit der einen Hand, »die hat ihr Gewicht, aber mein Schwein ist auch

keine Sau.« Indessen sah sich der Bursch nach allen Seiten ganz bedenklich um, schüttelte auch wohl mit dem Kopf. »Hört«, fing er darauf an, »mit eurem Schweine mag's nicht ganz richtig sein. In dem Dorfe, durch das ich gekommen bin, ist eben dem Schulzen eins aus dem Stall gestohlen worden. Ich fürchte, ich fürchte, ihr habt's da in der Hand. Sie haben Leute ausgeschickt, und es wäre ein schlimmer Handel, wenn sie euch mit dem Schweine erwischten; das Geringste ist, dass ihr ins finstere Loch gesteckt werdet.« Dem guten Hans ward bang. »Ach Gott«, sprach er, »helft mir aus der Not, ihr wisst hier herum besser Bescheid, nehmt mein

Schwein da und lasst mir eure Gans.« »Ich muss schon etwas aufs Spiel setzen«, antwortete der Bursche, »aber ich will doch nicht schuld sein, dass ihr ins Unglück geratet.« Er nahm also das Seil in die Hand und trieb das Schwein schnell auf einen Seitenweg fort, der gute Hans aber ging, seiner Sorge entledigt, mit der Gans unter dem Arme der Heimat zu. »Wenn ich's recht überlege«, sprach er mit sich selbst, »habe ich noch Vorteil bei dem Tausch: Erstlich den guten Braten, hernach die Menge von Fett, die heraustäufeln wird, das gibt Gänsefettbrot auf ein Vierteljahr; und endlich die schönen, weißen Federn, die lass ich mir in mein Kopfkissen stopfen und darauf will ich wohl ungewiegt einschlafen. Was wird meine Mutter eine Freude haben!«

Als er durch das letzte Dorf gekommen war, stand da ein Scherenschleifer mit seinem Karren, sein Rad schnurrte, und er sang dazu:

»Ich schleife die Schere und drehe geschwind,
und hänge mein Mäntelchen nach dem Wind.«

Hans blieb stehen und sah ihm zu; endlich redete er ihn an und sprach: »Euch geht's wohl, weil ihr so lustig bei eurem Schleifen seid.« »Ja«, antwortete der Scherenschleifer, »das Handwerk hat einen güldenen Boden. Ein rechter Schleifer ist ein Mann, der, so oft er in die Tasche greift, auch Geld darin findet. Aber wo habt ihr die schöne Gans gekauft?« »Die hab ich nicht gekauft, sondern für mein Schwein eingetauscht.« »Und das Schwein?« »Das hab ich für eine Kuh gekriegt.« »Und die Kuh?« »Die hab ich für ein Pferd bekommen.« »Und das Pferd?« »Dafür hab ich einen Klumpen Gold, so groß als mein Kopf, gegeben.« »Und das Gold?« »Ei, das war mein Lohn für sieben Jahre Dienst.« »Ihr habt euch jederzeit zu helfen gewusst«, sprach der Schleifer, »könnt ihr's nun dahin bringen, dass ihr das Geld in der Tasche springen hört, wenn ihr aufsteht, so habt ihr euer Glück gemacht.« »Wie soll ich das anfangen?«, sprach Hans. »Ihr müsst ein Schleifer werden, wie ich; dazu gehört eigentlich nichts als ein Wetzstein, das andere findet sich von selbst. Da hab ich einen, der ist zwar ein wenig schadhaft, dafür sollt ihr mir aber auch weiter nichts als eure Gans geben; wollt ihr das?« »Wie könnt ihr noch fragen«, antwortete Hans, »ich werde ja zum glücklichsten Menschen auf Erden; habe ich Geld, so oft ich in die Tasche greife, was brauche ich da länger zu sorgen?« Er reichte ihm die Gans hin und nahm den Wetzstein in Empfang. »Nun«, sprach der Schleifer, und hob einen gewöhnlichen, schweren Feldstein, der neben ihm lag, auf, »da habt ihr noch einen tüchtigen Stein dazu, auf dem sich's gut schlagen lässt und ihr eure alten Nägel gerade klopfen könnt. Nehmt ihn und hebt ihn ordentlich auf.«

Hans lud den Stein auf und ging mit vergnügtem Herzen weiter; seine Augen leuchteten vor Freude, »ich muss in einer Glückshaut geboren sein«, rief er aus, »alles was ich wünsche, trifft mir ein, wie einem Sonntagskind.« Indessen, weil er seit Tagesanbruch auf den Beinen gewesen war, begann er müde zu werden; auch plagte ihn der Hunger, da er allen Vorrat auf einmal in der Freude über die erhandelte Kuh aufgezehrt hatte. Er konnte endlich nur mit Mühe weitergehen und musste jeden Augenblick haltmachen; dabei drückten ihn die Steine ganz erbärmlich. Da konnte er sich des Gedankens nicht erwehren, wie gut es wäre, wenn er sie gerade jetzt nicht zu tragen brauchte. Wie eine Schnecke kam er zu einem Feldbrunnen geschlichen, wollte da ruhen und sich mit einem frischen Trank laben; damit er aber die Steine im Niedersitzen nicht beschädigte, legte er sie bedächtig neben sich auf den Rand des Brunnens. Darauf setzte er sich nieder und wollte sich zum Trinken bücken, da versah er's, stieß ein klein wenig an, und beide Steine plumpsten hinab. Hans, als er sie mit den Augen in die Tiefe hatte versinken sehen, sprang vor Freuden auf, kniete dann nieder und dankte Gott mit Tränen in den Augen, dass er ihm auch diese Gnade noch erwiesen und ihn auf eine so gute Art, und ohne dass er sich einen Vorwurf zu machen brauchte, von den schweren Steinen befreit hätte, die ihm allein noch hinderlich gewesen wären. »So glücklich wie ich«, rief er aus, »gibt es keinen Menschen unter der Sonne.« Mit leichtem Herzen und frei von aller Last, sprang er nun fort, bis er daheim bei seiner Mutter war.

Das kluge Gretel

Es war eine Köchin, die hieß Gretel, die trug Schuhe mit roten Absätzen, und wenn sie damit ausging, so drehte sie sich hin und her, war ganz fröhlich und dachte: »Du bist doch ein schönes Mädel.« Und wenn sie nach Haus kam, so trank sie aus Fröhlichkeit einen Schluck Wein, und weil der Wein auch Lust zum Essen macht, so versuchte sie das Beste, was sie kochte, so lang, bis sie satt war und sprach: »Die Köchin muss wissen, wie's Essen schmeckt.«

Es trug sich zu, dass der Herr einmal zu ihr sagte: »Gretel, heute Abend kommt ein Gast, richte mir zwei Hühner fein wohl zu.« »Will's schon machen, Herr«, antwortete die Gretel. Nun stach's die Hühner ab, brühte sie, rupfte sie, steckte sie an den Spieß und

brachte sie, wie's gegen Abend ging, zum Feuer, damit sie braten sollten. Die Hühner fingen an braun und gar zu werden, aber der Gast war noch nicht gekommen. Da rief Gretel dem Herrn: »Kommt der Gast nicht, so muss ich die Hühner vom Feuer tun, ist aber Jammer und Schade, wenn sie nicht bald gegessen werden, wo sie am besten im Saft sind.« Sprach der Herr: »So will ich nur selbst laufen und den Gast holen.« Als der Herr den Rücken gekehrt hatte, legte Gretel den Spieß mit den Hühnern beiseite und dachte: »So lange da beim Feuer stehen, macht schwitzen und durstig, wer weiß, wann die kommen! Derweil spring ich in den Keller und tue einen Schluck.« Lief hinab, setzte einen Krug an, sprach: »Gott gesegne es dir, Gretel«, und tat einen guten Zug. »Der Wein hängt aneinander«, sprach's weiter, »und ist nicht gut abbrechen«, und tat noch einen ernsthaften Zug. Nun ging es und stellte die Hühner wieder übers Feuer, strich sie mit Butter und trieb den Spieß lustig herum. Weil aber der Braten so gut roch, dachte Gretel: »Es könnte etwas fehlen, versucht muss er werden!«, schleckte mit dem Finger und sprach: »Ei, was sind die Hühner so gut! Ist ja Sünd' und Schand', dass man sie nicht gleich isst!« Lief zum Fenster, ob der Herr mit dem Gast noch nicht käm, aber es sah niemand, stellte sich wieder zu den Hühnern, dachte, der eine Flügel verbrennt, »besser ist's, ich ess ihn weg.« Also schnitt es ihn ab und aß ihn auf; und er schmeckte ihm, und wie es damit fertig war, dachte es: »Der andere muss auch herab, sonst merkt der Herr, dass etwas fehlt.« Wie die zwei Flügel verzehrt waren, ging es wieder und schaute nach dem Herrn und sah ihn nicht »Wer weiß«, fiel ihm ein, »sie kommen wohl gar nicht und sind wo eingekehrt.« Da sprach's: »Hei, Gretel, sei guter Dinge, das eine ist doch angegriffen, tu noch einen frischen Trunk und iss es vollends auf, wenn es alle ist, hast du Ruhe, warum soll die gute Gottesgabe umkommen?« Also lief es noch einmal in den Keller, tat einen ehrbaren Trunk und aß das eine Huhn in aller Freudigkeit auf. Wie das eine Huhn hinunter war und der Herr noch immer nicht kam, sah Gretel das andere an und sprach: »Wo das eine ist, muss das andere auch sein, die zwei gehören zusammen, was dem einen recht ist, dass ist dem andern billig; ich glaube, wenn ich noch einen Trunk tue, so sollte mir's nicht schaden.« Also tat es noch einen herzhaften Trunk und ließ das zweite Huhn wieder zum andern laufen.

Wie es so im besten Essen war, kam der Herr dahergegangen und rief: »Eil' dich, Gretel, der Gast kommt gleich nach.« »Ja, Herr, will's schon zurichten«, antwortete Gretel. Der Herr sah indessen, ob der Tisch wohl gedeckt war, nahm das große Messer, womit er die Hühner zerschneiden wollte und wetzte es auf dem Gang. Indem kam der Gast, klopfte sittig und höflich an der Haustüre. Gretel lief und schaute, wer da war, und als es den Gast sah, hielt es den Finger an den Mund und sprach: »Still, still! Macht geschwind, dass ihr wieder fort kommt, wenn euch mein Herr erwischt, so seid ihr unglücklich; er hat euch zwar zum Nachtessen eingeladen, aber er hat nichts anderes im Sinn, als euch die beiden Ohren abzuschneiden. Hört nur, wie er das Messer dazu wetzt.« Der Gast hörte das Wetzen und eilte was er konnte, die Stiegen wieder hinab. Gretel war nicht faul, lief schreiend zu dem Herrn und rief: »Da habt Ihr einen schönen Gast eingeladen!« »Ei warum, Gretel, was meinst du damit?« »Ja«, sagte es, »der hat mir beide Hühner, die ich eben auftragen wollte, von der Schüssel genommen und ist damit fortgelaufen.« »Das ist feine Weise!«, sprach der Herr, und es ward ihm leid um die schönen Hühner. »Wenn er mir dann wenigstens das eine gelassen hätte, damit mir was zu essen gewesen wäre.« Er rief ihm nach, er sollte bleiben, aber der Gast tat, als hörte er es nicht. Da lief er hinter ihm her, das Messer noch immer in der Hand und schrie: »Nur eins!, nur eins!«, und meinte, der Gast sollte ihm nur ein Huhn lassen, und nicht alle beide nehmen. Der Gast aber meinte nicht anders, als er sollte eins von seinen Ohren hergeben und lief, als wenn Feuer unter ihm brannte, damit er sie beide heimbrächte.

König Drosselbart

Ein König hatte eine Tochter, die war über alle Maßen schön, aber dabei so stolz und übermütig, dass ihr kein Freier gut genug war. Sie wies einen nach dem andern ab und trieb noch dazu Spott mit ihnen. Einmal ließ der König ein großes Fest anstellen, und lud dazu aus der Nähe und Ferne die heiratslustigen Männer ein. Sie wurden alle in eine Reihe nach Rang und Stand geordnet; erst kamen die Könige, dann die Herzöge, die Fürsten, Grafen und Freiherrn, zuletzt die Edelleute. Nun ward die Königstochter durch die Reihen geführt, aber an jedem hatte sie etwas auszusetzen. Der eine war ihr zu dick, »das Weinfass!«, sprach sie. Der andere zu lang: »Lang und schwank hat keinen Gang.« Der dritte zu kurz: »Kurz und dick hat kein Geschick.« Der vierte zu blass: »Der bleiche Tod!« Der fünfte zu rot: »Der Zinshahn!« Der sechste war nicht grad genug: »Grünes Holz, hinterm Ofen getrocknet!« Und so hatte sie an einem jeden etwas auszusetzen, besonders aber machte sie sich über einen guten König lustig, der ganz oben stand, und dem das Kinn ein wenig krumm gewachsen war. »Ei«, rief sie und lachte, »der hat ein Kinn, wie die Drossel einen Schnabel«; und seit der Zeit bekam er den Namen »Drosselbart.« Der alte König aber, als er sah, dass seine Tochter nichts tat, als über die Leute spotten, und alle Freier, die da versammelt waren, verschmähte, ward er zornig und schwur, sie sollte den ersten besten Bettler zum Manne nehmen, der vor seine Türe käme.

Ein paar Tage darauf hob ein Spielmann an unter dem Fenster zu singen, um damit ein geringes Almosen zu verdienen. Als es der König hörte, sprach er: »Lasst ihn heraufkommen.« Da trat der Spielmann in seinen schmutzigen, verlumpten Kleidern herein, sang vor dem König und seiner Tochter, und bat, als er fertig war, um eine milde Gabe. Der König sprach: »Dein Gesang hat mir so wohlgefallen, dass ich dir meine Tochter da zur Frau geben will.« Die Königstochter erschrak, aber der König sagte: »Ich habe den Eid getan, dich dem ersten besten Bettelmann zu geben, den will ich auch halten.« Es half keine Einrede, der Pfarrer ward geholt, und sie musste sich gleich mit dem Spielmann trauen lassen. Als das geschehen war, sprach der König: »Nun schickt sich's nicht, dass du als ein Bettelweib noch länger in meinem Schloss bleibst, du kannst nur mit deinem Manne fortziehen.«

Der Bettelmann führte sie an der Hand hinaus, und sie musste mit ihm zu Fuß fortgehen. Als sie in einen großen Wald kamen, da fragte sie:

»Ach, wem gehört der schöne Wald?«
»Der gehört dem König Drosselbart;
hätt'st du'n genommen, so wär' er dein.«
»Ich arme Jungfer zart,
ach, hätt' ich genommen den König Drosselbart!«

Darauf kamen sie über eine Wiese, da fragte sie wieder:

»Wem gehört die schöne grüne Wiese?«
»Sie gehört dem König Drosselbart;
hätt'st du'n genommen, so wär'sie dein.«
»Ich arme Jungfer zart,
ach, hätt' ich genommen den König Drosselbart!«

Dann kamen sie durch eine große Stadt, da fragte sie wieder:

»Wem gehört diese schöne große Stadt?«
»Sie gehört dem König Drosselbart;
hätt's du'n genommen, so wär' sie dein.«
»Ich arme Jungfer zart,
ach, hätt' ich genommen den König Drosselbart!«

»Es gefällt mir gar nicht«, sprach der Spielmann, »dass du dir immer einen andern zum Manne wünschest; bin ich dir nicht gut genug?« Endlich kamen sie an ein ganz kleines Häuschen, da sprach sie:

»Ach, Gott, was ist das Haus so klein!
Wem mag das elende, winzige Häuschen sein!«

Der Spielmann antwortete: »Das ist mein und dein Haus, wo wir zusammen wohnen.« Sie musste sich bücken, damit sie zu der niedrigen Tür hineinkam. »Wo sind die Diener?«, sprach die Königstochter. »Was, Diener!«, antwortete der Bettelmann, »du musst selber tun, was du willst getan haben. Mach nur gleich Feuer an und stell Wasser auf, dass du mir mein Essen kochst; ich bin ganz müde.« Die Königstochter verstand aber nichts vom Feueranmachen und Kochen, und der Bettelmann musste selber mit Hand anlegen, dass es noch so leidlich ging. Als sie die schmale Kost verzehrt hatten, legten sie sich zu Bett; aber am Morgen trieb er sie schon ganz früh heraus, weil sie das Haus besorgen sollte. Ein paar Tage lebten sie auf diese Art schlecht und recht und zehrten ihren Vorrat auf. Da sprach der Mann: »Frau, so geht's nicht länger, dass wir hier zehren und nichts verdienen. Du sollst Körbe flechten.« Er ging aus, schnitt Weiden und brachte sie heim; da fing sie an zu flechten, aber die harten Weiden stachen ihr die zarten Hände wund. »Ich sehe, das geht nicht«, sprach der Mann, »spinn lieber, vielleicht kannst du das besser.« Sie setzte sich hin, und versuchte zu spinnen, aber der harte Faden schnitt ihr bald in die weichen Finger, dass das Blut daran herunterlief. »Siehst du«, sprach der Mann, »du taugst zu keiner Arbeit, mit dir bin ich schlimm angekommen. Nun will ich's versuchen und einen Handel mit Töpfen und irdenem Geschirr anfangen: du sollst dich auf den Markt setzen, und die Ware feilhalten.« »Ach«, dachte sie, »wenn auf den Markt Leute aus meines Vaters Reich kommen und sehen mich da sitzen und feilhalten, wie werden sie mich verspotten!« Aber es half nichts, sie musste sich fügen, wenn sie nicht Hungers sterben wollte. Das erste Mal ging's gut, denn die Leute kauften der Frau, weil sie schön war, gern ihre Ware ab und bezahlten, was sie forderte; ja, viele gaben ihr das Geld, und ließen ihr die Töpfe noch dazu. Nun lebten sie von dem Erworbenen so lang es dauerte, da handelte der Mann wieder eine Menge neues Geschirr ein. Sie setzte sich damit an eine Ecke des Marktes und stellte es um sich her, und hielt feil. Da kam plötzlich ein trunkener Husar dahergejagt, und ritt geradezu in die Töpfe hinein, dass alles in tausend Scherben zersprang. Sie fing an zu weinen und wusste vor Angst nicht, was sie anfangen sollte. »Ach, wie wird mir's ergehen!«, rief sie, »was wird mein Mann dazu sagen!« Sie lief heim und erzählte ihm das Unglück. »Wer setzt sich auch an die Ecke des Marktes mit irdenem Geschirr?«, sprach der Mann, »lass nur das Weinen, ich sehe wohl, du bist zu keiner ordentlichen Arbeit zu gebrauchen. Da bin ich in unseres Königs Schloss gewesen und habe gefragt, ob sie nicht eine Küchenmagd brauchen könnten, und sie haben mir versprochen, sie wollten dich dazu nehmen; dafür bekommst du freies Essen.«

Nun ward die Königstochter eine Küchenmagd, musste dem Koch zur Hand gehen und die sauerste Arbeit tun. Sie machte sich in beiden Taschen ein Töpfchen fest, darin brachte sie nach Hause,

was ihr von dem übrig gebliebenen zu Teil ward, und davon nährten sie sich. Es trug sich zu, dass die Hochzeit des ältesten Königssohnes sollte gefeiert werden, da ging die arme Frau hinauf, stellte sich vor die Saaltüre und wollte zusehen. Als nun die Lichter angezündet waren, und immer einer schöner als der andere hereintrat, und alles voll Pracht und Herrlichkeit war, da dachte sie mit betrübtem Herzen an ihr Schicksal und verwünschte ihren Stolz und Übermut, der sie erniedrigt und in so große Armut gestürzt hatte. Von den köstlichen Speisen, die da ein- und ausgetragen wurden, und von welchen der Geruch zu ihr aufstieg, warfen ihr Diener manchmal ein paar Brocken zu, die tat sie in ihr Töpfchen, und wollte es heimtragen. Auf einmal trat der Königssohn herein, war in Samt und Seide gekleidet und hatte goldene Ketten um den Hals. Und als er die schöne Frau in der Türe stehen sah, ergriff er sie bei der Hand und wollte mit ihr tanzen, aber sie weigerte sich und erschrak, denn sie sah, dass es der König Drosselbart war, der um sie gefreit und den sie mit Spott abgewiesen hatte. Ihr Sträuben half nichts, er zog sie in den Saal: Da zerriss das Band, an

welchem die Taschen hingen, und die Töpfe fielen heraus, dass die Suppe floss, und die Brocken herumsprangen. Und wie das die Leute sahen, entstand ein allgemeines Gelächter und Spotten, und sie war so beschämt, dass sie sich lieber tausend Klafter unter die Erde gewünscht hätte. Sie sprang zur Tür hinaus und wollte entfliehen, aber auf der Treppe holte sie ein Mann ein und brachte sie zurück: Und wie sie ihn ansah, war es wieder der König Drosselbart. Er sprach ihr freundlich zu: »Fürchte dich nicht, ich und der

Spielmann, der mit dir in dem elenden Häuschen gewohnt hat, sind eins; dir zu Liebe habe ich mich so verstellt, und der Husar, der dir die Töpfe entzwei geritten hat, bin ich auch gewesen. Das alles ist geschehen, um deinen stolzen Sinn zu beugen und dich für deinen Hochmut zu strafen, womit du mich verspottest hast.« Da weinte sie bitterlich und sagte: »Ich habe großes Unrecht gehabt und bin nicht wert, deine Frau zu sein.« Er aber sprach: »Tröste dich, die bösen Tage sind vorüber, jetzt wollen wir unsere Hochzeit feiern.« Da kamen die Kammerfrauen und taten ihr die prächtigsten Kleider an, und ihr Vater kam und der ganze Hof und wünschten ihr Glück zu ihrer Vermählung mit dem König Drosselbart, und die rechte Freude fing jetzt erst an. Ich wollte, du und ich, wir wären auch dabei gewesen.

Die drei Faulen

Ein König hatte drei Söhne, die waren ihm alle gleich lieb, und er wusste nicht, welchen er zum König nach seinem Tode bestimmen sollte. Als die Zeit kam, dass er sterben wollte, rief er sie vor sein Bett und sprach: »Liebe Kinder, ich habe etwas bei mir bedacht, das will ich euch eröffnen: Welcher von euch der Faulste ist, der soll nach mir König werden.« Da sprach der Älteste: »Vater, so gehört das Reich mir, denn ich bin so faul, wenn ich

liege und will schlafen, und es fällt mir ein Tropfen in die Augen, so mag ich sie nicht zutun, damit ich einschlafe.« Der Zweite sprach: »Vater, das Reich gehört mir, denn ich bin so faul, wenn ich beim Feuer sitze, mich zu wärmen, so ließ ich mir eher die Fersen verbrennen, eh ich die Beine zurückzöge.« Der Dritte sprach: »Vater, das Reich ist mein, denn ich bin so faul, sollt ich aufgehängt werden, und hätte den Strick schon um den Hals, und einer gäbe mir ein scharfes Messer in die Hand, damit ich den Strick zerschneiden dürfte, so ließ ich mich eher aufhenken, eh ich meine Hand erhübe zum Strick.« Wie der Vater das hörte, sprach er: »Du hast es am weitesten gebracht und sollst der König sein.«

Brüderchen und Schwesterchen

Brüderchen nahm sein Schwesterchen an der Hand und sprach: »Seit die Mutter tot ist, haben wir keine gute Stunde mehr; die Stiefmutter schlägt uns alle Tage, und wenn wir zu ihr kommen, stößt sie uns mit den Füßen fort. Die harten Brotkrusten, die übrig bleiben, sind unsere Speise, und dem Hündlein unter dem Tisch geht's besser, dem wirft sie doch manchmal einen guten Bissen zu. Dass Gott erbarm, wenn das unsere Mutter wüsste! Komm, wir wollen miteinander in die weite Welt gehen.« Sie gingen den ganzen Tag über Wiesen, Felder und Steine, und wenn es regnete, sprach das Schwesterchen: »Gott und unsere Herzen, die weinen zusammen!« Abends kamen sie in einen großen Wald und waren so müde von Jammer, Hunger und dem langen Weg, dass sie sich in einen hohlen Baum legten und einschliefen.

Am andern Morgen, als sie aufwachten, stand die Sonne schon hoch am Himmel und schien heiß in den Baum hinein. Da sprach das Brüderchen: »Schwesterchen, mich dürstet, wenn ich ein Brünnlein wüsste, ich ging und tränk einmal; ich mein, ich hört' eins rauschen.« Brüderchen stand auf, nahm Schwesterchen an der Hand, und sie wollten das Brünnlein suchen. Die böse Stiefmutter aber war eine Hexe und hatte wohl gesehen, wie die beiden Kinder fortgegangen waren, war ihnen nachgeschlichen, heimlich, wie die Hexen schleichen, und hatte alle Brunnen im Walde verwünscht. Als sie nun ein Brünnlein fanden, das so glitzerig über die Steine sprang, wollte das Brüderchen daraus trinken, aber das Schwesterchen hörte, wie es im Rauschen sprach: »Wer aus mir trinkt, wird ein Tiger, wer aus mir trinkt, wird ein Tiger.« Da rief das Schwesterchen: »Ich bitte dich, Brüderchen, trink nicht, sonst wirst du ein wildes Tier und zerreißest mich.« Das Brüderchen trank nicht, ob es gleich so großen Durst hatte und sprach: »Ich will warten bis zur nächsten Quelle.« Als sie zum zweiten Brünnlein kamen, hörte das Schwesterchen, wie auch dieses sprach: »Wer aus mir trinkt, wird ein Wolf, wer aus mir trinkt, wird ein

Wolf.« Da rief das Schwesterchen: »Brüderchen, ich bitte dich, trink nicht, sonst wirst du ein Wolf und frisst mich.« Das Brüderchen trank nicht, und sprach: »Ich will warten, bis wir zur nächsten Quelle kommen, aber dann muss ich trinken, du magst sagen, was du willst, mein Durst ist gar zu groß.«

Und als sie zum dritten Brünnlein kamen, hörte das Schwesterlein, wie es im Rauschen sprach: »Wer aus mir trinkt, wird ein Reh; wer aus mir trinkt, wird ein Reh.« Das Schwesterchen sprach: »Ach Brüderchen, ich bitte dich, trink nicht, sonst wirst du ein Reh und läufst mir fort.« Aber das Brüderchen hatte sich gleich beim Brünnlein niedergekniet, hinabgebeugt, und von dem Wasser getrunken, und wie die ersten Tropfen auf seine Lippen gekommen waren, lag es da als ein Rehkälbchen.

Nun weinte das Schwesterchen über das arme, verwünschte Brüderchen, und das Rehchen weinte auch und saß so traurig neben ihm. Da sprach das Mädchen endlich: »Sei still, liebes Rehchen, ich will dich ja nimmermehr verlassen.« Dann band es sein goldenes Strumpfband ab und tat es dem Rehchen um den Hals und rupfte Binsen und flocht ein weiches Seil daraus. Daran band es das Tierchen und führte es weiter, und ging immer tiefer in den Wald hinein. Und als sie lange, lange gegangen waren, kamen sie endlich an ein kleines Haus, und das Mädchen schaute hinein, und weil es leer war, dachte es: »Hier können wir bleiben und wohnen.« Da suchte es dem Rehchen Laub und Moos zu einem weichen Lager, und jeden Morgen ging es aus und sammelte sich Wurzeln, Beeren und Nüsse, und für das Rehchen brachte es zartes Gras mit, das fraß es ihm aus der Hand, war vergnügt, und spielte vor ihm herum. Abends, wenn Schwesterchen müde war und sein Gebet gesagt hatte, legte es seinen Kopf auf den Rücken des Rehkälbchens, das war sein Kissen, darauf es sanft einschlief. Und hätte das Brüderchen nur seine menschliche Gestalt gehabt, es wäre ein herrliches Leben gewesen.

Das dauerte eine Zeit lang, dass sie so allein in der Wildnis waren. Es trug sich aber zu, dass der König des Landes eine große Jagd in dem Walde hielt. Da schallte das Hörnerblasen, Hundegebell und das lustige Geschrei der Jäger durch die Bäume, und das

Rehlein hörte es und wäre gar zu gerne dabei gewesen. »Ach«, sprach es zum Schwesterlein, »lass mich hinaus in die Jagd, ich kann's nicht länger mehr aushalten«, und bat so lange, bis es einwilligte. »Aber«, sprach es zu ihm, »komm mir ja abends wieder, vor den wilden Jägern schließ ich mein Türlein; und damit ich dich kenne, so klopf und sprich: »Mein Schwesterlein, lass mich herein«, und wenn du nicht so sprichst, schließ ich mein Türlein nicht auf.« Nun sprang das Rehchen hinaus, und war ihm so wohl und war so lustig in freier Luft.

Der König und seine Jäger sahen das schöne Tier und setzten ihm nach, aber sie konnten es nicht einholen, und wenn sie meinten, sie hätten es gewiss, da sprang es über das Gebüsch weg und war verschwunden. Als es dunkel ward, lief es zu dem Häuschen, klopfte, und sprach: »Mein Schwesterlein, lass mich herein.« Da ward ihm die kleine Tür aufgetan, es sprang hinein, und ruhte sich die ganze Nacht auf seinem weichen Lager aus. Am andern Morgen ging die Jagd von Neuem an, und als das Rehlein wieder das Hüfthorn hörte, und das Hallo der Jäger, da hatte es keine Ruhe und sprach: »Schwesterchen, mach mir auf, ich muss hinaus.« Das Schwesterchen öffnete ihm die Türe und sprach: »Aber zu Abend musst du wieder da sein und dein Sprüchlein sagen.« Als der König und seine Jäger das Rehlein mit dem goldenen Halsband wieder sahen, jagten sie ihm alle nach, aber es war ihnen zu schnell und behänd. Das währte den ganzen Tag, endlich aber hatten es die Jäger abends umzingelt, und einer verwundete es ein wenig am Fuß, sodass es hinken musste und langsam fortlief. Da schlich ihm ein Jäger nach bis zu dem Häuschen und hörte wie es rief: »Mein Schwesterlein, lass mich herein«, und sah, dass die Tür ihm aufgetan und alsbald wieder zugeschlossen ward. Der Jäger behielt das alles wohl im Sinn, ging zum König und erzählte ihm, was er gesehen und gehört hatte. Da sprach der König: »Morgen soll noch einmal gejagt werden.«

Das Schwesterchen aber erschrak gewaltig, als es sah, dass sein Rehkälbchen verwundet war. Es wusch ihm das Blut ab, legte Kräuter auf und sprach: »Geh auf dein Lager, lieb Rehchen, dass du wieder heil wirst.« Die Wunde aber war so gering, dass das

Rehchen am Morgen nichts mehr davon spürte. Und als es die Jagdlust wieder draußen hörte, sprach es: »Ich kann's nicht aushalten, ich muss dabei sein, so bald soll mich keiner kriegen.« Das Schwesterchen weinte und sprach: »Nun werden sie dich töten, und ich bin hier allein im Wald und bin verlassen von aller Welt, ich lass dich nicht hinaus.« »So sterb ich dir hier vor Betrübnis«, antwortete das Rehchen, »wenn ich das Hüfthorn höre, so mein ich, ich müsst aus den Schuhen springen!« Da konnte das Schwesterchen nicht anders und schloss ihm mit schwerem Herzen die Tür auf, und das Rehchen sprang gesund und fröhlich in den Wald. Als es der König erblickte, sprach er zu seinen Jägern: »Nun jagt ihm nach den ganzen Tag bis in die Nacht, aber dass ihm keiner etwas zuleide tut.«

Sobald die Sonne untergegangen war, sprach der König zum Jäger: »Nun komm und zeige mir das Waldhäuschen.« Und als er vor dem Türlein war, klopfte er an und rief: »Lieb Schwesterlein, lass mich herein.« Da ging die Tür auf, und der König trat herein, und da stand ein Mädchen, das war so schön, wie er noch keins gesehen hatte. Das Mädchen erschrak, als es sah, dass nicht sein Rehlein, sondern ein Mann hereinkam, der eine goldene Krone auf dem Haupt hatte. Aber der König sah es freundlich an, reichte ihm die Hand und sprach: »Willst du mit mir gehen auf mein Schloss und meine liebe Frau sein?« »Ach ja«, antwortete das Mädchen, »aber das Rehchen muss auch mit, das verlass ich nicht.« Sprach der König: »Es soll bei dir bleiben, so lange du lebst, und soll ihm an nichts fehlen.« Indem kam es hereingesprungen, da band es das Schwesterchen wieder an das Binsenseil, nahm das Seil selbst in die Hand und ging mit ihm aus dem Waldhäuschen fort.

Der König nahm das schöne Mädchen auf sein Pferd und führte es in sein Schloss, wo die Hochzeit mit großer Pracht gefeiert wurde, und es war nun die Frau Königin, und sie lebten lange Zeit vergnügt zusammen; das Rehlein ward gehegt und gepflegt und sprang in dem Schlossgarten herum. Die böse Stiefmutter aber, um derentwillen die Kinder in die Welt hineingegangen waren, die meinte nicht anders, als Schwesterchen wäre von den wilden Tieren im Walde zerrissen worden, und Brüderchen als ein Rehkalb von den Jägern tot geschossen. Als sie nun hörte, dass sie so glücklich waren, und es ihnen so wohlging, da wurden Neid und Missgunst in ihrem Herzen rege und ließen ihr keine Ruhe; sie hatte keinen andern Gedanken, als wie sie die beiden doch noch ins Unglück bringen könnte. Ihre rechte Tochter, die hässlich war wie die Nacht und nur ein Auge hatte, die machte ihr Vorwürfe, und sprach: »Eine Königin zu werden, das Glück hätte mir gebührt.« »Sei nur still«, sagte die Alte und sprach sie zufrieden: »Wenn's Zeit ist, will ich schon bei der Hand sein.« Als nun die Zeit herangerückt war, und die Königin ein schönes Knäblein bekommen hatte, und der König gerade auf der Jagd war, nahm die alte Hexe die Gestalt der Kammerfrau an, trat in die Stube, wo die Königin lag und sprach zu der Kranken: »Kommt, das Bad ist fertig, das wird Euch wohltun, und frische Kräfte geben, geschwind, ehe es kalt wird.« Ihre Tochter war auch bei der Hand, sie trugen die schwache Königin in die Badstube und legten sie in die Wanne, dann schlossen sie die Tür ab und liefen davon. In der Badstube aber hatten sie ein rechtes Höllenfeuer angemacht, dass die junge Königin bald ersticken musste. Als das vollbracht war, nahm die Alte ihre Tochter, setzte ihr eine Haube auf, und legte sie ins Bett an der Königin Stelle. Sie gab ihr auch die Gestalt und das Ansehen der Königin, nur das verlorene Auge konnte sie ihr nicht wiedergeben. Damit es aber der König nicht merkte, musste sie sich auf die Seite legen, wo sie kein Auge hatte. Am Abend, als der König heimkam und hörte, dass ihm ein Söhnlein geboren war, freute er sich herzlich, und wollte ans Bett seiner lieben Frau gehen, und sehen, was sie machte. Da rief die Alte geschwind: »Bei Leibe, lasst die Vorhänge zu, die Königin darf noch nicht ins Licht sehen und muss Ruhe haben.« Der König ging zurück und wusste nicht, dass eine falsche Königin im Bette lag.

Als es aber Mitternacht war, und alles schlief, da sah die Kinderfrau, die in der Kinderstube neben der Wiege saß und allein noch wachte, wie die Türe aufging und die rechte Königin hereintrat. Sie nahm das Kind aus der Wiege, legte es in ihren Arm und gab ihm zu trinken. Dann schüttelte sie ihm sein Kisschen, legte es wieder hinein und deckte es mit dem Deckbettchen zu.

Sie vergaß aber auch das Rehchen nicht, ging in die Ecke, wo es lag, und streichelte ihm über den Rücken. Darauf ging sie ganz stillschweigend wieder zur Türe hinaus, und die Kinderfrau fragte am andern Morgen die Wächter, ob jemand während der Nacht ins Schloss gegangen wäre, aber sie antworteten: »Nein, wir haben niemand gesehen.« So kam sie viele Nächte, und sprach niemals ein Wort dabei; die Kinderfrau sah sie immer, aber sie getraute sich nicht, jemand etwas davon zu sagen.

Als nun so eine Zeit verflossen war, da hob die Königin in der Nacht zu reden an, und sprach:

»Was macht mein Kind? Was macht mein Reh?
Nun komm ich noch zweimal und dann nimmermehr.«

Die Kinderfrau antwortete ihr nicht, aber als sie wieder verschwunden war, ging sie zum König und erzählte ihm alles. Sprach der König: »Ach Gott, was ist das! Ich will in der nächsten Nacht bei dem Kinde wachen.« Abends ging er in die Kinderstube, aber um Mitternacht erschien die Königin wieder und sprach:

»Was macht mein Kind? Was macht mein Reh?
Nun komm ich noch einmal und dann nimmermehr.«

Und pflegte dann das Kind, wie sie gewöhnlich tat, ehe sie verschwand. Der König getraute sich nicht, sie anzureden, aber er wachte auch in der folgenden Nacht. Sie sprach abermals:

»Was macht mein Kind? Was macht mein Reh?
Nun komm ich noch diesmal und dann nimmermehr.«

Da konnte sich der König nicht zurückhalten, sprang zu ihr hin und sprach: »Du kannst niemand anders sein als meine liebe Frau.« Da antwortete sie: »Ja, ich bin deine liebe Frau«, und hatte in dem Augenblick durch Gottes Gnade das Leben wieder erhalten, war frisch, rot und gesund. Darauf erzählte sie dem König den Frevel, den die böse Hexe und ihre Tochter an ihr verübt hatten. Der König ließ beide vor Gericht führen, und es ward ihnen das Urteil gesprochen. Die Tochter ward in den Wald geführt, wo sie die wilden Tiere zerrissen, die Hexe aber ward ins Feuer gelegt und musste jammervoll verbrennen. Und wie sie zu Asche verbrannt war, verwandelte sich das Rehkälbchen und erhielt seine menschliche Gestalt wieder; Schwesterchen und Brüderchen aber lebten glücklich zusammen bis an ihr Ende.

Der Wolf und die sieben jungen Geißlein

Es war einmal eine alte Geiß, die hatte sieben junge Geißlein, und hatte sie lieb, wie eine Mutter ihre Kinder lieb hat. Eines Tages wollte sie in den Wald gehen und Futter holen, da rief sie alle sieben herbei und sprach: »Liebe Kinder, ich will hinaus in den Wald, seid auf eurer Hut vor dem Wolf, wenn er hereinkommt,

so frisst er euch alle mit Haut und Haar. Der Bösewicht verstellt sich oft, aber an seiner rauen Stimme und an seinen schwarzen Füßen werdet ihr ihn gleich erkennen.« Die Geißlein sagten: »Liebe Mutter, wir wollen uns schon in Acht nehmen, ihr könnt ohne Sorge fortgehen.« Da meckerte die Alte und machte sich getrost auf den Weg.

Es dauerte nicht lange, so klopfte jemand an der Haustür und rief: »Macht auf, ihr lieben Kinder, eure Mutter ist da und hat jedem von euch etwas mitgebracht.« Aber die Geißerchen hörten an der rauen Stimme, dass es der Wolf war. »Wir machen nicht auf«, riefen sie, »du bist unsere Mutter nicht, die hat eine feine und liebliche Stimme, aber deine Stimme ist rau; du bist der Wolf.« Da ging der Wolf fort zu einem Krämer und kaufte sich ein großes Stück Kreide, die aß er und machte seine Stimme fein. Dann kam er zurück, klopfte an die Haustür und rief: »Macht auf, ihr lieben Kinder, eure Mutter ist da und hat jedem von euch etwas mitgebracht.« Aber der Wolf hatte seine schwarze Pfote in das Fenster gelegt, das sahen die Kinder und riefen: »Wir machen nicht auf, unsere Mutter hat keinen schwarzen Fuß, wie du, du bist der Wolf.« Da lief der Wolf zu einem Bäcker und sprach: »Ich habe mich an dem Fuß gestoßen, streich mir Teig darüber.« Und als ihm der Bäcker die Pfote bestrichen hatte, so lief er zum Müller und sprach: »Streu mir weißes Mehl auf meine Pfote.« Der Müller dachte, der Wolf will einen betrügen, und weigerte sich, aber der Wolf sprach: »Wenn du es nicht tust, so fresse ich dich.« Da fürchtete sich der Müller und machte ihm die Pfote weiß. Ja, so sind die Menschen.

Nun ging der Bösewicht zum dritten Mal zu der Haustüre, klopfte an und sprach: »Macht mir auf, Kinder, euer liebes Mütterchen ist heimgekommen und hat jedem von euch etwas aus dem Walde mitgebracht.« Die Geißerchen riefen: »Zeig uns erst deine Pfote, damit wir wissen, dass du unser liebes Mütterchen bist.« Da legte er die Pfote ins Fenster, und als sie sahen, dass sie weiß war, so glaubten sie, es wäre alles wahr, was er sagte, und machten die Türe auf. Wer aber hereinkam, das war der Wolf. Sie erschraken und wollten sich verstecken. Das eine sprang unter den Tisch, das zweite ins Bett, das dritte in den Ofen, das vierte in die Küche, das fünfte in den Schrank, das sechste unter die Waschschüssel, das siebte in den Kasten der Wanduhr. Aber der Wolf fand sie alle und machte nicht langes Federlesen; eins nach dem andern schluckte er in seinen Rachen; nur das jüngste in dem Uhrkasten, das fand er nicht. Als der Wolf seine Lust gebüßt hatte,

trollte er sich fort, legte sich draußen auf der grünen Wiese unter einen Baum und fing an zu schlafen.

Nicht lange danach kam die alte Geiß aus dem Walde wieder heim. Ach, was musste sie da erblicken! Die Haustüre stand sperrweit auf, Tisch, Stühle und Bänke waren umgeworfen, die Waschschüssel lag in Scherben, Decke und Kissen waren aus dem Bett gezogen. Sie suchte ihre Kinder, aber nirgends waren sie zu finden. Sie rief sie nacheinander bei Namen, aber niemand antwortete. Endlich, als sie an das jüngste kam, da rief eine feine Stimme: »Liebe Mutter, ich stecke im Uhrkasten.« Sie holte es heraus, und es erzählte ihr, dass der Wolf gekommen wäre und die andern alle gefressen hätte. Da könnt ihr denken, wie sie über ihre armen Kinder geweint hat!

Endlich ging sie in ihrem Jammer hinaus, und das jüngste Geißlein lief mit. Als sie auf die Wiese kam, so lag da der Wolf an dem Baum und schnarchte, dass die Äste zitterten. Sie betrachtete ihn von allen Seiten und sah, dass in seinem angefüllten Bauch sich etwas regte und zappelte. »Ach Gott«, dachte sie, »sollten meine armen Kinder, die er zum Abendbrot hinuntergewürgt hat, noch

am Leben sein?« Da musste das Geisslein nach Haus laufen und Schere, Nadel und Zwirn holen. Dann schnitt sie dem Ungetüm den Wanst auf, und kaum hatte sie einen Schritt getan, so streckte schon ein Geißlein den Kopf heraus, und als sie weiter schnitt, so sprangen nacheinander alle sechse heraus, und waren noch alle am Leben, und hatten nicht einmal Schaden gelitten, denn das Ungetüm hatte sie in der Gier ganz hinuntergeschluckt. Das war eine Freude! Da herzten sie ihre liebe Mutter, und hüpften wie ein Schneider, der Hochzeit hält. Die Alte aber sagte: »Jetzt geht und sucht Wackersteine, damit wollen wir dem gottlosen Tier den Bauch füllen, so lange es noch im Schlafe liegt.« Da schleppten die sieben Geißerchen in aller Eile die Steine herbei und steckten sie ihm in den Bauch, so viel sie hineinbringen konnten. Dann nähte ihn die Alte in aller Geschwindigkeit wieder zu, dass er nichts merkte und sich nicht einmal regte.

Als der Wolf endlich ausgeschlafen hatte, machte er sich auf die Beine, und weil ihm die Steine im Magen so großen Durst erregten, so wollte er zu einem Brunnen gehen und trinken. Als er aber anfing zu gehen und sich hin und her zu bewegen, so stießen die Steine in seinem Bauch aneinander und rappelten. Da rief er:

»Was rumpelt und pumpelt
in meinem Bauch herum?
Ich meinte, es wären sechs Geißlein
So sind's lauter Wackerstein.«

Und als er an den Brunnen kam und sich über das Wasser bückte und trinken wollte, da zogen ihn die schweren Steine hinein, und er musste jämmerlich ersaufen. Als die sieben Geißlein das sahen, da kamen sie herbeigelaufen, riefen laut: »Der Wolf ist tot! Der Wolf ist tot!«, und tanzten mit ihrer Mutter vor Freude um den Brunnen herum.

Von dem Tode des Hühnchens

Auf eine Zeit ging das Hühnchen mit dem Hähnchen in den Nussberg, und sie machten miteinander aus, wer einen Nusskern fände, sollte ihn mit dem andern teilen. Nun fand das Hühnchen eine große, große Nuss, sagte aber nichts davon und wollte den Kern allein essen. Der Kern war aber so dick, dass es ihn nicht hinunterschlucken konnte und er ihm im Hals stecken blieb, dass ihm Angst wurde, es müsste ersticken. Da schrie das Hühnchen: »Hähnchen, ich bitte dich, lauf was du kannst und hol mir Wasser, sonst erstick' ich.« Das Hähnchen lief, was es konnte, zum Brunnen und sprach: »Born, du sollst mir Wasser geben, das Hühnchen liegt auf dem Nussberg, hat einen großen Nusskern geschluckt und will ersticken.« Der Brunnen antwortete: »Lauf erst

hin zur Braut und lass dir rote Seide geben.« Das Hähnchen lief zur Braut: »Braut, du sollst mir rote Seide geben; rote Seide will ich dem Brunnen geben, der Brunnen soll mir Wasser geben, das Wasser will ich dem Hühnchen bringen, das liegt auf dem Nussberg, hat einen großen Nusskern geschluckt und will daran ersticken.« Die Braut antwortete: »Lauf erst und hol mir mein Kränzlein, das blieb an einer Weide hängen.« Da lief das Hähnchen zur Weide und zog das Kränzlein von dem Ast und brachte es der Braut, und die Braut gab ihm die rote Seide dafür, die brachte es dem Brunnen, der gab ihm Wasser dafür. Da brachte das Hähnchen das Wasser zum Hühnchen, wie es aber hinkam, war dieweil das Hühnchen erstickt und lag da tot und regte sich nicht. Da war das Hähnchen so traurig, dass es laut schrie, und kamen alle Tiere und beklagten das Hühnchen; und sechs Mäuse bauten einen kleinen Wagen, das Hühnchen darin zum Grabe zu fahren, und als der Wagen fertig war, spannten sie sich davor, und das Hähnchen fuhr. Auf dem Wege aber kam der Fuchs: »Wo willst du hin, Hähnchen?« »Ich will mein Hühnchen begraben.« »Darf ich mitfahren?«

»Ja, aber setz dich hinten auf den Wagen,
vorn können's meine Pferdchen nicht vertragen.«

Da setzte sich der Fuchs hinten auf, dann der Wolf, der Bär, der Hirsch, der Löwe und alle Tiere in dem Wald. So ging die Fahrt fort, da kamen sie an einen Bach. »Wie sollen wir nun hinüber?«, sagte das Hähnchen. Da lag ein Strohhalm am Bach, der sagte: »Ich

will mich quer darüberlegen, so könnt ihr über mich fahren.« Wie aber die sechs Mäuse auf die Brücke kamen, rutschte der Strohhalm und fiel ins Wasser, und die sechs Mäuse fielen alle hinein und ertranken. Da ging die Not von Neuem an, und kam eine Kohle und sagte: »Ich bin groß genug, ich will mich darüberlegen und ihr sollt über mich fahren.« Die Kohle legte sich auch an das Wasser, aber sie berührte es unglücklicherweise ein wenig, da zischte sie, verlöschte und war tot. Wie das ein Stein sah, erbarmte er sich und wollte dem Hähnchen helfen, und legte sich über das Wasser. Da zog nun das Hähnchen den Wagen selber, wie es ihn aber bald drüben hatte, und war mit dem toten Hühnchen auf dem

Land und wollte die andern, die hintenauf saßen, auch heranziehen, da waren sie ihrer zu viel geworden, und der Wagen fiel zurück, und alles fiel miteinander in das Wasser und ertrank. Da war das Hähnchen noch allein mit dem toten Hühnchen und grub ihm ein Grab und legte es hinein und machte einen Hügel darüber, auf den setzte es sich und grämte sich so lang, bis es auch starb; und da war alles tot.

Der Hase und der Igel

Diese Geschichte ist eigentlich gelogen, Kinder, aber wahr ist sie doch, denn mein Großvater, von dem ich sie habe, pflegte immer, wenn er sie erzählte, zu sagen: »Wahr muss sie sein, mein Sohn, sonst könnte man sie ja nicht erzählen.« Die Geschichte aber hat sich so zugetragen.

Es war an einem Sonntagmorgen im Herbst, gerade als der Buchweizen blühte; die Sonne war am Himmel aufgegangen, und der Wind strich warm über die Stoppeln, die Lerchen sangen hoch

in der Luft, und die Bienen summten im Buchweizen. Die Leute gingen in ihrem Sonntagsstaat zur Kirche, und alle Geschöpfe waren vergnügt, auch der Igel.

Er stand vor seiner Tür, hatte die Arme verschränkt, er guckte in den Morgenwind hinaus und trällerte ein kleines Liedchen vor sich hin, so gut und so schlecht wie am Sonntagmorgen ein Igel eben zu singen pflegt. Während er nun so vor sich hinsang, fiel ihm plötzlich ein, er könnte doch, während seine Frau die Kinder wusch und ankleidete, ein bisschen im Feld spazieren gehen und nachsehen, wie die Steckrüben standen. Die Steckrüben waren ganz nah bei seinem Haus, und er pflegte sie mit seiner Familie zu essen, darum sah er sie auch als die seinigen an.

Gedacht, getan. Er schloss die Haustür hinter sich und schlug den Weg zum Feld ein. Er war noch nicht sehr weit und wollte gerade um den Schlehenbusch herum, der vor dem Feld stand, als er den Hasen erblickte, der in ähnlichen Geschäften ausgegangen war, nämlich um seinen Kohl zu besehen. Als der Igel den Hasen sah, wünschte er ihm freundlich einen guten Morgen. Der Hase aber, der auf seine Weise ein vornehmer Herr war und grausam hochfahrend noch dazu, antwortete gar nicht auf des Igels Gruß, sondern sagte mit höhnischer Miene: »Wie kommt es, dass du hier schon so am frühen Morgen im Feld herumläufst?«

»Ich gehe spazieren«, sagte der Igel.

»Spazieren?«, lachte der Hase. »Du könntest deine Beine schon zu besseren Dingen gebrauchen.«

Diese Antwort verdross den Igel sehr. Alles kann er vertragen, aber auf seine Beine lässt er nichts kommen, gerade weil sie von Natur aus krumm sind.

»Du bildest dir wohl ein, du könntest mit deinen Beinen mehr ausrichten?«, sagte er.

»Das will ich meinen«, sagte der Hase.

»Nun, das kommt auf einen Versuch an«, meinte der Igel. »Ich wette, wenn wir um die Wette laufen, ich lauf schneller als du.«

»Du – mit deinen krummen Beinen?«, sagte der Hase. »Das ist ja zum Lachen. Aber wenn du so große Lust hast – was gilt die Wette?«

»Einen Golddukaten und eine Flasche Branntwein«, sagte der Igel.

»Angenommen«, sagte der Hase, »schlag ein, und dann kann es gleich losgehen.«

»Nein, so große Eile hat es nicht«, meinte der Igel, »ich hab' noch gar nichts gegessen; erst will ich nach Hause gehen und ein bisschen was frühstücken. In einer Stunde bin ich wieder hier.«

Damit ging er, und der Hase war es zufrieden. Unterwegs aber dachte der Igel bei sich: »Der Hase verlässt sich auf seine langen Beine, aber ich will ihn schon kriegen. Er ist zwar ein vornehmer Herr, aber doch ein dummer Kerl, und das soll er bezahlen.«

Als er nun nach Hause kam, sagte er zu seiner Frau: »Frau, zieh dich rasch an, du musst mit mir ins Feld hinaus.«

»Was gibt es denn?«, fragte die Frau.

»Ich habe mit dem Hasen um einen Golddukaten und eine Flasche Branntwein gewettet, dass ich mit ihm um die Wette laufen will. Und da sollst du dabei sein.«

»O mein Gott, Mann«, begann die Frau loszuschreien, »hast du denn ganz den Verstand verloren? Wie willst du mit dem Hasen um die Wette laufen?«

»Halt das Maul, Weib«, sagte der Igel, »das ist meine Sache. Misch dich nicht in Männergeschäfte! Marsch, zieh dich an und komm mit!« Was sollte also die Frau des Igels tun? Sie musste gehorchen, ob sie wollte oder nicht.

Als sie miteinander unterwegs waren, sprach der Igel zu seiner Frau: »Nun pass auf, was ich dir sage. Dort auf dem langen Acker will ich unseren Wertlauf machen. Der Hase läuft in einer Furche und ich in der anderen, und dort oben fangen wir an. Du hast nun weiter nichts zu tun, als dass du dich hier unten in die Furche stellst, und wenn der Hase in seiner Furche daherkommt, so rufst du ihm entgegen: »Ich bin schon da!«

So kamen sie zu dem Acker, der Igel wies seiner Frau ihren Platz an und ging den Acker hinauf. Als er oben ankam, war der Hase schon da. »Kann es losgehen?«, fragte er.

»Jawohl«, erwiderte der Igel.

»Dann nur zu.« Damit stellte sich jeder in seine Furche. Der Hase zählte: »Eins, zwei, drei«, und los ging er wie ein Sturmwind

den Acker hinunter. Der Igel aber lief nur etwa drei Schritte, dann duckte er sich in die Furche hinein und blieb ruhig sitzen. Und als der Hase im vollen Lauf am Ziel unten am Acker ankam, rief ihm die Frau des Igels entgegen: »Ich bin schon da!«

Der Hase war nicht wenig erstaunt, glaubte er doch nichts anderes, als dass er den Igel selbst vor sich hatte. Bekanntlich sieht die Frau Igel genauso aus wie ihr Mann. »Das geht nicht mit rechten Dingen zu«, rief er. »Noch einmal gelaufen, in die andere Richtung!« Und fort ging es wieder wie der Sturmwind, dass ihm die Ohren am Kopf flogen. Die Frau des Igels aber blieb ruhig an ihrem Platz sitzen, und als der Hase oben ankam, rief ihm der Herr Igel entgegen: »Ich bin schon da!«

Der Hase war ganz außer sich vor Ärger und schrie: »Noch einmal gelaufen, noch einmal herum!«

»Meinetwegen«, gab der Igel zurück. »Sooft du Lust hast.«

So lief der Hase dreiundsiebzigmal, und der Igel hielt immer mit. Und jedes Mal, wenn der Hase oben oder unten am Ziel ankam, sagten der Igel oder seine Frau: »Ich bin schon da.«

Beim vierundsiebzigsten Male aber kam der Hase nicht mehr ans Ziel. Mitten auf dem Acker fiel er zu Boden, das Blut floss ihm aus der Nase, und er blieb tot liegen. Der Igel aber nahm seinen gewonnenen Golddukaten und die Flasche Branntwein, rief seine Frau von ihrem Platz am Ende der Furche, und vergnügt gingen beide nach Hause. Und wenn sie nicht gestorben sind, leben sie heute noch.

So geschah es, dass auf der Buxtehuder Heide der Igel den Hasen zu Tode gelaufen hatte, und seit jener Zeit hat kein Hase mehr gewagt, mit dem Buxtehuder Igel um die Wette zu laufen.

Die Lehre aus dieser Geschichte aber ist erstens, dass sich keiner, und wenn er sich auch noch so vornehm dünkt, einfallen lassen soll, sich über einen kleinen Mann lustig zu machen, und wäre es auch nur ein Igel. Und zweitens, dass es gut ist, wenn einer heiratet, dass er sich eine Frau von seinem Stand nimmt, die geradeso aussieht wie er. Wer also ein Igel ist, der muss darauf sehen, dass auch seine Frau ein Igel ist.

Der Teufel und seine Großmutter

Es war ein großer Krieg, und der König hatte viel Soldaten, gab ihnen aber wenig Sold, sodass sie nicht davon leben konnten. Da taten sich drei zusammen und wollten ausreißen. Einer sprach zum andern: »Wenn wir erwischt werden, so hängt man uns an den Galgenbaum, wie wollen wir's machen?« Sprach der andere: »Seht dort das große Kornfeld, wenn wir uns da verstecken, so findet uns kein Mensch, das Heer darf nicht hinein und muss morgen weiterziehen.« Sie krochen in das Korn, aber das Heer zog nicht weiter, sondern blieb rundherum liegen. Sie saßen zwei Tage und zwei Nächte im Korn und hatten so großen Hunger, dass sie beinah gestorben wären, gingen sie aber heraus, so war ihnen der Tod gewiss. Da sprachen sie: »Was hilft uns unser Ausreißen, wir müssen hier elendig sterben.« Indem kam ein feuriger Drache durch die Luft geflogen, der senkte sich zu ihnen herab und fragte sie, warum sie sich da versteckt hätten. Sie antworteten: »Wir sind drei Soldaten und sind ausgerissen, weil unser Sold gering war, nun müssen wir hier Hungers sterben, wenn wir liegen bleiben, oder wir müssen am Galgen baumeln, wenn wir herausgehen.« »Wollt ihr mir sieben Jahre dienen«, sagte der Drache, »so will ich euch mitten durchs Heer führen, dass euch niemand erwischen soll.« »Wir haben keine Wahl und müssen es annehmen«, antworteten sie. Da packte sie der Drache in seine Klauen, führte sie durch die Luft über das Heer hinweg und setzte sie weit davon wieder auf die Erde, der Drache aber war niemand anders als der Teufel. Er gab ihnen ein kleines Peitschchen und sprach: »Peitscht und knallt ihr damit, so wird so viel Geld vor euch herumspringen, als ihr verlangt. Ihr könnt dann wie große Herren leben, Pferde halten und in Wagen fahren, nach Verlauf der sieben Jahre aber seid ihr mein Eigen.« Dann hielt er ihnen ein Buch vor, in das mussten sie sich alle drei unterschreiben. »Doch will ich euch«, sprach er, »erst noch ein Rätsel aufgeben, könnt ihr das raten, sollt ihr frei sein und aus meiner Gewalt entlassen.« Da flog der Drache von ihnen weg, und sie reisten fort mit ihren Peitschchen, hatten Geld die Fülle, ließen sich Herrenkleider machen und reisten in der Welt herum. Wo sie waren, lebten sie in Freuden und Herrlichkeit, fuhren mit Pferden und Wagen, aßen und tranken, taten aber nichts Böses. Die Zeit verstrich ihnen schnell, und als es mit den sieben Jahren zu Ende ging, ward zweien gewaltig angst und bang, der dritte aber nahm's auf die leichte Schulter und sprach: »Brüder, fürchtet nichts, ich bin nicht auf den Kopf gefallen, ich errate das Rätsel.« Sie gingen hinaus aufs Feld, saßen da, und die zwei machten betrübte Gesichter. Da kam eine alte Frau daher, die fragte, warum sie so traurig wären. »Ach, was liegt euch daran, ihr

könnt uns doch nicht helfen.« »Wer weiß«, antwortete sie, »vertraut mir nur euren Kummer.« Da erzählten sie ihr, sie wären des Teufels Diener gewesen, fast sieben Jahre lang, der hätte ihnen Geld wie Heu geschafft, sie hätten sich ihm aber verschrieben und wären ihm verfallen, wenn sie nach den sieben Jahren nicht ein Rätsel auflösen könnten. Die Alte sprach: »Soll euch geholfen werden, so muss einer von euch in den Wald gehen, da wird er an eine eingestürzte Felswand kommen, die aussieht, wie ein Häuschen, in das muss er eintreten, dann wird er Hilfe finden.«

Die zwei Traurigen dachten: »Das wird uns doch nicht retten«, und blieben sitzen, der Dritte aber, der Lustige, machte sich auf und ging so weit in den Wald, bis er die Felsenhütte fand. In dem Häuschen aber saß eine steinalte Frau, die war des Teufels Großmutter und fragte ihn, woher er käme und was er hier wollte. Er erzählte ihr alles, was geschehen war, und weil er ihr wohl gefiel, hatte sie Erbarmen und sagte, sie wollte ihm helfen. Sie hob einen großen Stein auf, der über einem Keller lag und sagte: »Da verstecke dich, du kannst alles hören, was hier gesprochen wird, sitz nur still und rege dich nicht, wenn der Drache kommt, will ich ihn wegen der Rätsel befragen, mir sagt er alles; und dann achte auf das, was er antwortet.« Um zwölf Uhr nachts kam der Drache angeflogen und verlangte sein Essen. Die Großmutter deckte den Tisch und trug Trank und Speise auf, dass er vergnügt war, und sie aßen und tranken zusammen. Da fragte sie ihn im Gespräch, wie's den Tag ergangen wäre und wie viel Seelen er gekriegt hätte. »Es wollte mir heute nicht recht glücken«, antwortete er, »aber ich habe drei Soldaten gepackt, die sind mir sicher.« »Ja, drei Soldaten«, sagte sie, »die haben etwas an sich, die können dir noch entkommen.« Sprach der Teufel höhnisch: »Die sind mein, denen gebe ich noch ein Rätsel auf, das sie nimmermehr raten können.« »Was ist das für ein Rätsel?«, fragte sie. »Das will ich dir sagen: In der großen Nordsee liegt eine tote Meerkatze, das soll ihr Braten sein, und von einem Walfisch die Rippe, das soll ihr silberner Löffel sein, und ein alter, hohler Pferdefuß, das soll ihr Weinglas sein.« Als der Teufel zu Bett gegangen war, hob die alte Großmutter den Stein auf und ließ den Soldaten heraus. »Hast du auch alles wohl mitbekommen?« »Ja«, sprach er, »ich weiß genug und will mir schon helfen.«

Darauf musste er auf einem andern Weg durchs Fenster heimlich und in aller Eile zu seinen Gesellen zurückgehen. Er erzählte ihnen, wie der Teufel von seiner Großmutter wäre überlistet worden und er die Auflösung des Rätsels von ihm vernommen hätte. Da waren sie alle fröhlich und guter Dinge, nahmen die Peitsche und schlugen sich so viel Geld, dass es auf der Erde herumsprang. Als die sieben Jahre völlig herum waren, kam der Teufel mit dem Buche, zeigte die Unterschriften und sprach: »Ich will euch mit in die Hölle nehmen, da sollt ihr eine Mahlzeit haben, könnt ihr mir raten, was ihr für einen Braten werdet zu essen kriegen, so sollt ihr frei und los sein und dürft auch das Peitschchen behalten.« Da fing der erste Soldat an: »In der großen Nordsee liegt eine tote Meerkatze, das wird wohl der Braten sein.« Der Teufel ärgerte sich, machte »hm! hm! hm!«, und fragte den zweiten: »Was soll aber euer Löffel sein?« »Von einem Walfisch die Rippe, das soll unser silberner Löffel sein.« Der Teufel schnitt ein Gesicht, knurrte wieder dreimal »hm! hm! hm!«, und sprach zum Dritten: »Wisst ihr auch, was euer Weinglas sein soll?« »Ein alter, hohler Pferdefuß, das soll unser Weinglas sein.« Da flog der Teufel mit einem lauten Schrei fort und hatte keine Gewalt mehr über sie. Aber die drei behielten das Peitschchen, schlugen Geld hervor, so viel sie wollten, und lebten vergnügt bis an ihr Ende.

Aschenputtel

Einem reichen Manne dem wurde seine Frau krank, und als sie fühlte, dass ihr Ende herankam, rief sie ihr einziges Töchterlein zu sich ans Bett und sprach: »Liebes Kind, bleib fromm und gut, so wird dir der liebe Gott immer beistehen, und ich will vom Himmel auf dich herabblicken, und will um dich sein.« Darauf tat sie die Augen zu und verschied. Das Mädchen ging jeden Tag hinaus zu dem Grabe der Mutter und weinte, und blieb fromm

und gut. Als der Winter kam, deckte der Schnee ein weißes Tüchlein auf das Grab, und als die Sonne im Frühjahr es wieder herabgezogen hatte, nahm sich der Mann eine andere Frau.

Die Frau hatte zwei Töchter mit ins Haus gebracht, die schön und weiß von Angesicht waren, aber garstig und schwarz von

Herzen. Da ging eine schlimme Zeit für das arme Stiefkind an. »Soll die dumme Gans bei uns in der Stube sitzen?«, sprachen sie; »wer Brot essen will, muss es verdienen: hinaus mit der Küchenmagd!« Sie nahmen ihm seine schönen Kleider weg, zogen ihm einen alten, grauen Kittel an und gaben ihm hölzerne Schuhe. »Seht einmal die stolze Prinzessin, wie sie geputzt ist!«, riefen sie, lachten und führten es in die Küche. Da musste es von Morgen bis Abend schwere Arbeit tun, früh vor Tag aufstehen, Wasser tragen, Feuer anmachen, kochen und waschen. Obendrein taten ihm die Schwestern alles ersinnliche Herzeleid an, verspotteten es und schütteten ihm die Erbsen und Linsen in die Asche, sodass es sitzen und sie wieder auslesen musste. Abends, wenn es sich müde gearbeitet hatte, kam es in kein Bett, sondern musste sich neben den Herd in die Asche legen. Und weil es darum immer staubig und schmutzig aussah, nannten sie es Aschenputtel.

Es trug sich zu, dass der Vater einmal in die Messe ziehen wollte, da fragte er die beiden Stieftöchter, was er ihnen mitbringen sollte. »Schöne Kleider«, sagte die eine, »Perlen und Edelsteine«, die zweite. »Aber du, Aschenputtel«, sprach er, »was willst du haben?« »Vater, das erste Reis, das euch auf eurem Heimweg an den Hut stößt, das brecht für mich ab.« Er kaufte nun für die beiden Stiefschwestern schöne Kleider, Perlen und Edelsteine, und auf dem Rückweg, als er durch einen grünen Busch ritt, streifte ihn ein Haselreis und stieß ihm den Hut ab. Da brach er das Reis ab und nahm es mit. Als er nach Haus kam, gab er den Stieftöchtern, was sie sich gewünscht hatten, und dem Aschenputtel gab er das Reis von dem Haselbusch. Aschenputtel dankte ihm, ging zu seiner Mutter Grab und pflanzte das Reis darauf, und weinte so sehr, dass die Tränen darauf niederfielen und es begossen. Es wuchs aber und ward ein schöner Baum. Aschenputtel ging alle Tage dreimal darunter, weinte und betete, und allemal kam ein weißes Vöglein auf den Baum, und wenn es einen Wunsch aussprach, so warf ihm das Vöglein herab, was es sich gewünscht hatte.

Es begab sich aber, dass der König ein Fest anstellte, das drei Tage dauern sollte, und wozu alle schönen Jungfrauen im Lande eingeladen wurden, damit sich sein Sohn eine Braut aussuchen möchte. Die zwei Stiefschwestern, als sie hörten, dass sie auch dabei erscheinen sollten, waren guter Dinge, riefen Aschenputtel und sprachen: »Kämm uns die Haare, bürste uns die Schuhe und mache uns die Schnallen fest, wir gehen zur Hochzeit auf des Königs Schloss!« Aschenputtel gehorchte, weinte aber, weil es auch gern zum Tanz mitgegangen wäre, und bat die Stiefmutter, sie möchte es ihm erlauben. »Du, Aschenputtel«, sprach sie, »bist voll Staub und Schmutz und willst zur Hochzeit? Du hast keine Kleider und Schuhe und willst tanzen?« Als es aber mit Bitten anhielt, sprach sie endlich: »Da habe ich dir eine Schüssel Linsen in die Asche geschüttet, wenn du die Linsen in zwei Stunden wieder ausgelesen hast, so sollst du mitgehen.« Das Mädchen ging durch die Hintertür nach dem Garten und rief: »Ihr zahmen Täubchen, ihr Turteltäubchen, all ihr Vöglein unter dem Himmel, kommt und helft mir lesen,

Die guten ins Töpfchen,
die schlechten ins Kröpfchen.«

Da kamen zum Küchenfenster zwei weiße Täubchen herein, und danach die Turteltäubchen, und endlich schwirrten und schwärmten alle Vöglein unter dem Himmel herein und ließen sich um die Asche nieder. Und die Täubchen nickten mit den Köpfchen und fingen an pik, pik, pik, pik, und da fingen die Übrigen auch an pik, pik, pik, pik, und lasen alle guten Körnlein in die Schüssel. Kaum war eine Stunde herum, so waren sie schon fertig und flogen alle wieder hinaus. Da brachte das Mädchen die Schüssel der Stiefmutter, freute sich und glaubte, es dürfte nun mit auf die Hochzeit gehen. Aber sie sprach: »Nein, Aschenputtel, du hast keine Kleider und kannst nicht tanzen: du wirst nur ausgelacht!« Als es nun weinte, sprach sie: »Wenn du mir zwei Schüsseln voll Linsen in einer Stunde aus der Asche reinlesen kannst, so sollst du mitgehen«, und dachte: »Das kann es ja nimmermehr.« Als sie die zwei Schüsseln Linsen in die Asche geschüttet hatte, ging das Mädchen durch die Hintertür nach dem Garten und rief: »Ihr zahmen

Täubchen, ihr Turteltäubchen, all ihr Vöglein unter dem Himmel, kommt und helft mir lesen,

Die guten ins Töpfchen,
die schlechten ins Kröpfchen.«

Da kamen zum Küchenfenster zwei weiße Täubchen herein und danach die Turteltäubchen, und endlich schwirrten und schwärmten alle Vögel unter dem Himmel herein und ließen sich um die Asche nieder. Und die Täubchen nickten mit ihren Köpfchen und fingen an pik, pik, pik, pik, und da fingen die Übrigen auch an

pik, pik, pik, pik, und lasen alle guten Körner in die Schüsseln. Und ehe eine halbe Stunde herum war, waren sie schon fertig und flogen alle wieder hinaus. Da trug das Mädchen die Schüsseln zu der Stiefmutter, freute sich und glaubte, nun dürfte es mit auf die Hochzeit gehen. Aber sie sprach: »Es hilft dir alles nichts, du kommst nicht mit, denn du hast keine Kleider und kannst nicht tanzen; wir müssten uns deiner schämen.« Darauf kehrte sie ihm den Rücken zu und eilte mit ihren zwei stolzen Töchtern fort. Als nun niemand mehr daheim war, ging Aschenputtel zu seiner Mutter Grab unter den Haselbaum und rief:

»Bäumchen, rüttel dich und schüttel dich,
wirf Gold und Silber über mich.«

Da warf ihm der Vogel ein golden und silbern Kleid herunter und mit Seide und Silber ausgestickte Pantoffeln. In aller Eile zog es das Kleid an und ging zur Hochzeit. Seine Schwestern aber und die Stiefmutter kannten es nicht und meinten, es müsse eine fremde Königstochter sein, so schön sah es in dem goldenen Kleide aus. An Aschenputtel dachten sie gar nicht und dachten, es säße daheim im Schmutz und suchte die Linsen aus der Asche. Der Königssohn kam ihm entgegen, nahm es bei der Hand und tanzte mit ihm. Er wollte auch sonst mit niemand tanzen, alsodass er ihm die Hand nicht losließ, und wenn ein anderer kam, es aufzufordern, sprach er: »Das ist meine Tänzerin.«

Es tanzte bis es Abend war, da wollte es nach Haus gehen. Der Königssohn aber sprach: »Ich gehe mit und begleite dich«, denn er wollte sehen, wem das schöne Mädchen angehörte. Sie entwischte ihm aber und sprang in das Taubenhaus. Nun wartete der Königssohn, bis der Vater kam und sagte ihm, das fremde Mädchen wär in das Taubenhaus gesprungen. Der Alte dachte: »Sollte es Aschenputtel sein«, und sie mussten ihm Axt und Hacken bringen, damit er das Taubenhaus entzweischlagen konnte; aber es war niemand darin. Und als sie ins Haus kamen, lag Aschenputtel in seinen schmutzigen Kleidern in der Asche, und ein trübes Öllämpchen brannte im Schornstein; denn Aschenputtel war geschwind aus dem Taubenhaus hinten herabgesprungen und war zu dem Haselbäumchen gelaufen; da hatte es die schönen Kleider abgezogen und aufs Grab gelegt, und der Vogel hatte sie wieder weggenommen, und dann hatte es sich in seinem grauen Kittelchen in die Küche zur Asche gesetzt.

Am andern Tag, als das Fest von Neuem anhub, und die Eltern und Stiefschwestern wieder fort waren, ging Aschenputtel zu dem Haselbaum und sprach:

»Bäumchen, rüttel dich und schüttel dich,
wirf Gold und Silber über mich.«

Da warf der Vogel ein noch viel stolzeres Kleid herab als am vorigen Tag. Und als es mit diesem Kleide auf der Hochzeit erschien, erstaunte jedermann über seine Schönheit. Der Königssohn aber hatte gewartet bis es kam, nahm es gleich bei der Hand und tanzte nur allein mit ihm. Wenn die anderen kamen und es aufforderten, sprach er: »Das ist meine Tänzerin.« Als es nun Abend war, wollte es fort, und der Königssohn ging ihm nach und wollte sehen, in welches Haus es ging; aber es sprang ihm fort und in den Garten hinter dem Haus. Darin stand ein schöner, großer Baum, an dem die herrlichsten Birnen hingen; es kletterte so behänd wie ein Eichhörnchen zwischen die Äste, und der Königssohn wusste nicht, wo es hingekommen war. Er wartete aber, bis der Vater kam, und sprach zu ihm: »Das fremde Mädchen ist mir entwischt, und ich glaube, es ist auf den Birnbaum gesprungen.« Der Vater dachte: »Sollte es Aschenputtel sein«, ließ sich die Axt holen und hieb den Baum um, aber es war niemand darauf. Und als sie in die Küche kamen, lag Aschenputtel da in der Asche, wie sonst auch, denn es war auf der anderen Seite vom Baum herabgesprungen, hatte dem Vogel auf dem Haselbäumchen die schönen Kleider wiedergebracht und sein graues Kittelchen angezogen.

Am dritten Tag, als die Eltern und Schwestern fort waren, ging Aschenputtel wieder zu seiner Mutter Grab und sprach zu dem Bäumchen:

»Bäumchen, rüttel dich und schüttel dich,
wirf Gold und Silber über mich.«

Nun warf ihm der Vogel ein Kleid herab, das war so prächtig und glänzend wie es noch keins gehabt hatte, und die Pantoffeln waren ganz golden. Als es in dem Kleid zu der Hochzeit kam, wussten sie alle nicht, was sie vor Bewunderung sagen sollten. Der Königssohn tanzte ganz allein mit ihm, und wenn es einer aufforderte, sprach er: »Das ist meine Tänzerin.«

Als es nun Abend war, wollte Aschenputtel fort, und der Königssohn wollte es begleiten, aber es entsprang ihm so geschwind, dass er nicht folgen konnte. Der Königssohn hatte aber eine List

gebraucht, und hatte die ganze Treppe mit Pech bestreichen lassen; da war, als es hinabsprang, der linke Pantoffel des Mädchens hängen geblieben. Der Königssohn hob ihn auf, und er war klein und zierlich und ganz golden. Am nächsten Morgen ging er damit zu dem Manne, und sagte zu ihm: »Keine andere soll meine

Gemahlin werden, als die, an deren Fuß dieser goldene Schuh passt.« Da freuten sich die beiden Schwestern, denn sie hatten schöne Füße. Die älteste ging mit dem Schuh in die Kammer und wollte ihn anprobieren, und die Mutter stand dabei. Aber sie konnte mit der großen Zehe nicht hineinkommen, und der Schuh war ihr zu klein, da reichte ihr die Mutter ein Messer und sprach: »Hau die Zehe ab! Wenn du Königin bist, brauchst du nicht mehr zu Fuß zu gehen.« Das Mädchen hieb die Zehe ab, zwängte den Fuß in den Schuh, verbiss den Schmerz und ging heraus zum Königssohn. Da nahm er sie als seine Braut aufs Pferd, und ritt mit ihr fort. Sie mussten aber an dem Grabe vorbei, da saßen die zwei Täubchen auf dem Haselbäumchen, und riefen:

»Rucke di guck, rucke di guck,
Blut ist im Schuck (Schuh):
Der Schuck ist zu klein,
die rechte Braut sitzt noch daheim.«

Da blickte er auf ihren Fuß und sah, wie das Blut herausquoll. Er wendete sein Pferd um, brachte die falsche Braut wieder nach Haus und sagte, das wäre nicht die Rechte, die andere Schwester solle den Schuh anziehen. Da ging diese in die Kammer und kam mit den Zehen glücklich in den Schuh, aber die Ferse war zu groß. Da reichte ihr die Mutter ein Messer und sprach: »Hau ein Stück von der Ferse ab. Wenn du Königin bist, brauchst du nicht mehr zu Fuß zu gehen.« Das Mädchen hieb ein Stück von der Ferse ab, zwängte den Fuß in den Schuh, verbiss den Schmerz und ging heraus zum Königssohn. Da nahm er sie als seine Braut aufs Pferd und ritt mit ihr fort. Als sie an dem Haselbäumchen vorbeikamen, saßen die zwei Täubchen darauf und riefen:

»Rucke di guck, rucke di guck,
Blut ist im Schuck:
Der Schuck ist zu klein,
die rechte Braut sitzt noch daheim.«

Er blickte nieder auf ihren Fuß, und sah, wie das Blut aus dem Schuh quoll und an den weißen Strümpfen ganz rot heraufgestiegen war. Da wendete er sein Pferd und brachte die falsche Braut wieder nach Haus. »Das ist auch nicht die Rechte«, sprach er, »habt ihr keine andere Tochter?« »Nein«, sagte der Mann, »nur von meiner verstorbenen Frau ist noch ein kleines, verbuttetes Aschenputtel da; das kann unmöglich die Braut sein.« Der Königssohn sprach, er sollte es heraufschicken, die Mutter aber antwortete: »Ach nein, das ist viel zu schmutzig, das darf sich nicht sehen lassen.« Er wollte es aber durchaus haben, und Aschenputtel musste gerufen werden.

Da wusch es sich erst Hände und Angesicht rein, ging dann hin und neigte sich vor dem Königssohn, der ihm den goldenen Schuh reichte. Dann setzte es sich auf einen Schemel, zog den Fuß aus dem schweren Holzschuh und steckte ihn in den Pantoffel, der war wie angegossen. Und als es sich in die Höhe richtete und der König ihm ins Gesicht sah, so erkannte er das schöne Mädchen, das mit ihm getanzt hatte, und rief: »Das ist die rechte Braut!« Die Stiefmutter und die beiden Schwestern erschraken und wurden bleich vor Ärger; er aber nahm Aschenputtel aufs Pferd und ritt mit ihm fort.

Als sie an dem Haselbäumchen vorbeikamen, riefen die zwei weißen Täubchen:

»Rucke di guck, rucke di guck,
Kein Blut im Schuck:
Der Schuck ist nicht zu klein,
die rechte Braut die führt er heim.«

Und als sie das gerufen hatten, kamen sie beide herabgeflogen und setzten sich dem Aschenputtel auf die Schultern, eine rechts, die andere links, und blieben da sitzen.

Als die Hochzeit mit dem Königssohn sollte gehalten werden, kamen die falschen Schwestern, wollten sich einschmeicheln und Teil an seinem Glück nehmen. Als die Brautleute nun zur Kirche gingen, war die Älteste zur rechten, die Jüngste zur linken Seite; da pickten die Tauben einer jeden das eine Auge aus. Hernach als sie herausgingen, war die Älteste zur linken und die Jüngste zur rechten; da pickten die Tauben einer jeden das andere Auge aus. Und waren sie also für ihre Bosheit und Falschheit auf ihr Lebtag mit Blindheit gestraft.

Hänsel und Gretel

Vor einem großen Walde wohnte ein armer Holzhacker mit seiner Frau und seinen zwei Kindern: das Bübchen hieß Hänsel und das Mädchen Gretel. Er hatte wenig zu beißen und zu brechen, und einmal, als große Teuerung ins Land kam, konnte er auch das tägliche Brot nicht mehr schaffen. Wie er sich nun abends im Bette Gedanken machte und sich vor Sorgen herumwälzte, seufzte er und sprach zu seiner Frau: »Was soll aus uns werden? Wie können wir unsere armen Kinder ernähren, da wir für uns selbst nichts mehr haben?« »Weißt du was, Mann«, antwortete die Frau, »wir wollen morgen in aller Frühe die Kinder hinaus in den Wald führen, wo er am dicksten ist; da machen wir ihnen ein Feuer an und geben jedem noch ein Stückchen Brot, dann gehen wir an unsere Arbeit und lassen sie allein. Sie finden den Weg nicht wieder nach Haus, und wir sind sie los.« »Nein, Frau«, sagte der Mann, »das tue ich nicht; wie sollt ich's übers Herz bringen, meine Kinder im Walde allein zu lassen, die wilden Tiere würden bald kommen und sie zerreißen.« »O du Narr«, sagte sie, »dann müssen wir alle vier Hungers sterben, du kannst nur gleich die Bretter für die Särge hobeln«, und ließ ihm keine Ruhe, bis er einwilligte. »Aber die armen Kinder dauern mich doch«, sagte der Mann.

Die zwei Kinder hatten vor Hunger auch nicht einschlafen können und hatten gehört, was die Stiefmutter zum Vater gesagt hatte. Gretel weinte bittere Tränen und sprach zu Hänsel: »Nun ist's um uns geschehen.« – »Still, Gretel«, sprach Hänsel, »gräme dich nicht, ich will uns schon helfen.« Und als die Alten eingeschlafen waren, stand er auf, zog sein Röcklein an, machte die Untertüre auf und schlich sich hinaus. Da schien der Mond ganz helle, und die weißen Kieselsteine, die vor dem Haus lagen, glänzten wie lauter Batzen. Hänsel bückte sich und steckte soviel in sein Rocktäschlein, als nur hineinwollten. Dann ging er wieder zurück, sprach zu Gretel: »Sei getrost, liebes Schwesterchen und schlaf nur ruhig ein, Gott wird uns nicht verlassen«, und legte sich wieder in sein Bett.

Als der Tag anbrach, noch ehe die Sonne aufgegangen war, kam schon die Frau und weckte die beiden Kinder: »Steht auf, ihr Faulenzer, wir wollen in den Wald gehen und Holz holen.« Dann gab sie jedem ein Stückchen Brot und sprach: »Da habt ihr etwas für den Mittag, aber esst's nicht vorher auf, weiter kriegt ihr nichts.« Gretel nahm das Brot unter die Schürze, weil Hänsel die Steine in der Tasche hatte. Danach machten sie sich alle zusammen auf den Weg nach dem Wald. Als sie ein Weilchen gegangen waren, stand Hänsel still und guckte nach dem Haus zurück und tat

das immer und immer wieder. Der Vater sprach: »Hänsel, was guckst du da und bleibst zurück, hab acht und vergiss deine Beine nicht.« – »Ach, Vater«, sagte Hänsel, »ich sehe nach meinem weißen Kätzchen, das sitzt oben auf dem Dache und will mir Ade sagen.« Die Frau sprach: »Narr, das ist dein Kätzchen nicht, das ist die Morgensonne, die auf den Schornstein scheint.« Hänsel aber hatte nicht nach dem Kätzchen gesehen, sondern immer einen von den blanken Kieselsteinen aus seiner Tasche auf den Weg geworfen.

Als sie mitten in den Wald gekommen waren, sprach der Vater: »Nun sammelt Holz, ihr Kinder, ich will ein Feuer anmachen, damit ihr nicht friert.« Hänsel und Gretel trugen Reisig zusammen, einen kleinen Berg hoch. Das Reisig ward angezündet, und als die Flamme recht hoch brannte, sagte die Frau: »Nun legt euch ans Feuer, ihr Kinder, und ruht euch aus, wir gehen in den Wald und hauen Holz. Wenn wir fertig sind, kommen wir wieder und holen euch ab.«

Hänsel und Gretel saßen am Feuer, und als der Mittag kam, aß jedes sein Stücklein Brot. Und weil sie die Schläge der Holzaxt hörten, so glaubten sie, ihr Vater wäre in der Nähe. Es war aber nicht die Holzaxt, es war ein Ast, den er an einen dürren Baum gebunden hatte, und den der Wind hin und her schlug. Und als sie so lange gesessen hatten, fielen ihnen die Augen vor Müdigkeit zu, und sie schliefen fest ein. Als sie endlich erwachten, war es schon finstere Nacht. Gretel fing an zu weinen und sprach: »Wie sollen wir nun aus dem Wald kommen?« Hänsel aber tröstete sie: »Wart nur ein Weilchen, bis der Mond aufgegangen ist, dann wollen wir den Weg schon finden.« Und als der volle Mond aufgestiegen war, so nahm Hänsel sein Schwesterchen an der Hand und ging den Kieselsteinen nach, die schimmerten wie neu geschlagene Batzen und zeigten ihnen den Weg. Sie gingen die ganze Nacht hindurch und kamen bei anbrechendem Tag wieder zu ihres Vaters Haus. Sie klopften an die Tür, und als die Frau aufmachte und sah, dass es Hänsel und Gretel war, sprach sie: »Ihr bösen Kinder, was habt ihr so lange im Walde geschlafen, wir haben geglaubt, ihr wolltet gar nicht wiederkommen.« Der Vater aber freute sich, denn es war ihm zu Herzen gegangen, dass er sie so allein zurückgelassen hatte.

Nicht lange danach war wieder Not in allen Ecken, und die Kinder hörten, wie die Mutter nachts im Bette zu dem Vater sprach: »Alles ist wieder aufgezehrt, wir haben noch einen halben Laib Brot, hernach hat das Lied ein Ende. Die Kinder müssen fort, wir wollen sie tiefer in den Wald hineinführen, damit sie den Weg nicht wieder herausfinden; es ist sonst keine Rettung für uns.« Dem Mann fiel's schwer aufs Herz, und er dachte: »Es wäre besser, dass du den letzten Bissen mit deinen Kindern teiltest.« Aber die Frau hörte auf nichts, was er sagte, schalt ihn und machte ihm Vorwürfe. Wer A sagt, muss auch B sagen, und weil er das erste Mal nachgegeben hatte, so musste er es auch zum zweiten Male.

Die Kinder waren aber noch wach gewesen und hatten das Gespräch mit angehört. Als die Alten schliefen, stand Hänsel wieder auf, wollte hinaus und Kieselsteine auflesen, wie das vorige Mal, aber die Frau hatte die Tür verschlossen, und Hänsel konnte nicht heraus. Aber er tröstete sein Schwesterchen und sprach: »Weine nicht, Gretel, und schlaf nur ruhig, der liebe Gott wird uns schon helfen.«

Am frühen Morgen kam die Frau und holte die Kinder aus dem Bette. Sie erhielten ihr Stückchen Brot, das war aber noch kleiner als das vorige Mal. Auf dem Wege nach dem Wald bröckelte es Hänsel in der Tasche, stand oft still und warf ein Bröcklein auf die Erde. »Hänsel, was stehst du und guckst dich um?«, sagte der Vater, »geh' deiner Wege.« – »Ich sehe nach meinem Täubchen, das sitzt auf dem Dache und will mir Ade sagen«, antwortete Hänsel. »Narr«, sagte die Frau, »das ist dein Täubchen nicht, das ist die Morgensonne, die auf den Schornstein scheint.« Hänsel aber warf nach und nach alle Bröcklein auf den Weg.

Die Frau führte die Kinder noch tiefer in den Wald, wo sie ihr Lebtag noch nicht gewesen waren. Da ward wieder ein großes Feuer angemacht, und die Mutter sagte: »Bleibt nur da sitzen, ihr Kinder, und wenn ihr müde seid, könnt ihr ein wenig schlafen; wir gehen in den Wald und hauen Holz, und abends, wenn wir fertig sind, kommen wir und holen euch ab.« Als es Mittag war, teilte Gretel ihr Brot mit Hänsel, der sein Stück auf den Weg gestreut hatte. Dann schliefen sie ein, und der Abend verging, aber niemand kam zu den armen Kindern. Sie erwachten erst in der finstern Nacht, und Hänsel tröstete sein Schwesterchen und sagte: »Wart nur, Gretel, bis der Mond aufgeht, dann werden wir die Brotbröcklein sehen, die ich ausgestreut habe, die zeigen uns den Weg nach Haus.« Als der Mond kam, machten sie sich auf, aber sie fanden kein Bröcklein mehr, denn die vieltausend Vögel, die im Walde und im Felde umherfliegen, die hatten sie weggepickt.

Hänsel sagte zu Gretel: »Wir werden den Weg schon finden«, aber sie fanden ihn nicht. Sie gingen die ganze Nacht und noch einen Tag von Morgen bis Abend, aber sie kamen nicht aus dem Wald heraus und waren so hungrig, denn sie hatten nichts als die paar Beeren, die auf der Erde standen. Und weil sie so müde waren, dass die Beine sie nicht mehr tragen wollten, so legten sie sich unter einen Baum und schliefen ein.

Nun war's schon der dritte Morgen, dass sie ihres Vaters Haus verlassen hatten. Sie fingen wieder an zu gehen, aber sie gerieten immer tiefer in den Wald, und wenn nicht bald Hilfe kam, so mussten sie verschmachten. Als es Mittag war, sahen sie ein schönes, schneeweißes Vöglein auf einem Ast sitzen, das sang so schön, dass sie stehen blieben und ihm zuhörten. Und als es geendet hatte,

schwang es seine Flügel und flog vor ihnen her, und sie gingen ihm nach, bis sie zu einem Häuschen gelangten, auf dessen Dach es sich setzte, und als sie ganz nah herankamen, so sahen sie, dass das Häuslein aus Brot gebaut war und mit Kuchen gedeckt; aber die Fenster waren von hellem Zucker. »Da wollen wir uns dran machen«, sprach Hänsel »und eine gesegnete Mahlzeit halten. Ich will ein Stück vom Dach essen, Gretel, du kannst vom Fenster essen, das schmeckt süß.« Hänsel reichte in die Höhe und brach sich ein wenig vom Dach ab, um zu versuchen, wie es schmeckte, und Gretel stellte sich an die Scheiben und knusperte daran. Da rief eine feine Stimme aus der Stube heraus:

»Knusper, knusper, kneischen,
wer knuspert an meinem Häuschen?«

Die Kinder antworteten:

»Der Wind, der Wind,
das himmlische Kind«,

und aßen weiter, ohne sich irre machen zu lassen. Hänsel, dem das Dach sehr gut schmeckte, riss sich ein großes Stück davon herunter, und Gretel stieß eine ganze runde Fensterscheibe heraus, setzte sich nieder, und tat sich wohl damit. Da ging auf einmal die Türe auf, und eine steinalte Frau, die sich auf eine Krücke stützte, kam herausgeschlichen. Hänsel und Gretel erschraken so gewaltig, dass sie fallen ließen, was sie in den Händen hielten. Die Alte aber wackelte mit dem Kopfe und sprach: »Ei, ihr lieben Kinder, wer hat euch hierhergebracht? Kommt nur herein und bleibt bei mir, es geschieht euch kein Leid.« Sie fasste beide an der Hand und führte sie in ihr Häuschen. Da ward gutes Essen aufgetragen, Milch und Pfannekuchen mit Zucker, Äpfel und Nüsse. Hernach wurden zwei schöne Bettlein weiß gedeckt, und Hänsel und Gretel legten sich hinein und meinten, sie wären im Himmel.

Die Alte hatte sich nur so freundlich angestellt, sie war aber eine böse Hexe, die den Kindern auflauerte, und hatte das Brothäuslein bloß gebaut, um sie herbeizulocken. Wenn eins in ihre Gewalt kam, so machte sie es tot, kochte es und aß es, und das war ihr ein Festtag. Die Hexen haben rote Augen und können nicht weit sehen, aber sie haben eine feine Witterung, wie die Tiere, und merken's, wenn Menschen herankommen. Als Hänsel und Gretel in ihre Nähe kamen, da lachte sie boshaft und sprach höhnisch: »Die habe ich, die sollen mir nicht wieder entwischen.« Früh morgens, ehe die Kinder erwacht waren, stand sie schon auf, und als sie beide so lieblich ruhen sah, mit den vollen roten Backen, so murmelte sie vor sich hin: »Das wird ein guter Bissen werden.« Da packte sie Hänsel mit ihrer dürren Hand und trug ihn in einen kleinen Stall und sperrte ihn mit einer Gittertüre ein; er mochte schreien wie er wollte, es half ihm nichts. Dann ging sie zur Gretel, rüttelte sie wach und rief: »Steh auf, Faulenzerin, trag Wasser und koch deinem Bruder etwas Gutes, der sitzt draußen im Stall und soll fett werden. Wenn er fett ist, so will ich ihn essen.« Gretel fing an, bitterlich zu weinen, aber es war alles vergeblich, sie musste tun, was die böse Hexe verlangte.

Nun ward dem armen Hänsel das beste Essen gekocht, aber Gretel bekam nichts als Krebsschalen. Jeden Morgen schlich die Alte zu dem Ställchen und rief: »Hänsel, streck deine Finger heraus, damit ich fühle, ob du bald fett bist.« Hänsel streckte ihr aber ein Knöchlein heraus, und die Alte, die trübe Augen hatte, konnte es nicht sehen, und meinte, es wären Hänsels Finger, und verwunderte sich, dass er gar nicht fett werden wollte. Als vier Wochen herum waren, und Hänsel immer mager blieb, da übernahm sie die Ungeduld, und sie wollte nicht länger warten. »Heda, Gretel«, rief sie dem Mädchen zu, »sei flink und trag Wasser! Hänsel mag fett oder mager sein, morgen will ich ihn schlachten und kochen.« Ach, wie jammerte das arme Schwesterchen, als es das Wasser tragen musste, und wie flossen ihm die Tränen über die Backen herunter! »Lieber Gott, hilf uns doch«, rief sie aus, »hätten uns nur die wilden Tiere im Wald gefressen, so wären wir doch zusammen gestorben.« – »Spar nur dein Geplärre«, sagte die Alte, »es hilft dir alles nichts.«

Frühmorgens musste Gretel heraus, den Kessel mit Wasser aufhängen und Feuer anzünden. »Erst wollen wir backen«, sagte die

Alte, »ich habe den Backofen schon eingeheizt und den Teig geknetet!« Sie stieß das arme Gretel hinaus zu dem Backofen, aus dem die Feuerflammen schon herausschlugen. »Kriech hinein«, sagte die Hexe, »und sieh zu, ob recht eingeheizt ist, damit wir das Brot hineinschießen können!« Und wenn Gretel darin war, wollte sie den Ofen zumachen, und Gretel sollte darin braten, und dann wollte sie's auch aufessen. Aber Gretel merkte, was sie im Sinn hatte und sprach: »Ich weiß nicht, wie ich's machen soll; wie komm ich da hinein?« – »Dumme Gans«, sagte die Alte, »die Öffnung ist groß genug: siehst du wohl, ich könnte selbst hinein«, krabbelte heran und steckte den Kopf in den Backofen. Da gab ihr Gretel einen Stoß, dass sie weit hineinfuhr, machte die eiserne Tür zu und schob den Riegel vor. Hu! Da fing sie an zu heulen, ganz grauselig; aber Gretel lief fort, und die gottlose Hexe musste elendiglich verbrennen.

Gretel aber lief schnurstracks zum Hänsel, öffnete sein Ställchen und rief: »Hänsel, wir sind erlöst, die alte Hexe ist tot!« Da sprang Hänsel heraus, wie ein Vogel aus dem Käfig, wenn ihm die Türe aufgemacht wird. Wie haben sie sich gefreut, sind herumgesprungen und haben sich geküsst! Und weil sie sich nicht mehr zu fürchten brauchten, so gingen sie in das Haus der Hexe hinein, da standen in allen Ecken Kästen mit Perlen und Edelsteinen. »Die sind noch besser als Kieselsteine«, sagte Hänsel und steckte in seine Taschen, was hineinwollte, und Gretel sagte: »Ich will auch etwas mit nach Haus bringen«, und füllte sein Schürzchen voll. »Aber jetzt wollen wir fort«, sagte Hänsel, »damit wir aus dem Hexenwald herauskommen.« Als sie aber ein paar Stunden gegangen waren, gelangten sie an ein großes Wasser. »Wir können nicht hinüber«, sprach Hänsel, »ich seh keinen Steg und keine Brücke.« »Hier fährt auch kein Schiffchen«, antwortete Gretel, »aber da schwimmt eine weiße Ente, wenn ich die bitte, so hilft sie uns hinüber.« Da rief sie:

»Entchen, Entchen,
Da stehen Gretel und Hänsel.
Kein Steg und keine Brücke,
nimm uns auf deinen weißen Rücken.«

Das Entchen kam auch heran, und Hänsel setzte sich auf und bat sein Schwesterchen, sich zu ihm zu setzen. »Nein«, antwortete Gretel, »es wird dem Entchen zu schwer, es soll uns nacheinander hinüberbringen.« Das tat das gute Tierchen, und als sie glücklich drüben waren und ein Weilchen fortgingen, da kam ihnen der Wald immer bekannter und immer bekannter vor, und endlich erblickten sie von Weitem ihres Vaters Haus. Da fingen sie an zu laufen, stürzten in die Stube hinein und fielen ihrem Vater um den Hals. Der Mann hatte keine frohe Stunde gehabt, seitdem er die Kinder im Walde gelassen hatte, die Frau aber war gestorben. Gretel schüttelte sein Schürzchen aus, dass die Perlen und Edelsteine in der Stube herumsprangen, und Hänsel warf eine Handvoll nach der andern aus seiner Tasche dazu. Da hatten alle Sorgen ein Ende, und sie lebten in lauter Freude zusammen. Mein Märchen ist aus, dort läuft eine Maus, wer sie fängt, darf sich eine große, große Pelzkappe daraus machen.

Die Sterntaler

Es war einmal ein kleines Mädchen, dem war Vater und Mutter gestorben, und es war so arm, dass es kein Kämmerchen mehr hatte, darin zu wohnen, und kein Bettchen mehr, darin zu schlafen, und endlich gar nichts mehr, als die Kleider auf dem Leib und ein Stückchen Brot in der Hand, das ihm ein mitleidiges Herz geschenkt hatte. Es war aber gut und fromm. Und weil es so von aller Welt verlassen war, ging es im Vertrauen auf den lieben Gott hinaus ins Feld. Da begegnete ihm ein armer Mann, der sprach: »Ach, gib mir etwas zu essen, ich bin so hungrig.« Es reichte ihm das ganze Stückchen Brot und sagte: »Gott segne dir's!«, und ging weiter.

Da kam ein Kind, das jammerte und sprach: »Es friert mich so an meinem Kopfe, schenk mir etwas, womit ich ihn bedecken kann.« Da tat es seine Mütze ab und gab sie ihm. Und als es noch eine Weile gegangen war, kam wieder ein Kind, das hatte kein Leibchen an und fror, da gab es ihm seins, und noch weiter, da bat eins um ein Röcklein, das gab es auch von sich hin. Endlich gelangte es in einen Wald, und es war schon dunkel geworden, da kam noch eins und bat um ein Hemdlein, und das fromme Mädchen dachte: »Es ist dunkle Nacht, da sieht dich niemand, du kannst wohl dein Hemd weggeben«, und zog das Hemd ab und gab es auch noch hin. Und wie es so stand und gar nichts mehr hatte, fielen auf einmal die Sterne vom Himmel und waren lauter harte, blanke Taler, und ob es gleich sein Hemdlein weggegeben, so hatte es ein neues an, und das war vom allerfeinsten Linnen. Da sammelte sie sich die Taler hinein und war reich für sein Lebtag.

Schneeweißchen und Rosenrot

Eine arme Witwe, die lebte einsam in einem Hüttchen, und vor dem Hüttchen war ein Garten, darin standen zwei Rosenbäumchen, davon trug das eine weiße, das andere rote Rosen; und sie hatte zwei Kinder, die glichen den beiden Rosenbäumchen, und das eine hieß Schneeweißchen, das andere Rosenrot. Sie waren aber so fromm und gut, so arbeitsam und unverdrossen, als je zwei Kinder auf der Welt gewesen sind; Schneeweißchen war nur stiller und sanfter als Rosenrot. Rosenrot sprang lieber in den Wiesen und Feldern umher, suchte Blumen und fing Sommervögel; Schneeweißchen aber saß daheim bei der Mutter, half ihr im Hauswesen, oder las ihr vor, wenn nichts zu tun war. Die beiden Kinder hatten einander so lieb, dass sie sich immer an den Händen fassten, so oft sie zusammen ausgingen; und wenn Schneeweißchen sagte: »Wir wollen uns nicht verlassen«, so antwortete Rosenrot: »so lange wir leben nicht«, und die Mutter setzte hinzu: »was das eine hat, soll's mit dem andern teilen.« Oft liefen sie im Wald allein umher und sammelten rote Beeren, aber kein Tier tat ihnen etwas zuleid, sondern sie kamen vertraulich herbei; das Häschen fraß ein Kohlblatt aus ihren Händen, das Reh graste an ihrer Seite, der Hirsch sprang ganz lustig vorbei, und die Vögel blieben auf den Ästen sitzen und sangen, was sie nur wussten. Kein Unfall traf sie, wenn sie sich im Walde verspätet hatten und die Nacht sie überfiel, so legten sie sich nebeneinander auf das Moos und schliefen, bis der Morgen kam, und die Mutter wusste das und hatte ihretwegen keine Sorge. Einmal, als sie im Walde übernachtet hatten und das Morgenrot sie aufweckte, da sahen sie ein schönes Kind in einem weißen, glänzenden Kleidchen neben ihrem Lager sitzen. Es stand auf und blickte sie ganz freundlich an, sprach aber nichts und ging in den Wald hinein. Und als sie sich umsahen, so hatten sie ganz nahe bei einem Abgrunde geschlafen, und wären gewiss hineingefallen, wenn sie in der Dunkelheit noch ein paar Schritte weiter gegangen wären. Die Mutter aber sagte ihnen, das müsste der Engel gewesen sein, der gute Kinder bewache. Schneeweißchen und Rosenrot hielten das Hüttchen der Mutter so reinlich, dass es eine Freude war, hineinzuschauen. Im Sommer besorgte Rosenrot das Haus und stellte der Mutter jeden Morgen, ehe sie aufwachte, einen Blumenstrauß vors Bett, darin war von jedem Bäumchen eine Rose. Im Winter zündete Schneeweißchen das Feuer an und hing den Kessel an den Feuerhaken, und der Kessel war von Messing, glänzte aber wie Gold, so rein war er gescheuert. Abends, wenn die Flocken fielen, sagte die Mutter: »Geh, Schneeweißchen, und schieb den Riegel vor«, und dann setzten sie sich an den Herd, und die Mutter nahm die Brille und las aus einem großen Buche vor, und die beiden Mädchen hörten zu, saßen und spannen; neben ihnen lag ein Lämmchen auf dem Boden, und hinter ihnen auf einer Stange saß ein weißes Täubchen und hatte seinen Kopf unter den Flügel gesteckt.

Eines Abends, als sie so vertraulich beisammen saßen, klopfte jemand an die Türe, als wollte er eingelassen sein. Die Mutter sprach: »Geschwind, Rosenrot, mach auf, es wird ein Wanderer sein, der Obdach sucht.« Rosenrot ging und schob den Riegel weg und dachte, es wäre ein armer Mann, aber der war es nicht, es war ein Bär, der seinen dicken schwarzen Kopf zur Tür hereinstreckte. Rosenrot schrie laut und sprang zurück; das Lämmchen blökte, das Täubchen flatterte auf, und Schneeweißchen versteckte sich hinter der Mutter Bett. Der Bär aber fing an zu sprechen und sagte: »Fürchtet euch nicht, ich tue euch nichts zuleid, ich bin halb erfroren und will mich nur ein wenig bei euch wärmen.« »Du armer Bär«, sprach die Mutter, »leg dich ans Feuer, und gib nur acht, dass dir dein Pelz nicht brennt.« Dann rief sie: »Schneeweißchen, Rosenrot, kommt hervor, der Bär tut euch nichts, er meint's ehrlich.« Da kamen sie beide heran, und nach und nach näherten sich auch das Lämmchen und Täubchen und hatten keine Furcht vor ihm. Der Bär sprach: »Ihr Kinder, klopft mir den Schnee ein wenig aus dem Pelzwerk«, und sie holten den Besen und kehrten dem Bär das Fell rein; er aber streckte sich ans Feuer und brummte ganz vergnügt und behaglich. Nicht lange, so wurden sie ganz vertraut und trieben Mutwillen mit dem unbeholfenen Gast. Sie zausten ihm das Fell mit den Händen, setzten ihre Füßchen auf seinen Rücken und walgerten ihn hin und her, oder sie nahmen eine Haselrute und schlugen auf ihn los, und wenn er brummte, so lachten sie. Der Bär ließ sich's aber gerne gefallen, nur wenn sie's gar zu arg machten, rief er: »Lasst mich am Leben, ihr Kinder:

»Schneeweißchen, Rosenrot, schlägst dir den Freier tot.«

Als Schlafenszeit war und die andern zu Bett gingen, sagte die Mutter zu dem Bär: »Du kannst in Gottes Namen da am Herde liegen bleiben, so bist du vor der Kälte und dem bösen Wetter geschützt.« Sobald der Tag graute, ließen ihn die beiden Kinder hinaus, und er trabte über den Schnee in den Wald hinein. Von nun an kam der Bär jeden Abend zu der bestimmten Stunde, legte sich an den Herd und erlaubte den Kindern Kurzweil mit ihm zu treiben, so viel sie wollten; und sie waren so gewöhnt an ihn, dass die Türe nicht eher zugeriegelt ward, als bis der schwarze Gesell angelangt war.

Als das Frühjahr herangekommen und draußen alles grün war, sagte der Bär eines Morgens zu Schneeweißchen: »Nun muss ich fort und darf den ganzen Sommer nicht wiederkommen.« »Wo gehst du denn hin, lieber Bär?«, fragte Schneeweißchen. »Ich muss in den Wald und meine Schätze vor den bösen Zwergen hüten: im Winter, wenn die Erde hart gefroren ist, müssen sie wohl unten bleiben und können sich nicht durcharbeiten, aber jetzt, wenn die Sonne die Erde aufgetaut und erwärmt hat, da brechen sie durch, steigen herauf, suchen und stehlen; was einmal in ihren Händen ist und in ihren Höhlen liegt, das kommt so leicht nicht wieder an des Tages Licht.« Schneeweißchen war ganz traurig über den Abschied, und als es ihm die Türe aufriegelte, und der Bär sich hinausdrängte, blieb er an dem Türhaken hängen, und ein Stück seiner Haut riss auf, und da war es Schneeweißchen, als hätte es Gold durchschimmern gesehen: aber es war seiner Sache nicht gewiss. Der Bär lief eilig fort und war bald hinter den Bäumen verschwunden.

Nach einiger Zeit schickte die Mutter die Kinder in den Wald, Reisig zu sammeln. Da fanden sie draußen einen großen Baum, der lag gefällt auf dem Boden, und an dem Stamme sprang zwischen

dem Gras etwas auf und ab, sie konnten aber nicht unterscheiden, was es war. Als sie näher kamen, sahen sie einen Zwerg mit einem alten verwelkten Gesicht und einem ellenlangen, schneeweißen Bart. Das Ende des Bartes war in eine Spalte des Baumes eingeklemmt, und der Kleine sprang hin und her wie ein Hündchen an einem Seil und wusste nicht, wie er sich helfen sollte. Er glotzte die Mädchen mit seinen roten, feurigen Augen an und schrie: »Was steht ihr da! Könnt ihr nicht herbeigehen und mir Beistand leisten?« »Was hast du angefangen, kleines Männchen?«, fragte Rosenrot. »Dumme, neugierige Gans«, antwortete der Zwerg, »den Baum habe ich mir spalten wollen, um kleines Holz in der Küche zu haben; bei den dicken Klötzen verbrennt gleich das bisschen Speise, das unser einer braucht, der nicht so viel hinunterschlingt als ihr, grobes, gieriges Volk. Ich hatte den Keil schon glücklich hineingetrieben, und es wäre alles nach Wunsch gegangen, aber das verwünschte Holz war zu glatt und sprang unversehens heraus, und der Baum fuhr so geschwind zusammen, dass ich meinen schönen, weißen Bart nicht mehr herausziehen konnte; nun steckt er drin, und ich kann nicht fort. Da lachen die albernen, glatten Milchgesichter! Pfui, was seid ihr garstig!« Die Kinder gaben sich alle Mühe, aber sie konnten den Bart nicht herausziehen, er steckte zu fest. »Ich will laufen und Leute herbeiholen«, sagte Rosenrot. »Wahnsinnige Schafsköpfe«, schnarrte der Zwerg, »wer wird gleich Leute herbeirufen, ihr seid mir schon um zwei zu viel; fällt euch nichts besseres ein?« »Sei nur nicht ungeduldig«, sagte Schneeweißchen, »ich will schon Rat schaffen«, holt sein Scherchen aus der Tasche und schnitt das Ende des Bartes ab. Sobald der Zwerg sich frei fühlte, griff er nach einem Sack, der zwischen den Wurzeln des Baumes steckte und mit Gold gefüllt war, hob ihn heraus und brummte vor sich hin: »Ungehobeltes Volk, schneidet mir ein Stück von meinem stolzen Barte ab! Lohn's euch der Kuckuck!« Damit schwang er seinen Sack auf den Rücken und ging fort, ohne die Kinder nur noch einmal anzusehen.

Einige Zeit danach wollten Schneeweißchen und Rosenrot ein Gericht Fische angeln. Als sie nahe bei dem Bach waren, sahen sie, dass etwas wie eine große Heuschrecke nach dem Wasser zu hüpfte, als wollte es hineinspringen. Sie liefen heran und erkannten den Zwerg. »Wo willst du hin?«, sagte Rosenrot, »du willst doch nicht ins Wasser?« »Solch ein Narr bin ich nicht«, schrie der Zwerg, »seht ihr nicht, der verwünschte Fisch will mich hineinziehen?« Der Kleine hatte dagesessen und geangelt, und unglücklicherweise hatte der Wind seinen Bart mit der Angelschnur verflochten; als gleich darauf ein großer Fisch anbiss, fehlten dem schwachen Geschöpf die Kräfte, ihn herauszuziehen; der Fisch be-

hielt die Oberhand und riss den Zwerg zu sich hin. Zwar hielt er sich an allen Halmen und Binsen, aber das half nicht viel, er musste den Bewegungen des Fisches folgen, und war in beständiger Gefahr, ins Wasser gezogen zu werden. Die Mädchen kamen zu rechter Zeit, hielten ihn fest und versuchten, den Bart von der Schnur loszumachen, aber vergebens, Bart und Schnur waren fest ineinander verwirrt. Es blieb nichts übrig, als das Scherchen hervorzuholen und den Bart abzuschneiden, wobei ein kleiner Teil desselben verloren ging. Als der Zwerg das sah, schrie er sie an: »Ist das Manier, ihr Lorche, einem das Gesicht zu schänden? Nicht genug, dass ihr mir den Bart unten abgestutzt habt, jetzt schneidet ihr mir den besten Teil davon ab; ich darf mich vor den Meinigen gar nicht sehen lassen. Dass ihr laufen müsstet und die Schuhsohlen verloren hättet!« Dann holte er einen Sack Perlen, der im Schilfe lag, und ohne ein Wort weiter zu sagen, schleppte er ihn fort und verschwand hinter einem Stein.

Es trug sich zu, dass bald hernach die Mutter die beiden Mädchen nach der Stadt schickte, Zwirn, Nadeln, Schnüre und Bänder einzukaufen. Der Weg führte sie über eine Heide, auf der hier und da mächtige Felsenstücke zerstreut lagen. Da sahen sie einen großen Vogel in der Luft schweben, der langsam über ihnen kreiste, sich immer tiefer herabsenkte und endlich nicht weit bei einem Felsen niederstieß. Gleich darauf hörten sie einen durchdringenden, jämmerlichen Schrei. Sie liefen herzu und sahen mit Schrecken, dass der Adler ihren alten Bekannten, den Zwerg, gepackt hatte und ihn forttragen wollte. Die mitleidigen Kinder hielten gleich das Männchen fest und zerrten sich so lange mit dem Adler herum, bis er seine Beute fahren ließ. Als der Zwerg sich von dem ersten Schrecken erholt hatte, schrie er mit seiner kreischenden Stimme: »Konntet ihr nicht säuberlicher mit mir umgehen? Gerissen habt ihr an meinem dünnen Röckchen, dass es überall zerfetzt und durchlöchert ist, unbeholfenes und täppisches Gesindel, das ihr seid!« Dann nahm er einen Sack mit Edelsteinen und schlüpfte wieder unter den Felsen in seine Höhle. Die Mädchen waren an seinen Undank schon gewöhnt, setzten ihren Weg fort und verrichteten ihr Geschäft in der Stadt. Als sie beim Heimweg wieder auf die Heide kamen, überraschten sie den Zwerg, der auf einem reinlichen Plätzchen seinen Sack mit Edelsteinen ausgeschüttet und nicht gedacht hatte, dass so spät noch jemand daherkommen würde. Die Abendsonne schien über die glänzenden Steine, sie schimmerten und leuchteten so prächtig in allen Farben, dass die Kinder stehen blieben und sie betrachteten. »Was steht ihr da und habt Maulaffen feil!«, schrie der Zwerg, und sein aschgraues Gesicht ward zinnoberrot vor Zorn. Er wollte mit seinen Scheltworten fortfahren, als sich ein lautes Brummen hören ließ, und ein schwarzer Bär aus dem Walde herbeitrabte. Erschrocken sprang der Zwerg auf, aber er konnte nicht mehr zu seinem Schlupfwinkel gelangen, der Bär war schon in seiner Nähe. Da rief er in Herzensangst: »Lieber Herr Bär, verschont mich, ich will euch alle meine Schätze geben, sehet, die schönen Edelsteine, die da liegen. Schenkt mir das Leben, was habt ihr an mir kleinem, schmächtigen Kerl? Ihr spürt mich nicht zwischen den Zähnen; da, die beiden gottlosen Mädchen packt, das sind für euch zarte Bissen, fett wie junge Wachteln, die fresst in Gottes Namen.« Der Bär kümmerte sich um seine Worte nicht, gab dem boshaften Geschöpf einen einzigen Schlag mit der Tatze, und es regte sich nicht mehr.

Die Mädchen waren fortgesprungen, aber der Bär rief ihnen nach: »Schneeweißchen und Rosenrot, fürchtet euch nicht, wartet, ich will mit euch gehen.« Da erkannten sie seine Stimme und blieben stehen, und als der Bär bei ihnen war, fiel plötzlich die Bärenhaut ab, und er stand da als ein schöner Mann, und war ganz in Gold gekleidet. »Ich bin eines Königs Sohn«, sprach er, »und war von dem gottlosen Zwerg, der mir meine Schätze gestohlen hatte, verwünscht, als ein wilder Bär in dem Walde zu laufen, bis ich durch seinen Tod erlöst würde. Jetzt hat er seine wohlverdiente Strafe empfangen.«

Schneeweißchen ward mit ihm vermählt und Rosenrot mit seinem Bruder, und sie teilten die großen Schätze miteinander, die der Zwerg in seiner Höhle zusammengetragen hatte. Die alte Mutter lebte noch lange Jahre ruhig und glücklich bei ihren Kindern. Die zwei Rosenbäumchen aber nahm sie mit, und sie standen vor ihrem Fenster und trugen jedes Jahr die schönsten Rosen, weiß und rot.

Die Gänsemagd

Es lebte einmal eine alte Königin, der war ihr Gemahl schon lange Jahre gestorben, und sie hatte eine schöne Tochter. Wie die erwuchs, wurde sie weit über Feld an einen Königssohn versprochen. Als nun die Zeit kam, wo sie vermählt werden sollten, und das Kind in das fremde Reich abreisen musste, packte ihr die Alte gar viel köstliches Gerät und Geschmeide ein, Gold und Silber, Becher und Kleinode, kurz alles, was zu einem königlichen Brautschatz gehörte, denn sie hatte ihr Kind von Herzen lieb. Auch gab sie ihr eine Kammerjungfer bei, die mitreiten und die Braut in die Hände des Bräutigams überliefern sollte, und jede bekam ein Pferd zur Reise, aber das Pferd der Königstochter hieß Falada und konnte sprechen. Wie nun die Abschiedsstunde da war, begab sich die alte Mutter in ihre Schlafkammer, nahm ein Messerlein und schnitt damit in ihre Finger, dass sie bluteten, darauf hielt sie ein weißes Läppchen unter und ließ drei Tropfen Blut hineinfallen, gab sie der Tochter, und sprach: »Liebes Kind, verwahre sie wohl, sie werden dir unterwegs nottun.«

Also nahmen sie beide voneinander betrübten Abschied, das Läppchen steckte die Königstochter in ihren Busen vor sich, setzte sich aufs Pferd und zog nun fort zu ihrem Bräutigam. Da sie eine Stunde geritten waren, empfand sie heißen Durst und sprach zu ihrer Kammerjungfer: »Steig ab und schöpfe mir mit meinem Becher, den du für mich mitgenommen hast, Wasser aus dem Bache, ich möchte gern einmal trinken.« »Wenn Ihr Durst habt«, sprach die Kammerjungfer, »so steigt selber ab, legt Euch ans Wasser, und trinkt, ich mag Eure Magd nicht sein.« Da stieg die Königstochter vor großem Durst herunter, neigte sich über das Wasser im Bach und trank, und durfte nicht aus dem goldnen Becher trinken. Da sprach sie: »Ach Gott!«, und die drei Blutstropfen antworteten: »Wenn das deine, Mutter wüsste, das Herz im Leibe tät' ihr zerspringen.« Aber die Königsbraut war demütig, sagte nichts und stieg wieder zu Pferde.

So ritten sie etliche Meilen weiter fort, aber der Tag war warm, die Sonne stach, und sie durstete bald von Neuem. Da sie nun an einen Fluss kamen, rief sie noch einmal ihre Kammerjungfer: »Steig ab, und gib mir aus meinem Goldbecher zu trinken«, denn sie hatte alle bösen Worte längst vergessen. Die Kammerjungfer sprach aber noch hochmütiger: »Wollt Ihr trinken, so trinkt allein, ich mag nicht Eure Magd sein.« Da stieg die Königstochter hernieder vor großem Durst, legte sich über das fließende Wasser, weinte und sprach: »Ach Gott!«, und die Blutstropfen antworteten wiederum: »Wenn das deine Mutter wüsste, das Herz im Leibe tät' ihr zerspringen.« Und wie sie so trank und sich recht überlehnte, fiel ihr das Läppchen, worin die drei Tropfen waren, aus dem Busen, und floss mit dem Wasser fort, ohne dass sie es in ihrer großen Angst merkte. Die Kammerjungfer hatte aber zugesehen und freute sich, dass sie Gewalt über die Braut bekäme; denn damit, dass diese die Blutstropfen verloren hatte, war sie schwach und machtlos geworden. Als sie nun wieder auf ihr Pferd steigen wollte, das Falada hieß, sagte die Kammerfrau: »Auf Falada gehör' ich, und auf meinen Gaul gehörst du«; und das musste sie sich gefallen lassen. Dann befahl ihr die Kammerfrau mit harten Worten, die königlichen Kleider auszuziehen und ihre schlechten anzulegen, und endlich musste sie sich unter freiem Himmel verschwören, dass sie am königlichen Hof keinem Menschen etwas davon sagen wollte; und wenn sie diesen Eid nicht abgelegt hätte, wäre sie auf der Stelle umgebracht worden. Aber Falada sah das alles an und nahm's wohl in Acht.

Die Kammerfrau stieg nun auf Falada, und die wahre Braut auf das schlechte Ross, und so zogen sie weiter, bis sie endlich in dem königlichen Schlosse eintrafen. Da war große Freude über ihre Ankunft, und der Königssohn sprang ihnen entgegen, hob die Kammerfrau vom Pferde, und meinte, sie wäre seine Gemahlin. Sie ward die Treppe hinaufgeführt, die wahre Königstochter aber musste unten stehen bleiben. Da schaute der alte König am Fenster, und sah sie im Hofe halten und sah, wie sie fein war, zart und gar schön. Er ging alsbald hin ins königliche Gemach und fragte die Braut nach der, die sie bei sich hätte, und da unten im Hof stände, und wer sie wäre? »Die hab' ich mir unterwegs mitgenommen zur Gesellschaft; gebt der Magd was zu arbeiten, dass sie nicht müßig steht.« Aber der alte König hatte keine Arbeit für sie und wusste nichts, als dass er sagte: »Da hab' ich so einen kleinen Jungen, der hütet die Gänse, dem mag sie helfen.« Der Junge hieß Kürdchen (Konrädchen), dem musste die wahre Braut helfen, Gänse hüten.

Bald aber sprach die falsche Braut zu dem jungen König: »Liebster Gemahl, ich bitte Euch, tut mir einen Gefallen.« Er antwortete: »Das will ich gerne tun.« »Nun, so lasst den Schinder rufen, und da dem Pferde, worauf ich hergeritten bin, den Hals abhauen, weil es mich unterwegs geärgert hat.« Eigentlich aber fürchtete sie, dass das Pferd sprechen möchte, wie sie mit der Königstochter umgegangen war. Nun war das so weit geraten, dass es geschehen und der treue Falada sterben sollte, da kam es auch der rechten Königstochter zu Ohr, und sie versprach dem Schinder heimlich ein Stück Geld, das sie ihm bezahlen wollte, wenn er ihr einen kleinen Dienst erwiese. In der Stadt war ein großes, finsteres Tor, wo sie abends und morgens mit den Gänsen durch musste, unter das finstere Tor möchte er dem Falada seinen Kopf hinnageln, dass sie ihn doch noch mehr als einmal sehen könnte. Also versprach das der Schindersknecht zu tun, hieb den Kopf ab und nagelte ihn unter das finstere Tor fest.

Des Morgens früh, da sie und Kürdchen unterm Tor hinaustrieben, sprach sie im Vorbeigehen:

»O du Falada, da du hangest«,

da antwortete der Kopf:

»O du Jungfer Königin, da du gangest,
wenn das deine Mutter wüsste,
ihr Herz tät ihr zerspringen.«

Da zog sie still weiter zur Stadt hinaus, und sie trieben die Gänse aufs Feld. Und wenn sie auf der Wiese angekommen war, saß sie nieder und machte ihre Haare auf, die waren eitel Gold, und

Kürdchen sah sie und freute sich, wie sie glänzten, und wollte ihr ein paar ausraufen. Da sprach sie:

»Weh, weh, Windchen,
nimm Kürdchen sein Hütchen,
und lass'n sich mit jagen,
bis ich mich geflochten und geschnatzt,
und wieder aufgesatzt.«

Und da kam ein so starker Wind, dass er dem Kürdchen sein Hütchen weg wehte über alle Land, und es musste ihm nachlaufen. Bis es wieder kam, war sie mit dem Kämmen und Aufsetzen fertig, und er konnte keine Haare kriegen. Da war Kürdchen bös und sprach nicht mit ihr; und so hüteten sie die Gänse, bis dass es Abend ward, dann gingen sie nach Hause. Den andern Morgen, wie sie unter dem finstern Tor hinaustrieben, sprach die Jungfrau:

»O du Falada, da du hangest«,

Falada antwortete:

»O du Jungfer Königin, da du gangest,
wenn das deine Mutter wüsste,
das Herz tät ihr zerspringen.«

Und in dem Feld setzte sie sich wieder auf die Wiese und fing an ihr Haar auszukämmen, und Kürdchen lief und wollte danach greifen, da sprach sie schnell:

»Weh, weh, Windchen,
nimm Kürdchen sein Hütchen,
und lass'n sich mit jagen,
bis ich mich geflochten und geschnatzt,
und wieder aufgesatzt.«

Da wehte der Wind und wehte ihm das Hütchen vom Kopf weit weg, dass Kürdchen nachlaufen musste; und als es wieder kam, hatte sie längst ihr Haar zurecht, und es konnte keins davon erwischen; und so hüteten sie die Gänse, bis es Abend ward. Abends aber, nachdem sie heimgekommen waren, ging Kürdchen vor den alten König und sagte: »Mit dem Mädchen will ich nicht länger Gänse hüten.« »Warum denn?«, fragte der alte König. »Ei, das ärgert mich den ganzen Tag.« Da befahl ihm der alte König zu erzählen, wie's ihm denn mit ihr ginge. Da sagte Kürdchen: »Morgens, wenn wir unter dem finstern Tor mit der Herde durchkommen, so ist da ein Gaulskopf an der Wand, zu dem redet sie:

›Falada, da du hangest‹,

da antwortet der Kopf:

›O du Königsjungfer, da du gangest,
wenn das deine Mutter wüsste,
das Herz tät ihr zerspringen.‹«

Und so erzählte Kürdchen weiter, was auf der Gänsewiese geschähe, und wie es da dem Hut im Winde nachlaufen müsste.

Der alte König befahl ihm, den nächsten Tag wieder hinauszutreiben, und er selbst, wie es Morgen war, setzte sich hinter das finstere Tor und hörte da, wie sie mit dem Haupt des Falada sprach; und dann ging er ihr auch nach in das Feld und barg sich in einem Busch auf der Wiese. Da sah er nun bald mit seinen eigenen Augen, wie die Gänsemagd und der Gänsejunge die Herde getrieben brachten, und wie sie sich nach einer Weile setzte und ihre Haare losflocht, die von Glanz strahlten. Gleich sprach sie wieder:

»Weh, weh, Windchen,
fass Kürdchen sein Hütchen,
und lass'n sich mit jagen,
bis dass ich mich geflochten und geschnatzt
und wieder aufgesatzt.«

Da kam ein Windstoß und fuhr mit Kürdchens Hut weg, dass es weit zu laufen hatte, und die Magd kämmte und flocht ihre Locken still fort, was der alte König alles beobachtete. Darauf ging er unbemerkt zurück, und als abends die Gänsemagd heimkam, rief er sie beiseite und fragte, warum sie dem allem so täte? »Das darf ich euch nicht sagen, und darf auch keinem Menschen mein Leid klagen, denn so habe ich mich unter freiem Himmel verschworen, weil ich sonst um mein Leben gekommen wäre.« Er drang in sie und ließ ihr keinen Frieden, aber er konnte nichts aus ihr herausbringen. Da sprach er: »Wenn du mir's nicht sagen willst, so klag dem Eisenofen da dein Leid«, und ging fort. Da kroch sie in den Eisenofen, fing an zu jammern und zu weinen, schüttete ihr Herz aus und sprach: »Da sitze ich nun von aller Welt verlassen, und bin doch eine Königstochter, und eine falsche Kammerjungfer hat mich mit Gewalt dahin gebracht, dass ich meine königlichen Kleider habe ablegen müssen, und hat meinen Platz bei meinem Bräutigam eingenommen, und ich muss als Gänsemagd gemeine Dienste tun. Wenn das meine Mutter wüsste, das Herz im Leib tät' ihr zerspringen.« Der alte König stand aber außen an der Ofenröhre und lauschte und hörte alles, was sie sprach. Da kam er wieder herein und hieß sie aus dem Ofen gehen. Da wurden ihr königliche Kleider angetan, und es schien ein Wunder, wie sie so schön war. Der alte König rief seinen Sohn und offenbarte ihm, dass er die falsche Braut hätte: die wäre bloß ein Kammermädchen, die wahre aber stände hier als die gewesene Gänsemagd. Der junge König war herzensfroh, als er ihre Schönheit und Tugend erblickte, und ein großes Mahl wurde angestellt, zu dem alle Leute und guten Freunde gebeten wurden. Obenan saß der Bräutigam, die Königstochter zur einen Seite und die Kammerjungfer zur andern, aber die Kammerjungfer war verblendet und erkannte jene nicht mehr in dem glänzenden Schmuck. Als sie nun gegessen und getrunken hatten und guten Muts waren, gab der alte König der Kammerfrau ein Rätsel auf, was eine solche wert wäre, die den Herrn so und so betrogen hätte, erzählte damit den ganzen Verlauf und fragte: »Welches Urteils ist diese würdig?« Da sprach die falsche Braut: »Die ist nichts Besseres wert, als dass sie in ein Fass gesteckt wird, das inwendig mit spitzen Nägeln beschlagen ist, und zwei weiße Pferde müssen vorgespannt werden, die sie Gasse auf, Gasse ab zu Tode schleifen.« »Das bist du«, sprach der alte König, »und hast dein eigen Urteil gefunden, und danach soll dir widerfahren.« Und als das Urteil vollzogen war, vermählte sich der junge König mit seiner rechten Gemahlin, und beide beherrschten ihr Reich in Frieden und Seligkeit.

Der Eisenhans

Es war einmal ein König, der hatte einen großen Wald bei seinem Schloss, darin lief Wild aller Art herum. Zu einer Zeit schickte er einen Jäger hinaus, der sollte ein Reh schießen, aber er kam nicht wieder. »Vielleicht ist ihm ein Unglück zugestoßen«, sagte der König und schickte den folgenden Tag zwei andere Jäger hinaus, die sollten ihn aufsuchen, aber die blieben auch weg. Da ließ er am dritten Tag alle seine Jäger kommen und sprach: »Streift durch den ganzen Wald und lasst nicht ab, bis ihr sie alle drei gefunden habt.« Aber auch von diesen kam keiner wieder heim, und von der Meute Hunde, die sie mitgenommen hatten, ließ sich keiner wieder sehen. Von der Zeit an wollte sich niemand mehr in den Wald wagen, und er lag da in tiefer Stille und Einsamkeit, und man sah nur zuweilen einen Adler oder Habicht darüber hinfliegen. Das dauerte viele Jahre, da meldete sich ein fremder Jäger bei dem König, suchte eine Versorgung und erbot sich, in den gefährlichen Wald zu gehen. Der König aber wollte seine Einwilligung nicht geben und sprach: »Es ist nicht geheuer darin, ich fürchte, es geht dir nicht besser als den andern, und du kommst nicht wieder heraus.« Der Jäger antwortete: »Herr, ich will's auf meine Gefahr wagen, von Furcht weiß ich nichts.«

Der Jäger begab sich also mit seinem Hund in den Wald. Es dauerte nicht lange, so geriet der Hund einem Wild auf die Fährte und wollte hinter ihm her; kaum aber war er ein paar Schritte gelaufen, so stand er vor einem tiefen Pfuhl, konnte nicht weiter und ein nackter Arm streckte sich aus dem Wasser, packte ihn und zog ihn hinab. Als der Jäger das sah, ging er zurück und holte drei Männer, die mussten mit Eimern kommen und das Wasser ausschöpfen. Als sie auf den Grund sehen konnten, so lag da ein wilder Mann, der braun am Leib war, wie rostiges Eisen, und dem die Haare über das Gesicht bis zu den Knien herabhingen. Sie banden ihn mit Stricken und führten ihn fort in das Schloss. Da war große Verwunderung über den wilden Mann, der König aber ließ ihn in einen eisernen Käfig auf seinen Hof setzen und verbot bei Lebensstrafe, die Türe des Käfigs zu öffnen, und die Königin musste den Schlüssel selbst in Verwahrung nehmen. Von nun an konnte ein jeder wieder mit Sicherheit in den Wald gehen.

Der König hatte einen Sohn von acht Jahren, der spielte einmal auf dem Hof, und bei dem Spiel fiel ihm sein goldener Ball in den Käfig. Der Knabe lief hin und sprach: »Gib mir meinen Ball heraus.« »Nicht eher«, antwortete der Mann, »als bis du mir die Türe aufgemacht hast.« »Nein«, sagte der Knabe, »das tue ich nicht, das hat der König verboten«, und lief fort. Am andern Tag kam er wieder und forderte seinen Ball. Der wilde Mann sagte: »Öffne meine Türe«, aber der Knabe wollte nicht. Am dritten Tag

war der König auf die Jagd geritten, da kam der Knabe nochmals und fragte: »Wenn ich auch wollte, ich kann die Türe nicht öffnen, ich habe den Schlüssel nicht.« Da sprach der wilde Mann: »Er liegt unter dem Kopfkissen deiner Mutter, da kannst du ihn holen.« Der Knabe, der seinen Ball wiederhaben wollte, schlug alle Bedenken in den Wind und brachte den Schlüssel herbei. Die Türe ging schwer auf, und der Knabe klemmte sich den Finger. Als sie offen war, trat der wilde Mann heraus, gab ihm den goldenen Ball und eilte hinweg. Dem Knaben war Angst geworden, er schrie und rief ihm nach: »Ach, wilder Mann, geh nicht fort, sonst bekomme ich Schläge.« Der wilde Mann kehrte um, hob ihn auf, setzte ihn auf seinen Nacken und ging mit schnellen Schritten in den Wald hinein. Als der König heimkam, bemerkte er den leeren Käfig und fragte die Königin, wie das zugegangen wäre. Sie wusste nichts davon, suchte den Schlüssel, aber er war weg. Sie rief den Knaben, aber niemand antwortete. Der König schickte Leute aus, die ihn auf dem Felde suchen sollten, aber sie fanden ihn nicht. Da konnte er leicht erraten, was geschehen war, und es herrschte große Trauer an dem königlichen Hof.

Als der wilde Mann wieder in dem finstern Wald angelangt war, so setzte er den Knaben von den Schultern herab und sprach zu ihm: »Vater und Mutter siehst du nicht wieder, aber ich will dich bei mir behalten, denn du hast mich befreit, und ich habe Mitleid mit dir. Wenn du alles tust, was ich dir sage, so sollst du's gut haben. Schätze und Gold habe ich genug und mehr als jemand in der Welt.« Er machte dem Knaben ein Lager von Moos, auf dem er einschlief, und am andern Morgen führte ihn der Mann zu einem Brunnen und sprach: »Siehst du, der Goldbrunnen ist hell und klar wie Kristall; du sollst dabei sitzen und achthaben, dass nichts hineinfällt, sonst ist er verunehrt. Jeden Abend komme ich und sehe, ob du mein Gebot befolgt hast.«

Der Knabe setzte sich an den Rand des Brunnens, sah, wie manchmal ein goldner Fisch, manchmal eine goldne Schlange sich darin zeigte, und hatte acht, dass nichts hineinfiel. Als er so saß, schmerzte ihn einmal der Finger so heftig, dass er ihn unwillkürlich in das Wasser steckte. Er zog ihn schnell wieder heraus, sah aber, dass er ganz vergoldet war, und wie große Mühe er sich gab, das Gold wieder abzuwischen, es war alles vergeblich. Abends kam der Eisenhans zurück, sah den Knaben an und sprach: »Was ist mit dem Brunnen geschehen?« »Nichts, nichts«, antwortete er und hielt den Finger auf den Rücken, dass er ihn nicht sehen sollte. Aber der Mann sagte: »Du hast den Finger in das Wasser getaucht, diesmal mag's hingehen, aber hüte dich, dass du nicht wieder etwas hineinfallen lässt.« Am frühesten Morgen saß er schon bei dem Brunnen und bewachte ihn. Der Finger tat ihm wieder weh, und er fuhr damit über seinen Kopf; da fiel unglücklicherweise ein Haar herab in den Brunnen. Er nahm es schnell heraus, aber es war schon ganz vergoldet. Der Eisenhans kam und wusste schon, was geschehen war. »Du hast ein Haar in den Brunnen fallen lassen«, sagte er, »ich will dir's noch einmal nachsehen, aber wenn's zum dritten Mal geschieht, so ist der Brunnen entehrt, und du kannst nicht länger bei mir bleiben.« Am dritten Tag saß der Knabe am Brunnen und bewegte den Finger nicht, wenn er ihm noch so weh tat. Aber die Zeit ward ihm lang, und er betrachtete sein Angesicht, das auf dem Wasserspiegel stand. Und als er sich dabei immer mehr beugte, und sich recht in die Augen sehen wollte, so fielen ihm seine langen Haare von den Schultern herab in das Wasser. Er richtete sich schnell in die Höhe, aber das ganze Haupthaar war schon vergoldet und glänzte wie eine Sonne. Ihr könnt denken, wie der arme Knabe erschrak. Er nahm sein Taschentuch und band es um den Kopf, damit es der Mann nicht sehen sollte. Als er kam, wusste er schon alles und sprach: »Binde das Tuch auf.« Da quollen die goldenen Haare hervor, und der Knabe mochte sich entschuldigen, wie er wollte, es half ihm nichts. »Du hast die Probe nicht bestanden und kannst nicht länger hierbleiben. Geh hinaus in die Welt, da wirst du erfahren, wie die Armut tut. Aber weil du kein böses Herz hast und ich's gut mit dir meine, so will ich dir eins erlauben; wenn du in Not gerätst, so geh zu dem Wald und rufe ›Eisenhans‹, dann will ich kommen und dir helfen. Meine Macht ist groß, größer als du denkst, und Gold und Silber habe ich im Überfluss.«

Da verließ der Königssohn den Wald und ging über gebahnte und ungebahnte Wege immer zu, bis er zuletzt in eine große Stadt kam. Er suchte da Arbeit, aber er konnte keine finden und hatte auch nichts erlernt, womit er sich hätte forthelfen können. Endlich ging er in das Schloss und fragte, ob sie ihn behalten wollten. Die Hofleute wussten nicht, wozu sie ihn brauchen sollten, aber sie hatten Wohlgefallen an ihm und ließen ihn bleiben. Zuletzt nahm ihn der Koch in Dienst und sagte, er könnte Holz und Wasser tragen und die Asche zusammenkehren. Einmal, als gerade kein anderer zur Hand war, hieß ihn der Koch die Speisen zur königlichen Tafel tragen, da er aber seine goldenen Haare nicht wollte sehen lassen, so behielt er sein Hütchen auf. Dem König war so etwas noch nicht vorgekommen, und er sprach: »Wenn du zur königlichen Tafel kommst, musst du deinen Hut abziehen.« »Ach Herr«, antwortete er, »ich kann nicht, ich habe einen bösen Grind auf dem Kopf.« Da ließ der König den Koch herbeirufen, schalt ihn und fragte, wie er einen solchen Jungen hätte in seinen Dienst nehmen können; er sollte ihn gleich fortjagen. Der Koch aber hatte Mitleiden mit ihm und vertauschte ihn mit dem Gärtnerjungen.

Nun musste der Junge im Garten pflanzen und begießen, hacken und graben, und Wind und böses Wetter über sich ergehen lassen. Einmal im Sommer, als er allein im Garten arbeitete, war der Tag so heiß, dass er sein Hütchen abnahm und die Luft ihn kühlen sollte. Wie die Sonne auf das Haar schien, glitzte und blitzte es, dass die Strahlen in das Schlafzimmer der Königstochter fielen, und sie aufsprang, um zu sehen, was das wäre. Da erblickte sie den Jungen und rief ihn an: »Junge, bring mir einen Blumenstrauß.« Er setzte in aller Eile sein Hütchen auf, brach wilde Feldblumen ab und band sie zusammen. Als er damit die Treppe hinaufstieg, begegnete ihm der Gärtner und sprach: »Wie kannst du der Königstochter einen Strauß von schlechten Blumen bringen? Geschwind hole andere und suche die schönsten und seltensten aus.« »Ach nein«, antwortete der Junge, »die wilden riechen kräftiger und werden ihr besser gefallen.« Als er in ihr Zimmer kam, sprach die Königstochter: »Nimm dein Hütchen ab, es ziemt sich nicht, dass du ihn vor mir aufbehältst.« Er antwortete wieder: »Ich darf nicht, ich habe einen grindigen Kopf.« Sie griff aber nach dem Hütchen und zog es ab, da rollten seine goldenen Haare auf die Schultern herab, dass es prächtig anzusehen war. Er wollte fortspringen, aber sie hielt ihn am Arm und gab ihm eine Handvoll Dukaten. Er ging damit fort, achtete aber des Goldes nicht, sondern brachte es dem Gärtner und sprach: »Ich schenke es deinen Kindern, die können

damit spielen.« Den andern Tag rief ihm die Königstochter abermals zu, er sollte ihr einen Strauß Feldblumen bringen, und als er damit eintrat, grapste sie gleich nach seinem Hütchen und wollte es ihm wegnehmen, aber er hielt es mit beiden Händen fest. Sie gab ihm wieder eine Handvoll Dukaten, aber er wollte sie nicht behalten und gab sie dem Gärtner zum Spielwerk für seine Kinder. Den dritten Tag ging's nicht anders, sie konnte ihm sein Hütchen nicht wegnehmen, und er wollte ihr Gold nicht.

Nicht lange danach ward das Land mit Krieg überzogen. Der König sammelte sein Volk und wusste nicht, ob er dem Feind, der übermächtig war und ein großes Heer hatte, Widerstand leisten könnte. Da sagte der Gärtnerjunge: »Ich bin herangewachsen und will mit in den Krieg ziehen, gebt mir nur ein Pferd.« Die andern lachten und sprachen: »Wenn wir fort sind, so suche dir eins, wir wollen dir eins im Stall zurücklassen.« Als sie ausgezogen waren, ging er in den Stall und zog das Pferd heraus; es war an einem Fuß lahm und hickelte hunkepuus, hunkepuus. Dennoch setzte er sich auf und ritt fort nach dem dunklen Wald. Als er an den Rand desselben gekommen war, rief er dreimal »Eisenhans« so laut, dass es durch die Bäume schallte. Gleich darauf erschien der wilde Mann und sprach: »Was verlangst du?« »Ich verlange ein starkes Ross, denn ich will in den Krieg ziehen.« »Das sollst du haben und noch mehr, als du verlangst.« Dann ging der wilde Mann in den Wald zurück, und es dauerte nicht lange, so kam ein Stallknecht aus dem Wald und führte ein Ross herbei, das schnaubte aus den Nüstern und war kaum zu bändigen. Und hinterher folgte eine große Schar Kriegsvolk, ganz in Eisen gerüstet, und ihre Schwerter blitzten in der Sonne. Der Jüngling übergab dem Stallknecht sein dreibeiniges Pferd, bestieg das andere und ritt vor der Schar her. Als er sich dem Schlachtfeld näherte, war schon ein großer Teil von des Königs Leuten gefallen und es fehlte nicht viel, so mussten die Übrigen weichen. Da jagte der Jüngling mit seiner eisernen Schar heran, fuhr wie ein Wetter über die Feinde und schlug alles nieder, was sich ihm widersetzte. Sie wollten fliehen, aber der Jüngling saß ihnen auf dem Nacken und ließ nicht ab, bis kein Mann mehr übrig war. Statt aber zu dem König zurückzukehren, führte er seine Schar auf Umwegen wieder zu dem Wald und rief den Eisenhans heraus. »Was verlangst du?«, fragte der wilde Mann. »Nimm dein Ross und deine Schar zurück und gib mir mein dreibeiniges Pferd wieder.« Es geschah alles, was er verlangte, und er ritt auf seinem dreibeinigen Pferd heim. Als der König wieder in sein Schloss kam, ging ihm seine Tochter entgegen und wünschte ihm Glück zu seinem Sieg. »Ich bin es nicht, der den Sieg davongetragen hat«, sprach er, »sondern ein fremder Ritter, der mir mit seiner Schar zu Hilfe kam.« Die Tochter wollte wissen, wer der fremde Ritter wäre, aber der König wusste es nicht und sagte: »Er hat die Feinde verfolgt, und ich habe ihn nicht wieder gesehen.« Sie erkundigte sich bei dem Gärtner nach seinem Jungen; der lachte aber und sprach: »Eben ist er auf seinem dreibeinigen Pferd heimgekommen, und die andern haben gespottet und gerufen: »Da kommt unser Hunkepuus wieder an.« Sie fragten auch: »Hinter welcher Hecke hast du derweil gelegen und geschlafen?« Er sprach aber:

»Ich habe das Beste getan, und ohne mich wäre es schlecht gegangen.« Da ward er noch mehr ausgelacht.

Der König sprach zu seiner Tochter: »Ich will ein großes Fest ansagen lassen, das drei Tage währen soll, und du sollst einen goldnen Apfel werfen, vielleicht kommt der Unbekannte herbei.« Als das Fest verkündet war, ging der Jüngling hinaus zu dem Wald und rief den Eisenhans. »Was verlangst du?«, fragte er. »Dass ich den goldnen Apfel der Königstochter fange.« »Es ist so gut, als hättest du ihn schon«, sagte Eisenhans, »du sollst auch eine rote Rüstung dazu haben und auf einem stolzen Fuchs reiten.« Als der Tag kam, sprengte der Jüngling heran, stellte sich unter die Ritter und ward von niemand erkannt. Die Königstochter trat hervor und warf den Rittern einen goldnen Apfel zu, aber keiner fing ihn, als er allein, aber sobald er ihn hatte, jagte er davon. Am zweiten Tag hatte ihn Eisenhans als weißen Ritter ausgerüstet und ihm einen Schimmel gegeben. Abermals fing er allein den Apfel, verweilte aber keinen Augenblick, sondern jagte damit fort. Der König ward bös und sprach: »Das ist nicht erlaubt, er muss vor mir erscheinen und seinen Namen nennen.« Er gab den Befehl, wenn der Ritter, der den Apfel gefangen habe, sich wieder davon machte, so sollte man ihm nachsetzen, und wenn er nicht gutwillig zurückkehrte, auf ihn hauen und stechen. Am dritten Tag erhielt er von Eisenhans eine schwarze Rüstung und einen Rappen und fing auch wieder den Apfel. Als er aber damit fortjagte, verfolgten ihn die Leute des Königs und einer kam ihm so nahe, dass er mit der Spitze des Schwerts ihm das Bein verwundete. Er entkam ihnen jedoch, aber sein Pferd sprang so gewaltig, dass der Helm ihm vom Kopf fiel, und sie konnten sehen, dass er goldene Haare hatte. Sie ritten zurück und meldeten dem König alles.

Am andern Tag fragte die Königstochter den Gärtner nach seinem Jungen. »Er arbeitet im Garten; der wunderliche Kauz ist auch bei dem Fest gewesen und erst gestern Abend wiedergekommen. Er hat auch meinen Kindern drei goldne Äpfel gezeigt, die er gewonnen hat.« Der König ließ ihn vor sich fordern, und er erschien und hatte wieder sein Hütchen auf dem Kopf. Aber die Königstochter ging auf ihn zu und nahm es ihm ab, und da fielen seine goldenen Haare über die Schultern, und es war so schön, dass alle erstaunten. »Bist du der Ritter gewesen, der jeden Tag zu dem Fest gekommen ist, immer in einer andern Farbe, und der die drei goldenen Äpfel gefangen hat?«, fragte der König. »Ja«, antwortete er, »und da sind die Äpfel«, holte sie aus seiner Tasche und reichte sie dem König. »Wenn ihr noch mehr Beweise verlangt, so könnt ihr die Wunde sehen, die mir eure Leute geschlagen haben, als sie mich verfolgten. Aber ich bin auch der Ritter, der euch zum Sieg über die Feinde geholfen hat.« »Wenn du solche Taten verrichten kannst, so bist du kein Gärtnerjunge; sage mir, wer ist dein Vater?« »Mein Vater ist ein mächtiger König, und Goldes habe ich die Fülle und so viel ich nur verlange.« »Ich sehe wohl«, sprach der König, »ich bin dir Dank schuldig, kann ich dir etwas zu Gefallen tun?« »Ja«, antwortete er, »das könnt ihr wohl, gebt mir eure Tochter zur Frau.« Da lachte die Jungfrau und sprach: »Der macht keine Umstände, aber ich habe schon an seinen goldenen Haaren gesehen, dass er kein Gärtnerjunge ist«, ging dann hin und küsste ihn. Zu der Vermählung kam sein Vater und seine Mutter und waren in großer Freude, denn sie hatten schon alle Hoffnung aufgegeben, ihren lieben Sohn wieder zu sehen. Und als sie an der Hochzeitstafel saßen, da schwieg auf einmal die Musik, die Türen gingen auf, und ein stolzer König trat herein mit großem Gefolge. Er ging auf den Jüngling zu, umarmte ihn und sprach: »Ich bin der Eisenhans, und war in einen wilden Mann verwünscht, aber du hast mich erlöst. Alle Schätze, die ich besitze, die sollen dein Eigentum sein.«

Daumesdick

Es war ein armer Bauersmann, der saß abends beim Herd und schürte das Feuer, und die Frau saß und spann. Da sprach er: »Wie ist's so traurig, dass wir keine Kinder haben! Es ist so still bei uns, und in den andern Häusern ist's so laut und lustig.« »Ja«, antwortete die Frau und seufzte: »Wenn's nur ein einziges wäre, und wenn's auch ganz klein wäre, nur Daumens groß, so wollt' ich schon zufrieden sein, wir hätten's doch von Herzen lieb.« Nun geschah es, dass die Frau kränklich ward und nach sieben Monaten ein Kind gebar, das zwar an allen Gliedern vollkommen, aber nicht länger als ein Daumen war. Da sprachen sie: »Es ist, wie wir es gewünscht haben, und es soll unser liebes Kind sein«, und nann-

ten es nach seiner Gestalt Daumesdick. Sie ließen es nicht an Nahrung fehlen, aber das Kind ward nicht größer, sondern blieb, wie es in der ersten Stunde gewesen war, doch schaute es verständig aus den Augen und zeigte sich bald als ein kluges und behändes Ding, dem alles glückte, was es anfing.

Der Bauer machte sich eines Tages fertig, in den Wald zu gehen und Holz zu fällen, da sprach er so vor sich hin: »Nun wollt ich, dass einer da wäre, der mir den Wagen nachbrächte.« »Oh, Vater«, rief Daumesdick, »den Wagen will ich schon bringen, verlasst euch darauf, er soll zur bestimmten Zeit im Walde sein.« Da lachte der Mann und sprach: »Wie sollte das zugehen, du bist viel zu klein, um das Pferd mit dem Zügel zu leiten.« »Das tut nichts,

Vater, wenn nur die Mutter anspannen will, ich setze mich dem Pferd ins Ohr und rufe ihm zu, wie es gehen soll.« »Nun«, antwortete der Vater, »einmal wollen wir's versuchen.« Als die Stunde kam, spannte die Mutter an und setzte Daumesdick ins Ohr des Pferdes, und dann rief der Kleine, wie das Pferd gehen sollte: »Jüh und joh! Hott und har!« Da ging es ganz ordentlich, als wie bei einem Meister, und der Wagen fuhr den rechten Weg nach dem Walde. Es trug sich zu, als er eben um eine Ecke bog und der Kleine »har har!« rief, dass zwei fremde Männer da herkamen. »Nein«, sprach der eine, »was ist das? Da fährt ein Wagen, und ein Fuhrmann ruft dem Pferd zu, und ist doch nicht zu sehen.« »Das geht nicht mit rechten Dingen zu«, sagte der andere, »wir wollen dem Karren folgen und sehen, wo er anhält.« Der Wagen aber fuhr vollends in den Wald hinein und richtig zu dem Platze, wo das Holz gehauen ward. Als Daumesdick seinen Vater erblickte, rief er ihm zu: »Siehst du, Vater, da bin ich mit dem Wagen, nun hol' mich herunter.« Der Vater fasste das Pferd mit der Linken und holte mit der Rechten sein Söhnlein aus dem Ohr, das sich ganz lustig auf einen Strohhalm niedersetzte. Als die beiden fremden Männer den Daumesdick erblickten, wussten sie nicht, was sie vor Verwunderung sagen sollten. Da nahm der eine den andern beiseite und sprach: »Hör', der kleine Kerl könnte unser Glück machen, wenn wir ihn in einer großen Stadt für Geld sehen ließen, wir wollen ihn kaufen.« Sie gingen zu dem Bauern und sprachen: »Verkauft uns den kleinen Mann, er soll's gut bei uns haben.« »Nein«, antwortete der Vater, »es ist mein Herzblatt und ist mir für alles Gold in der Welt nicht feil.« Daumesdick aber, als er von dem Handel gehört, war an den Rockfalten seines Vaters hinaufgekrochen, stellte sich ihm auf die Schulter und wisperte ihm ins Ohr: »Vater, gib mich nur hin, ich will schon wieder zurückkommen.« Da gab ihn der Vater für ein schönes Stück Geld den beiden Männern hin. »Wo willst du sitzen?«, sprachen sie zu ihm. »Ach, setzt mich nur auf den Rand von eurem Hut, da kann ich auf- und abspazieren und die Gegend betrachten und falle doch nicht herunter.« Sie taten ihm den Willen, und als Daumesdick Abschied von seinem Vater genommen hatte, machten sie sich mit ihm fort.

So gingen sie, bis es dämmrig ward, da sprach der Kleine: »Hebt mich einmal herunter, es ist nötig.« »Bleib' nur droben«, sprach der Mann, auf dessen Kopf er saß, »ich will mir nichts draus machen, die Vögel lassen mir auch manchmal was drauffallen.« »Nein«, sprach Daumesdick, »ich weiß auch, was sich schickt, hebt mich nur geschwind herab.« Der Mann nahm den Hut ab, setzte den Kleinen auf einen Acker am Weg, da sprang und kroch er ein wenig zwischen den Schollen hin und her, dann schlüpfte er plötzlich in ein Mauseloch, das er sich ausgesucht hatte. »Guten Abend, ihr Herren, geht nur ohne mich heim«, rief er ihnen zu und lachte sie aus. Sie liefen herbei und stachen mit ihren Stöcken in das Mausloch, aber das war vergebliche Mühe. Daumesdick kroch immer weiter zurück, und da es bald ganz dunkel ward, so mussten sie mit Ärger und mit leerem Beutel wieder heimwandern.

Als Daumesdick merkte, dass sie fort waren, kroch er aus dem unterirdischen Gang wieder hervor. »Es ist auf dem Acker in der Finsternis so gefährlich zu gehen«, sprach er, »wie leicht bricht sich einer Hals und Bein.« Zum Glück stieß er an ein leeres Schneckenhaus. »Gottlob«, sagte er, »da kann ich die Nacht sicher zubringen«, und setzte sich hinein. Nicht lang, als er eben einschlafen wollte, so hörte er zwei Männer vorübergehen, davon sprach der eine: »Wie wir's nur anfangen, um dem reichen Pfarrer sein Gold und sein Silber zu holen?« »Das könnt' ich dir sagen«, rief Daumesdick dazwischen. »Was war das?«, sprach der eine Dieb erschrocken, »ich hörte jemand sprechen.«

Sie blieben stehen und horchten, da sprach Daumesdick wieder: »Nehmt mich mit, so will ich euch helfen.« »Wo bist du denn?« »Sucht nur auf der Erde und merkt, wo die Stimme herkommt«, antwortete er. Da fanden ihn endlich die Diebe und hoben ihn in die Höhe. »Du kleiner Wicht, was willst du uns helfen?«, sprachen sie. »Seht«, antwortete er, »ich krieche zwischen den Eisenstäben in die Kammer des Pfarrers und reiche euch heraus, was ihr haben wollt.« »Wohlan«, sagten sie, »wir wollen sehen, was du kannst.« Als sie bei dem Pfarrhaus ankamen, kroch Daumesdick in die Kammer, schrie aber gleich aus Leibeskräften: »Wollt ihr alles haben, was hier ist?« Die Diebe erschraken und sagten: »So sprich doch leise, damit niemand aufwacht.« Aber Daumesdick tat, als hätte er sie nicht verstanden und schrie von Neuem: »Was wollt

ihr? Wollt ihr alles haben, was hier ist?« Das hörte die Köchin, die in der Stube daran schlief, richtete sich im Bett auf und horchte. Die Diebe aber waren vor Schrecken ein Stück Weges zurückgelaufen, endlich fassten sie wieder Mut und dachten: »Der kleine Kerl will uns necken.« Sie kamen zurück und flüsterten ihm zu: »Nun mach Ernst und reich uns etwas heraus.« Da schrie Daumesdick noch einmal so laut er konnte: »Ich will euch ja alles geben, reicht nur die Hände herein.« Das hörte die horchende Magd ganz deutlich, sprang aus dem Bett und stolperte zur Tür herein. Die Diebe liefen fort und rannten, als wäre der wilde Jäger hinter ihnen, die Magd aber, als sie nichts merken konnte, ging ein Licht anzünden. Wie sie damit herbeikam, machte sich Daumesdick, ohne dass er gesehen wurde, hinaus in die Scheune, die Magd aber, nachdem sie alle Winkel durchgesucht und nichts gefunden hatte, legte sich endlich wieder zu Bett und glaubte, sie hätte mit offenen Augen und Ohren doch nur geträumt.

Daumesdick war in den Heuhälmchen herumgeklettert und hatte einen schönen Platz zum Schlafen gefunden, da wollte er sich ausruhen, bis es Tag wäre, und dann zu seinen Eltern wieder heimgehen. Aber er musste andere Dinge erfahren! Ja, es gibt viel

Trübsal und Not auf der Welt! Die Magd stieg, als der Tag graute, schon aus dem Bett, um das Vieh zu füttern. Ihr erster Gang war in die Scheune, wo sie einen Armvoll Heu packte und gerade dasjenige, worin der arme Daumesdick lag und schlief. Er schlief aber so fest, dass er nichts gewahr ward, und nicht eher aufwachte, als bis er in dem Maul der Kuh war, die ihn mit Heu aufgerafft hatte. »Ach Gott«, rief er, »wie bin ich in die Walkmühle geraten?« Er merkte aber bald, wo er war. Da hieß es aufpassen, dass er nicht zwischen die Zähne kam und zermalmt ward, und hernach musste er noch mit in den Magen hinabrutschen. »In dem Stübchen sind die Fenster vergessen«, sprach er, »und scheint keine Sonne hinein, ein Licht wird auch nicht gebracht.« Überhaupt gefiel ihm das Quartier schlecht, und was das Schlimmste war, es kam immer mehr neues Heu zur Türe hinein, und der Platz ward immer enger. Da rief er endlich in der Angst, so laut er konnte: »Bringt mir kein frisch Futter mehr.« Die Magd molk gerade die Kuh, und als sie sie sprechen hörte, ohne jemand zu sehen, und es dieselbe Stimme war, die sie auch in der Nacht gehört hatte, erschrak sie so, dass sie von ihrem Stühlchen herabglitschte und die Milch verschüttete. Sie lief in der größten Hast zu ihrem Herrn und rief: »Ach Gott, Herr Pfarrer, die Kuh hat geredet.« »Du bist verrückt«, antwortete der Pfarrer, ging aber doch selbst in den Stall und wollte nachsehen, was es da gäbe. Kaum aber hatte er den Fuß hineingesetzt, so rief Daumesdick aufs Neue: »Bringt mir kein frisch Futter mehr, bringt mir kein frisch Futter mehr.« Da erschrak der Pfarrer selbst, meinte, es wäre ein böser Geist in die Kuh gefahren und hieß sie töten. Sie ward geschlachtet, der Magen aber, worin Daumesdick steckte, auf den Mist geworfen. Daumesdick hatte große Mühe, sich hindurchzuarbeiten, und hatte große Mühe damit, doch brachte er's so weit, dass er Platz bekam, aber als er eben sein Haupt herausstrecken wollte, kam ein neues Unglück. Ein hungriger Wolf lief heran und verschlang den ganzen Magen mit einem Schluck. Daumesdick verlor den Mut nicht. »Vielleicht«, dachte er, »lässt der Wolf mit sich reden«, und rief ihm aus dem Wanste zu: »Lieber Wolf, ich weiß dir einen herrlichen Fraß.« »Wo ist der zu holen?«, sprach der Wolf. »In dem und dem Haus, da musst du durch die Gosse hineinkriechen, und wirst Kuchen, Speck und Wurst finden, so viel du essen willst«, und beschrieb ihm genau seines Vaters Haus. Der Wolf ließ sich das nicht zweimal sagen, drängte sich in der Nacht zur Gosse hinein und fraß in der Vorratskammer nach Herzenslust. Als er sich gesättigt hatte, wollte er wieder fort, aber er war so dick geworden, dass er den selben Weg nicht wieder hinaus konnte. Damit hatte Daumesdick gerechnet und fing nun an, in dem Leib des Wolfs einen gewaltigen Lärm zu machen, tobte und schrie, was er konnte. »Willst du stille sein«, sprach der Wolf, »du weckst die Leute auf.« »Ei was«, antwortete der Kleine, »du hast dich satt gefressen, ich will mich auch lustig machen«, und fing von Neuem an aus allen Kräften zu schreien. Davon erwachte endlich sein Vater und seine Mutter, liefen an die Kammer und schauten durch die Spalte hinein. Wie sie sahen, dass ein Wolf darin hauste, liefen sie davon, und der Mann holte die Axt und die Frau die Sense. »Bleib dahinten«, sprach der Mann, als sie in die Kammer traten, »wenn ich ihm einen Schlag gegeben habe und er davon noch nicht tot ist, so musst du auf ihn einhauen und ihm den Leib zerschneiden.« Da hörte Daumesdick die Stimme seines Vaters und rief: »Ich bin hier, ich stecke im Leibe des Wolfs.« Sprach der Vater voll Freuden: »Gottlob, unser liebes Kind hat sich wieder gefunden«, und hieß die Frau die Sense wegtun, damit Daumesdick nicht beschädigt würde. Danach holte er aus und schlug dem Wolf einen Schlag auf den Kopf, dass er tot niederstürzte, dann suchten sie Messer und Schere, schnitten ihm den Leib auf und zogen den Kleinen wieder hervor. »Ach«, sprach der Vater, »was haben wir für Sorge um dich ausgestanden!« »Ja, Vater, ich bin viel in der Welt herumgekommen; gottlob, dass ich wieder frische Luft schöpfe!« »Wo bist du denn all gewesen?« »Ach, Vater, ich war in einem Mauseloch, in einer Kuh Bauch und in eines Wolfes Wanst, nun bleib ich bei euch.« »Und wir verkaufen dich um alle Reichtümer der Welt nicht wieder«, sprachen die Eltern, herzten und küssten ihren lieben Daumesdick. Sie gaben ihm zu essen und trinken und ließen ihm neue Kleider machen, denn die seinigen waren ihm auf der Reise verdorben.

Die Gänsehirtin am Brunnen

Es war einmal ein steinaltes Mütterchen, das lebte mit seiner Herde Gänse in einer Einöde zwischen Bergen und hatte da ein kleines Haus. Die Einöde war von einem großen Wald umgeben, und jeden Morgen nahm die Alte ihre Krücke und wackelte in den Wald. Da war aber das Mütterchen ganz geschäftig, mehr als man ihm bei seinen hohen Jahren zugetraut hätte, sammelte Gras für seine Gänse, brach sich das wilde Obst ab, so weit es mit den Händen reichen konnte, und trug alles auf seinem Rücken heim. Man hätte meinen sollen, die schwere Last müsste sie zu Boden drücken, aber sie brachte sie immer glücklich nach Hause. Wenn ihr jemand begegnete, so grüßte sie ganz freundlich: »Guten Tag, lieber Landsmann, heute ist schönes Wetter. Ja, ihr wundert euch, dass ich das Gras schleppe, aber jeder muss seine Last auf den Rücken nehmen.« Doch die Leute begegneten ihr nicht gerne und nahmen lieber einen Umweg, und wenn ein Vater mit seinem Knaben an ihr vorüberging, so sprach er leise zu ihm: »Nimm dich in Acht vor der Alten, die hat's faustdick hinter den Ohren, sie ist eine Hexe.«

Eines Morgens ging ein hübscher junger Mann durch den Wald. Die Sonne schien hell, die Vögel sangen, und ein kühles Lüftchen strich durch das Laub, und er war voll Freude und Lust. Noch war ihm kein Mensch begegnet, als er plötzlich die alte Hexe erblickte, die am Boden auf den Knien saß und Gras mit einer Sichel abschnitt. Eine ganze Last hatte sie schon in ihr Tragtuch geschoben und daneben standen zwei Körbe, die mit wilden Birnen und Äpfeln angefüllt waren. »Aber Mütterchen«, sprach er, »wie kannst du das alles fortschaffen?« »Ich muss sie tragen, lieber Herr«, antwortete sie, »reicher Leute Kinder brauchen es nicht. Aber beim Bauer heißt's:

Schau dich nicht um,
dein Buckel ist krumm.

Wollt ihr mir helfen?«, sprach sie, als er bei ihr stehen blieb, »ihr habt noch einen geraden Rücken und junge Beine, es wird euch ein Leichtes sein. Auch ist mein Haus nicht so weit von hier, hinter dem Berge dort steht es auf einer Heide. Wie bald seid ihr da hinaufgesprungen.« Der junge Mann empfand Mitleid mit der Alten. »Zwar ist mein Vater kein Bauer«, antwortete er, »sondern ein reicher Graf, aber damit ihr seht, dass die Bauern nicht allein tragen können, so will ich euer Bündel aufnehmen.« »Wollt ihr's versuchen«, sprach sie, »so soll mir's lieb sein. Eine Stunde weit werdet ihr freilich gehen müssen, aber was macht euch das aus? Dort die Äpfel und Birnen müsst ihr auch tragen.« Es kam dem jungen Grafen doch ein wenig bedenklich vor, als er von einer Stunde Wegs hörte, aber die Alte ließ ihn nicht wieder los, packte ihm das Tragtuch auf den Rücken und hing ihm die beiden Körbe an den Arm. »Seht ihr, es geht ganz leicht«, sagte sie. »Nein, es geht nicht leicht«, antwortete der Graf und machte ein schmerzliches Gesicht, »das Bündel drückt ja so schwer, als wären lauter Wackersteine darin, und die Äpfel und Birnen haben ein Gewicht, als wären sie von Blei; ich kann kaum atmen.« Er hatte Lust, alles wieder abzulegen, aber die Alte ließ es nicht zu. »Seht einmal«, sprach sie spöttisch, »der junge Herr will nicht tragen, was ich alte Frau schon so oft fortgeschleppt habe. Mit schönen Worten sind sie bei der Hand, aber wenn's Ernst wird, so wollen sie sich aus dem Staub machen. Was steht ihr da«, fuhr sie fort, »und zaudert, hebt die Beine auf. Es nimmt euch niemand das Bündel wieder ab.« Solange er auf ebener Erde ging, war's noch auszuhalten, aber als sie an den Berg kamen und steigen mussten, und die Steine hinter seinen Füßen hinabrollten, als wären sie lebendig, da ging's über seine Kräfte. Die Schweißtropfen standen ihm auf der Stirn und liefen ihm bald heiß, bald kalt über den Rücken hinab. »Mütterchen«, sagte er, »ich kann nicht weiter, ich will ein wenig ruhen.« »Nichts da«, antwortete die Alte, »wenn wir angelangt sind, so könnt ihr ausruhen, aber jetzt müsst ihr vorwärts. Wer weiß, wozu euch das gut ist.« »Alte, du wirst unverschämt«, sagte der Graf und wollte das Tragtuch abwerfen, aber er bemühte sich vergeblich, es hing so fest an seinem Rücken, als wenn es angewachsen wäre. Er

drehte und wendete sich, aber er konnte es nicht wieder loswerden. Die Alte lachte dazu und sprang ganz vergnügt auf ihrer Krücke herum. »Erzürnt euch nicht, lieber Herr«, sprach sie, »ihr werdet ja so rot im Gesicht wie ein Zinshahn. Tragt euer Bündel mit Geduld, wenn wir zu Hause angelangt sind, so will ich euch schon ein gutes Trinkgeld geben.« Was wollte er machen? Er musste sich in sein Schicksal fügen und geduldig hinter der Alten herschleichen. Sie schien immer flinker zu werden und ihm seine Last immer schwerer. Auf einmal tat sie einen Satz, sprang auf das Tragtuch und setzte sich oben darauf; wie zaundürre sie war, so hatte sie doch mehr Gewicht als die dickste Bauerndirne. Dem Jüngling zitterten die Knie, aber wenn er nicht fortging, so schlug ihn die Alte mit einer Gerte und mit Brennnesseln auf die Beine. Unter beständigem Ächzen stieg er den Berg hinauf und gelangte endlich bei dem Haus der Alten an, als er eben niedersinken wollte. Als die Gänse die Alte erblickten, streckten sie die Flügel in die Höhe und die Hälse voraus, liefen ihr entgegen und schrien ihr »wulle, wulle«. Hinter der Herde mit einer Rute in der Hand ging eine bejahrte Trulle, stark und groß, aber hässlich wie die Nacht. »Frau Mutter«, sprach sie zur Alten, »ist euch etwas begegnet? Ihr seid so lange ausgeblieben.« »Bewahre, mein Töchterchen«, erwiderte sie,

»mir ist nichts Böses begegnet, im Gegenteil, der liebe Herr da hat mir meine Last getragen; denk dir, als ich müde war, hat er mich selbst noch auf den Rücken genommen. Der Weg ist uns auch gar nicht lang geworden, wir sind lustig gewesen und haben immer Spaß miteinander gemacht.« Endlich rutschte die Alte herab, nahm dem jungen Mann das Bündel vom Rücken und die Körbe vom Arm, sah ihn ganz freundlich an und sprach: »Nun setzt euch auf die Bank vor die Türe und ruht euch aus. Ihr habt euern Lohn redlich verdient, der soll auch nicht ausbleiben.« Dann sprach sie zu der Gänsehirtin: »Geh du ins Haus hinein, mein Töchterchen, es schickt sich nicht, dass du mit einem jungen Herrn allein bist, man muss nicht Öl ins Feuer gießen, er könnte sich in dich verlieben.« Der Graf wusste nicht, ob er weinen oder lachen sollte. »Solch ein Schätzchen«, dachte er, »und wenn es dreißig Jahre jünger wäre, könnte doch mein Herz nicht rühren.« Indessen hätschelte und streichelte die Alte ihre Gänse wie Kinder und ging dann mit ihrer Tochter in das Haus. Der Jüngling streckte sich auf die Bank unter einem wilden Apfelbaum. Die Luft war lau und mild; rings umher breitete sich eine grüne Wiese aus, die mit Himmelsschlüsseln, wildem Thymian und tausend andern Blumen übersät war, mittendurch rauschte ein klarer Bach, auf dem die Sonne glitzerte, und die weißen Gänse gingen auf und ab spazieren oder puddelten sich im Wasser. »Es ist recht lieblich hier«, sagte er, »aber ich bin so müde, dass ich die Augen nicht aufbehalten mag, ich will ein wenig schlafen. Wenn nur kein Windstoß kommt und bläst mir meine Beine vom Leib weg, denn sie sind mürb wie Zunder.«

Als er ein Weilchen geschlafen hatte, kam die Alte und schüttelte ihn wach. »Steh auf«, sagte sie, »hier kannst du nicht bleiben. Freilich habe ich dir's sauer genug gemacht, aber das Leben hat's doch nicht gekostet. Jetzt will ich dir deinen Lohn geben, Geld und Gut brauchst du nicht, da hast du etwas anderes.« Damit steckte sie ihm ein Büchslein in die Hand, das aus einem einzigen Smaragd geschnitten war. »Bewahr's wohl«, setzte sie hinzu, »es wird dir Glück bringen.« Der Graf sprang auf, und da er fühlte, dass er ganz frisch und wieder bei Kräften war, so dankte er der

Alten für ihr Geschenk und machte sich auf den Weg, ohne sich nach dem schönen Töchterchen auch nur einmal umzublicken. Als er schon eine Strecke weg war, hörte er noch aus der Ferne das lustige Geschrei der Gänse.

Der Graf musste drei Tage in der Wildnis herumirren, ehe er sich herausfinden konnte. Da kam er in eine große Stadt, und weil ihn niemand kannte, ward er in das königliche Schloss geführt, wo der König und die Königin auf dem Thron saßen. Der Graf ließ sich auf ein Knie nieder, zog das smaragdene Gefäß aus der Tasche und legte es der Königin zu Füßen. Sie hieß ihn aufstehen, und er musste ihr das Büchslein hinaufreichen. Kaum aber hatte sie es geöffnet und hineingeblickt, so fiel sie wie tot zur Erde. Der Graf ward von den Dienern des Königs festgehalten und sollte in das Gefängnis geführt werden, da schlug die Königin die Augen auf und rief, sie sollten ihn freilassen, und jedermann sollte hinausgehen, sie wollte insgeheim mit ihm reden.

Als die Königin allein war, fing sie bitterlich an zu weinen und sprach: »Was hilft mir Glanz und Ehre, die mich umgeben, jeden Morgen erwache ich mit Sorgen und Kummer. Ich habe drei Töchter gehabt, davon war die jüngste so schön, dass sie alle Welt für ein Wunder hielt. Sie war so weiß wie Schnee, so rot wie Apfelblüte und ihr Haar so glänzend wie Sonnenstrahlen. Wenn sie weinte, so fielen nicht Tränen aus ihren Augen, sondern lauter Perlen und Edelsteine. Als sie fünfzehn Jahre alt war, da ließ der König alle drei Schwestern vor seinen Thron kommen. Da hättet ihr sehen sollen, was die Leute für Augen machten, als die Jüngste eintrat; es war, als wenn die Sonne aufging. Der König sprach: »Meine Töchter, ich weiß nicht, wann mein letzter Tag kommt, ich will heute bestimmen, was eine jede nach meinem Tode erhalten soll. Ihr alle habt mich lieb, aber welche mich von euch am liebsten hat, die soll das Beste haben.« Jede sagte, sie hätte ihn am liebsten. »Könnt ihr mir's nicht ausdrücken«, erwiderte der König, »wie lieb ihr mich habt? Daran werde ich's sehen, wie ihr's meint.« Die Älteste sprach: »Ich habe den Vater so lieb wie den süßesten Zucker.« Die Zweite: »Ich habe den Vater so lieb wie mein schönstes Kleid.« Die Jüngste aber schwieg. Da fragte der Vater:

»Und du, mein liebstes Kind, wie lieb hast du mich?« »Ich weiß es nicht«, antwortete sie, »und kann meine Liebe mit nichts vergleichen.« Aber der Vater bestand darauf, sie müsste etwas nennen. Da sagte sie endlich: »Die beste Speise schmeckt mir nicht ohne Salz, darum habe ich den Vater so lieb wie Salz.« Als der König das hörte, geriet er in Zorn und sprach: »Wenn du mich so liebst als Salz, so soll deine Liebe auch mit Salz belohnt werden.« Da teilte er das Reich zwischen den beiden Ältesten, der Jüngsten aber ließ er einen Sack mit Salz auf den Rücken binden, und zwei Knechte mussten sie hinaus in den wilden Wald führen. »Wir haben alle für sie gefleht und gebeten«, sagte die Königin, »aber der Zorn des Königs war nicht zu erweichen. Wie hat sie geweint, als sie uns verlassen musste! Der ganze Weg ist mit Perlen besät worden, die ihr aus den Augen geflossen sind. Den König hat bald hernach seine große Härte gereut und hat das arme Kind in dem ganzen Wald suchen lassen, aber niemand konnte sie finden. Wenn ich denke, dass sie die wilden Tiere gefressen haben, so weiß ich mich vor Traurigkeit nicht zu fassen; manchmal tröste ich mich mit der Hoffnung, sie sei noch am Leben und habe sich in einer Höhle versteckt oder bei mitleidigen Menschen Schutz gefunden. Aber stellt euch vor, als ich euer Smaragdbüchslein aufmachte, so lag eine Perle darin, gerade der Art, wie sie meiner Tochter aus den Augen geflossen sind, und da könnt ihr euch vorstellen, wie mir der Anblick das Herz bewegt hat. Ihr sollt mir sagen, wie ihr zu der Perle gekommen seid.« Der Graf erzählte ihr, dass er sie von der Alten im Walde erhalten hätte, die ihm nicht geheuer vorgekommen wäre und eine Hexe sein müsste; von ihrem Kinde aber hätte er nichts gehört und gesehen. Der König und die Königin fassten den Entschluss, die Alte aufzusuchen; sie dachten, wo die Perle gewesen wäre, da müssten sie auch Nachricht von ihrer Tochter finden.

Die Alte saß draußen in der Einöde bei ihrem Spinnrad und spann. Es war schon dunkel geworden und ein Span, der unten am Herd brannte, gab ein sparsames Licht. Auf einmal ward's draußen laut, die Gänse kamen heim von der Weide und ließen ihr heiseres Geschrei hören. Bald hernach trat auch die Tochter herein.

Aber die Alte dankte ihr kaum und schüttelte nur ein wenig mit dem Kopf. Die Tochter setzte sich nieder, nahm ihr Spinnrad und drehte den Faden so flink wie ein junges Mädchen. So saßen beide zwei Stunden und sprachen kein Wort miteinander. Endlich raschelte etwas am Fenster, und zwei feurige Augen glotzten herein. Es war eine alte Nachteule, die dreimal ›uhu‹ schrie. Die Alte schaute nur ein wenig in die Höhe, dann sprach sie: »Jetzt ist's Zeit, Töchterchen, dass du hinausgehst, tu' deine Arbeit.« Sie stand auf und ging hinaus. »Wo ist sie denn hingegangen?« Über die Wiesen immer weiter bis in das Tal. Endlich kam sie zu einem Brunnen, bei dem drei alte Eichenbäume standen. Der Mond war indessen rund und groß über dem Berg aufgestiegen, und es war so hell, dass man eine Stecknadel hätte finden können. Sie zog eine Haut ab, die auf ihrem Gesicht lag, bückte sich dann zu dem Brunnen und fing an, sich zu waschen. Als sie fertig war, tauchte sie auch die Haut in das Wasser und legte sie dann auf die Wiese, damit sie wieder im Mondschein bleichen und trocknen sollte. Aber wie war das Mädchen verwandelt! So was habt ihr nie gesehen! Als der graue Zopf abfiel, da quollen die goldenen Haare wie Sonnenstrahlen hervor und breiteten sich, als wär's ein Mantel, über ihre ganze Gestalt. Nur die Augen blitzten heraus, so glänzend wie die Sterne am Himmel, und die Wangen schimmerten in sanfter Röte wie die Apfelblüte. Aber das schöne Mädchen war traurig. Es setzte sich nieder und weinte bitterlich. Eine Träne nach der andern drang aus seinen Augen und rollte zwischen den langen Haaren auf den Boden. So saß es da und wäre lange sitzen geblieben, wenn es nicht in den Ästen des nahe stehenden Baumes geknistert und gerauscht hätte. Sie sprang auf wie ein Reh, das den Schuss des Jägers vernimmt. Der Mond war gerade von einer schwarzen Wolke bedeckt, und im Augenblick war das Mädchen wieder in die alte Haut geschlüpft und verschwand wie ein Licht, das der Wind ausbläst.

Zitternd wie ein Espenlaub lief sie zu dem Haus zurück. Die Alte stand vor der Türe, und das Mädchen wollte ihr erzählen, was ihm begegnet war, aber die Alte lachte freundlich und sagte: »Ich weiß schon alles.« Sie führte es in die Stube und zündete einen neuen Span an. Aber sie setzte sich nicht wieder zu dem Spinnrad, sondern sie holte einen Besen und fing an zu kehren und zu scheuern. »Es muss alles rein und sauber sein«, sagte sie zu dem Mädchen. »Aber Mutter«, sprach das Mädchen, »warum fangt ihr in so später Stunde die Arbeit an? Was habt ihr vor?« »Weißt du denn, welche Stunde es ist?«, fragte die Alte. »Noch nicht Mitternacht«, antwortete das Mädchen, »aber schon elf Uhr vorbei.« »Denkst du nicht daran«, fuhr die Alte fort, »dass du heute vor drei Jahren zu mir gekommen bist? Deine Zeit ist vorbei, wir können nicht länger zusammenbleiben.« Das Mädchen erschrak und sagte: »Ach, liebe Mutter, wollt ihr mich verstoßen? Wo soll ich hin? Ich habe keine Freunde und keine Heimat, wohin ich mich wenden kann. Ich habe alles getan, was ihr verlangt habt, und ihr seid immer zufrieden mit mir gewesen, schickt mich nicht fort.« Die Alte wollte dem Mädchen nicht sagen, was ihm bevorstand. »Meines Bleibens ist nicht länger hier«, sprach sie zu ihm, »wenn ich aber ausziehe, muss Haus und Stube sauber sein, darum halt mich nicht auf in meiner Arbeit. Deinetwegen sei ohne Sorge, du sollst ein Dach finden, unter dem du wohnen kannst, und mit dem Lohn, den ich dir geben will, wirst du auch zufrieden sein.« »Aber sagt mir nur, was ist vor?«, fragte das Mädchen weiter. »Ich sage dir nochmals, störe mich nicht in meiner Arbeit. Rede kein Wort weiter, geh' in deine Kammer, nimm die Haut vom Gesicht und zieh' das seidene Kleid an, das du trugst, als du zu mir kamst, und dann harre in deiner Kammer, bis ich dich rufe.«

Aber ich muss wieder von dem König und der Königin erzählen, die mit dem Grafen ausgezogen waren und die Alte in der Einöde aufsuchen wollten. Der Graf war nachts in dem Walde von ihnen abgekommen und musste allein weitergehen. Am andern Tag trug es ihm vor, als befände er sich auf dem rechten Weg. Er ging immer fort, bis die Dunkelheit einbrach, da stieg er auf einen Baum und wollte da übernachten, denn er war besorgt, er möchte sich verirren. Als der Mond die Gegend erhellte, so erblickte er eine Gestalt, die den Berg herabwandelte. Sie hatte keine Rute in der Hand, aber er konnte doch sehen, dass es die Gänsehirtin war, die er früher bei dem Haus der Alten gesehen hatte. »Oho!«, rief er, »da kommt sie, und habe ich erst die eine Hexe, so soll mir die andere auch nicht entgehen.« Wie staunte er aber, als sie zu dem Brunnen trat, die Haut ablegte und sich wusch, als die goldenen Haare über sie herabfielen und sie so schön war, wie er noch niemand auf der Welt gesehen hatte. Kaum dass er zu atmen wagte, aber er streckte den Hals zwischen dem Laub so weit vor, wie er nur konnte und schaute sie mit unverwandten Blicken an. Ob er sich zu weit überbog, oder was sonst schuld war, plötzlich krachte der Ast, und in demselben Augenblick schlüpfte das Mädchen in die Haut, sprang wie ein Reh davon, und da der Mond sich zugleich bedeckte, so war sie seinen Blicken entzogen.

Kaum war sie verschwunden, so stieg der Graf von dem Baum herab und eilte ihr mit behänden Schritten nach. Er war noch nicht lange gegangen, so sah er in der Dämmerung zwei Gestalten über die Wiese wandeln. Es war der König und die Königin, die hatten aus der Ferne das Licht in dem Häuschen der Alten erblickt und waren darauf zugegangen. Der Graf erzählte ihnen, was er für Wunderdinge bei dem Brunnen gesehen hätte, und sie zweifelten nicht, dass das ihre verlorene Tochter gewesen wäre. Voll Freude gingen sie weiter und kamen bald bei dem Häuschen an; die Gänse saßen rings herum, hatten den Kopf in die Flügel gesteckt und schliefen, und keine regte sich. Sie schauten zum Fenster hinein, da saß die Alte ganz still und spann, nickte mit dem Kopf und sah sich nicht um. Es war ganz sauber in der Stube, als wenn da die kleinen Nebelmännlein wohnten, die keinen Staub auf den Füßen tragen. Ihre Tochter aber sahen sie nicht. Sie schauten das alles eine Zeit lang an, endlich fassten sie ein Herz und klopften leise ans Fenster. Die Alte schien sie erwartet zu haben, sie stand auf und rief ganz freundlich: »Nur herein, ich kenne euch schon.« Als sie in die Stube eingetreten waren, sprach die Alte: »Den weiten Weg hättet ihr euch sparen können, wenn ihr euer Kind, das so gut und liebreich ist, nicht vor drei Jahren ungerechterweise verstoßen hättet. Ihr hat's nichts geschadet, sie hat drei Jahre lang die Gänse hüten müssen, sie hat nichts Böses dabei gelernt, sondern ihr reines Herz behalten. Ihr aber seid durch die Angst, in der ihr gelebt habt, hinlänglich bestraft.« Dann ging sie an die Kammer und rief: »Komm heraus, mein Töchterchen.« Da ging die Türe auf, und die Königstochter trat heraus in ihrem seidenen Gewand mit ihren goldenen Haaren und ihren leuchtenden Augen, und es war, als ob ein Engel vom Himmel käme.

Sie ging auf ihren Vater und ihre Mutter zu, fiel ihnen um den Hals und küsste sie; es war nicht anders, sie mussten alle vor Freude weinen. Der junge Graf stand neben ihnen, und als sie ihn erblickte, ward sie so rot im Gesicht wie eine Moosrose; sie wusste selbst nicht warum. Der König sprach: »Liebes Kind, mein Königreich habe ich verschenkt, was soll ich dir geben?« »Sie braucht nichts«, sagte die Alte, »ich schenke ihr die Tränen, die sie um euch geweint hat, das sind lauter Perlen, schöner, als sie im Meer gefunden werden und sind mehr wert als euer ganzes Königreich. Und zum Lohn für ihre Dienste gebe ich ihr mein Häuschen.« Als die Alte das gesagt hatte, verschwand sie vor ihren Augen. Es knatterte ein wenig in den Wänden, und als sie sich umsahen, war das Häuschen ein prächtiger Palast geworden, und eine königliche Tafel war gedeckt, und die Bedienten liefen hin und her.

Die Geschichte geht noch weiter, aber meiner Großmutter, die sie mir erzählt hat, war das Gedächtnis schwach geworden, sie hatte das Übrige vergessen. Ich glaube immer, die schöne Königstochter ist mit dem Grafen vermählt worden, und sie sind zusammen in dem Schloss geblieben und haben da in aller Glückseligkeit gelebt, so lange Gott wollte. Ob die schneeweißen Gänse, die bei dem Häuschen gehütet wurden, lauter Mädchen waren (es braucht's niemand übel zu nehmen), welche die Alte zu sich genommen hatte, und ob sie jetzt ihre menschliche Gestalt wieder erhielten und als Dienerinnen bei der jungen Königin blieben, das weiß ich nicht genau, aber ich vermute es doch. Soviel ist gewiss, dass die Alte keine Hexe war, wie die Leute glaubten, sondern eine weise Frau, die es gut meinte. Wahrscheinlich ist sie es auch gewesen, die der Königstochter schon bei der Geburt die Gabe verliehen hat, Perlen zu weinen statt der Tränen. Heutzutage kommt das nicht mehr vor, sonst könnten die Armen bald reich werden.

A.Wimmer

Rapunzel

Es waren einmal ein Mann und eine Frau, die wünschten sich schon lange vergeblich ein Kind, endlich machte sich die Frau Hoffnung, der liebe Gott werde ihren Wunsch erfüllen. Die Leute hatten in ihrem Hinterhaus ein kleines Fenster, daraus konnte man in einen prächtigen Garten sehen, der voll der schönsten Blumen und Kräuter stand; er war aber von einer hohen Mauer umgeben, und niemand wagte hineinzugehen, weil er einer Zauberin gehörte, die große Macht hatte und von aller Welt gefürchtet ward. Eines Tages stand die Frau an diesem Fenster und sah in den Garten hinab, da erblickte sie ein Beet, das mit den schönsten Rapunzeln bepflanzt war, und sie sahen so frisch und grün aus, dass sie lüstern ward und das größte Verlangen empfand, von den Rapunzeln zu essen. Das Verlangen nahm jeden Tag zu, und da sie wusste, dass sie keine davon bekommen konnte, so fiel sie ganz ab, sah blass und elend aus. Da erschrak der Mann und fragte: »Was fehlt dir, liebe Frau?« »Ach«, antwortete sie, »wenn ich keine Rapunzeln aus dem Garten hinter unserm Hause zu essen kriege, so sterbe ich.« Der Mann, der sie lieb hatte, dachte: »Eh du deine Frau sterben lässest, holst du ihr von den Rapunzeln, es mag kosten, was es will.« In der Abenddämmerung stieg er also über die Mauer in den Garten der Zauberin, stach in aller Eile eine Handvoll Rapunzeln und brachte sie seiner Frau. Sie machte sich sogleich Salat daraus und aß sie mit voller Begierde auf. Sie hatten ihr aber so gut, so gut geschmeckt, dass sie den andern Tag noch dreimal so viel Lust bekam. Sollte sie Ruhe haben, so musste der Mann noch einmal in den Garten steigen. Er machte sich also in der Abenddämmerung wieder hinab, als er aber die Mauer herabgeklettert war, erschrak er gewaltig, denn er sah die Zauberin vor sich stehen. »Wie kannst du es wagen«, sprach sie mit zornigem Blick, »in meinen Garten zu steigen und wie ein Dieb mir meine Rapunzeln zu stehlen? Das soll dir schlecht bekommen.« »Ach«, antwortete er, »lasst Gnade vor Recht ergehen, ich habe mich nur aus Not dazu entschlossen; meine Frau hat eure Rapunzeln aus dem Fenster erblickt und empfindet ein so großes Gelüste, dass sie sterben würde, wenn sie nicht davon zu essen bekäme.« Da ließ die Zauberin in ihrem Zorne nach und sprach zu ihm: »Verhält es sich so, wie du sagst, so will ich dir gestatten, Rapunzeln mitzunehmen so viel du willst, allein ich mache eine Bedingung: du musst mir das Kind geben, das deine Frau zur Welt bringen wird. Es soll ihm gut gehen, und ich will für es sorgen wie eine Mutter.« Der Mann sagte in seiner Angst alles zu, und als die Frau in Wochen kam, so erschien sogleich die Zauberin, gab dem Kinde den Namen Rapunzel und nahm es mit sich fort.

Rapunzel ward das schönste Kind unter der Sonne. Als es zwölf Jahre alt war, schloss es die Zauberin in einen Turm, der in einem Walde lag und weder Treppe noch Türe hatte, nur ganz oben war ein kleines Fensterchen. Wenn die Zauberin hineinwollte, so stellte sie sich unten hin und rief:

»Rapunzel, Rapunzel,
lass mir dein Haar herunter.«

Rapunzel hatte lange, prächtige Haare, fein wie gesponnenes Gold. Wenn sie nun die Stimme der Zauberin vernahm, so band sie ihre Zöpfe los, wickelte sie oben um einen Fensterhaken, und dann fielen die Haare zwanzig Ellen tief herunter, und die Zauberin stieg daran hinauf.

Nach ein paar Jahren trug es sich zu, dass der Sohn des Königs durch den Wald ritt und an dem Turm vorüberkam. Da hörte er einen Gesang, der war so lieblich, dass er stille hielt und horchte. Das war Rapunzel, die in ihrer Einsamkeit sich die Zeit damit vertrieb, ihre süße Stimme erschallen zu lassen. Der Königssohn wollte zu ihr hinaufsteigen und suchte nach einer Türe des Turms, aber es war keine zu finden. Er ritt heim, doch der Gesang hatte ihm so sehr das Herz berührt, dass er jeden Tag hinaus in den Wald ging und zuhörte. Als er einmal so hinter einem Baume stand, sah er, dass eine Zauberin herankam und hörte, wie sie hinaufrief:

»Rapunzel, Rapunzel,
lass dein Haar herunter.«

Da ließ Rapunzel die Haarflechten herab, und die Zauberin stieg zu ihr hinauf. »Ist das die Leiter, auf welcher man hinaufkommt, so

will ich auch einmal mein Glück versuchen.« Und den folgenden Tag, als es anfing dunkel zu werden, ging er zu dem Turm und rief:

»Rapunzel, Rapunzel,
lass dein Haar herunter.«

Alsbald fielen die Haare herab, und der Königsohn stieg hinauf.

Anfangs erschrak Rapunzel gewaltig, als ein Mann zu ihr hereinkam, wie ihre Augen noch nie einen erblickt hatten, doch der Königssohn fing an, ganz freundlich mit ihr zu reden und erzählte ihr, dass von ihrem Gesang sein Herz so sehr sei bewegt worden, dass es ihm keine Ruhe gelassen, und er sie selbst habe sehen müssen. Da verlor Rapunzel ihre Angst, und als er sie fragte, ob sie ihn zum Manne nehmen wollte, und sie sah, dass er jung und schön war, so dachte sie, der wird mich lieber haben als die alte Frau Gothel, und sagte »ja«, und legte ihre Hand in seine Hand. Sie sprach: »Ich will gerne mit dir gehen, aber ich weiß nicht, wie ich herabkommen kann. Wenn du kommst, so bringe jedes Mal einen Strang Seide mit, daraus will ich eine Leiter flechten und wenn die fertig ist, so steige ich herunter, und du nimmst mich auf dein Pferd.« Sie verabredeten, dass er bis dahin alle Abend zu ihr kommen sollte, denn bei Tag kam die Alte. Die Zauberin merkte auch nichts davon, bis einmal Rapunzel anfing und zu ihr sagte: »Sag mir doch, Frau Gothel, wie kommt es nur, sie wird mir viel schwerer heraufzuziehen, als der junge Königssohn, der ist in einem Augenblick bei mir.« »Ach, du gottloses Kind«, rief die Zauberin, »was muss ich von dir hören, ich dachte, ich hätte dich von aller Welt geschieden, und du hast mich doch betrogen!« In ihrem Zorn packte sie die schönen Haare der Rapunzel, schlug sie ein paar Mal um ihre linke Hand, griff eine Schere mit der rechten, und ritsch, ratsch, waren sie abgeschnitten, und die schönen Flechten lagen auf der Erde. Und sie war so unbarmherzig, dass sie die arme Rapunzel in eine Wüstenei brachte, wo sie in großem Jammer und Elend leben musste.

Den selben Tag aber, wo sie Rapunzel verstoßen hatte, machte abends die Zauberin die abgeschnittenen Flechten oben am Fensterhaken fest, und als der Königssohn kam und rief:

»Rapunzel, Rapunzel,
lass dein Haar herunter«,

so ließ sie die Haare hinab. Der Königssohn stieg hinauf, aber er fand oben nicht seine liebste Rapunzel, sondern die Zauberin, die ihn mit bösen und giftigen Blicken ansah. »Aha«, rief sie höhnisch, »die willst die Frau Liebste holen, aber der schöne Vogel sitzt nicht mehr im Nest und singt nicht mehr, die Katze hat ihn geholt und wird dir auch noch die Augen auskratzen. Für dich ist Rapunzel verloren, du wirst sie nie wieder erblicken.« Der Königssohn geriet außer sich vor Schmerzen, und in der Verzweiflung sprang er den Turm hinab; das Leben brachte er davon, aber die Dornen, in die er fiel, zerstachen ihm die Augen. Da irrte er blind im Wald umher, aß nichts als Wurzeln und Beeren, und tat nichts als Jammern und Weinen über den Verlust seiner liebsten Frau. So wanderte er einige Jahre im Elend umher und geriet endlich in die Wüstenei, wo Rapunzel mit den Zwillingen, die sie geboren hatte, einem Knaben und Mädchen, kümmerlich lebte. Er vernahm eine Stimme, und sie däuchte ihm so bekannt; da ging er darauf zu, und wie er herankam, erkannte ihn Rapunzel und fiel ihm um den Hals und weinte. Zwei von ihren Tränen aber benetzten seine Augen, da wurden sie wieder klar, und er konnte damit sehen wie sonst. Er führte sie in sein Reich, wo er mit Freuden empfangen ward, und sie lebten noch lange glücklich und vergnügt.

Frau Holle

Eine Witwe hatte zwei Töchter, davon war die eine schön und fleißig, die andere hässlich und faul. Sie hatte aber die hässliche und faule, weil sie ihre rechte Tochter war, viel lieber, und die andere musste alle Arbeiten tun und das Aschenputtel im Hause sein. Das arme Mädchen musste sich täglich auf die große Straße bei einem Brunnen setzen, und musste so viel spinnen, dass ihm das Blut aus den Fingern sprang. Nun trug es sich zu, dass die Spule einmal ganz blutig war, da bückte es sich damit in den Brunnen und wollte sie abwaschen; sie sprang ihm aber aus der Hand und fiel hinab. Es weinte, lief zur Stiefmutter und erzählte ihr das Unglück. Sie schalt es aber so heftig und war so unbarmherzig, dass sie sprach: »Hast du die Spule hinunterfallen lassen, so hol' sie auch wieder herauf.« Da ging das Mädchen zu dem Brunnen zurück und wusste nicht, was es anfangen sollte, und in seiner Herzensangst sprang es in den Brunnen hinein, um die Spule zu holen. Es verlor die Besinnung, und als es erwachte und wieder zu sich kam, war es auf einer schönen Wiese, wo die Sonne schien und vieltausend Blumen standen. Auf dieser Wiese ging es fort und kam zu einem Backofen, der war voller Brot; das Brot aber rief: »Ach, zieh mich raus, zieh mich raus, sonst verbrenn ich, ich bin schon längst ausgebacken.« Da trat es hinzu und holte mit dem Brotschieber alles nacheinander heraus. Danach ging es weiter und kam zu einem Baum, der hing voller Äpfel, und er rief ihm zu: »Ach schüttel mich, schüttel mich, wir Äpfel sind alle miteinander reif.« Da schüttelte es den Baum, dass die Äpfel fielen als regneten sie, und schüttelte, bis keiner mehr oben war; und als es alle in einen Haufen zusammengelegt hatte, ging es wieder weiter. Endlich kam es zu einem kleinen Haus, daraus guckte eine alte Frau, weil sie aber so große Zähne hatte, ward ihm angst, und es wollte fortlaufen. Die alte Frau aber rief ihm nach: »Was fürchtest du dich, liebes Kind! Bleib bei mir, wenn du alle Ar-

beit im Hause ordentlich tun willst, so soll dir's gut gehen. Du musst nur achtgeben, dass du mein Bett gut machst und es fleißig aufschüttelst, dass die Federn fliegen, dann schneit es in der Welt; ich bin die Frau Holle.«

Weil die Alte ihm so gut zusprach, so fasste sich das Mädchen ein Herz, willigte ein und begab sich in ihren Dienst. Es besorgte auch alles nach ihrer Zufriedenheit, und schüttelte ihr das Bett immer gewaltig auf, dass die Federn wie Schneeflocken umher-

flogen. Dafür hatte es auch ein gut Leben bei ihr, kein böses Wort, und alle Tage Gesottenes und Gebratenes. Nun war es eine Zeit lang bei der Frau Holle, da ward es traurig und wusste anfangs selbst nicht, was ihm fehlte; endlich merkte es, dass es Heimweh war. Ob es ihm hier gleich viel tausendmal besser ging als zu Haus, so hatte es doch ein Verlangen dahin. Endlich sagte es zu ihr: »Ich habe den Jammer nach Haus gekriegt, und wenn es mir auch noch so gut hier unten geht, so kann ich doch nicht länger bleiben, ich muss wieder hinauf zu den Meinigen.«

Die Frau Holle sagte: »Es gefällt mir, dass du wieder nach Hause verlangst, und weil du mir so treu gedient hast, so will ich dich selbst wieder hinaufbringen.« Sie nahm es bei der Hand und führte es vor ein großes Tor. Das Tor ward aufgetan, und wie das Mädchen gerade darunterstand, fiel ein gewaltiger Goldregen, und alles Gold blieb an ihm hängen, sodass es über und über davon bedeckt war.

»Das sollst du haben, weil du so fleißig gewesen bist«, sprach die Frau Holle und gab ihm auch die Spule wieder, die ihm in den Brunnen gefallen war. Darauf ward das Tor verschlossen, und das Mädchen befand sich oben auf der Welt, nicht weit von seiner Mutter Haus; und als es in den Hof kam, saß der Hahn auf dem Brunnen und rief:

»Kikeriki,
unsere goldene Jungfrau ist wieder hie.«

Da ging es hinein zu seiner Mutter, und weil es so mit Gold bedeckt ankam, ward es von ihr und der Schwester gut aufgenommen.

Das Mädchen erzählte alles, was ihm begegnet war, und als die Mutter hörte, wie es zu dem großen Reichtum gekommen war, wollte sie der andern, hässlichen und zudem großen, faulen Tochter gerne dasselbe Glück verschaffen. Sie musste sich an den Brunnen setzen und spinnen; und damit ihre Spule blutig ward, stach sie sich in den Finger und stieß sich die Hand in die Dornhecke. Dann warf sie die Spule in den Brunnen und sprang selber hinein. Sie kam, wie die andere, auf die schöne Wiese und ging auf demselben Pfade weiter. Als sie zu dem Backofen gelangte, schrie das Brot wieder: »Ach zieh mich raus, zieh mich raus, sonst verbrenn ich, ich bin schon längst ausgebacken.« Die Faule aber antwortete: »Da hätt' ich Lust, mich schmutzig zu machen«, und ging fort. Bald kam sie zu dem Apfelbaum, der rief: »Ach schüttel mich, schüttel mich, wir Äpfel sind alle miteinander reif.« Sie antwortete aber: »Du kommst mir recht, es könnte mir einer auf den Kopf fallen«, und ging damit weiter. Als sie vor der Frau Holle Haus kam, fürchtete sie sich nicht, weil sie von ihren großen Zähnen schon gehört hatte, und verdingte sich gleich bei ihr. Am ersten Tag tat sie sich Gewalt an, war fleißig und folgte der Frau Holle, wenn sie ihr etwas sagte, denn sie dachte an das viele Gold, das sie ihr schenken würde; am zweiten Tag aber fing sie schon an zu faulenzen, am dritten noch mehr, da wollte sie morgens gar nicht aufstehen. Sie machte auch der Frau Holle das Bett nicht, wie sich's gebührte, und schüttelte es nicht, dass die Federn aufflogen. Das ward die Frau Holle bald müde und sagte ihr den Dienst auf.

Die Faule war das wohl zufrieden und meinte, nun würde der Goldregen kommen; die Frau Holle führte sie auch zu dem Tor, als sie aber darunter stand, ward statt des Goldes ein großer Kessel voll Pech ausgeschüttet. »Das ist zur Belohnung deiner Dienste«, sagte die Frau Holle und schloss das Tor zu. Da kam die Faule heim, aber sie war ganz mit Pech gedeckt, und der Hahn auf dem Brunnen, als er sie sah, rief:

»Kikeriki,
unsere schmutzige Jungfrau ist wieder hie.«

Das Pech aber blieb fest an ihr hängen und wollte, so lange sie lebte, nicht abgehen.

Die drei Sprachen

In der Schweiz lebte einmal ein alter Graf, der hatte nur einen einzigen Sohn, aber er war dumm und konnte nichts lernen. Da sprach der Vater: »Höre, mein Sohn, ich bringe nichts in deinen Kopf, ich mag es anfangen, wie ich will. Du musst fort von hier, ich will dich einem berühmten Meister übergeben, der soll es mit dir versuchen.« Der Junge ward in eine fremde Stadt geschickt und blieb bei dem Meister ein ganzes Jahr. Nach Verlauf dieser Zeit kam er wieder heim, und der Vater fragte: »Nun, mein Sohn, was hast du gelernt?« »Vater, ich habe gelernt, was die Hunde bellen«, antwortete er. »Dass Gott erbarm«, rief der Vater aus: »Ist das alles, was du gelernt hast? Ich will dich in eine andere Stadt zu einem andern Meister tun.« Der Junge ward hingebracht und blieb bei diesem Meister auch ein Jahr. Als er zurückkam, fragte der Vater wiederum: »Mein Sohn, was hast du gelernt?« Er antwortete: »Vater, ich habe gelernt, was die Vögli sprechen.« Da geriet der Vater in Zorn und sprach: »O du verlorener Mensch, hast die kostbare Zeit hingebracht und nichts gelernt, und schämst dich nicht, mir unter die Augen zu treten? Ich will dich zu einem dritten Meister schicken, aber lernst du auch diesmal nichts, so will ich dein Vater nicht mehr sein.« Der Sohn blieb bei dem dritten Meister ebenfalls ein ganzes Jahr, und als er wieder nach Hause kam, und der Vater fragte: »Mein Sohn, was hast du gelernt?«, so antwortete er: »Lieber Vater, ich habe dieses Jahr gelernt, was die Frösche quaken.« Da geriet der Vater in den höchsten Zorn, sprang auf, rief seine Leute herbei und sprach: »Dieser Mensch ist mein Sohn nicht mehr, ich stoße ihn aus und gebiete euch, dass ihr ihn hinaus in den Wald führt und ihm das Leben nehmt.« Sie führten ihn hinaus, aber als sie ihn töten sollten, konnten sie nicht vor Mitleid und ließen ihn gehen. Sie schnitten einem Reh Augen und Zunge aus, damit sie dem Alten die Wahrzeichen bringen konnten.

Der Jüngling wanderte fort und kam nach einiger Zeit zu einer Burg, wo er um Nachtherberge bat. »Ja«, sagte der Burgherr, »wenn

du da unten in dem alten Turm übernachten willst, so gehe hin, aber ich warne dich, es ist lebensgefährlich, denn er ist voll wilder Hunde, die bellen und heulen in einem fort, und zu gewissen Stunden müssen sie einen Menschen ausgeliefert haben, den sie auch gleich verzehren.« Die ganze Gegend war darüber in Trauer und Leid, und doch konnte niemand helfen. Der Jüngling aber war ohne Furcht und sprach: »Lasst mich nur hinab zu den bellenden Hunden, und gebt mir etwas, das ich ihnen vorwerfen kann; mir sollen sie nichts tun.« Weil er nun selber nicht anders wollte, so gaben sie ihm etwas Essen für die wilden Tiere und brachten ihn hinab zu dem Turm. Als er hineintrat, bellten ihn die Hunde nicht an, wedelten mit den Schwänzen ganz freundlich um ihn herum, fraßen, was er ihnen hinsetzte, und krümmten ihm kein Härchen. Am andern Morgen kam er zu jedermanns Erstaunen gesund und unversehrt wieder zum Vorschein und sagte zu dem Burgherrn: »Die Hunde haben mir in ihrer Sprache offenbart, warum sie da hausen und dem Land Schaden bringen. Sie sind verwünscht und müssen einen großen Schatz hüten, der unten im Turm liegt und kommen nicht eher zur Ruhe, als bis er gehoben ist, und wie dies geschehen muss, das habe ich ebenfalls aus ihren Reden vernommen.« Da freuten sich alle, die das hörten, und der Burgherr sagte, er wollte ihn an Sohnes statt annehmen, wenn er es glücklich vollbrächte. Er stieg wieder hinab, und weil er wusste, was er zu tun hatte, so vollführte er es und brachte eine mit Gold gefüllte Truhe herauf. Das Geheul der wilden Hunde ward von nun an nicht mehr gehört, sie waren verschwunden, und das Land war von der Plage befreit.

Über eine Zeit kam es ihm in den Sinn, er wollte nach Rom fahren. Auf dem Weg kam er an einem Sumpf vorbei, in welchem Frösche saßen und quakten. Er horchte auf, und als er vernahm, was sie sprachen, ward er ganz nachdenklich und traurig. Endlich langte er in Rom an, da war gerade der Papst gestorben, und unter den Kardinälen großer Zweifel, wen sie zum Nachfolger bestimmen sollten. Sie wurden zuletzt einig, derjenige sollte zum Papst erwählt werden, an dem sich ein göttliches Wunderzeichen offenbaren würde. Und als das eben beschlossen war, in demselben Augenblick trat der junge Graf in die Kirche, und plötzlich flogen zwei schneeweiße Tauben auf seine beiden Schultern und blieben da sitzen. Die Geistlichkeit erkannte darin das Zeichen Gottes und fragten ihn auf der Stelle, ob er Papst werden wolle. Er war unschlüssig und wusste nicht, ob er dessen würdig wäre, aber die Tauben redeten ihm zu, dass er es tun möchte, und endlich sagte er »ja«. Da wurde er gesalbt und geweiht, und damit war eingetroffen, was er von den Fröschen unterwegs gehört, und was ihn so bestürzt gemacht hatte, dass er der heilige Papst werden sollte. Darauf musste er eine Messe singen und wusste kein Wort davon, aber die zwei Tauben saßen stets auf seinen Schultern und sagten ihm alles ins Ohr.

Das Hirtenbüblein

Es war einmal ein Hirtenbübchen, das war wegen seiner weisen Antworten, die es auf alle Fragen gab, weit und breit berühmt. Der König des Landes hörte auch davon, glaubte es nicht und ließ das Bübchen zu sich kommen. Da sprach er zu ihm: »Kannst du mir auf drei Fragen, die ich dir vorlegen will, Antwort

geben, so will ich dich ansehen wie mein eigen Kind, und du sollst bei mir in meinem königlichen Schloss wohnen.« Sprach das Büblein: »Wie lauten die drei Fragen?« Der König sagte: »Die erste lautet: Wie viele Tropfen Wasser sind in dem Weltmeer?« Das Hirtenbüblein antwortete: »Herr König, lasst alle Flüsse auf der Erde verstopfen, damit kein Tröpflein mehr daraus ins Meer lauft, das ich nicht erst gezählt habe, so will ich Euch sagen, wie viel Tropfen im Meere sind.« Sprach der König: »Die andere Frage lautet: Wie viele Sterne stehen am Himmel?« Das Hirtenbüblein sagte:

»Gebt mir einen großen Bogen weiß Papier«, und dann machte es mit der Feder so viele feine Punkte darauf, dass sie kaum zu sehen und fast gar nicht zu zählen waren und einem die Augen vergingen, wenn man darauf blickte. Darauf sprach es: »So viele Sterne stehen am Himmel, als hier Punkte auf dem Papier, zählt Sie nur.« Aber niemand war dazu imstand. Sprach der König: »Die dritte Frage lautet: Wie viele Sekunden hat die Ewigkeit?« Da sagte das Hirtenbüblein: »In Hinterpommern liegt der Demantberg, der hat eine Stunde in der Höhe, eine Stunde in der Breite und eine Stunde in die Tiefe; dahin kommt alle hundert Jahre ein Vögelein und wetzt sein Schnäbelein daran, und wenn der ganze Berg abgewetzt ist, dann ist die erste Sekunde von der Ewigkeit vorbei.«

Sprach der König: »Du hast die drei Fragen aufgelöst wie ein Weiser und sollst fortan bei mir in meinem königlichen Schloss wohnen, und ich will dich ansehen wie mein eigenes Kind.«

Rumpelstilzchen

Es war einmal ein Müller, der war arm, aber er hatte eine schöne Tochter. Nun traf es sich, dass er mit dem König zu sprechen kam, und um sich ein Ansehen zu geben, sagte er zu ihm: »Ich habe eine Tochter, die kann Stroh zu Gold spinnen.« Der König sprach zum Müller: »Das ist eine Kunst, die mir wohlgefällt; wenn deine Tochter so geschickt ist, wie du sagst, so bring sie morgen in mein Schloss, da will ich sie auf die Probe stellen.« Als nun das Mädchen zu ihm gebracht ward, führte er es in eine Kammer, die ganz voll Stroh lag, gab ihr Rad und Haspel und sprach: »Jetzt mache dich an die Arbeit, und wenn du diese Nacht durch bis morgen früh dieses Stroh nicht zu Gold versponnen hast, so

musst du sterben.« Darauf schloss er die Kammer selbst zu, und sie blieb allein darin. Da saß nun die arme Müllerstochter und wusste um ihr Leben keinen Rat: sie verstand gar nichts davon, wie man Stroh zu Gold spinnen konnte, und ihre Angst ward immer größer, dass sie endlich zu weinen anfing. Da ging auf einmal die Türe auf, und es trat ein kleines Männchen herein und sprach: »Guten Abend, Jungfer Müllerin, warum weint sie so sehr?« »Ach«, antwortete das Mädchen, »ich soll Stroh zu Gold spinnen und verstehe das nicht.« Sprach das Männchen: »Was gibst du mir, wenn ich dir's spinne?« »Mein Halsband«, sagte das Mädchen. Das Männchen nahm das Halsband, setzte sich vor das Rädchen, und schnurr, schnurr, schnurr, dreimal gezogen, war die Spule voll.

Dann steckte es eine andere auf, und schnurr, schnurr, schnurr, dreimal gezogen, war auch die zweite voll; und so ging's fort bis zum Morgen, da war alles Stroh versponnen, und alle Spulen waren voll Gold. Bei Sonnenaufgang kam schon der König, und als er das Gold erblickte, erstaunte er und freute sich, aber sein Herz ward noch goldgieriger. Er ließ die Müllerstochter in eine andere Kammer voll Stroh bringen, die noch viel größer war, und befahl ihr das auch in einer Nacht zu spinnen, wenn ihr das Leben lieb wäre. Das Mädchen wusste sich nicht zu helfen und weinte, da ging abermals die Türe auf, und das kleine Männchen erschien und sprach: »Was gibst du mir, wenn ich dir das Stroh zu Gold spinne?« »Meinen Ring von dem Finger«, antwortete das Mädchen. Das Männchen nahm den Ring, fing wieder an zu schnurren mit dem Rade und hatte bis zum Morgen alles Stroh zu glänzendem Gold gesponnen. Der König freute sich über die Maßen bei dem Anblick, war aber noch immer nicht des Goldes satt, sondern ließ die Müllerstochter in eine noch größere Kammer voll Stroh bringen und sprach: »Die musst du noch in dieser Nacht verspinnen, gelingt dir's aber, so sollst du meine Gemahlin werden.« »Wenn's auch eine Müllerstochter ist«, dachte er, »eine reichere Frau finde ich in der ganzen Welt nicht.« Als das Mädchen allein war, kam das Männlein zum dritten Mal wieder und sprach: »Was gibst du mir, wenn ich dir noch diesmal das Stroh spinne?« »Ich habe nichts mehr, das ich geben könnte«, antwortete das Mädchen. »So versprich mir, wenn du Königin wirst, dein erstes Kind.« »Wer weiß, wie das noch geht«, dachte die Müllerstochter und wusste sich auch in der Not nicht anders zu helfen; sie versprach also dem Männchen was es verlangte, und das Männchen spann dafür noch einmal das Stroh zu Gold. Und als am Morgen der König kam und alles fand, wie er gewünscht hatte, so hielt er Hochzeit mit ihr, und die schöne Müllerstochter ward eine Königin.

Über ein Jahr brachte sie ein schönes Kind zur Welt und dachte gar nicht mehr an das Männchen; da trat es plötzlich in ihre Kammer und sprach: »Nun gib mir, was du versprochen hast.« Die Königin erschrak und bot dem Männchen alle Reichtümer des Königreichs an, wenn es ihr das Kind lassen wollte; aber das Männchen sprach: »Nein, etwas Lebendes ist mir lieber als alle Schätze der Welt.«

Da fing die Königin so an zu jammern und zu weinen, dass das Männchen Mitleid mit ihr hatte: »Drei Tage will ich dir Zeit lassen«, sprach er, »wenn du bis dahin meinen Namen weißt, so sollst du dein Kind behalten.«

Nun besann sich die Königin die ganze Nacht über alle Namen, die sie jemals gehört hatte und schickte einen Boten über Land, der sollte sich erkundigen weit und breit, was es sonst noch für Namen gebe. Als am andern Tag das Männchen kam, fing sie an mit Kaspar, Melchior, Balzer, und sagte alle Namen, die sie wusste, nach der Reihe her, aber bei jedem sprach das Männlein: »So heiß ich nicht.« Den zweiten Tag ließ sie in der Nachbarschaft herumfragen, wie die Leute da genannt würden, und sagte dem Männlein die ungewöhnlichsten und seltsamsten Namen vor: »Heißt du vielleicht Rippenbiest oder Hammelswade oder Schnürbein?« Aber es antwortete immer: »So heiß ich nicht.« Den dritten Tag kam der Bote wieder zurück und erzählte: »Neue Namen habe ich keinen einzigen finden können, aber wie ich an einen hohen Berg um die Waldecke kam, wo Fuchs und Has sich ›Gute Nacht‹ sagen, so sah ich da ein kleines Haus, und vor dem Haus brannte ein Feuer, und um das Feuer sprang ein gar zu lächerliches Männchen, hüpfte auf einem Bein und schrie:

»Heute back' ich, morgen brau ich,
übermorgen hol' ich der Königin ihr Kind;
Ach, wie gut ist, dass niemand weiß
dass ich Rumpelstilzchen heiß!«

Da könnt' ihr denken, wie die Königin froh war, als sie den Namen hörte, und als bald hernach das Männlein hereintrat und fragte:

»Nun, Frau Königin, wie heiß ich?«, sagte sie erst: »Heißest du Kunz?« »Nein.« »Heißest du Heinz?« »Nein.«

»Heißt du etwa Rumpelstilzchen?«

»Das hat dir der Teufel gesagt, das hat dir der Teufel gesagt«, schrie das Männlein und stieß mit dem rechten Fuß vor Zorn so tief in die Erde, dass es bis an den Leib hineinfuhr, dann packte es in seiner Wut den linken Fuß mit beiden Händen und riss sich selbst mitten entzwei.

Die zertanzten Schuhe

Es war einmal ein König, der hatte zwölf Töchter, eine immer schöner als die andere. Sie schliefen zusammen in einem Saal, wo ihre Betten nebeneinander standen, und abends, wenn sie darin lagen, schloss der König die Tür zu und verriegelte sie. Wenn er aber am Morgen die Türe aufschloss, so sah er, dass ihre Schuhe zertanzt waren, und niemand konnte herausbringen, wie das zugegangen war. Da ließ der König ausrufen, wer's könnte ausfindig machen, wo sie in der Nacht tanzten, der sollte sich eine davon zur Frau wählen, und nach seinem Tod König sein. Wer sich aber meldete und es nach drei Tagen und Nächten nicht herausbrächte, der hätte sein Leben verwirkt. Nicht lange, so meldete sich ein Königssohn und erbot sich, das Wagnis zu unternehmen. Er ward wohl aufgenommen und abends in ein Zimmer geführt, das an den Schlafsaal stieß. Sein Bett war da aufgeschlagen, und er sollte achthaben, wo sie hingingen und tanzten; und damit sie nichts heimlich treiben konnten, oder zu einem andern Ort hinausgingen, war auch die Saaltüre offen gelassen. Dem Königssohn fiel's aber wie Blei auf die Augen, und er schlief ein, und als er am Morgen aufwachte, waren alle zwölfe zum Tanz gewesen, denn ihre Schuhe standen da und hatten Löcher in den Sohlen. Den zweiten und dritten Abend ging's nicht anders, und da ward ihm sein Haupt ohne Barmherzigkeit abgeschlagen. Es kamen hernach noch viele und meldeten sich zu dem Wagestück, sie mussten aber alle ihr Leben lassen. Nun trug es sich zu, dass ein armer Soldat, der eine Wunde hatte und nicht mehr dienen konnte, sich auf dem Wege nach der Stadt befand, wo der König wohnte. Da begegnete ihm eine alte Frau, die fragte ihn, wo er hin wollte. »Ich weiß selber nicht recht«, sprach er, und setzte im Scherz dazu: »Ich hätte wohl Lust, ausfindig zu machen, wo die Königstöchter ihre Schuhe vertanzen, und danach König zu werden.«

»Das ist so schwer nicht«, sagte die Alte, »du musst den Wein nicht trinken, der dir abends gebracht wird, und musst tun, als wärst du fest eingeschlafen.« Darauf gab sie ihm ein Mäntelchen und sprach: »Wenn du das umhängst, so bist du unsichtbar und kannst den Zwölfen dann nachschleichen.« Wie der Soldat den guten Rat bekommen hatte, ward's Ernst bei ihm, sodass er ein Herz fasste, vor den König ging und sich als Freier meldete. Er ward so gut aufgenommen, wie die andern auch, und wurden ihm königliche Kleider angetan. Abends zur Schlafenszeit ward er in das Vorzimmer geführt, und als er zu Bette gehen wollte, kam die Älteste und brachte ihm einen Becher Wein; aber er hatte sich einen Schwamm unter das Kinn gebunden, ließ den Wein da hineinlaufen und trank keinen Tropfen. Dann legte er sich nieder, und als er ein Weilchen gelegen hatte, fing er an zu schnarchen wie im tiefsten Schlaf. Das hörten die zwölf Königstöchter, lachten, und die Älteste sprach: »Der hätte auch sein Leben sparen können.« Danach standen sie auf, öffneten Schränke, Kisten und Kasten, und holten prächtige Kleider heraus, putzten sich vor den Spiegeln, sprangen herum und freuten sich auf den Tanz. Nur die Jüngste sagte: »Ich weiß nicht, ihr freut euch, aber mir ist so wunderlich zu Mut, gewiss widerfährt uns ein Unglück.« »Du bist eine Schneegans«, sagte die Älteste, »die sich immer fürchtet. Hast du vergessen, wie viel Königssöhne schon umsonst da gewesen sind? Dem Soldaten hätte ich nicht einmal brauchen einen Schlaftrunk zu geben, der Lümmel wäre doch nicht aufgewacht.« Wie sie alle fertig waren, sahen sie erst nach dem Soldaten, aber der hatte die Augen zugetan, rührte und regte sich nicht, und sie glaubten nun ganz sicher zu sein. Da ging die Älteste an ihr Bett und klopfte daran; alsbald sank es in die Erde, und sie stiegen hinab, eine nach der anderen, die Älteste voran. Der Soldat, der alles mit angesehen hatte, zauderte nicht lange, hing sein Mäntelchen um und stieg hinter der Jüngsten mit hinab. Mitten auf der Treppe trat er ihr ein wenig aufs Kleid, da erschrak sie und rief: »Was ist das? Wer hält mich am Kleid?« »Sei nicht so einfältig«, sagte die Älteste, »du bist an einem Haken hängen geblieben.« Da gingen sie vollends hinab, und wie sie unten waren, standen sie in einem wunderprächtigen Baumgang, da waren alle Blätter von Silber und schimmerten und glänzten. Der Soldat dachte: »Du

H J Ford

willst dir ein Wahrzeichen mitnehmen«, und brach einen Zweig davon ab, da fuhr ein gewaltiger Krach aus dem Baume. Die Jüngste rief wieder: »Es ist nicht richtig, habt ihr den Knall gehört?« Die Älteste aber sprach: »Das sind Freudenschüsse, weil wir unsere Prinzen bald erlöst haben.«

Sie kamen darauf in einen Baumgang, wo alle Blätter von Gold, und endlich in einen dritten, wo sie klarer Demant waren. Von beiden brach er einen Zweig ab, wobei es jedes Mal krachte, dass die Jüngste vor Schreck zusammenfuhr, aber die Älteste blieb dabei, es wären Freudenschüsse. Sie gingen weiter und kamen zu einem großen Wasser, darauf standen zwölf Schifflein, und in jedem Schifflein saß ein schöner Prinz, die hatten auf die Zwölfe gewartet, und jeder nahm eine zu sich, der Soldat aber setzte sich mit der Jüngsten hinein. Da sprach der Prinz: »Ich weiß nicht, das Schiff ist heute viel schwerer, und ich muss aus allen Kräften rudern, wenn ich es fortbringen soll.« »Wovon sollte das kommen«, sprach die Jüngste, »als vom warmem Wetter, es ist mir auch so heiß zu Mut.« Jenseits des Wassers aber stand ein schönes, hell erleuchtetes Schloss, woraus eine lustige Musik erschallte, von Pauken und Trompeten. Sie ruderten hinüber, traten ein, und jeder Prinz tanzte mit seiner Liebsten, der Soldat aber tanzte unsichtbar mit, und wenn eine einen Becher Wein hielt, so trank er ihn aus, dass er leer war, wenn sie ihn an den Mund brachte; und der Jüngsten ward auch Angst darüber, aber die Älteste brachte sie immer zum Schweigen. Sie tanzten da bis drei Uhr am andern Morgen, wo alle Schuhe durchgetanzt waren, und sie aufhören mussten. Die Prinzen fuhren sie über das Wasser wieder zurück, und der Soldat setzte sich diesmal vorne hin zur Ältesten. Am Ufer nahmen sie von ihren Prinzen Abschied und versprachen, in der folgenden Nacht wieder zu kommen. Als sie an der Treppe waren, lief der Soldat voraus und legte sich in sein Bett, und als die Zwölf langsam und müde heraufgetrippelt kamen, schnarchte er schon wieder so laut, dass sie's alle hören konnten, und sie sprachen: »Vor dem sind wir sicher.« Da zogen sie ihre schönen Kleider aus, brachten sie weg, stellten ihre zertanzten Schuhe unter das Bett und legten sich nieder.

Am anderen Morgen wollte der Soldat nichts sagen, sondern das wunderliche Wesen noch mit ansehen, und ging die zweite und die dritte Nacht wieder mit. Da war alles wie das erste Mal, und sie tanzten jedes Mal, bis die Schuhe entzwei waren. Das dritte Mal aber nahm er zum Wahrzeichen einen Becher mit. Als die Stunde gekommen war, wo er antworten sollte, steckte er die drei Zweige und den Becher zu sich und ging vor den König, die Zwölfe aber standen hinter der Tür und horchten, was er sagen würde. Als der König die Frage tat: »Wo haben meine zwölf Töchter ihre Schuhe in der Nacht vertanzt?«, so antwortete er: »Mit zwölf Prinzen in einem unterirdischen Schloss«, berichtete, wie es zugegangen war und holte die Wahrzeichen hervor. Da ließ der König seine Töchter kommen und fragte sie, ob der Soldat die Wahrheit gesagt hätte, und da sie sahen, dass sie verraten waren und Leugnen nichts half, so mussten sie alles eingestehen. Darauf fragte ihn der König, welche er zur Frau haben wollte. Er antwortete: »Ich bin nicht mehr jung, so gebt mir die Älteste.« Da ward noch am selbigen Tage die Hochzeit gehalten und ihm das Reich nach des Königs Tode versprochen. Aber die Prinzen wurden auf so viele Tage wieder verwunschen, als sie Nächte mit den Zwölfen getanzt hatten.

Das dietmarsische Lügenmärchen

Ich will euch etwas erzählen. Ich sah zwei gebratene Hühner fliegen, flogen schnell und hatten die Bäuche gen Himmel gekehrt, die Rücken nach der Hölle, und ein Amboss und ein Mühlstein schwammen über den Rhein, fein langsam und leise, und ein Frosch saß und fraß eine Pflugschar zu Pfingsten auf dem Eis. Da waren drei Kerle, wollten einen Hasen fangen, gingen auf Krücken und Stelzen, der eine war taub, der zweite blind, der dritte stumm, und der vierte konnte keinen Fuß rühren. Wollt ihr wissen, wie das geschah? Der Blinde, der sah zuerst den Hasen übers Feld traben, der Stumme rief dem Lahmen zu, und der Lahme fasste ihn beim Kragen. Etliche, die wollten zu Land segeln und spannten die Segel im Wind und schifften über große Äcker hin: da segelten sie über einen hohen Berg, da mussten sie elendig ersaufen. Ein Krebs jagte einen Hasen in die Flucht, und hoch auf dem Dach lag eine Kuh, die war hinaufgestiegen. In dem Lande sind die Fliegen so groß als hier die Ziegen. Mache das Fenster auf, damit die Lügen hinausfliegen.

Der treue Johannes

Es war einmal ein alter König, der war krank und dachte: »Es wird wohl das Totenbett sein, auf dem ich liege.« Da sprach er: »Lasst mir den getreuen Johannes kommen.« Der getreue Johannes war sein liebster Diener, und hieß so, weil er ihm sein Leben lang so treu gewesen war. Als er nun vor das Bett kam, sprach der König zu ihm: »Getreuester Johannes, ich fühle, dass mein Ende herannaht, und da habe ich keine andere Sorge als um meinen Sohn; er ist noch in jungen Jahren, wo er sich nicht immer zu raten weiß, und wenn du mir nicht versprichst, ihn zu unterrichten in allem, was er wissen muss, und sein Pflegevater zu sein, so kann ich meine Augen nicht in Ruhe schließen.« Da antwortete der getreue Johannes: »Ich will ihn nicht verlassen und will ihm mit Treue dienen, wenn's auch mein Leben kostet.« Da sagte der alte König: »So sterb' ich getrost und in Frieden.« Und sprach dann weiter: »Nach meinem Tode sollst du ihm das ganze Schloss zeigen, alle Kammern, Säle und Gewölbe, und alle Schätze, die darin liegen, aber die letzte Kammer in dem langen Gang sollst du ihm nicht zeigen, worin das Bild der Königstochter vom goldenen Dache verborgen steht. Wenn er das Bild erblickt, wird er eine heftige Liebe zu ihr empfinden, und wird in Ohnmacht niederfallen und wird ihretwegen in große Gefahren geraten; davor sollst du ihn hüten.« Und als der treue Johannes nochmals dem alten König die Hand darauf gegeben hatte, ward dieser still, legte sein Haupt auf das Kissen und starb.

Als der alte König zu Grabe getragen war, da erzählte der treue Johannes dem jungen König, was er seinem Vater auf dem Sterbelager versprochen hatte und sagte: »Das will ich gewisslich halten, und will dir treu sein, wie ich ihm gewesen bin, und sollte es mein Leben kosten.« Die Trauer ging vorüber, da sprach der treue Johannes zu ihm: »Es ist nun Zeit, dass du dein Erbe siehst, ich will dir dein väterliches Schloss zeigen.« Da führte er ihn überall herum, auf und ab, und ließ ihn all die Reichtümer und prächtigen

Kammern sehen; nur die eine Kammer öffnete er nicht, worin das gefährliche Bild stand. Das Bild war aber so gestellt, dass, wenn die Türe aufging, man gerade darauf sah, und war so herrlich gemacht, dass man meinte, es leibte und lebte, und es gäbe nichts Lieblicheres und Schöneres auf der ganzen Welt. Der junge König aber merkte wohl, dass der getreue Johannes immer an einer Tür vorüberging, und sprach: »Warum schließest du mir diese niemals auf?« »Es ist etwas darin«, antwortete er, »vor dem du erschrickst.« Aber der König antwortete: »Ich habe das ganze Schloss gesehen, so will ich auch wissen, was darin ist«, ging und wollte die Türe mit Gewalt öffnen. Da hielt ihn der getreue Johannes zurück und sagte: »Ich habe es deinem Vater vor seinem Tode versprochen, dass du nicht sehen sollst, was in der Kammer steht, es könnte dir und mir zu großem Unglück ausschlagen.« »Ach nein«, antwortete der junge König, »wenn ich nicht hineinkomme, so ist's mein sicheres Verderben, ich würde Tag und Nacht keine Ruhe haben, bis ich's mit meinen Augen gesehen hätte. Nun gehe ich nicht von der Stelle, bis du aufgeschlossen hast.«

Da sah der getreue Johannes, dass es nicht mehr zu ändern war, und suchte mit schwerem Herzen und vielem Seufzen aus dem großen Bund den Schlüssel heraus. Als er die Türe geöffnet hatte, trat er zuerst hinein und dachte, er wolle das Bildnis bedecken, dass es der König vor ihm nicht sähe; aber was half das? Der König stellte sich auf die Fußspitzen und sah ihm über die Schulter. Und als er das Bildnis der Jungfrau erblickte, das so herrlich war und von Gold und Edelsteinen glänzte, da fiel er ohnmächtig zur Erde nieder. Der getreue Johannes hob ihn auf, trug ihn in sein Bett und dachte voll Sorgen: »Das Unglück ist geschehen, Herr Gott, was will daraus werden!« Dann stärkte er ihn mit Wein, bis er wieder zu sich selbst kam. Das erste Wort, das er sprach, war: »Ach! Wer ist das schöne Bild?« »Das ist die Königstochter vom goldenen Dache«, antwortete der treue Johannes. Da sprach der König weiter: »Meine Liebe zu ihr ist so groß, wenn alle Blätter an den Bäumen Zungen wären, sie könnten's nicht aussagen; mein Leben setze ich daran, dass ich sie erlange. Du bist mein getreuester Johannes, du musst mir beistehen.«

Der treue Diener besann sich lange, wie die Sache anzufangen wäre, denn es hielt schwer, nur vor das Angesicht der Königstochter zu kommen. Endlich hatte er ein Mittel ausgedacht und sprach zu dem König: »Alles, was sie um sich hat, ist von Gold; Tische, Stühle, Schüsseln, Becher, Näpfe und alles Hausgerät; in deinem Schatz liegen fünf Tonnen Goldes, lass eine von den Goldschmieden des Reichs verarbeiten zu allerhand Gefäßen und Gerätschaften, zu allerhand Vögeln, Gewild und wunderbaren Tieren, das wird ihr gefallen, wir wollen damit hinfahren und unser Glück versuchen.« Der König hieß alle Goldschmiede herbeiholen, die mussten Tag und Nacht arbeiten, bis endlich die herrlichsten Dinge fertig waren. Als alles auf ein Schiff geladen war, zog der getreue Johannes Kaufmannskleider an, und der König musste ein Gleiches tun, um sich ganz unkenntlich zu machen. Dann fuhren sie über das Meer, und fuhren so lange, bis sie zu der Stadt kamen, worin die Königstochter vom goldenen Dache wohnte.

Der treue Johannes hieß den König auf dem Schiff zurückbleiben und auf ihn warten. »Vielleicht«, sprach er, »bring ich die Königstochter mit, darum sorgt, dass alles in Ordnung ist, lasst die Goldgefäße aufstellen und das ganze Schiff ausschmücken.« Darauf suchte er sich in sein Schürzchen allerlei von den Goldsachen zusammen, stieg an Land und ging gerade nach dem königlichen Schloss. Als er in den Schlosshof kam, stand da beim Brunnen ein schönes Mädchen, das hatte zwei goldene Eimer in der Hand und schöpfte damit. Und als es das blinkende Wasser forttragen wollte und sich umdrehte, sah es den fremden Mann und fragte, wer er wäre? Da antwortete er: »Ich bin ein Kaufmann«, und öffnete sein Schürzchen und ließ sie hineinschauen. Da rief sie: »Ei, was für schönes Goldzeug!«, setzte die Eimer nieder und betrachtete eins nach dem andern. Da sprach das Mädchen: »Das muss die Königstochter sehen, die hat so große Freude an den Goldsachen, dass sie euch alles abkauft.« Es nahm ihn bei der Hand und führte ihn hinauf, denn es war die Kammerjungfer. Als die Königstochter die Ware sah, war sie ganz vergnügt und sprach: »Es ist so schön gearbeitet, dass ich dir alles abkaufen will.« Aber der getreue Johannes sprach: »Ich bin nur der Diener von einem reichen Kaufmann; was ich hier habe, ist nichts gegen das, was mein Herr auf seinem Schiff stehen hat, und das ist das Künstlichste und Köstlichste, was je in Gold ist gearbeitet worden.« Sie wollte alles heraufgebracht haben, aber er sprach: »Dazu gehören viele Tage, so groß ist die Menge, und so viel Säle, um es aufzustellen, dass euer Haus nicht Raum dafür hat.« Da ward ihre Neugierde und Lust immer mehr angeregt, sodass sie endlich sagte: »Führe mich hin zu dem Schiff, ich will selbst hingehen und deines Herrn Schätze betrachten.«

Da führte sie der treue Johannes zu dem Schiffe hin und war ganz freudig, und der König, als er sie erblickte, sah, dass ihre Schönheit noch größer war, als das Bild sie dargestellt hatte, und meinte nicht anders, als das Herz wollte ihm zerspringen. Nun stieg sie in das Schiff, und der König führte sie hinein; der getreue Johannes aber blieb zurück bei dem Steuermann und hieß das Schiff abstoßen. »Spannt alle Segel auf, dass es fliegt wie ein Vogel in der Luft.« Der König aber zeigte ihr drinnen das goldene Geschirr, jedes einzeln, die Schüsseln, Becher, Näpfe, die Vögel, das Gewild und die wunderbaren Tiere. Viele Stunden gingen vorbei, während sie alles besah, und in ihrer Freude merkte sie nicht, dass das Schiff dahinfuhr. Nachdem sie das Letzte betrachtet hatte, dankte sie dem Kaufmann und wollte heim, als sie aber an des Schiffes Rand kam, sah sie, dass es fern vom Lande auf hohem Meer ging und mit vollen Segeln forteilte. »Ach«, rief sie erschrocken, »ich

bin betrogen, ich bin entführt und in die Gewalt eines Kaufmanns geraten; lieber wollt ich sterben!« Der König aber fasste sie bei der Hand und sprach: »Ein Kaufmann bin ich nicht, ich bin ein König

und nicht geringer an Geburt als du bist: Aber dass ich dich mit List entführt habe, das ist aus übergroßer Liebe geschehen. Das erste Mal, als ich dein Bildnis gesehen habe, bin ich ohnmächtig zur Erde gefallen.« Als die Königstochter vom goldenen Dache das hörte, ward sie getröstet, und ihr Herz ward ihm geneigt, sodass sie gerne einwilligte, seine Gemahlin zu werden.

Es trug sich aber zu, während sie auf dem hohen Meere dahinfuhren, dass der treue Johannes, als er vorn auf dem Schiff saß und Musik machte, in der Luft drei Raben erblickte, die daher geflogen kamen. Da hörte er auf zu spielen und horchte, was sie miteinander sprachen, denn er verstand das wohl. Der eine rief: »Ei, da führt er die Königstochter vom goldenen Dache heim.« »Ja«, antwortete der zweite, »er hat sie noch nicht.« Sprach der dritte: »Er hat sie doch, sie sitzt bei ihm im Schiffe.« Da fing der erste wieder an und rief: »Was hilft ihm das? Wenn sie ans Land kommen, wird ihm ein fuchsrotes Pferd entgegenspringen; da wird er sich aufschwingen wollen, und tut er das, so sprengt es mit ihm fort und in die Luft hinein, dass er nimmermehr seine Jungfrau wieder sieht.« Sprach der zweite: »Ist gar keine Rettung?« »O ja, wenn ein anderer schnell aufsitzt, das Feuergewehr, das in den Halftern stecken muss, herausnimmt, und das Pferd damit totschießt, so ist der junge König gerettet. Aber wer weiß das! Und wer's weiß und sagt's ihm, der wird zu Stein von den Fußzehen bis zum Knie.« Da sprach der zweite: »Ich weiß noch mehr, wenn das Pferd auch getötet wird, so behält der junge König doch nicht seine Braut: wenn sie zusammen ins Schloss kommen, so liegt dort ein gemachtes Brauthemd in einer Schüssel, und sieht aus, als wär's von Gold und Silber gewebt, ist aber nichts als Schwefel und Pech; wenn er's antut, verbrennt es ihn bis auf Mark und Knochen.« Sprach der dritte: »Ist da gar keine Rettung?« »O ja«, antwortete der zweite, »wenn einer mit Handschuhen das Hemd packt und wirft es ins Feuer, dass es verbrennt, so ist der junge König gerettet. Aber was

hilft's! Wer's weiß und es ihm sagt, der wird halbes Leibes Stein vom Knie bis zum Herzen.« Da sprach der dritte: »Ich weiß noch mehr; wird das Brauthemd auch verbrannt, so hat der junge König seine Braut doch noch nicht: wenn nach der Hochzeit der Tanz anhebt, und die junge Königin tanzt, wird sie plötzlich erbleichen und wie tot hinfallen, und hebt sie nicht einer auf und zieht aus ihrer rechten Brust drei Tropfen Blut und speit sie wieder aus, so stirbt sie. Aber verrät das einer, der es weiß, so wird er ganzen Leibes zu Stein vom Wirbel bis zur Fußzehe.« Als die Raben das miteinander gesprochen hatten, flogen sie weiter, und der getreue Johannes hatte alles wohlverstanden, aber von der Zeit an war er still und traurig; denn verschwieg er seinem Herrn, was er gehört hatte, so war dieser unglücklich, entdeckte er es ihm, so musste er selbst sein Leben hingeben.

Endlich aber sprach er bei sich: »Meinen Herrn will ich retten, und sollte ich selbst darüber zugrunde gehen.«

Als sie nun ans Land kamen, da geschah es, wie die Raben vorher gesagt hatten, und es sprengte ein prächtiger fuchsroter Gaul daher. »Wohlan«, sprach der König, »der soll mich in mein Schloss tragen«, und wollte sich aufsetzen, doch der treue Johannes kam ihm zuvor, schwang sich schnell darauf, zog das Gewehr aus den Halftern und schoss den Gaul nieder. Da riefen die andern Diener des Königs, die dem treuen Johannes doch nicht gut waren: »Wie schändlich, das schöne Tier zu töten, das den König in sein Schloss tragen sollte!« Aber der König sprach: »Schweigt und lasst ihn gehen, es ist mein getreuester Johannes, wer weiß, wozu das gut ist!« Nun gingen sie ins Schloss, und da stand im Saal eine Schüssel, und das gemachte Brauthemd lag darin und sah aus, nicht anders, als wäre es von Gold und Silber. Der junge König ging darauf zu und wollte es ergreifen, aber der treue Johannes schob ihn weg, packte es mit Handschuhen an, trug es schnell ins Feuer und ließ es verbrennen. Die anderen Diener fingen wieder an zu murren und sagten: »Seht, nun verbrennt er gar des Königs Brauthemd.« Aber der junge König sprach: »Wer weiß, wozu es gut ist, lasst ihn gehen, es ist mein getreuester Johannes.« Nun ward die Hochzeit gefeiert: der Tanz hub an, und die Braut trat auch hinein, da hatte der treue Johannes acht und schaute ihr ins Antlitz; auf einmal erbleichte sie und fiel wie tot zur Erde. Da sprang er eilends hinzu, hob sie auf und trug sie in eine Kammer, da legte er sie nieder, kniete und sog die drei Blutstropfen aus ihrer rechten Brust und spie sie aus. Alsbald atmete sie wieder und erholte sich, aber der junge König hatte es mit angesehen und wusste nicht, warum es der getreue Johannes getan hatte, ward zornig darüber und rief: »Werft ihn ins Gefängnis!« Am andern Morgen ward der getreue Johannes verurteilt und zum Galgen geführt, und als er oben stand und gerichtet werden sollte, sprach er: »Jeder, der sterben soll, darf vor seinem Ende noch einmal reden, soll ich das Recht auch haben?« »Ja«, antwortete der König, »es soll dir vergönnt sein.« Da sprach der treue Johannes: »Ich bin zu Unrecht verurteilt und bin dir immer treu gewesen«, und erzählte, wie er auf dem Meere das Gespräch der Raben gehört und wie er, um seinen Herrn zu retten, das alles hätte tun müssen. Da rief der König: »O mein treuester Johannes, Gnade, Gnade! Führt ihn herunter!« Aber der treue Johannes war bei dem letzten Wort, das er geredet hatte, leblos herabgefallen und war ein Stein. Darüber trug nun der König und die

Königin großes Leid, und der König sprach: »Ach, was hab ich große Treue so übel belohnt!«, und ließ das steinerne Bild aufheben und in seine Schlafkammer neben sein Bett stellen. So oft er es ansah, weinte er und sprach: »Ach, könnte ich dich wieder lebendig machen, mein getreuester Johannes!« Es ging einige Zeit herum, da gebar die Königin Zwillinge, zwei Söhnlein, die wuchsen heran und waren ihre Freude. Einmal, als die Königin in der Kirche war und die zwei Kinder bei dem Vater saßen und spielten, sah dieser wieder das steinerne Bildnis voll Trauer an, seufzte und rief: »Ach, könnt ich dich wieder lebendig machen, mein getreuester Johannes!« Da fing der Stein an zu reden und sprach: »Ja, du kannst mich wieder lebendig machen, wenn du dein Liebstes daran wenden willst.« Da rief der König: »Alles, was ich auf der Welt habe, will ich für dich hingeben.« Sprach der Stein weiter: »Wenn du mit deiner eigenen Hand deinen beiden Kindern den Kopf abhaust und mich mit ihrem Blute bestreichst, so erhalte ich das Leben wieder.« Der König erschrak, als er hörte, dass er seine liebsten Kinder selbst töten sollte, doch dachte er an die große Treue, und dass der getreue Johannes für ihn gestorben war, zog sein Schwert und hieb mit eigener Hand den Kindern den Kopf ab. Und als er mit ihrem Blute den Stein bestrichen hatte, so kehrte das Leben zurück, und der getreue Johannes stand wieder frisch und gesund vor ihm. Er sprach zum König: »Deine Treue soll nicht unbelohnt bleiben«, und nahm die Häupter der Kinder, setzte sie auf, und bestrich die Wunden mit ihrem Blut, davon wurden sie im Augenblick wieder heil, sprangen herum und spielten fort, als wäre ihnen nichts geschehen. Nun war der König voll Freude, und als er die Königin kommen sah, versteckte er den getreuen Johannes und die beiden Kinder in einen großen Schrank. Wie sie hereintrat, sprach er zu ihr: »Hast du gebetet in der Kirche?« »Ja«, antwortete sie, »aber ich habe beständig an den getreuen Johannes gedacht, dass er so unglücklich durch uns geworden ist.« Da sprach er: »Liebe Frau, wir können ihm das Leben wiedergeben, aber es kostet uns unsere beiden Söhnlein, die müssen wir opfern.« Die Königin ward bleich und erschrak im Herzen, doch sprach sie: »Wir sind's ihm schuldig wegen seiner großen Treue.« Da freute er sich,

dass sie dachte, wie er gedacht hatte, ging hin und schloss den Schrank auf, holte die Kinder und den treuen Johannes heraus und sprach: »Gott sei gelobt, er ist erlöst, und unsere Söhnlein haben wir auch wieder«, und erzählte ihr, wie sich alles zugetragen hatte. Da lebten sie zusammen in Glückseligkeit bis an ihr Ende.

Dornröschen

Vor Zeiten war ein König und eine Königin, die sprachen jeden Tag: »Ach, wenn wir doch ein Kind hätten!«, und kriegten immer keins. Da trug sich zu, als die Königin einmal im Bad saß, dass ein Frosch aus dem Wasser ans Land kroch und zu ihr sprach: »Dein Wunsch wird erfüllt werden; ehe ein Jahr vergeht, wirst du eine Tochter zur Welt bringen.« Was der Frosch gesagt hatte, das geschah, und die Königin gebar ein Mädchen, das war so schön, dass der König vor Freude sich nicht zu lassen wusste und ein großes Fest anstellte. Er lud nicht bloß seine Verwandte, Freunde und Bekannte, sondern auch die weisen Frauen dazu ein, damit sie dem Kind hold und gewogen wären. Es waren ihrer dreizehn in seinem Reiche, weil er aber nur zwölf goldene Teller hatte, von welchen sie essen sollten, so musste eine von ihnen daheim bleiben. Das Fest ward mit aller Pracht gefeiert, und als es zu Ende war, beschenkten die weisen Frauen das Kind mit ihren Wundergaben: Die eine mit Tugend, die andere mit Schönheit, die dritte mit Reichtum, und so mit allem, was auf der Welt zu wünschen ist. Als elf ihre Sprüche eben getan hatten, trat plötzlich die dreizehnte herein. Sie wollte sich dafür rächen, dass sie nicht eingeladen war, und ohne jemand zu grüßen oder nur anzusehen, rief sie mit lauter Stimme: »Die Königstochter soll sich in ihrem fünfzehnten Jahr an einer Spindel stechen und tot hinfallen.« Und ohne ein Wort weiterzusprechen, kehrte sie sich um und verließ den Saal.

Alle waren erschrocken, da trat die zwölfte hervor, die ihren Wunsch noch übrig hatte, und weil sie den bösen Spruch nicht aufheben, sondern nur ihn mildern konnte, so sagte sie: »Es soll aber kein Tod sein, sondern ein hundertjähriger, tiefer Schlaf, in welchen die Königstochter fällt.«

Der König, der sein liebes Kind vor dem Unglück gern bewahren wollte, ließ den Befehl ausgeben, dass alle Spindeln im ganzen Königreiche verbrannt werden sollten. An dem Mädchen aber wurden die Gaben der weisen Frauen sämtlich erfüllt, denn es war so schön, sittsam, freundlich und verständig, dass es jedermann, der es ansah, lieb haben musste. Es geschah, dass an dem Tage, wo es gerade fünfzehn Jahre alt ward, der König und die Königin nicht zu Haus waren und das Mädchen ganz allein im Schloss zurückblieb. Da ging es aller Orten herum, besah Stuben und Kammern, wie es Lust hatte, und kam endlich auch an einen alten Turm. Es stieg die enge Wendeltreppe hinauf und gelangte zu einer kleinen Türe. In dem Schloss steckte ein verrosteter Schlüssel, und als es ihn umdrehte, sprang die Türe auf und da saß in einem kleinen Stübchen eine alte Frau mit einer Spindel und spann emsig ihren Flachs. »Guten Tag, du altes Mütterchen«, sprach die Königstochter, »was machst du da?« »Ich spinne«, sagte die Alte und nickte mit

dem Kopf. »Was ist das für ein Ding, das so lustig herumspringt?«, sprach das Mädchen, nahm die Spindel und wollte auch spinnen. Kaum hatte sie aber die Spindel angerührt, so ging der Zauberspruch in Erfüllung, und sie stach sich damit in den Finger.

In dem Augenblick aber, wo sie den Stich empfand, fiel sie auf das Bett nieder, das da stand, und lag in einem tiefen Schlaf. Und dieser Schlaf verbreitete sich über das ganze Schloss; der König und die Königin, die eben heimgekommen waren und in den Saal getreten waren, fingen an, einzuschlafen und der ganze Hofstaat mit ihnen. Da schliefen auch die Pferde im Stall, die Hunde im Hof, die Tauben auf dem Dache, die Fliegen an der Wand, ja, das Feuer, das auf dem Herde flackerte, ward still und schlief ein, und der Braten hörte auf zu brutzeln, und der Koch, der den Küchenjungen, weil er etwas übersehen hatte, an den Haaren ziehen wollte, ließ ihn los und schlief. Und der Wind legte sich, und auf den Bäumen vor dem Schloss regte sich kein Blättchen mehr.

Rings um das Schloss aber begann eine Dornenhecke zu wachsen, die jedes Jahr höher ward und endlich das ganze Schloss umzog, und darüber hinaus wuchs, dass gar nichts mehr davon zu sehen war, selbst nicht die Fahne auf dem Dach. Es ging aber die Sage in dem Land von dem schönen, schlafenden Dornröschen, denn so ward die Königstochter genannt, also dass von Zeit zu Zeit Königssöhne kamen und durch die Hecke in das Schloss eindringen wollten. Es war ihnen aber nicht möglich, denn die Dornen, als hätten sie Hände, hielten fest zusammen, und die Jünglinge blieben darin hängen, konnten sich nicht wieder losmachen und starben eines jämmerlichen Todes. Nach langen, langen Jahren kam wieder einmal ein Königssohn in das Land und hörte, wie ein alter Mann von der Dornenhecke erzählte, es sollte ein Schloss dahinterstehen, in welchem eine wunderschöne Königstochter, Dornröschen genannt, schon seit hundert Jahren schliefe, und mit ihr schliefe der König und die Königin und der ganze Hofstaat. Er wusste auch von seinem Großvater, dass schon viele Königssöhne gekommen wären und versucht hätten, durch die Dornenhecke zu dringen, aber sie wären darin hängen geblieben und eines traurigen Todes gestorben. Da sprach der Jüngling: »Ich fürchte mich nicht, ich will hinaus und das schöne Dornröschen sehen.« Der gute Alte mochte ihm abraten, wie er wollte, er hörte nicht auf seine Worte.

Nun waren aber gerade die hundert Jahre verflossen, und der Tag war gekommen, wo Dornröschen wieder erwachen sollte. Als der Königssohn sich der Dornenhecke näherte, waren es lauter schöne, große Blumen, die taten sich von selbst auseinander und ließen ihn unbeschädigt hindurch, und hinter ihm taten sie sich wieder als eine Hecke zusammen. Im Schlosshof sah er die Pferde und scheckigen Jagdhunde liegen und schlafen, auf dem Dache saßen die Tauben und hatten das Köpfchen unter den Flügel gesteckt. Und als er ins Haus kam, schliefen die Fliegen an der Wand, der Koch in der Küche hielt noch die Hand, als wollte er den Jungen anpacken, und die Magd saß vor dem schwarzen Huhn, das sollte gerupft werden. Da ging er weiter und sah im Saale den ganzen Hofstaat liegen und schlafen, und oben bei dem Throne lagen der König und die Königin. Da ging er noch weiter, und alles war so still, dass einer seinen Atem hören konnte, und endlich kam er zu dem Turm und öffnete die Türe zu der kleinen Stube, in welcher Dornröschen schlief. Da lag es und war so schön, dass er die Augen nicht abwenden konnte, und er bückte sich und gab ihm einen Kuss. Wie er es mit dem Kuss berührt hatte, schlug Dornröschen die Augen auf, erwachte und blickte ihn ganz freundlich an. Da gingen sie zusammen hinab, und der König erwachte, und die Königin, und der ganze Hofstaat, und sahen einander mit großen Augen an. Und die Pferde im Hof standen auf und rüttelten

sich, die Jagdhunde sprangen und wedelten, die Tauben auf dem Dache zogen das Köpfchen unterm Flügel hervor, sahen umher und flogen ins Feld, die Fliegen an den Wänden krochen weiter, das Feuer in der Küche erhob sich, flackerte und kochte das Essen, der Braten fing wieder an zu brutzeln, und der Koch gab dem Jungen eine Ohrfeige, dass er schrie, und die Magd rupfte das Huhn fertig. Und da wurde die Hochzeit des Königssohns mit dem Dornröschen in aller Pracht gefeiert, und sie lebten vergnügt bis an ihr Ende.

Ausgewählte Märchen von Ludwig Bechstein

Des kleinen Hirten Glückstraum
oder
Das Märchen von den Siebenmeilenstiefeln

Es war einmal ein sehr armer Bauersmann, der war in einem Dörflein Hirte, und das schon seit vielen Jahren. Seine Familie war klein, er hatte ein Weib und nur ein einziges Kind, einen Knaben. Doch diesen hatte er sehr frühzeitig mit hinaus auf die Weide genommen und ihm die Pflichten eines treuen Hirten eingeprägt. Und so konnte er, als nur einigermaßender Knabe herangewachsen war, sich ganz auf denselben verlassen, konnte ihm die Herde allein anvertrauen, und konnte unterdessen daheim noch einige Dreier mit Körbeflechten verdienen. Der kleine Hirte trieb seine Herde munter hinaus auf die Triften und Raine; er pfiff oder sang manch helles Liedlein, und ließ dazwischen gar laut seine Hirtenpeitsche knallen; dabei wurde ihm keine Zeit lang. Des Mittags lagerte er sich gemächlich neben seiner Herde, aß sein Brot und trank aus der Quelle dazu, und dann schlief er auch wohl ein Weilchen, bis es Zeit war, weiterzutreiben. Eines Tages hatte sich der kleine Hirte unter einen schattigen Baum zur Mittagsruhe gelagert, schlief ein und träumte einen gar wunderlichen Traum: Er reise fort, gar unendlich weit fort – ein lautes Klingen, wie wenn unaufhörlich eine Masse Münzen zu Boden fielen – ein Donnern, wie wenn unaufhörliche Schüsse knallten – eine endlose Schar Soldaten, mit Waffen und in blitzenden Rüstungen – das alles umkreisete, umschwirrte, umtosete ihn. Dabei wanderte er immer zu und stieg immer bergan, bis er endlich oben auf der Höhe war, wo ein Thron aufgebaut war, darauf er sich setzte, und neben ihm war noch ein Platz, auf dem ein schönes Weib, welches plötzlich erschien, sich niederließ. Nun richtete sich im

Traum der kleine Hirte empor, und sprach ganz ernst und feierlich: »Ich bin König von Spanien.« Aber in demselben Augenblick wachte er auf. Nachdenklich über seinen sonderbaren Traum trieb der Kleine seine Herde weiter, und des Abends erzählte er daheim seinen Eltern, die vor der Türe saßen und Weiden schnitzten, und wo er ihnen auch half – seinen wunderlichen Traum, und sprach zum Schluss: »Wahrlich, wenn ich noch einmal träume, so gehe ich fort nach Spanien, und will doch einmal sehen, ob ich nicht

König werde!« – »Dummer Junge«, murmelte der alte Vater: »Dich macht man zum König, lass dich nicht auslachen!« Und seine Mutter kicherte weidlich und klatschte in die Hände, und wiederholte ganz verwundert: »König von Spanien, König von Spanien!« – Am andern Tag zu Mittag lag der kleine Hirte zeitig unter jenem Baume, und o Wunder! derselbe Traum umfing wieder seine Sinne. Kaum hielt es ihn bis zum Abend auf der Hut, er wäre gern nach Hause gelaufen, und wäre aufgebrochen zur Reise nach Spanien. Als er endlich heimtrieb, verkündete er seinen abermaligen Traum und sprach: »Wenn mich aber noch einmal so träumt, so gehe ich auf der Stelle fort, gleich auf der Stelle.« – Am dritten Tag lagerte er dann wieder unter jenen Baum, und ganz derselbe Traum kam zum dritten Male wieder. Der Knabe richtete sich im Traume empor und sprach: »Ich bin König von Spanien«, und darüber erwachte er wieder, raffte aber auch sogleich Hut und Peitsche und Brotsäcklein von dem Lager auf, trieb die Herde zusammen und geraden Wegs nach dem Dorfe zu. Da fingen die Leute an mit ihm zu zanken, dass er so bald und so lange vor der Vesperzeit eintreibe. Aber der Knabe war so begeistert, dass er nicht auf das Schelten der Nachbarn und der eignen Eltern hörte, sondern seine wenigen Kleidungsstücke, die er des Sonntags trug, in einen Bündel schnürte, denselben an ein Nussholzstöcklein hing, über die Achsel nahm und so mir nichts dir nichts fortwanderte. Gar flüchtig war der Knabe auf den Beinen; er lief so rasch, als sollte er noch vor nachts in Spanien eintreffen. Doch erreichte er nur an diesem Tage einen Wald, nirgends war ein Dorf oder ein einzelnes Haus; und er beschloss, in diesem Wald in einem dichten Busch sein Nachtlager zu suchen. Kaum hatte er aber zur Ruhe sich niedergelegt und war entschlummert, als ein Geräusch ihn wieder erweckte: Es zog eine Schar Männer in lautem Gespräch an dem Busch vorüber, in welchen er sich gebettet. Leise machte der Knabe sich hervor und ging den Männern in einer kleinen Entfernung nach und dachte, vielleicht findest du doch noch eine Herberge; wo diese Männer heute schlafen, kannst du gewiss auch schlafen. – Gar nicht lange waren sie weitergewandert, als ein ziemlich ansehnliches Haus vor ihnen stand, aber so recht mitten im dunklen Wald. Die Männer klopften an, es wurde aufgetan und neben den Männern schlüpfte auch der Hirtenknabe mit hinein in das Haus. Drinnen öffnete sich wieder eine Türe, und alle traten in ein großes, sehr spärlich erhelltes Zimmer, wo auf dem Fußboden umher viele Strohbunde, Betten und Deckbetten lagen, die zum Nachtlager der Männer bereit gehalten schienen. Der kleine Hirtenbub verkroch sich schnell unter einem Strohhaufen, welcher nahe an der Türe aufgeschichtet war, und lauschte nun auf alles, was er nur aus seinem Versteck hören und wahrnehmen konnte. Bald kam er dahinter, denn er war ohnehin klug und aufgeweckt, dass diese Männerschar eine Räuberbande sei, deren Hauptmann der Herr dieses Hauses war. Dieser bestieg, als die neu angelangten Mitglieder der Bande sich gelagert hatten, einen etwas erhöhten Sitz und sprach mit tiefer Bassstimme: »Meine braven Genossen, tut mir Bericht von eurem heutigen Tagwerk, wo ihr eingebrochen seid, und was ihr erbeutet habt!« Da richtete sich zuerst ein langer Mann mit kohlschwarzem Bart empor, und antwortete: »Mein lieber Hauptmann, ich habe heute früh einen reichen Edelmann seiner ledernen Hose beraubt, diese hat zwei Taschen, und so oft man sie unterst zu oberst kehrt und tüchtig schüttelt, so oft fällt ein Häuflein Dukaten heraus auf den Boden.« – »Das klingt sehr gut!«, sprach der Hauptmann. Ein anderer der Männer trat auf und berichtete: »Ich habe heute einem General seinen dreieckigen Hut gestohlen; dieser Hut hat die Eigenschaft, wenn man ihn auf dem Kopf dreht, dass unaufhörlich aus den drei Ecken Schüsse knallen.« – »Das lässt sich hören!«, sprach der Hauptmann wieder. Und ein dritter richtete sich auf und sprach: »Ich habe einen Ritter seines Schwertes beraubt; so man dasselbe mit der Spitze in die Erde stößt, ersteht augenblicklich ein Regiment Soldaten.« – »Eine tapfere Tat!«, belobte der Hauptmann. Ein vierter Räuber erhob sich nun und begann: »Ich habe einem schlafenden Reisenden seine Stiefel abgezogen, und wenn man diese anzieht, legt man mit jedem Schritt sieben Meilen zurück.« – »Rasche Tat lobe ich!«, sprach der Hauptmann zufrieden, »hänget eure Beute an die Wand, und dann esset und trinket und schlafet wohl.« Somit verließ er das Schlafzimmer der Räuber; diese zechten noch weidlich und fielen dann in festen Schlaf. Als alles still und ruhig war, und die Männer allesamt schliefen, machte sich der kleine Hirte hervor, zog die ledernen Hosen an, setzte den Hut auf, gürtete das Schwert um, fuhr in die Stiefeln und schlich dann leise aus dem Haus. Draußen aber zeigten die Stiefeln zur Freude des Kleinen schon ihre Wunderkraft, und es währte gar nicht lange, so schritt das Bürschchen zur großen Residenzstadt Spaniens hinein; sie heißt Madrid.

Hier fragte er den ersten Besten, der ihm begegnete, nach dem größten Gasthof, aber er erhielt zur Antwort: »Kleiner Wicht, geh du hin, wo deinesgleichen einkehrt, und nicht wo reiche Herren speisen.« Doch ein blankes Goldstück machte jenen gleich höflicher, sodass er nun gerne der Führer des kleinen Hirten wurde, und ihm den besten Gasthof zeigte. Dort angelangt, mietete der Jüngling sogleich die schönsten Zimmer und fragte freundlich sei-

nen Wirt: »Nun, wie steht es in eurer Stadt? Was gibt es hier Neues?« Der Wirt zog ein langes Gesicht und antwortete: »Herrlein, Ihr seid hier zu Land wohl fremd? Wie es scheint, habt Ihr noch nicht gehört, dass unser König, Majestät, sich rüstet mit einem Heer von zwanzigtausend Mann? Seht, wir haben Feinde; oh, es ist gar eine schlimme Zeit! Herrlein, wollt Ihr auch etwa unters Militär gehen?« – »Freilich, freilich«, sprach der zarte Jüngling, und sein Gesicht glänzte vor Freude. Als der Wirt sich entfernt hatte, zog er flugs seine ledernen Hosen aus, schüttelte sich ein Häuflein Goldstücke, und kaufte sich kostbare Kleider und Waffen und

Schmuck, tat alles an und ließ beim König um eine Audienz bitten. Und wie er in das Schloss kam und von zwei Kammerherren durch einen großen, herrlichen Saal geführt wurde, begegnete ihnen eine wunderliebliche junge Dame, die sich anmutig vor dem schönen Jüngling, der in der Mitte der Herren ging und sie zierlich grüßte, verneigte, und die Herren flüsterten: »Das ist die Prinzessin, Tochter des Königs.« Der junge Mann war nicht wenig von der Schönheit der Königstochter entzückt, und seine Entzückung und Begeisterung ließen ihn keck und mutvoll vor dem Könige reden. Er sprach: »Königliche Majestät! Ich biete hiermit untertänigst meine Dienste als Krieger an. Mein Heer, das ich Euch zuführe, soll Euch den Sieg erfechten, mein Heer soll alles erobern, was mein König zu erobern befiehlt. Aber eine Belohnung bitte ich mir aus, dass ich, wofern ich den Sieg davontrage, Eure holde Tochter als Gemahlin heimführen dürfe. Wollt Ihr das, mein gnädigster König?« Und der König erstaunte ob der kühnen Rede des Jünglings und sprach: »Wohl, ich gehe auf deine Forderung ein; kehrst du heim als Sieger, so will ich dich als meinen Nachfolger einsetzen und dir meine Tochter zur Gemahlin geben.«

Jetzt begab sich der ehemalige Hirte ganz allein hinaus auf das freie Feld und begann sein Schwert drauf und drein in die Erde zu stoßen, und in wenigen Minuten standen viele Tausende kampfgerüsteter Streiter auf dem Platz, und der Jüngling saß als Feldherr kostbar bewaffnet und geschmückt auf einem herrlichen Ross, welches mit goldgewirkten Decken behangen war; der Zaum blitzte von Edelsteinen, und der junge Feldherr zog aus, und dem Feind entgegen, da gab es eine große, blutige Schlacht; aus dem Hut des Feldherrn donnerten unaufhörlich tödliche Schüsse, und das Schwert desselben rief ein Regiment nach dem andern aus der Erde hervor, sodass in wenigen Stunden der Feind geschlagen und zerstreut war und die Siegesfahnen wehten. Der Sieger aber folgte nach, und nahm dem Feinde auch noch den besten Teil seines Landes hinweg. Siegreich und glorreich kehrte er dann zurück nach Spanien, wo ihn das holdeste Glück noch erwartete. Die schöne Königstochter war nicht minder entzückt von dem schmucken Jüngling gewesen, wie sie ihm im Saale begegnet war, als er von ihr; und der gnädigste König wusste die sehr großen Verdienste des tapfern Jünglings auch gebührend zu schätzen, hielt sein Wort, gab ihm seine Tochter zur Gemahlin und machte ihn zu seinem Nachfolger und Thronerben.

Die Hochzeit wurde prunkvoll und glänzend vollzogen, und der ehemalige Hirte saß ganz im Glück. Bald nach der Hochzeit legte der alte König Krone und Szepter in die Hände seines Schwiegersohns, der saß stolz auf dem Thron und neben ihm seine holde Gemahlin, und es wurde ihm, als dem neuen König, von seinem Volke Huldigung gebracht. Da gedachte er seines so schön erfüllten Traumes und gedachte seiner armen Eltern, und sprach, als er wieder allein bei seiner Gemahlin war: »Meine Liebe, sieh, ich habe noch Eltern, aber sie sind sehr arm, mein Vater ist Dorfhirte, weit von hier, und ich selbst habe als Knabe das Vieh gehütet, bis mir durch einen wunderbaren Traum offenbart wurde, dass ich noch König von Spanien werde. Und das Glück war mir hold, sieh, ich bin nun König, aber meine Eltern möchte ich auch gern noch glücklich sehen, daher ich mit deiner gütigen Zustimmung nach Haus reisen und die Eltern holen will.« Die Königin war's gerne zufrieden und ließ ihren Gemahl ziehen, der sehr schnell zog, weil er die Siebenmeilenstiefeln anhatte. Unterwegs stellte der junge König die Wunderdinge, die er den Räubern abgenommen, ihren rechtmäßigen Eigentümern wieder zu, bis auf die Stiefel, holte seine armen Eltern, die vor Freude ganz außer sich waren, und dem Eigentümer der Stiefeln gab er für dieselben ein Herzogtum. Dann lebte er glücklich und würdig als König von Spanien bis an sein Ende.

Rupert, der Bärenhäuter

Es war einmal ein Bursche von stämmigem Bau, der schaute trutziglich in die Welt, und hatte Mut, mit aller Welt anzubinden, ging dieserhalb unter die Soldaten und schlug sich wacker und tapfer mit dem Feind herum, bis man Frieden machte, und den Soldaten ihren Abschied gab, dass sie hingehen konnten, woher sie gekommen waren, oder wohin sie sonst wollten. Da dachte Rupert: Ich will zu meinen Brüdern gehen – denn Eltern hatte er nicht mehr – und wollte bei ihnen bleiben, bis wieder Krieg wäre. Die Brüder aber sagten: »So einer fehlte uns eben, der auf den Krieg wartet – ei, warte du! Wir wollen nichts wissen von Krieg und von Kriegern, wir wollen Ruhe haben! Hast du dich im Krieg durchgeschlagen, so schlage dich auch im Frieden durch; vor der Türe ist dein, dass du es weißt!« – Da gab der Soldat Rupert seinen Brüdern kein einziges gutes Wort, nahm seinen Schießprügel und ging wieder fort in die Welt – und kam in einen großen Wald und sprach zu sich: Es ist schändlich, einen tapfern Burschen und Kriegsmann so fort zu schicken mitten in den Frieden hinein, mit dem unsereiner doch auf der Gottes-Welt nichts anzufangen weiß. Ich muss Krieg haben! Wenn nur einer käme, mit dem ich anbinden könnte, und wenn's der Teufel selber wär! – und wie Rupert das dachte, lud er seid Gewehr, und tat einen starken Schuss hinein mit doppelter Ladung und auch zwei Kugeln. Da kam ein großer Mann durch den Wald auf Rupert zu, hatte einen schwarzen Schlapphut auf, mit roter Hahnenfeder darauf, eine krumme Habichtnase, einen fuchsfeuerroten Bart, und einen grünen Jägerrock an, und fragte: »Wo hinaus, Gesell?« – »Was habt Ihr danach zu fragen?«, fragte Rupert grob zurück, weil er gern anbinden wollte mit dem ersten Besten, oder auch mit dem ersten Schlimmsten. – »Hoho! Nur nicht so patzig!«, rief der Grüne mit dem Schlapphut und der roten Hahnenfeder. »Fehlt dir was, so kann ich helfen!« »Mir fehlt es bloß am Besten, am Geld!«, antwortete Rupert. »Solltest Geld in Fülle haben, wenn du Mut hättest!«

»Mut! Sappernunditjö! Herr, wer sagt Ihm, dass ich keinen Mut habe? Ich ein Soldat, und keinen Mut? Mut wie der Teufel!« »Schau um dich!«, sprach der Grüne – und da schaute Rupert sich um, da stand ein Bär hinter ihm, schier so groß wie ein Nashorn, und sperrte den Rachen auf und brüllte, und kam auf den Hinterbeinen gehend, auf Rupert zu – der aber nahm sein Gewehr, legte

an, und sagte: »Willst du eine Prise Schnupftabak? Da hast du eine Prise!«, und schoss dem Bär die doppelte Ladung in seine Nase hinein, in jedes Loch eine Kugel, die bis ins Hirn drang, und da tat der Bär einen mächtigen Satz und einen lauten Schrei, fiel um und war hin. »Schau, schau, Mut hast du, wie ich merke!«, sagte der Grüne im Schlapphut mit der roten Hahnenfeder, »und so sollst du auch Geld von mir haben, so viel du nur willst, doch unter einer Bedingung!«

»Die möcht ich hören!«, sprach Rupert, der längst gemerkt hatte, mit wem er's zu tun, denn zu dem einen Stiefel hatte der

Schuster, wie es schien, ein absonderliches Maß genommen, gerade als wenn er einem Pferde einen Stiefel gemacht. »Soll's etwa die Seligkeit sein – so dank ich schönstens!«, fuhr Rupert fort.

»Dummer Kerl!«, entgegnete der Waldjäger, »was habe ich von deiner Seligkeit? Die kannst du für dich behalten, an der liegt mir gar nichts. Nein, das ist meine Bedingung, dass du in den nächsten sieben Jahren dich nicht wäschst, nicht kämmst, dir nicht den Bart scherst, die Nägel nicht schneidest, in keinem Bett schläfst, und kein Vaterunser betest, was ohnehin nicht deines Kriegshandwerks Sache ist. Dafür gebe ich dir Rock und Mantel, die du aber auch einzig und allein in diesen sieben Jahren tragen musst. Stirbst du innerhalb dieser Zeit, so bist du mein; bleibst du am Leben, so habe ich kein Teil an dir, du aber hast Geld nach wie vor, und kannst damit anfangen, was du willst, und ich putze dich wieder sauber, und sollt es mit meiner Zunge sein.«

»So – und das alles nennst du eine Bedingung?«, fragte Rupert. »Mich dünkt, es wären ihrer schier ein Dutzend, doch, es sei darum, ich will es probieren, probiert geht über studiert!« – »Topp!«, sagte der Teufel und zog den grünen Rock aus und zog auch sehr geschwind dem toten Bären das Fell ab, und fuhr fort: »Hier ist dein Rock, hier ist dein Mantel und deine Bettdecke. In die Rocktasche brauchst du nur zu greifen, so findest du Geld, und die Bärenhaut, mit der deckst du dich, du Bärenhäuter, du; das ist der schönste Faulpelz, den einer sich nur wünschen kann, der die Taschen voll Geld hat, und daher nicht nötig, etwas zu tun?«

Als Rupert den grünen Rock angezogen hatte, griff er vor allen Dingen in die Tasche, um zu sehen, ob es auch wahr sei mit dem Gelde, denn er traute dem Teufel nicht, dieweil dieser ein Vater der Lügen genannt wird. Da aber die Tasche sich als ein nimmerleerer Fortunatussäckel erwies, so hing Rupert seine Bärenhaut um, und ging ohne Adieu vom Teufel hinweg, denn dieser war indes verschwunden.

Rupert lebte nun in den Tag hinein, ließ den lieben Gott einen guten Mann sein und den Teufel auch einen guten Mann, ließ seinen Bart stattlich wachsen, dass er ganz wahlfähig in irgendeinem deutschen oder polnischen Reichstag erschien, denn die Kraft steckt im Haar, das lehrt bereits die Geschichte Simsons, und brachte es dahin, dass er schon im zweiten Jahre aussah, wie ein Schubut und Waldschratt, zumal auch seine Fingernägel außerordentlich aristokratisch-vornehm noch über das chinesische Maß hinaus gewachsen waren. Die Leute wichen ihm aus, wenn sie ihn von Weitem sahen oder rochen, denn obwohl er keinen Tabak rauchte, so roch er doch schon von Weitem viel ärger als ein Wiedehopf, der überhaupt mit Unrecht als Stinkhahn verschrien ist, denn der Wiedehopf selbst stinkt gar nicht, nur seine Unreinlichkeit und das, womit er umgeht, bringen ihn in so schlimmen Ruf.

Nun gab aber der Bärenhäuter den Armen immer viel Geld, damit sie beten sollten, dass er die sieben Jahre überdaure, und die Armen nahmen gern das Geld und versprachen recht fleißig zu beten. Ob sie's getan haben, weiß ich nicht, und die Wirte nahmen ihn auch gern auf, da er viel aufgehen ließ, und überhaupt steht baumfest, dass, wenn einer nur Geld hat und es aufgehen lässt, da darf er ungescheut der ärgste Bärenhäuter sein, er findet stets Anhang und Anklang und Anerkennung, aber Geld gehört ein für allemal dazu.

Nun ging die Bärenhäuterei schon in das vierte Jahr, und der Bärenhäuter hatte sie satt, denn er gefiel sich selbst nicht mehr, geschweige andern; im Gesicht schleppte er einen sehr belebten Urwald von Haarmoos herum, an den Fingern waren ihm Mistgabeln gewachsen, und sonderlichen Spaß hatte er auch nicht, trotz allen Geldes. In den Wirtshäusern gab man ihm stets die hintersten und höchsten Zimmer, drei, vier, fünf Treppen hoch und immer nahe bei den Retiraden. Einst saß er nun so ganz verdrießlich in seinem Zimmerchen, sann über sein Schicksal nach, und wünschte sehnlichst seine Zeit heran, wo er einen neuen Menschen an- und den Schweinigelsbart samt den Galgennägeln an den Fingern ablegen wollte, da hörte er nebenan jemand ächzen und krächzen zum Steinerbarmen. Gleich ging er hinüber, dem Nachbar beizustehen, denn der Bärenhäuter hatte von Natur ein mildes und gutes Herz. Da saß ein wehklagender und jammernder alter Mann, der dachte, als der Bärenhäuter kam, der Böse sei es, und wolle ihn holen, denn der Bärenhäuter sah dem Teufel viel ähnlicher, als sonst einem Geschöpf Gottes, doch ließ er sich endlich besänftigen und bewegen, seine Not zu klagen. Diese Not war nun gerade dieselbe, die des Bärenhäuters Not auch gewesen war, nämlich die bekannte Geldnot. Der gute Alte hatte drei Töchter und viele Schulden, und sollte eben ein sehr eingezogenes Leben führen, weil er den Wirt, der ihn ausgezogen hatte, nicht bezahlen konnte. Der Bärenhäuter lachte darüber; der freilich hatte gut lachen, wie jeder, dem ein Goldborn in der Tasche quillt. Er bezahlte des alten Mannes Schulden auf Heller und Pfennig, und dieser lud ihn ein, mit ihm zu gehen und seine Töchter zu sehen, die nicht wenig schön seien, und eine davon solle ihn aus Dankbarkeit heiraten. Das war dem Bärenhäuter recht, denn er hatte viel Zeit übrig, und ward ihm die Zeit oft lang auf seiner Bärenhaut, und ging auf Eroberungen aus, wie ein tapferer Soldat immer tun soll, nur war es schade, dass er sich nicht nett und niedlich machen durfte, kein Stutz- und Spitzbärtchen, schwarz gewichst, und keine frisierten Löckchen und schlanke Flanken und glatte Nägel und kein kölnisches Wasser und keine Havannazigarre erster Sorte. Das alles durfte er nicht, sondern musste ganz Bärenhäuter bleiben, und hingehen und Sturm laufen, wie er leibte und lebte, war, stand, ging und roch. Die beiden ältesten Töchter des geretteten Mannes entsetzten sich vor dem Ungetüm, das die Perücke mit unterschiedlichen Zöpfen übers Gesicht trug, statt auf dem Hinterkopf, das Patschhändchen gab wie der Vogel Greif, und das seine Wäsche bereits vier Jahr trug, davon selbige ganz isabellfarbig geworden war, und roch, wie ein altes leeres Essigfass im Kellergewölbe, nichts weniger als appetitlich. Nur die jüngste Tochter, die zugleich die schönste, hielt stand, indem sie nicht davonlief. Sie behielt im Auge, dass dieser Bärenhäuter ihren Vater gerettet hatte und dadurch sie selbst mit von Schimpf und Schande; sie besaß die schöne Tugend der Dankbarkeit, die so viele nicht besitzen. Da nun der Bärenhäuter wahrnahm, dass dieses schöne Kind nicht vor seiner hässlichen und abschreckenden Gestalt zurückbebte, ja dass es des Vaters Wort bei ihm erfüllen wollte – so bot er ihr einen schönen Ring, doch nur zur Hälfte – als Wahrzeichen, dass er sich mit ihr verlobe, und bat sie, recht fleißig für ihn zu beten, dass er noch drei Jahre und womöglich auch etwas darüber, am Leben bliebe, und nahm auf drei Jahre Abschied, um sich in dieser Zeit zu entbärenhäutern und nach deren Ablauf als ein wohlgelecktes Herrchen wieder zu kommen. Dies Kunststück kann auch nicht jeder machen; mancher geht als leidlich guter und zahmer Junge vom Elternhause fort, und kommt waldteufelähnlich zurück als der größte Bärenhäuter, den es nur geben kann. Die junge Schönste und schönste Junge,

die sich dem Bärenhäuter verlobt hatte, kleidete sich schwarz und hatte von ihren Schwestern ob ihres zotteligen Bräutigams gar viel auszustehen. Diese spöttelten, bald die eine, bald die andere: »Gib acht, wenn du ihm die Hand reichst, dass er sie dir nicht abbeißt, denn er hat dich fresslieb!« – »Nimm dich in Acht, mein süßes Kind, dass er dich nicht aufleckt, Bären lieben den Honig!« – »Tue ihm ja allen Willen, sonst brummt er, dein zukünftiger Zottelbär!« – »Ei, was wird das für eine lustige Hochzeit werden, wenn erst der Bärentanz losgeht!« – Doch die junge Braut schwieg zu allem und ließ ihre älteren Schwestern spötteln und witzeln, so viel sie wollten, unterdessen setzte ihr Verlobter sein Leben fort, doch ohne des Guten und Schlimmen zu viel zu tun, lebte sich glücklich durch das letzte der sieben Jahre hindurch, und suchte am letzten Tage das Plätzchen wieder auf, wo ihm vor sieben Jahren der Teufel erschienen war. Dieser erschien auch richtig wieder, doch mit einiger Verstimmung, denn er merkte, dass der Bärenhäuter der Bärenhäuterei längst überdrüssig war, und mit ihm brechen wollte. Er wollte daher das Geschäft klug machen, und die Röcke wieder umtauschen, aber der Bärenhäuter sagte: »So geschwind geht es nicht, erst leckst du mich und putzest mich rein, wie du zugesagt, damit ich wieder einem hübschen Menschen gleich sehe, und nicht einem Waldschratt oder dir, du unsauberer Geist!« Da musste der Teufel den Bärenhäuter hübsch renovieren, ihm die Haare kämmen mit seinen Fingern, und mit seiner Zunge, die wie ein Reibeisen kratzte, ihm die Haut rein ablecken, ihm auch die Nägel schneiden, und musste ihn waschen, und wieder ganz schön machen. Das kam ihm sauer an, und war ein schwer Stück Arbeit, denn man hat gesehen in der Welt, was das mit einjährigen Bärenhäutern schon für eine Hauptmühe kostet, geschweige nun, wenn einer sieben Jahre in der Bärenhäuterei verharrte. Dann bekam der Teufel von dem weiland Bärenhäuter, nunmehrigen Herrn Rupert, einen rechten Tritt zum Valet, und der Letztere kleidete sich sehr schön, und reiste mit Extrapost und Dampf nach dem Wohnort seiner Verlobten, wo ihn aber niemand kannte. Er gebärdete sich als ein reicher Freier und ließ verlauten, dass er eine der drei Schönen heiraten wolle, davon eine bereits seine Verlobte war. Diese eine hatte gar keine Acht auf ihn, aber ihre Schwestern, die hätten ihn gar zu gern gemocht, und putzten sich wie die Pfauen, und zankten sich, welche ihn nehmen sollte. Rupert aber erbat von seiner Braut einen Becher Weines, trank, und bat sie, ihm Bescheid zu tun; wie sie das tat, erblickte sie die Hälfte ihres Verlobungsringes in dem Becher, und war ganz hin vor Erstaunen und süßer Freude. Er aber umfing sie und küsste sie; da kamen ihre Schwestern geputzt und furchtbar aufgedonnert dazu, und wurden grün und gelb im Gesicht aus Neid und Ärger über ihrer Schwester Glück – und rannten davon. Eine stürzte sich voll Groll und Grimm in den Ziehbrunnen, die andere henkte sich voll Gift und

Galle auf dem Boden auf, und da war auch gleich der Teufel bei der Hand, fing beider Seelen auf und sagte: »Eine Seele musst ich haben – und nun habe ich zwei. Wünsche Glück zur Hochzeit!« – Damit fuhr er ab, und Rupert heiratete nach der Trauerzeit seine liebholde schönste Jüngste und ist niemals mehr wieder ein Bärenhäuter geworden.

Vom Schwaben, der das Leberlein gefressen

Als unser lieber Herr und Heiland noch auf Erden wandelte, von einer Stadt zur andern, das Evangelium predigte und viele Zeichen tat, kam zu ihm auf eine Zeit ein guter einfältiger Schwab, und fragte ihn: »Mein Leiden-Gesell, wo willst du hin?« Da antwortete ihm unser Herrgott: »Ich ziehe um und mache die Leute selig.« So sagte der Schwab: »Willst du mich mit dir lassen?« – »Ja«, antwortete unser Herrgott, »wenn du fromm sein willst und weidlich beten.« Das sagte der Schwab zu. Als sie nun miteinander gingen, kamen sie zwischen zwei Dörfer, darinnen läutete man. Der Schwab, der gern schwätzte, fragte unsern Herrgott: »Mein Leiden-Gesell, was läutet man da?« Unser Heiland, dem alle Dinge wissend waren, antwortete: »In dem einen Dorfe läutet man zu einer Hochzeit, in dem andern zum Begräbnis eines Toten.« – »Gang du zum Toten!«, sprach der Schwab, »so will ich zur Hochzeit gehn.«

Darauf ging unser Herrgott in das Dorf und machte den Toten wieder lebendig, da schenkte man ihm hundert Gulden. Der Schwab tat sich auf der Hochzeit um, half einschenken, einem Gast um den andern, und auch sich selbst, und als die Hochzeit zu Ende war, da schenkte man ihm einen Kreuzer. Das war der Schwab wohl zufrieden, machte sich auf den Weg und kam wieder zu unserm Herrgott. Alsbald, wie der Schwab diesen von Weitem sah, hub er sein Kreuzerlein in die Höhe und schrie: »Lug, mein Leiden-Gesell! Ich hab Geld; was hast denn du?«, trieb also viel Prahlens mit seinem Kreuzerlein. Unser Herrgott lachet seiner, und sprach: »Ach, ich hab wohl mehr als du!«, tat den Sack auf und ließ den Schwaben die hundert Gulden sehen. Der aber war nicht unbehend, warf geschwind sein armes Kreuzerlein unter die hundert Gulden, und rief: »Gemein, gemein! Wir wollen alles gemein miteinander haben!« Das ließ unser Herrgott gut sein.

Nun, als sie weiter miteinander gingen, begab es sich, dass sie zu einer Herde Schafe kamen, da sagte unser Herrgott zum Schwaben: »Gehe, Schwab, zu dem Hirten, heiße ihm uns ein Lämmlein zu geben, und koche uns das Gehänge oder Geräusch zu einem Mahle.« – »Ja!«, sagte der Schwab, tat, wie ihm der Herr geheißen, ging zum Hirten, ließ sich ein Lämmlein geben, zog's ab und bereitete das Gehänge zum Essen. Und im Sieden da schwamm das Leberlein stets empor; der Schwab drückt's mit dem Löffel unter, aber es wollte nicht unten bleiben, das verdross den Schwaben über alle Maßen. Nahm deshalb ein Messer, schnitt das Leberlein, dieweil es gar war, voneinander und aß es. Und als nun

das Essen auf den Tisch kam, da fragte unser Herrgott, wo denn das Leberlein hingekommen wär? Der Schwab aber war gleich mit der Antwort bei der Hand, das Lämmlein habe keines gehabt. »Ei!«, sagte unser Herrgott: »Wie wollte es denn gelebt haben, ohne ein Leberlein?« Da verschwur sich der Schwab hoch und teuer: »Es hat bei Gott und allen Gottes Heiligen keines gehabt!« Was wollte unser Herrgott tun? Wollte er haben, dass der Schwab still schwieg, musste er wohl zufrieden sein.

Nun begab es sich, dass sie wiederum miteinander spazierten, und da läutete es abermals in zwei Dörfern. Der Schwab fragte: »Lieber, was läutet man da?« – »In dem Dorf läutet man zu einem Toten, in dem andern zur Hochzeit«, sagte unser Herrgott. »Wohl!«, sprach der Schwab. »Jetzt gang du zur Hochzeit, so will ich zum Toten!« (vermeinte, er wolle auch hundert Gulden verdienen). Fragte den Herrn weiter: »Lieber, wie hast du getan, dass du den Toten auferwecket hast?« – »Ja«, antwortete der Herr, »ich

sprach zu ihm, steh auf im Namen des Vaters, Sohnes und Heiligen Geistes! Da stand er auf.« – »Schon gut, schon gut!«, rief der Schwab, »nun weiß ich's wohl zu tun!«, und zog zum Dorfe, wo man ihm den Toten entgegentrug. Als der Schwab das sah, rief er mit heller Stimme: »Halt da! Halt da! Ich will ihn lebendig machen, und wenn ich ihn nit lebendig mache, so henkt mich ohne Urteil und Recht.«

Die guten Leute waren froh, verhießen dem Schwaben hundert Gulden, und setzten die Bahre, darauf der Tote lag, nieder. Der Schwab tat den Sarg auf, und fing an zu sprechen: »Steh auf im Namen der Heiligen Dreifaltigkeit!« Der Tote aber wollte nicht aufstehen. Dem Schwaben ward angst, er sprach seinen Segen zum andern und zum dritten Mal, als aber jener Tote sich nicht erhob, so rief er voll Zorn: »Ei so bleib liegen in tausend Teufel Namen!« Als die Leute diese gottlose Rede hörten, und sahen, dass sie von dem Gecken betrogen waren, ließen sie den Sarg stehen, fassten den Schwaben und eilten demnächst mit ihm dem Galgen zu, warfen die Leiter an und führten den Schwaben hinauf.

Unser Herrgott zog fein gemachsam seine Straße heran, da er wohl wusste, wie es dem Schwaben ergehen werde, wollte doch sehen, wie er sich stellen würde, kam nun zum Gericht, und rief: »O guter Gesell, was hast du doch getan? In welcher Gestalt erblick ich dich?« Der Schwab war blitzwild und begann zu schelten, der Herr hätte ihm den Segen nicht recht gelehrt. »Ich habe dich recht gelehrt«, sprach der Herr. »Du aber hast es nicht recht gelernt und getan, doch dem sei, wie ihm wolle. Willst du mir sagen, wo das Leberlein hinkommen ist, so will ich dich erledigen!« – »Ach!«, sagte der Schwab, »das Lämmlein hat wahrlich kein Leberlein gehabt! Wes zeihest du mich?« – »Ei du willst's nur nicht sagen!«, sprach der Herr. »Wohlan, bekenn es, so will ich den Toten lebendig machen!« Der Schwab aber fing an zu schreien: »Henket mich, henket mich! So komm ich der Marter ab. Der will mich zwingen mit dem Leberlein, und hört doch wohl, dass das Lämmlein kein Leberlein gehabt hat! Henket mich nur stracks und flugs!«

Wie solches unser Herrgott hörte, dass sich der Schwab eher wollt henken lassen, als die Wahrheit gestehen, befahl er, ihn herabzulassen, und machte nun selbst den Toten lebendig.

Als sie nun miteinander wieder von dannen zogen, sprach unser Herrgott zum Schwaben: »Komm her, wir wollen miteinander das gewonnene Geld teilen, und dann voneinander scheiden, denn wenn ich dich allewege und überall sollte vom Galgen erledigen, würde mir das zu viel.« Nahm also die zweihundert Gulden und teilte sie in drei Teile. Als solches der Schwab sah, fragte er: »Ei Lieber, warum machst du drei Teile, so doch unsrer nur zween sind?« – »Ja«, antwortete unser lieber Herrgott, »der eine Teil, der ist mein; der andere Teil, der ist dein, und der dritte Teil, der ist dessen, der das Leberlein gefressen hat!« Als der Schwab solches hörte, rief er fröhlich aus: »So hab ich's bei Gott und allen lieben Gottes Heiligen doch gefressen!« Sprach's und strich auch den dritten Teil ein, und nahm also Urlaub von unserm lieben Herrgott.

Das Märchen vom Schlaraffenland

Hört zu, ich will euch von einem guten Lande sagen, dahin würde mancher auswandern, wüsste er, wo selbes läge und eine gute Schiffsgelegenheit. Aber der Weg dahin ist weit für die Jungen und für die Alten, denen es im Winter zu heiß ist und zu kalt im Sommer. Diese schöne Gegend heißt Schlaraffenland, auf Welsch Cucagna, da sind die Häuser gedeckt mit Eierfladen, und

Türen und Wände sind von Lebzelten, und die Balken von Schweinebraten. Was man bei uns für einen Dukaten kauft, kostet dort nur einen Pfennig. Um jedes Haus steht ein Zaun, der ist von Bratwürsten geflochten und von bayerischen Würsteln, die sind teils auf dem Rost gebraten, teils frisch gesotten, je nach dem sie einer so oder so gern isst. Alle Brunnen sind voll Malvasier und andre süße Weine, auch Champagner, die rinnen einem nur so in das Maul hinein, wenn er es an die Röhren hält.

Wer also gern solche Weine trinkt, der eile sich, dass er in das Schlaraffenland hinein komme. Auf den Birken und Weiden da wachsen die Semmeln frischbacken, und unter den Bäumen fließen Milchbäche; in diese fallen die Semmeln hinein und weichen sich selbst ein für die, so sie gern einbrocken; das ist etwas für Weiber und für Kinder, für Knechte und Mägde! »Holla Gretel, holla Steffel! Wollt ihr nicht auswandern? Macht euch herbei zum Semmelbach, und vergesst nicht, einen großen Milchlöffel mitzubringen.

Die Fische schwimmen in dem Schlaraffenlande obendrauf auf dem Wasser, sind auch schon gebacken oder gesotten und schwimmen ganz nahe am Gestade; wenn aber einer gar zu faul ist und ein echter Schlaraff, der darf nur rufen: »Bst! Bst!« – So kommen die Fische auch heraus aufs Land spaziert und hüpfen dem guten Schlaraffen in die Hand, dass er sich nicht zu bücken braucht.

Das könnt ihr glauben, dass die Vögel dort gebraten in der Luft herumfliegen, Gänse und Truthähne, Tauben und Kapaunen, Lerchen und Krammetsvögel, und wem es zu viel Mühe macht, die Hand darnach auszustrecken, dem fliegen sie schnurstracks ins Maul hinein. Die Spanferkel geraten dort alle Jahr überaus trefflich; sie laufen gebraten umher, und jedes trägt ein Transchiermesser im Rücken, damit wer da will, sich ein frisches, saftiges Stück abschneiden kann.

Die Käse wachsen in dem Schlaraffenlande wie die Steine, groß und klein; die Steine selbst sind lauter Taubenkröpfe mit Gefülltem, oder auch kleine Fleischpastetchen. Im Winter, wenn es regnet, so regnet es lauter Honig in süßen Tropfen, da kann einer lecken und schlecken, dass es eine Lust ist, und wenn es schneit, so schneit es klaren Zucker, und wenn es hagelt, so hagelt es Würfelzucker, untermischt mit Feigen, Rosinen und Mandeln.

Im Schlaraffenland legen die Rosse keine Rossäpfel, sondern Eier, große, ganze Körbe voll, und ganze Haufen, sodass man Tausend um einen Pfennig kauft. Und das Geld kann man von den Bäumen schütteln, wie Kästen (gute Kastanien). Jeder mag sich das Beste herunterschütteln und das minder Werte liegen lassen.

In dem Lande hat es auch große Wälder, da wachsen im Buschwerk und auf Bäumen die schönsten Kleider: Röcke, Mäntel, Schauben, Hosen und Wämser von allen Farben, schwarz, grün, gelb, (für die Postillons) blau oder rot, und wer ein neues Gewand braucht, der geht in den Wald, und wirft es mit einem Stein herunter, oder schießt mit dem Bolzen hinauf. In der Heide wachsen schöne Damenkleider von Sammet, Atlas, Gros de Naples, Barège, Madras, Taft, Nanking und so weiter. Das Gras besteht aus Bändern von allen Farben, auch ombriert. Die Wachholderstöcke tragen Brachen und goldne Chemisett- und Mantelettnadeln und ihre Beeren sind nicht schwarz, sondern echte Perlen. An den Tannen hängen Damenuhren und Chatelines sehr künstlich. Auf den Stauden wachsen Stiefeln und Schuhe, auch Herren- und Damenhüte, Reisstrohhüte und Marabouts und allerlei Kopfputz mit Paradiesvögeln, Kolibris, Brillantkäfern, Perlen, Schmelz und Goldborten verziert.

Dieses edle Land hat auch zwei große Messen und Märkte mit schönen Freiheiten. Wer eine alte Frau hat und mag sie nicht mehr, weil sie ihm nicht mehr jung genug und hübsch ist, der kann sie dort gegen eine junge und schöne vertauschen und bekommt noch ein Draufgeld. Die alten und garstigen (denn ein Sprichwort sagt: wenn man alt wird, wird man garstig) kommen in ein Jungbad, damit das Land begnadigt ist, das ist von großen Kräften; darin baden die alten Weiber etwa drei Tage oder höchstens vier, da werden schmucke Dirnlein daraus von siebzehn oder achtzehn Jahren.

Auch viel und mancherlei Kurzweil gibt es in dem Schlaraffenlande. Wer hierzulande gar kein Glück hat, der hat es dort im Spiel und Lustschießen, wie im Gesellenstechen. Mancher schießt hier alle sein Lebtag nebenaus und weit vom Ziel, dort aber trifft er, und wenn er der Allerweiteste davon wäre, doch das Beste. Auch für die Schlafsäcke und Schlafpelze, die hier von ihrer Faulheit arm werden, dass sie Bankrott machen und betteln gehen müssen, ist jenes Land vortrefflich. Jede Stunde Schlafens bringt dort einen Gulden ein, und jedes Mal Gähnen einen Doppeltaler. Wer im Spiel verliert, dem fällt sein Geld wieder in die Tasche. Die Trinker haben den besten Wein umsonst, und von jedem Trunk und Schluck drei Batzen Lohn, sowohl Frauen als Männer. Wer die Leute am besten necken und aufziehen kann, bekommt jeweils einen Gulden. Keiner darf etwas umsonst tun, und wer die größte Lüge macht, der hat allemal eine Krone dafür.

Hierzulande lügt so mancher drauf und drein, und hat nichts für diese seine Mühe; dort aber hält man Lügen für die beste Kunst, daher lügen sich wohl in das Land allerlei Prokura-, Dok- und andre toren, Rosstäuscher und die ***r Handwerksleute, die ihren Kunden stets aufreden und nimmer Wort halten.

Wer dort ein gelehrter Mann sein will, muss auf einen Grobian studiert haben. Solcher Studenten gibt's auch bei uns zu Lande,

haben aber keinen Dank davon und keine Ehren. Auch muss er dabei faul und gefräßig sein, das sind drei schöne Künste. Ich kenne einen, der kann alle Tage Professor werden.

Wer gern arbeitet, Gutes tut und Böses lässt, dem ist jedermann dort abhold, und er wird des Schlaraffenlandes verwiesen. Aber wer tölpisch ist, gar nichts kann, und dabei doch voll dummen

Dünkels, der ist dort als ein Edelmann angesehen. Wer nichts kann, als schlafen, essen, trinken, tanzen und spielen, der wird zum

Grafen ernannt. Dem aber, welchen das allgemeine Stimmrecht als den faulsten und zu allem Guten untauglichsten erkannt, der wird König über das ganze Land, und hat ein großes Einkommen.

Nun wisst ihr des Schlaraffenlandes Art und Eigenschaft. Wer sich also auftun und dorthin eine Reise machen will, aber den Weg nicht weiß, der frage einen Blinden; aber auch ein Stummer ist gut dazu, denn der sagt ihm gewiss keinen falschen Weg.

Um das ganze Land herum ist aber eine berghohe Mauer von Reisbrei. Wer hinein oder heraus will, muss sich da erst überzwerg durchfressen.

Gevatter Tod

Es lebte einmal ein sehr armer Mann, der hieß Klaus, dem hatte Gott eine Fülle Reichtum beschert, der ihm große Sorge machte, nämlich zwölf Kinder, und über ein kleines so kam noch ein Kleines, das war das dreizehnte Kind. Da wusste der arme Mann seiner Sorge keinen Rat, wo er doch einen Paten hernehmen sollte, denn seine ganze Sipp- und Magschaft hatte ihm schon Kinder aus der Taufe gehoben, und er durfte nicht hoffen, noch unter seinen Freunden eine mitleidige Seele zu finden, die ihm sein jüngstgebornes Kindlein hebe. Gedachte also an den ersten besten wildfremden Menschen sich zu wenden, zumal manche seiner Bekannten ihn in ähnlichen Fällen schon mit vieler Hartherzigkeit abschläglich beschieden hatten.

Der arme Kindesvater ging also auf die Landstraße hinaus, willens, dem ersten ihm Begegnenden die Patenstelle seines Kindleins anzutragen. Und siehe, ihm begegnete bald ein gar freundlicher Mann, stattlichen Aussehens, wohlgestaltet, nicht alt nicht jung, mild und gütig von Angesicht, und da kam es dem Armen vor, als neigten sich vor jenem Manne die Bäume und Blümlein und alle Gras- und Getreidehalme. Da dünkte dem Klaus, das müsse der liebe Gott sein, nahm seine schlechte Mütze ab, faltete die Hände und betete ein Vater Unser. Und es war auch der liebe Gott, der wusste, was Klaus wollte, ehe er noch bat, und sprach: »Du suchst einen Paten für dein Kindlein! Wohlan, ich will es dir heben, ich, der liebe Gott!«

»Du bist allzu gütig, lieber Gott!«, antwortete Klaus verzagt. »Aber ich danke dir; du gibst denen, welche haben, einem Güter, dem andern Kinder, so fehlt es oft beiden am Besten, und der Reiche schwelgt, der Arme hungert!« Auf diese Rede wandte sich der Herr und ward nicht mehr gesehen. Klaus ging weiter, und wie er eine Strecke gegangen war, kam ein Kerl auf ihn zu, der sah nicht nur aus wie der Teufel, sondern war's auch, und fragte Klaus, wen er suche? – Er suche einen Paten für sein Kindlein. – »Ei da nimm mich, ich mach es reich!« – »Wer bist du!«, fragte Klaus. »Ich bin der Teufel!« – »Das war der Teufel!«, rief Klaus, und maß den Mann vom Horn bis zum Pferdefuß. Dann sagte er: »Mit Verlaub, geh heim zu dir und zu deiner Großmutter; dich mag ich nicht zum Gevatter, du bist der Allerböseste! Gott sei bei uns!« Da drehte

sich der Teufel herum, zeigte dem Klaus eine abscheuliche Fratze, füllte die Luft mit Schwefelgestank und fuhr von dannen. Hierauf begegnete dem Kindesvater abermals ein Mann, der war spindeldürr wie eine Hopfenstange, so dürr, dass er klapperte; der fragte auch: »Wen suchst du?«, und bot sich zum Paten des Kindes an. »Wer bist du?«, fragte Klaus. »Ich bin der Tod!«, sprach jener mit ganz heiserer Stimme. – Da war der Klaus zum Tode erschrocken, doch fasste er sich Mut, dachte: Bei dem wär mein dreizehntes Söhnlein am besten aufgehoben, und sprach: »Du bist der Rechte! Arm oder reich, du machst es gleich. Topp! Du sollst mein Gevattersmann sein! Stell dich nur ein zu rechter Zeit, am Sonntag soll die Taufe sein.«

Und am Sonntag kam richtig der Tod und ward ein ordentlicher Dot, das ist Taufpat des Kleinen, und der Junge wuchs und gedieh ganz fröhlich. Als er nun zu den Jahren gekommen war, wo der Mensch etwas erlernen muss, dass er künftighin sein Brot erwerbe, kam zu der Zeit der Pate und hieß ihn mit sich gehen in einen finsteren Wald. Da standen allerlei Kräuter, und der Tod sprach: »Jetzt, mein Pat, sollst du dein Patengeschenk von mir empfangen. Du sollst ein Doktor über alle Doktoren werden durch das rechte, wahre Heilkraut, das ich dir jetzt in die Hand gebe. Doch merke, was ich dir sage. Wenn man dich zu einem Kranken beruft, so wirst du meine Gestalt jedes Mal erblicken.

Stehe ich zu Häupten des Kranken, so darfst du versichern, dass du ihn gesund machen wollest, und ihm von dem Kraute eingeben; wenn er aber Erde kauen muss, so stehe ich zu des Kranken Füßen; dann sage nur: Hier kann kein Arzt der Welt mehr helfen und auch ich nicht. Und brauche ja nicht das Heilkraut gegen meinen mächtigen Willen, so würde es dir übel ergehen!«

Damit ging der Tod von hinnen und der junge Mensch auf die Wanderung und es dauerte gar nicht lange, so ging der Ruf vor ihm her und der Ruhm, dieser sei der größte Arzt auf Erden, denn er sahe es gleich den Kranken an, ob sie leben oder sterben würden. Und so war es auch. Wenn dieser Arzt den Tod zu des Kranken Füßen erblickte, so seufzte er, und sprach ein Gebet für die Seele des Abscheidenden; erblickte er aber des Todes Gestalt zu Häupten, so gab er ihm einige Tropfen, die er aus dem Heilkraut presste, und die Kranken genasen. Da mehrte sich sein Ruhm von Tage zu Tage.

Nun geschah es, dass der Wunderarzt in ein Land kam, dessen König schwer erkrankt darnieder lag, und die Hofärzte gaben keine Hoffnung mehr seines Aufkommens. Weil aber die Könige am wenigsten gern sterben, so hoffte der alte König noch ein

Wunder zu erleben, nämlich dass der Wunderdoktor ihn gesund mache, ließ diesen berufen und versprach ihm den höchsten Lohn. Der König hatte aber eine Tochter, die war so schön und so gut wie ein Engel.

Als der Arzt in das Gemach des Königs kam, sah er zwei Gestalten an dessen Lager stehen, zu Häupten die schöne weinende Königstochter, und zu Füßen den kalten Tod. Und die Königstochter flehte ihn so rührend an, den geliebten Vater zu retten, aber die Gestalt des finstern Paten wich und wankte nicht. Da sann der Doktor auf eine List. Er ließ von raschen Dienern das Bette des Königs schnell umdrehen und gab ihm geschwind einen Tropfen vom Heilkraut, also dass der Tod betrogen war, und der König gerettet. Der Tod wich erzürnt von hinnen, erhob aber drohend den langen, knöchernen Zeigefinger gegen seinen Paten.

Dieser war in Liebe entbrannt gegen die reizende Königstochter, und sie schenkte ihm ihr Herz aus inniger Dankbarkeit. Aber bald darauf erkrankte sie schwer und heftig, und der König, der sie über alles liebte, ließ bekannt machen, welcher Arzt sie gesund mache, der solle ihr Gemahl und hernach König werden. Da flammte eine hohe Hoffnung durch des Jünglings Herz, und er eilte zu der Kranken – aber zu ihren Füßen stand der Tod. Vergebens warf der Arzt seinem Paten flehende Blicke zu, dass er seine Stelle verändern und ein wenig weiter hinauf, wo möglich bis zu Häupten der Kranken treten möge. Der Tod wich nicht von der Stelle, und die Kranke schien im Verscheiden, doch sah sie den Jüngling um ihr Leben flehend an. Da übte des Todes Pate noch einmal seine List, ließ das Lager der Königstochter schnell umdrehen, und gab ihr geschwind einige Tropfen vom Heilkraut, sodass sie wieder auflebte und den Geliebten dankbar anlächelte. Aber der Tod warf seinen tödlichen Hass auf den Jüngling, fasste ihn an mit eiserner, eiskalter Hand und führte ihn von dannen, in eine weite unterirdische Höhle. In der Höhle brannten viele tausend Kerzen, große und halbgroße und kleine und ganz kleine; viele verloschen und andere entzündeten sich, und der Tod sprach zu seinem Paten: »Siehe, hier brennt eines jeden Menschen Lebenslicht; die großen sind den Kindern, die halbgroßen sind den Leuten, die in den besten Jahren stehen, die kleinen den Alten und Greisen, aber auch Kinder und Junge haben oft nur ein kleines, bald verlöschendes Lebenslicht.«

»Zeige mir doch das meine!«, bat der Arzt den Tod. Da zeigte dieser auf ein ganz kleines Stümpchen, das bald zu erlöschen drohte. »Ach liebster Pate!«, bat der Jüngling, »wolle mir es doch erneuern, damit ich meine schöne Braut, die Königstochter, freien, ihr Gemahl und König werden kann!« – »Das geht nicht«, versetzte kalt der Tod. »Erst muss eins ganz ausbrennen, ehe ein neues auf- und angesteckt wird.«

»So setze doch gleich das alte auf ein neues!«, sprach der Arzt, und der Tod sprach: »Ich will so tun!« Nahm ein langes Licht, tat, als wollte er es aufstecken, versah es aber absichtlich und stieß das kleine um, dass es erlosch. In demselben Augenblick sank der Arzt um und war tot. Wider den Tod kein Kraut gewachsen ist.

Oda und die Schlange

Es war einmal ein Mann, der hatte drei Töchter, von denen hieß die jüngste Oda. Nun wollte der Vater dieser drei einmal zu Markte fahren, und fragte seine Töchter, was er ihnen mitbringen sollte. Da bat die Älteste um ein goldnes Spinnrad, die zweite um eine goldne Weife, Oda aber sagte: »Bringe mir das mit, was unter deinem Wagen wegläuft, wenn du auf dem Rückweg bist.« Da kaufte denn nun der Vater auf dem Markt ein, was sich die älteren Mädchen gewünscht, und fuhr heim, und siehe, da lief eine Schlange unter den Wagen, die fing der Mann und brachte sie Oda mit. Er warf sie untenhin in den Wagen, und nachher vor die Haustür, wo er sie liegen ließ. Wie nun Oda herauskam, da fing die Schlange an zu sprechen: »Oda!, liebe Oda! Soll ich nicht hinein auf die Diele?« (In den Hausflur). – »Was?«, sagte Oda, »mein Vater hat dich bis an unsere Türe mitgenommen, und du willst auch herein auf die Diele?« Aber sie ließ sie doch ein. Da nun Oda nach ihrer Kammer ging, so rief die Schlange wieder: »Oda, liebe Oda! Soll ich nicht vor deiner Kammertüre liegen?« – »Ei, seht doch!«, sagte Oda, »mein Vater hat dich bis an die Haustür gebracht, ich habe dich hereingelassen auf die Diele, und nun willst du auch noch vor meiner Kammertür liegen? Doch es mag drum sein!« – Wie nun Oda in ihre Schlafkammer eingehen wollte und die Kammertür öffnete, da rief die Schlange wieder: »Ach Oda, liebe Oda! Soll ich nicht in deine Kammer?« – »Wie?«, rief Oda, »hat dich mein Vater nicht bis an die Haustür mitgenommen? Hab ich dich nicht auf die Diele gelassen, und vor meine Kammertür? Und nun willst du auch noch mit in die Kammer? – Aber, wenn du nun zufrieden sein willst, so komm nur herein, liege aber stille, das sage ich dir!« Damit ließ Oda die Schlange ein, und fing an sich auszukleiden. Wie sie nun ihr Bettchen besteigen wollte, so rief die Schlange doch wieder: »Ach Oda, liebste Oda! Soll ich denn nicht mit in dein Bette?« – »Nun wird es aber zu toll!«, rief Oda zornig aus. »Mein Vater hat dich bis an die Haustür mitgenommen; ich habe dich auf die Diele gelassen, nachher vor die Kammertür, nachher herein in die Kammer – und nun willst du gar noch bei mir ins Bett? Aber du bist wohl erfroren? Nun so komm mit herein und wärme dich, du armer Wurm!« Und da streckte die gute Oda selbst ihre weiche, warme Hand aus und hob die kalte Schlange zu sich herauf in ihr Bette. Da mit einem Male verwandelte sich die Schlange – die eine lange Zeit verzaubert gewesen war, und die nur erlöst werden konnte, wenn alles das geschah, was mit ihr sich zugetragen hatte – in einen jungen und schönen Prinzen, der also bald die gute Oda zu seiner Frau nahm.

Das Märchen vom Ritter Blaubart

Es war einmal ein gewaltiger Rittersmann, der hatte viel Geld und Gut, und lebte auf seinem Schlosse herrlich und in Freuden. Er hatte einen blauen Bart, davon man ihn nur Ritter Blaubart nannte, obschon er eigentlich anders hieß, aber sein wahrer Name ist verloren gegangen. Dieser Ritter hatte sich schon mehr als einmal verheiratet, allein man hatte gehört, dass alle seine Frauen schnell nacheinander gestorben seien, ohne dass man eigentlich ihre Krankheit erfahren hatte. Nun ging Ritter Blaubart abermals auf Freiersfüßen, und da war eine Edeldame in seiner Nachbarschaft, die hatte zwei schöne Töchter und einige ritterliche Söhne, und diese Geschwister liebten einander sehr zärtlich. Als nun Ritter Blaubart die eine dieser Töchter heiraten wollte, hatte keine von beiden rechte Lust, denn sie fürchteten sich vor des Ritters blauem Bart, und mochten sich auch nicht gern voneinander trennen. Aber der Ritter lud die Mutter, die Töchter und die Brüder samt und sonders auf sein großes schönes Schloss zu Gaste und verschaffte ihnen dort so viel angenehmen Zeitvertreib und so viel Vergnügen durch Jagden, Tafeln, Tänze, Spiele und sonstige Freudenfeste, dass sich endlich die jüngste der Schwestern ein Herz fasste und sich entschloss, Ritter Blaubarts Frau zu werden. Bald darauf wurde auch die Hochzeit mit vieler Pracht gefeiert.

Nach einer Zeit sagte der Ritter Blaubart zu seiner jungen Frau: »Ich muss verreisen und übergebe dir die Obhut über das ganze Schloss, Haus und Hof, mit allem, was dazu gehört. Hier sind auch die Schlüssel zu allen Zimmern und Gemächern, in alle diese kannst du zu jeder Zeit eintreten. Aber dieser kleine, goldne Schlüssel schließt das hinterste Kabinett am Ende der großen Zimmerreihe. In dieses, meine Teure, muss ich dir verbieten zu gehen, so lieb dir meine Liebe und dein Leben ist. Würdest du dieses Kabinett öffnen, so erwartet dich die schrecklichste Strafe der Neugier. Ich müsste dir dann mit eigner Hand das Haupt vom Rumpfe trennen!« – Die Frau wollte auf diese Rede den kleinen goldnen Schlüssel nicht annehmen, indes musste sie dies tun, um ihn sicher aufzubewahren, und so schied sie von ihrem Manne mit dem Versprechen, dass es ihr nie einfallen werde, jenes Kabinett aufzuschließen und es zu betreten.

Als der Ritter fort war, erhielt die junge Frau Besuch von ihrer Schwester und ihren Brüdern, die gerne auf die Jagd gingen; und nun wurden mit Lust alle Tage die Herrlichkeiten in den vielen, vielen Zimmern des Schlosses durchmustert, und so kamen die Schwestern auch endlich an das Kabinett. Die Frau wollte, obschon sie selbst große Neugierde trug, durchaus nicht öffnen, aber die Schwester lachte ob ihrer Bedenklichkeit, und meinte, dass Ritter Blaubart darin doch nur aus Eigensinn das Kostbarste und Wertvollste von seinen Schätzen verborgen halte. Und so wurde der Schlüssel mit einigem Zagen in das Schloss gesteckt, und da flog auch gleich mit dumpfem Geräusch die Türe auf, und in dem sparsam erhellten Zimmer zeigten sich – ein entsetzlicher Anblick! – die blutigen Häupter aller früheren Frauen Ritter Blaubarts, die ebenso wenig, wie die jetzige, dem Drang der Neugier hatten widerstehen können, und die der böse Mann alle mit eigner Hand enthauptet hatte. Vom Tod geschüttelt, wichen jetzt die Frau und ihre Schwester zurück; vor Schreck war der Frau der Schlüssel entfallen, und als sie ihn aufhob, waren Blutflecke daran, die sich nicht abreiben ließen, und ebenso wenig gelang es, die Türe wieder zuzumachen, denn das Schloss war bezaubert, und indem verkündeten Hörner die Ankunft Berittner vor dem Tore der Burg. Die Frau atmete auf und glaubte, es seien ihre Brüder, die sie von der Jagd zurückerwartete, aber es war Ritter Blaubart selbst, der nichts Eiligeres zu tun hatte, als nach seiner Frau zu fragen, und als diese ihm bleich, zitternd und bestürzt entgegentrat, so fragte er nach dem Schlüssel; sie wollte den Schlüssel holen, und er folgte ihr auf dem Fuße, und als er die Flecken am Schlüssel sah, so verwandelten sich alle seine Gebärden, und er schrie: »Weib, du musst nun von meinen Händen sterben! Alle Gewalt habe ich dir gelassen! Alles war dein! Reich und schön war dein Leben! Und so gering war deine Liebe zu mir, du schlechte Magd, dass du meine einzige geringe Bitte, meinen ernsten Befehl nicht beachtet hast? Bereite dich zum Tode! Es ist aus mit dir!«

Voll Entsetzen und Todesangst eilte die Frau zu ihrer Schwester, und bat sie, geschwind auf die Turmzinne zu steigen und nach ihren Brüdern zu spähen, und diesen, sobald sie sie erblicke, ein Notzeichen zu geben, während sie sich auf den Boden warf, und zu Gott um ihr Leben flehte. Und dazwischen rief sie: »Schwester! Siehst du noch niemand?« – »Niemand!«, klang die trostlose Antwort. – »Weib! komm herunter!«, schrie Ritter Blaubart, »deine Frist ist aus!«

»Schwester! Siehst du niemand?«, schrie die Zitternde. »Eine Staubwolke – aber ach, es sind Schafe!«, antwortete die Schwester. – »Weib! komm herunter, oder ich hole dich!«, schrie Ritter Blaubart.

»Erbarmen! Ich komme ja sogleich! Schwester! Siehst du niemand?« – »Zwei Ritter kommen zu Ross daher, sie sahen mein Zeichen, sie reiten wie der Wind.« –

»Weib! Jetzt hole ich dich!«, donnerte Blaubarts Stimme, und da kam er die Treppe herauf. Aber die Frau gewann Mut, warf ihre Zimmertüre ins Schloss, und hielt sie fest, und dabei schrie sie samt ihrer Schwester so laut um Hilfe, wie sie beide nur konnten. Indessen eilten die Brüder wie der Blitz herbei, stürmten die Treppe hinauf und kamen eben dazu, wie Ritter Blaubart die Türe sprengte und mit gezücktem Schwert in das Zimmer drang. Ein kurzes Gefecht, und Ritter Blaubart lag tot am Boden. Die Frau war erlöst, konnte aber die Folgen ihrer Neugier lange nicht verwinden.

Das Natterkrönlein

Alte Großväter und Großmütter haben schon oft ihren Enkeln und Urenkeln erzählt von schönen Schlangen, die goldene Krönlein auf ihrem Haupte tragen; diese nannten die Alten mit mancherlei Namen, als Otterkönig, Krönleinnatter, Schlangenkönigin und dergleichen, und sie haben gesagt, der Besitz eines solchen Krönleins bringe großes Glück.

Bei einem geizigen Bauer diente eine fromme, mildherzige Magd, und in dessen Kuhstalle wohnte auch eine Krönleinnatter, die man zuweilen des Nachts gar wunderschön singen hörte, denn diese Nattern haben die Gabe, schöner zu singen als das beste Vögelein.

Wenn nun die treue Magd in den Stall kam und die Kühe molk oder sie fütterte und ihnen streute, was sie mit großer Sorgfalt tat, denn ihres Herrn Vieh ging ihr über alles, da kroch manchmal das Schlänglein, welches so weiß war wie ein weißes Mäuschen, aus der Mauerspalte, darin es wohnte, und sah mit klugen Augen die geschäftige Dirne an, und dieser kam es immer vor, als wolle die Schlange etwas von ihr haben.

Und da gewöhnte sie sich, in ein kleines Untertässchen etwas euterwarme Kuhmilch zu lassen und dem Schlänglein dieses hinzustellen, und das trank die Milch mit gar großem Wohlbehagen, und drehte und wendete dabei ihr Köpfchen, und da glitzerte das Krönlein wie ein Demant oder ein Karfunkelstein und leuchtete ordentlich in dem dunkeln Stalle.

Die gute Dirne freute sich über die weiße Schlange gar sehr und nahm auch wahr, dass, seit sie dieselbe mit Milch tränkte, ihres Herrn Kühe sichtlich gediehen, viel mehr Milch gaben, stets gesund waren und sehr schöne Kälbchen zur Welt brachten, worüber sie die größte Freude hatte.

Da traf sich's einmal, dass der Bauer in den Stall trat, als just die Krönleinnatter ihr Tröpfchen Milch schleckte, das ihr die gute Dirne hingestellt, und weil er geizig und happig über alle Maßen war, so begehrte er gleich so wild auf, als ob die arme Magd die Milch eimerweise weggeschenkt hätte.

»Du miserable, nichtsnutze Dirn, die du bist!«, schrie der böse Bauer. »So gehst du also um mit Hab und Gut deines Herrn? Schämst du dich nicht der Sünde, einen solchen giftigen Wurm, der ohnedies den Kühen zur Nacht die Milch aus den Eutern zieht, auch noch zu füttern und an den Stall zu gewöhnen? Hat man je so etwas erlebt? Schier glaub ich, dass du eine böse Hexe bist und dein Satanswesen treibst mit dem Teufelswurm!«

Die arme Dirne konnte diesem Strome harter Vorwürfe nur mit reichlich geweinten Tränen begegnen, aber der Bauer kümmerte sich nicht im Mindesten darum, dass sie weinte, sondern er schrie und zankte sich mehr und mehr in den vollen Zorn hinein, vergaß alle Treue und allen Fleiß der Magd und fuhr fort zu wettern und zu toben: »Aus dem Hause, sag ich, aus dem Hause! Und auf der Stelle! Ich brauche keine Schlangen als Kostgänger. Ich brauche keine Milchdiebinnen und Hexendirnen! Gleich schnürst du dein Bündel, aber gleich! Und machst, dass du aus dem Dorfe fortkommst, und lässt dich nicht wieder blicken, sonst zeig ich dich an beim Amt, da wirst du eingesteckt und kriegst den Staubbesen, du Malefiz-Wetterdirn!«

Laut weinend entwich die so hart gescholtene Magd aus dem Stalle, ging hinauf in ihre Kammer, packte ihre Kleider zusammen und schnürte ihr Bündlein, und dann trat sie aus dem Hause und ging über den Hof.

Da wurde ihr weh ums Herz, im Stalle blökte ihre Lieblingskuh.

Der Bauer war weiter gegangen; sie trat noch einmal in den Stall, um gleichsam im Stillen und unter Tränen Abschied von ihrem lieben Vieh zu nehmen, denn frommem Gesinde wird das Vieh seiner Herrschaft so lieb, als wäre es sein Eigen, daher pflegt man auch zu sagen, im ersten Dienstjahre spricht die Magd: meines Herrn Kuh, im zweiten: unsere Kuh, und im dritten und in allen folgenden: meine Kuh.

Und da stand nun die Dirn im Stalle und weinte sich aus und streichelte noch einmal jede Kuh, und ihr Liebling leckte ihr noch einmal die Hand – und da kam die Schlange mit dem Krönlein auch gekrochen.

»Leb wohl, du armer Wurm, dich wird nun auch niemand mehr füttern.« Da hob sich das Schlänglein empor, als wollte es ihr seinen Kopf in die Hand legen, und plötzlich fiel das Natterkrönlein in des Mädchens Hand, und die Schlange glitt aus dem Stalle, was sie nie getan, das war ein Zeichen, dass auch sie aus dem Hause scheide, wo man ihr fürder nicht mehr ein Tröpflein Milch gönnen wollte.

Jetzt ging die arme Dirne ihres Weges und wusste nicht, wie reich sie war. Sie kannte des Natterkrönleins große Tugend nicht. Wer es besitzt und bei sich trägt, dem schlägt alles zum Glücke aus, der ist allen Menschen angenehm, dem wird eitel Ehre und Freude.

Draußen vor dem Dorfe begegnete der scheidenden Magd der reiche Schulzensohn, dessen Vater vor Kurzem gestorben war, der schönste junge Bursche des Dorfes, dem entbrannte gleich in Liebe das Herz der Dirne, und er grüßte sie und fragte sie, wohin sie gehe und warum sie scherze? (aus dem Dienst scheide). Da sie nun ihm ihr Leid klagte, hieß er sie zu seiner Mutter gehen, und sie solle dieser nur sagen, er sende sie. Wie nun die Dirne zu der alten Frau Schulzin kam und ausrichtete, was der Schulzensohn ihr aufgetragen, da fasste die Frau gleich zu ihr ein großes Vertrauen und behielt sie im Hause, und als am Abend die Knechte und Mägde des reichen Bauern zum Essen kamen, da musste die neu Aufgenommene das Tischgebet sprechen, und da deuchte allen, als flössen des Gebetes Worte von den Lippen eines heiligen Engels, und wurden alle von einer wundersamen Andacht bewegt und gewannen zu der Dirne eine mächtig große Liebe. Und als abgegessen war und die fromme Dirne wieder das Gebet und den Abendsegen gesprochen hatte und das Gesinde die Stube verlassen, da fasste der reiche Schulzensohn die Hand der armen Dirne und trat mit ihr vor seine Mutter und sagte: »Frau Mutter, segnet mich und die – denn die nehm ich mir zur Frau oder keine. Sie hat mir's einmal angetan!«

»Sie hat's uns allen angetan«, antwortete die alte Frau Schulzin. »Sie ist so fromm als sie schön ist, und so demütig als sie makellos ist. In Gottes Namen segne ich dich und sie und nehme sie von Herzen gern zur Schnur.«

So würde die arme Magd zu des Dorfes reichster Frau und zu einer ganz glücklichen noch dazu.

Mit jenem geizigen Bauern aber, der um die paar Tröpflein Milch sich so erzürnet und die treueste Magd aus dem Hause getrieben, ging es baldigst den Krebsgang. Mit der Krönleinnatter war all sein Glück hinweg. Er musste erst sein Vieh verkaufen, dann seine Äcker, und alles kaufte der reiche Schulzensohn, und seine Frau führte die lieben Kühe, die nun ihre eigenen waren, mit grünen Kränzen geschmückt, in ihren Stall, und streichelte sie und ließ sich wieder die Hände von ihnen lecken und molk und fütterte sie mit eigener Hand. Auf einmal sah sie bei diesem Geschäfte die weiße Schlange wieder. Da zog sie schnell das Krönlein hervor und sagte: »Das ist schön von dir, dass du zu mir kommst. Nun sollst du auch alle Tage frische Milch haben, so viel du willst, und da hast du auch dein Krönlein wieder, mit tausend Dank, dass du mir damit so wohl geholfen hast. Ich brauch es nun nicht mehr, denn ich bin reich und glücklich durch Liebe, durch Treue und durch Fleiß.«

Da nahm die weiße Schlange ihr Krönlein wieder und wohnte in dem Stalle der jungen Frau, und auf deren ganzem Gute blieb Friede, Glück und Gottes Segen ruhen.

Hirsedieb

In einer Stadt wohnte ein sehr reicher Kaufmann, der hatte am Haus einen großen und prächtigen Garten, in dem auch ein Stück Land mit Hirse besät war. Da nun dieser Kaufmann einmal in seinem Garten herumspazierte – es war zur Frühjahrszeit, und der Same stand frisch und kräftig – so sah er zu seinem größten Ärger und Verdruss, dass vergangene Nacht von frecher Diebeshand ein Teil von seinem Hirsesamen abgegrast worden war, und gerade dieses Gartenäckerlein, darauf er alle Jahre Hirse hinsäte, war ihm ganz besonders lieb, wie manchmal die Menschen eine ausschließliche Vorliebe für eine Sache haben. Er beschloss, den Dieb zu fangen und dann nachdrücklich zu bestrafen oder dem Gericht zu übergeben. Daher er seine drei Söhne, Michel, Georg und Johannes zu sich rief, und sprach: »Heute Nacht war ein Dieb in unserm Garten und hat mir einen Teil Hirsesamen abgegrast, was mich höchlich ärgert. Dieser Frevler muss gefangen werden und soll mir büßen! Ihr, meine Söhne, mögt nun wachen die Nächte hindurch, einer um den andern, und welcher den Dieb fängt, soll von mir eine stattliche Belohnung bekommen.« Der Älteste, Michel, wachte die erste Nacht; er nahm sich etliche geladene Pistolen und einen scharfen Säbel, auch zu essen und zu trinken mit, hüllte sich in einen warmen Mantel und setzte sich hinter einen blühenden Holunderbusch, hinter dem er bald hart und fest einschlief. Wie er am hellen Morgen erwachte, war ein noch größeres Stück Hirsesamen abgegrast, als in voriger Nacht. Und wie nun der Kaufmann in den Garten kam und das sah und merkte, dass sein Sohn, anstatt zu wachen und den Dieb zu fangen, geschlafen hatte, ward er noch ärgerlicher und schalt und höhnte ihn als einen braven Wächter, der ihm samt seinen Pistolen und Säbel selbst gestohlen werden könne!

Die andre Nacht wachte Georg; dieser nahm sich nebst den Waffen, die sein Bruder vorige Nacht bei sich geführt, auch noch einen Knittel und starke Stricke mit. Aber der gute Wächter

Georg schlief ebenfalls ein und fand am Morgen, dass der Hirsedieb wieder tüchtig gegrast hatte. Der Vater wurde ganz wild und sagte: »Wenn der dritte Wächter ausgeschlafen hat, wird die Hirsesaat vollends zum Kuckuck sein, und es wird dann keines Wächters mehr bedürfen!«

Die dritte Nacht kam nun Johannes an die Reihe. Dieser nahm trotz allem Zureden keine Waffen mit; doch hatte er sich im Geheimen mit recht probaten Waffen gegen den Schlaf versehen; er hatte sich Disteln und Dornen gesucht, und diese, als er sich abends in den Garten an seinen Wächterplatz verfügt, vor sich aufgebaut. Wenn er nun einnicken wollte, stieß er allemal mit der Nase an die Stacheln und wurde gleich wieder munter. Als die Mitternacht herbeikam, hörte er ein Getrappel, es kam näher und näher, machte sich in den Hirsesamen, und da hörte Johannes ein recht fleißiges Abraufen. Halt, dachte er, da hab ich dich! Und er zog einen Strick aus der Tasche, schob leise die Dornen zurück und schlich dem Dieb vorsichtig näher. Als er hinzukam – wer hätte das vermutet? – war der Dieb ein allerliebstes kleines Pferdchen. Johannes war innerlich erfreut; hatte auch mit dem Einfangen gar keine Mühe; das Tierchen folgte ihm willig zum Stall, den Johannes fest verschloss. Und nun konnte er noch ganz gemach in seinem Bette ausschlafen. Früh, als seine Brüder aufstiegen und hinunter in den Garten wollten, sahen sie mit Staunen, dass Johannes in seinem Bette lag und schlief. Da weckten sie ihn und höhnten ihn mit allerlei Neckreden, dass er der beste Wächter sei, da er sogar nicht einmal die Nacht ausgehalten habe auf seiner Wache. Aber Johannes sagte: »Seid ihr nur ganz stille, ich will euch den Hirsedieb schon zeigen.« Und sein Vater und seine Brüder mussten ihm zum Stalle folgen, wo das wunderseltsame Pferdlein stand, von dem niemand zu sagen wusste, woher es gekommen und wem es gehörte. Es war allerliebst anzusehen, von zartem und schlankem Bau, und dazu ganz silberweiß. Da hatte der Kaufmann eine große Freude und schenkte seinem wackeren Johannes das Pferdchen als Belohnung, der nahm es freudig an und nannte es Hirsedieb.

Bald vernahmen die Brüder, dass eine schöne Prinzessin verzaubert wäre im Schloss, das auf dem gläsernen Berge stehe, zu welchem niemand wegen der großen Glätte emporklimmen könne. Wer aber glücklich hinauf- und dreimal um das Schloss herumreite, der erlöse die schöne Prinzessin und bekomme sie zur Gemahlin. Gar unendlich viele hätten schon den Bergritt probiert, wären aber alle wieder herabgestürzt und lägen tot umher.

Diese Wundermär erscholl durchs ganze Land, und auch die drei Brüder bekamen Lust, ihr Glück zu versuchen, nach dem gläsernen Berg zu reiten und – womöglich die schöne Prinzessin zu gewinnen. Michel und Georg kauften sich junge, starke Pferde, deren Hufeisen sie tüchtig schärfen ließen, und Johannes sattelte seinen kleinen Hirsedieb, und so ging es aus zum Glücksritt. Bald erreichten sie den gläsernen Berg, der Älteste ritt zuerst, aber ach – sein Ross glitt aus, stürzte mit ihm nieder und beide, Ross und Mann, vergaßen das Wiederaufstehen. Der zweite ritt, aber ach – sein Ross glitt aus, stürzte mit ihm nieder, und beide, Mann und Ross, vergaßen auch das Aufstehen. Nun ritt Johannes, und es ging trapp trapp trapp trapp trapp – droben waren sie, und wieder trapp trapp trapp trapp und sie waren dreimal ums Schloss herum, als wenn Hirsedieb schon hundertmal diesen gefährlichen Weg gelaufen wäre. Nun standen sie vor der Schlosstüre; diese ging auf, und es trat die reizendschöne Prinzessin heraus; sie war ganz in Seide und Gold gekleidet und breitete freudig die Arme gegen Johannes aus. Und derselbe stieg schnell vom Pferdlein und eilte die holde Prinzessin, und somit sein ganzes, überaus großes Glück, zu umfangen.

Und die Prinzessin wandte sich zum Pferdlein, liebkoste dasselbe und sprach: »Ei, du kleiner Schelm, warum warst du mir denn entlaufen, dass ich nicht mehr die einzige Nachtstunde, die mir vergönnet war, unten auf der grünen Erde zu weilen, genießen konnte, da du mich nicht mehr den gläsernen Berg hinunter- und wieder herauftrugst? Nun darfst du uns nimmermehr verlassen.« – Und da ward Johannes gewahr, dass sein Hirsediebchen das Zauberpferdlein seiner himmelschönen Prinzessin war. Seine Brüder kamen wieder auf von ihrem Fall, Johannes aber sahen sie nicht wieder, denn der lebte glücklich und allen Erdensorgen ent-

rückt, mit seinem Engel im Zauberschloss auf dem gläsernen Berge, aber auch zu diesem Berge fand kein Menschenkind mehr den Weg, weil der Zauber gelöst und die Prinzessin von ihrem Bann befreit worden war, durch ihr kluges Rösslein, das den rechten Befreier und Gemahl ihr zugetragen.

Tischlein deck dich, Esel streck dich, Knüppel aus dem Sack

In einem kleinen Städtchen lebte ein ehrlicher Schneider mit seiner Familie, die fünf Häupter zählte: Vater, Mutter und drei Söhne. Letztere wurden sowohl von den Eltern als auch von sämtlichen Einwohnern des Städtchens nicht nach ihren Taufnamen genannt, sondern schlechtweg nur der Lange, der Dicke, der Dumme. So folgten sie dem Alter nach aufeinander. Der Lange wurde ein Schreiner, der Dicke ein Müller, der Dumme ein Drechsler. Als nun der Lange aus der Lehre kam, wurde sein Bündel geschnürt, und er in die Fremde geschickt, und er zog wohlgemut mit langen Schritten zum Tore des heimatlichen Städtchens hinaus. Lange Zeit wanderte der Bursche von Ort zu Ort und konnte keine Arbeit bekommen; da nun sein ohnehin knappes Reisegeld sehr zu Ende ging und er keine frohe Aussicht hatte zu Arbeit und Verdienst, so wurde er traurig, und ging kopfhängerig und sachte auf seinem Wege weiter. Dieser führte just durch einen stillen, schönen Wald, und wie der Bursche so eine Strecke hinein war, begegnete ihm ein kleiner, etwas wohlbeleibter Mann, der ihn gar freundlich grüßte, stehen blieb und fragte: »Na Bürschlein, wo hinaus denn? Siehst ja gar traurig aus, was fehlt dir denn?« – »Mir fehlt Arbeit«, sprach der Bursche treuherzig. »Das ist meine ganze Trauer – bin schon lange gewandert – hab kein Geld mehr.« »Was kannst du denn für ein Handwerk?«, forschte das Männlein weiter. »Ich bin ein Schreiner.« »O so komm doch mit mir«, rief der Kleine fröhlich aus, »ich will dir Arbeit geben! Sieh ich wohne hier in diesem Wald – ja, ja, komm nur mit, du wirst's gleich sehen.« Und kaum hundert Schritte weiter lag ein schönes Haus, und rings herum war ein dichter frischgrüner Tannenzaun, anzusehen wie eine Schutzmauer, und vorne am Eingang standen zwei hohe Tannen gleich wie riesige Schildwachen. Da hinein führte das Männlein den Schreinergesellen, der nun alsbald seine Traurigkeit fahren ließ und mit vergnügten Mienen in das trauliche Zimmer des einsamen Meisters einschritt. »Willkommen!«, rief da

aus der Ecke hinter dem Ofen ein ältliches Mütterlein und trippelte auf den Burschen zu, um ihn seines Felleisens entledigen zu helfen. Der Meister plauderte den Abend noch gar lange mit dem

Burschen, und das Mütterlein trug Speisen auf und stellte auch ein Krüglein auf den Tisch, worin etwas weit Besseres war als Wasser oder Kovent.

Dem jungen Schreiner gefiel es ganz wohl bei seinem Meister; er bekam nicht allzu viel zu tun, arbeitete fleißig und hielt sich auch sonst brav und ordentlich, sodass keine Klage über ihn geführt wurde. Doch nach etlichen Monaten sprach das alte Männlein: »Lieber Gesell, ich kann dich nun nicht länger brauchen, sondern muss dir Feierabend geben. Und mit Geld kann ich dir deine Arbeiten, die du mir getan, auch nicht belohnen; aber ich will dir ein schönes Andenken geben, das dir mehr helfen wird als Gold und Silber.« Dabei reichte er ihm ein allerliebstes kleines Tischchen und sprach weiter: »So oft du dieses ›Tischlein deck dich‹ hinstellen wirst und dreimal sprechen: ›Tischlein decke dich‹, so oft wird er dir diejenigen Speisen und Getränke zum Mahle darbieten, die du nur wünschen magst. Und nun lebe wohl und gedenke fein deines alten Meisters.« Ungern verließ der Geselle seine bisherige Werkstätte, er nahm betrübt und froh zugleich das wundertätige Tischlein aus den Händen des Gebers und zog, noch vielmals dankend, ab und lenkte seine Schritte der lieben Heimat wieder zu. Unterwegs bot ihm das Tischlein, so oft der Bursche die Zauberformel nur sprach, seine reichen Genüsse, da standen im Nu die feinsten Gerichte, die edelsten Weine darauf und alle Gefäße waren von Silber, und darunter glänzte das feinste schneeweiße Tischgedeck. Natürlich hielt der Geselle sein ›Tischlein decke dich‹ sehr hehr; auf seiner letzten Herberge, ehe er heim kam, gab er es noch seinem Wirt aufzuheben. Da er aber vorher nichts im Wirtshaus gezehrt, sondern sich mit dem Tischlein eingeschlossen hatte, so hatte der Wirt ihn belauscht durch eine Klinse in der Brettertür und hatte des Tischleins Geheimnis entdeckt. Daher war er über alle Maßen froh, dass er das Tischlein in seine Verwahrung bekam, freute sich mächtig über die herrliche Eigenschaft desselben. Er ließ sich's ganz trefflich behagen vor der kleinen Tafel und sann dabei nach, wie er sich auf die beste Weise das Tischchen aneignen möchte. Da fiel ihm ein, dass er ein ganz ähnliches Tischchen, obschon kein ›Tischchen decke dich‹ besitze. Der schlaue Wirt versteckte daher das echte Tischlein und stellte das andere, unechte, am andern Morgen dem Gesellen zu, der sich ohne Bedenken damit belud und nun fröhlich seiner Heimat zueilte.

Mit Freude grüßte der lange Schreiner daheim die Seinen und entdeckte sogleich dem Vater die köstliche Bewandtnis, die es mit dem Tischchen habe. Der Vater zweifelte stark, der Sohn aber stellte es vor sich hin, sprach dreimal: »Tischlein decke dich« – aber es deckte sich nicht, und der ehrliche Schneidermeister sprach zu seinem Sohne: »Du dummer Hans, bist du darum in der Fremde gewesen, deinen alten Vater zu huzen? Geh, lass dich nicht auslachen!« Der lange Schreiner wusste in der Welt keinen Rat, wie es nun so einmal mit dem Tischchen die Quere gehe. Er probierte noch allerlei; aber es deckte sich nicht wieder, und der Lange musste wieder zum Hobel greifen und arbeiten, dass die Schwarte knackte.

Unterdessen war der dicke Müller auch aus der Lehre gekommen und wanderte fort in die Fremde. Und es fügte sich, dass dieser ebenfalls denselben Weg nahm, auch das nämliche kleine Männlein fand und von ihm in Arbeit genommen wurde. Das Waldhaus war aber jetzt eine Mühle.

Als der junge Mühlknappe eine Zeit lang brav, treu und fleißig in Arbeit gestanden hatte, schenkte ihm sein Meister zum Andenken einen schönen Müllerlöwen und sprach: »Nimm zum Abschied noch eine kleine Gabe, die dir, obgleich ich dir deine Arbeiten nicht mit Geld belohnen kann, doch mehr nützen wird als Gold und Silber. So oft du zu diesem Eselein sprechen wirst: ›Eselein strecke dich!‹, so oft wird es dir Dukaten – niesen.«

Fast öfter, als der Lange unterwegs gesprochen hatte: »Tischlein decke dich«, sprach jetzt der Dicke: »Eselein strecke dich«, und da streckte sich's und ließ Dukaten fallen, dass es rasselte und prasselte. Es war eine allerliebste Sache – die blanken Goldstücke. – Aber auch der Müllergeselle kam mit seinem Esel in die Herberge des betrüglichen und schlauen Wirtes, ließ auftafeln, bewirtete, wer nur bewirtet sein wollte, und als der Wirt die Zeche forderte, sprach er: »Harret ein wenig, ich will nur erst Geld holen.« Nahm das Tischtuch mit, ging in den Stall, breitete es über das Stroh, darauf der Esel stand, und sprach: »Eselein strecke dich!« – Da streckte sich der Esel und nieste, und es klingelten Dukaten auf dem Tuche; draußen aber stand der Wirt, sah durch ein Astloch in der Türe und merkte sich die Sache. Am anderen Morgen stand zwar ein Esel da, aber nicht der rechte, und der Dicke, keinen Betrug ahnend, setzte sich heiter auf und ritt fort. Als er zu seinem Vater kam, verkündete er ihm auch sein Glück und sprach, als alle die Seinen froh verwundert den Esel umstanden: »Nun habt Achtung!«, und zum Esel sich wendend: »Eselein, strecke dich!« Das fremde Eselein streckte sich zwar auch, aber was selbiges fallen ließ, das waren nichts weniger als Goldstücke. Der Dicke wurde von allen, denen er die Kunst hatte sehen lassen wollen, fürchterlich ausgelacht; er schlug den Esel windelweich, schlug ihm den-

noch keine Dukaten aus der Haut und musste fortan wieder arbeiten und im Schweiß seines Angesichts sein Brot essen.

Es war nun wieder ein Jahr verflossen, und auch der Dumme hatte seine Lehrzeit überstanden und zog als ein wackrer Drechsler in die Fremde. Recht mit Fleiß nahm er denselben Lauf wie seine Brüder und wünschte sehr, bei jenem kleinen Männlein auch in Arbeit zu kommen, da dasselbe, wie die Brüder erzählt hatten, in allen Fächern bewandert war, in Handwerken, wie in Gelehrtheit und Weisheit, und so schöne Sachen zu verschenken hatte. Richtig gelangte auch der Drechslergeselle in den gewissen Wald, fand die einsame Wohnung des Männleins, und auch ihn nahm es als einen fleißigen Burschen gerne in Arbeit. Nach etlichen

Monaten hieß es jedoch wieder: »Lieber Gesell, ich kann dich nun nicht länger behalten, du hast Feierabend.« Zum Abschied sprach das Männlein: »Ich schenkte dir gerne auch, wie deinen Brüdern, ein schönes Andenken, aber was würde dir das helfen, da sie dich den Dummen nennen? Dein langer Bruder und dein dicker Bruder sind durch ihre Dummheit um die Gaben gekommen, was würde es erst bei dir werden? Doch nimm dieses schlichte Säcklein; es kann dir sehr nützlich werden. So oft du zu ihm sagen wirst: ›Knüppel aus dem Sack!‹, so oft wird ein darin steckender wohlgedrehter Prügel herausfahren zu deinem Schutz, deiner Wehr und Hilfe, und dieser wird so lange ausprügeln, bis du gebieten wirst: ›Knüppel in den Sack!‹«

Der Drechsler bedankte sich schön und zog mit seinem Säcklein heimwärts; er bedurfte jedoch auf seiner Reise der Schutzwehr erst lange nicht, denn jedermann ließ ihn, der leicht und lustig seine Straße zog, ungehindert fürbass wandern. Nur manchmal

einem gestrengen Herrn Bettelvogt gab er einiges aus dem Säcklein zu kosten oder den Dorfhunden, die aus allen Höfen herausfahren und den Wanderer an- und nachbellen. So kam er denn endlich bis an jene Herberge, wo der arge Wirt seine Brüder um das Ihrige betrogen hatte und jetzt herrlich und in Freuden lebte, aber dennoch immer ein Gelüst hatte, sich vom Gut der Reisenden etwas anzueignen. Beim Schlafengehen gab der Drechsler dem Wirt den Sack in Verwahrung und warnte ihn, er möge ja

nicht zu diesem Säcklein sagen: »Knüppel aus dem Sack!«, denn damit habe es eine besondere Bewandtnis, und könne einer, wenn er das sage, wohl etwas davon tragen. Jedoch dem Wirt gefiel sein Tischlein und Eselein zu wohl, als dass er nicht noch ein drittes wundertuendes Gegenständlein hätte so heimlich wegfangen mö-

gen; er konnte kaum die Zeit erwarten, bis der Gast sich zur Ruhe gelegt hatte, um zu sprechen: »Knüppel aus dem Sack!« Und im Nu fuhr der Knüppel heraus und wirbelte wie ein Trommelschläger auf des Wirtes Rücken, prügelte fort und fort und prügelte den Wirt dermaßen braun und blau, dass dieser ein jämmerliches Geschrei erhob und heulend den Drechslergesellen munter rief. Dieser sagte: »Wirt, das geschieht dir recht! Ich warnte dich ja. Du hast meinen Brüdern das Tischlein decke dich, und das Eselein strecke dich gestohlen.« Der Wirt kreischte: »Ach helft mir nur um Gottes Willen! Ich werde umgebracht!« (Denn der Knüppel arbeitete noch immer rastlos auf des Wirts Rücken.) »Ich will alles wieder herausgeben, das Tischlein und das Eselein! Ach, ich falle um und bin tot!«

Jetzt gebot der Geselle: »Knüppel in den Sack!«, und da kroch das Prügelein im Nu wieder in den Sack. Und der Wirt war nur froh, dass er sein Leben davon gebracht, und gab willig das Tischlein und das Eselein wieder heraus. Da packte der Drechsler seinen Kram zusammen, lud sein Bündel und sich selbst auf den Esel

und trabte dem Heimatstädtlein zu. Da war keine geringe Freude bei den Brüdern, als sie die überaus wertvollen Geschenke und Andenken wieder gewonnen sahen, die jetzt gerade noch so herrlich ihre Wunder taten wie ehemals – wieder gewonnen durch den, den sie immer den Dummen gescholten hatten und der doch klüger war wie sie. Und die Brüder blieben zusammen bei den Eltern und brauchten nicht mehr zu arbeiten, um vom Verdienst das tägliche Brot zu schaffen, denn sie hatten von nun an von allem, was das menschliche Leben bedarf, die Hülle und die Fülle.

Ausgewählte Märchen von Hans Christian Andersen

Die Prinzessin auf der Erbse

Es war einmal ein Prinz, der wollte eine Prinzessin heiraten, aber es sollte eine wirkliche Prinzessin sein. Da reiste er in der ganzen Welt herum, um eine solche zu finden, aber überall war da etwas im Wege. Prinzessinnen gab es genug, aber ob es wirkliche Prinzessinnen waren, konnte er nicht herausbringen, immer war

etwas, was nicht so ganz in der Ordnung war. Da kam er denn wieder nach Hause und war ganz traurig, denn er wollte doch so gern eine wirkliche Prinzessin haben.

Eines Abends zog ein schreckliches Wetter auf; es blitzte und donnerte, der Regen stürzte herunter, es war ganz entsetzlich. Da klopfte es an das Stadttor, und der alte König ging hin aufzumachen.

Es war eine Prinzessin, die draußen vor dem Tore stand. Aber Gott!, wie sah sie vom Regen und vom bösen Wetter aus! Das Wasser lief ihr von den Haaren und Kleidern herunter und lief in die Schnäbel der Schuhe hinein und aus den Hacken wieder heraus; und sie sagte, dass sie eine wirkliche Prinzessin sei.

»Ja, das werden wir schon erfahren!«, dachte die alte Königin, aber sie sagte nichts, ging in die Schlafkammer hinein, nahm alle Betten ab und legte eine Erbse auf den Boden der Bettstelle. Darauf nahm sie zwanzig Matratzen, legte sie auf die Erbse, und dann noch zwanzig Eiderdaunenbetten oben auf die Matratzen.

Da sollte nun die Prinzessin die ganze Nacht liegen. Am Morgen wurde sie gefragt, wie sie geschlafen habe.

»O schrecklich schlecht!«, sagte die Prinzessin, »ich habe meine Augen fast die ganze Nacht nicht geschlossen! Gott weiß, was da im Bette gewesen ist! Ich habe auf etwas Hartem gelegen, sodass ich ganz braun und blau über meinen ganzen Körper bin! Es ist ganz entsetzlich!«

Nun sahen sie wohl, dass es eine wirkliche Prinzessin war, da sie durch die zwanzig Matratzen und die zwanzig Eiderdaunenbetten die Erbse verspürt hatte. So empfindsam konnte niemand sein, außer einer wirklichen Prinzessin.

Da nahm der Prinz sie zur Frau, denn nun wusste er, dass er eine wirkliche Prinzessin besitze, und die Erbse kam auf die Kunstkammer, wo sie noch zu sehen ist, wenn sie niemand genommen hat. Sieh, das war eine wahre Geschichte.

Der Reisekamerad

Der arme Johannes war tief betrübt, denn sein Vater war sehr krank und konnte nicht genesen. Außer den beiden war durchaus niemand in dem kleinen Zimmer; die Lampe auf dem Tische war dem Erlöschen nahe, und es war ganz spätabends.

»Du warst ein guter Sohn Johannes!«, sagte der kranke Vater, »der liebe Gott wird dir schon in der Welt forthelfen!«, und er sah ihn mit ernsten, milden Augen an, holte ganz tief Atem und starb; es war gerade, als ob er schliefe. Aber Johannes weinte, nun hatte er gar niemand in der ganzen Welt, weder Vater noch Mutter, Schwester noch Bruder. Der arme Johannes! Er lag vor dem Bette auf seinen Knien und küsste des toten Vaters Hand und weinte so viele, bittere Tränen; aber zuletzt schlossen sich seine Augen, und er schlief ein mit dem Haupte auf dem harten Bettpfosten.

Da träumte ihm ein sonderbarer Traum; er sah, wie Sonne und Mond sich vor ihm neigten, und erblickte seinen Vater frisch und gesund und hörte ihn lachen, wie er immer lachte, wenn er recht froh war. Ein schönes Mädchen mit einer goldenen Krone auf ihrem langen, glänzenden Haar reichte Johannes die Hand, und sein Vater sagte: »Siehst du, was für eine Braut du erhalten hast!

Sie ist die schönste in der ganzen Welt!« Da erwachte er, und alle Herrlichkeit war vorbei, sein Vater lag tot und kalt im Bette, es war gar niemand bei ihm. Der arme Johannes!

In der folgenden Woche wurde der Tote begraben; Johannes ging dicht hinter dem Sarge und konnte nun den guten Vater nicht mehr zu sehen bekommen, der ihn so sehr geliebt hatte; er hörte, wie man die Erde auf den Sarg hinunterwarf, sah noch die letzte Ecke desselben, aber bei der nächsten Schaufel Erde, welche hinabgeworfen wurde, war auch sie verschwunden; da war es gerade, als wolle sein Herz in Stücke zerspringen, so betrübt war er. Ringsherum sangen sie nun noch einen Psalm, es klang sehr schön, und die Tränen traten Johannes in die Augen, er weinte, und das tat seiner Trauer wohl. Die Sonne schien herrlich auf die grünen Bäume, gerade als wolle sie sagen: »Du musst nicht so betrübt sein, Johannes! Siehst du, wie hübsch blau der Himmel ist! Dort oben ist nun dein Vater und bittet den lieben Gott, dass es dir allezeit Wohlergehen möge!«

»Ich will auch immer gut sein!«, sagte Johannes. »Dann komme ich in den Himmel zu meinem Vater, und was wird das für eine Freude werden, wenn wir einander wiedersehen! Wie viel werde ich ihm dann nicht erzählen können, und er wird mir so viele Sachen zeigen, mich so viel über die Herrlichkeit im Himmel belehren, gerade wie er mich hier auf Erden unterrichtete. O was wird das für eine Freude werden!«

Johannes dachte sich das so deutlich, dass er dabei lächelte, während die Tränen ihm noch über die Wangen liefen. Die kleinen Vögel saßen oben in den Kastanienbäumen und zwitscherten: »Quivit, quivit!« Sie waren so munter, obgleich sie mit bei dem Begräbnisse waren, aber sie wussten wohl, dass der tote Mann nun oben im Himmel war, Flügel hatte, weit schönere und größere als die Ihrigen, und dass er nun glücklich sei, weil er hier auf Erden gut gewesen war, und darüber waren sie vergnügt. Johannes sah, wie sie von den grünen Bäumen weit in die Welt hinausflogen, und da bekam auch er Lust mitzufliegen. Aber zuerst schnitt er ein großes Holzkreuz, um es auf seines Vaters Grab zu setzen, und als er es am Abend dahin brachte, war das Grab mit Sand und Blumen geschmückt; das hatten fremde Leute getan, denn sie hielten alle so viel von dem lieben Vater, der nun tot war.

Früh am nächsten Morgen packte Johannes sein kleines Bündel zusammen und verwahrte in seinem Gürtel sein ganzes Erbteil, welches fünfzig Taler und ein paar Silberschillinge betrug; damit wollte er in die Welt hinauswandern. Aber zuerst ging er nach dem Kirchhofe zu seines Vaters Grab, betete ein Vaterunser und sagte: »Lebe wohl, du lieber Vater! Ich will immer ein guter Mensch sein, darum magst du den lieben Gott auch bitten, dass es mir wohlergehe!«

Draußen auf dem Felde, wo Johannes ging, standen alle Blumen so frisch und schön in dem warmen Sonnenschein, und sie nickten im Winde, gerade als wollten sie sagen: »Willkommen im Grünen! Ist es hier nicht schön?« Aber Johannes wendete sich noch einmal zurück, um die alte Kirche zu betrachten, wo er als kleines Kind getauft worden, jeden Sonntag mit seinem Vater zum Gottesdienst gewesen war und seinen Psalm gesungen hatte; da sah er hoch oben in einer der Öffnungen des Turms den Kirchenkobold mit seiner kleinen, roten, spitzen Mütze stehen, indem er sein Antlitz mit dem gebogenen Arm beschattete, da ihn sonst die Sonne in die Augen stach. Johannes nickte ihm Lebewohl zu, und der kleine Kobold schwenkte seine rote Mütze, legte die Hand auf das Herz und warf ihm viele Kusshände zu, um zu zeigen, wie viel Gutes er ihm wünsche, und dass er besonders eine recht glückliche Reise machen möge.

Johannes dachte daran, wie viel Schönes er nun in der großen, prächtigen Welt zu sehen bekommen würde, und ging weiter und weiter fort, so weit, als er früher nie gewesen war; er kannte die Orte gar nicht, durch die er kam, oder die Menschen, denen er begegnete, er war weit draußen in der Fremde.

Die erste Nacht musste er sich auf einen Heuschober auf dem Felde schlafen legen, ein anderes Bett hatte er nicht. Aber das war gerade hübsch, meinte er, der König könnte es nicht besser haben. Das ganze Feld mit dem Flusse, der Heuschober und dann der blaue Himmel darüber, das war gerade eine schöne Schlafkammer. Das grüne Gras mit den kleinen roten und weißen Blumen war die

Fußdecke, die Fliederbüsche und die wilden Rosenhecken waren Blumensträuße, und zum Waschbecken diente ihn der ganze Fluss mit dem klaren, frischen Wasser, wo das Schiff sich neigte und ihm guten Abend wie guten Morgen bot.

Der Mond war eine große Nachtlampe, hoch oben unter der Decke, und der zündete die Gardinen nicht an mit seinem Feuer; Johannes konnte ganz ruhig schlafen, er tat es auch und erwachte erst wieder, als die Sonne aufging und all die kleinen Vögel ringsumher sangen: »Guten Morgen! Guten Morgen! Bist du noch nicht auf?«

Die Glocken läuteten zur Kirche, es war Sonntag. Die Leute gingen hin, den Prediger zu hören, und Johannes folgte ihnen, sang ein frommes Lied mit und hörte Gottes Wort; und es war

ihm gerade, als wäre er in seiner eigenen Kirche, in der er getauft worden war und wo er Psalmen mit seinem Vater gesungen hatte.

Draußen auf dem Kirchhofe waren so viele Gräber, und auf einigen wuchs hohes Gras. Da dachte Johannes an seines Vaters Grab, welches am Ende auch so aussehen würde wie diese, da er es nicht von Unkraut reinigen und schmücken konnte. Er setzte sich also nieder und riss das Gras ab, richtete die Holzkreuze auf, welche umgefallen waren, und legte die Kränze, die der Wind vom Grabe fortgerissen hatte, wieder auf ihre Stelle, indem er dachte: »Vielleicht tut jemand dasselbe an meines Vaters Grab, da ich es nicht tun kann!«

Draußen vor der Kirchhofstür stand ein alter Bettler und stützte sich auf seine Krücke; Johannes gab ihm die Silberschillinge, die er hatte, und ging dann glücklich und vergnügt weiter fort, in die weite Welt hinaus.

Gegen Abend wurde es ein schrecklich böses Wetter. Johannes sputete sich, unter Dach zu gelangen, aber es wurde bald finstere Nacht; da erreichte er endlich eine kleine Kirche, die ganz einsam auf einem kleinen Hügel lag; die Tür stand zum Glück nur angelehnt, und er schlüpfte hinein; hier wollte er bleiben, bis das böse Wetter sich gelegt hatte.

»Hier will ich mich in einen Winkel setzen!«, sagte er. »Ich bin ganz ermüdet und bedarf der Ruhe.«

Dann setzte er sich nieder, faltete seine Hände und betete sein Abendgebet, und bevor er es wusste, schlief und träumte er, während es draußen blitzte und donnerte.

Als er wieder erwachte, war es mitten in der Nacht, aber das böse Wetter war vorübergezogen, und der Mond schien durch die Fenster zu ihm herein. Mitten in der Kirche stand ein offener Sarg mit einem toten Mann darin, denn er war noch nicht begraben. Johannes war durchaus nicht furchtsam, denn er hatte ein gutes Gewissen, und er wusste wohl, dass die Toten niemand etwas zuleide tun; es sind lebende böse Menschen, die Übles tun. Solche zwei lebende schlimme Leute standen dicht bei dem toten Mann, der hier in die Kirche hineingesetzt war, bevor er beerdigt wurde, dem wollten sie Übles erweisen, ihn nicht in seinem Sarge liegen lassen, sondern ihn draußen vor die Kirchtür werfen, den armen, toten Mann.

»Weshalb wollt ihr das tun?«, fragte Johannes. »Das ist böse und schlimm; lasst ihn in Jesu Namen ruhen!«

»Ach Schnickschnack!«, sagten die beiden hässlichen Menschen. »Er hat uns angeführt! Er schuldet uns Geld, das konnte er nicht bezahlen, und nun ist er obendrein tot, da bekommen wir keinen Schilling, deshalb wollen wir uns ordentlich an ihm rächen, er soll wie ein Hund draußen vor der Kirchtür liegen!«

»Ich habe nicht mehr als fünfzig Taler!«, sagte Johannes, »das ist mein ganzes Erbteil; aber das will ich euch gern geben, wenn ihr mir ehrlich versprechen wollt, den armen, toten Mann in Ruhe zu lassen. Ich werde schon durchkommen ohne das Geld; ich habe gesunde, starke Gliedmaßen, und der liebe Gott wird mir allezeit helfen.«

»Ja!«, sagten die hässlichen Menschen, »wenn du so seine Schuld bezahlen willst, wollen wir beide ihm nichts tun, darauf kannst du dich verlassen!« Und so nahmen sie das Geld, welches ihnen Johannes gab, lachten laut auf über seine Gutmütigkeit und gingen ihres Weges; Johannes aber legte die Leiche wieder im Sarge zurecht, faltete ihre Hände, nahm Abschied von ihr und ging dann durch den großen Wald zufrieden weiter.

Ringsumher, wo der Mond durch die Bäume hereinscheinen konnte, sah er die niedlichen, kleinen Elfen lustig spielen; sie ließen sich nicht stören, sie wussten wohl, dass er ein guter, unschuldiger Mensch sei, und es sind nur die bösen Leute, welche die Elfen nicht zu sehen bekommen. Einige von ihnen waren nicht größer, als ein Finger breit ist, und hatten ihre langen, gelben Haare mit goldenen Kämmen aufgeheftet; zwei und zwei schaukelten sie sich auf den großen Tautropfen, die auf den Blättern und dem hohen Gras lagen; zuweilen entrollte ihnen der Tropfen, dann fielen sie nieder zwischen den langen Grashalmen, und das verursachte ein Gelächter und Lärmen unter den anderen Kleinen. Es war allerliebst! Sie sangen, und Johannes erkannte ganz deutlich alle die hübschen Lieder, die er als kleiner Knabe gelernt hatte. Große bunte Spinnen mit silbernen Kronen auf dem Kopfe mussten von der einen Hecke zur anderen lange Hängebrücken und Paläste spinnen, welche, da der feine Tau darauffiel, wie glänzendes Glas im klaren Mondscheine aussahen. So währte es fort, gerade bis die Sonne aufging. Die kleinen Elfen krochen dann in die Blumenknospen, und der Wind erfasste ihre Brücken und Schlösser, die als Spinnweben durch die Luft dahinflogen.

Johannes war nun aus dem Walde herausgekommen, als eine starke Mannsstimme hinter ihm rief: »Holla, Kamerad, wohin geht die Reise?«

»In die weite Welt hinaus«, sagte Johannes. »Ich habe weder Vater noch Mutter, bin ein armer Bursche, aber der Herr hilft mir wohl!«

»Ich will auch in die weite Welt hinaus!«, sagte der fremde Mann. »Wollen wir beide einander Gesellschaft leisten?«

»Jawohl!«, sagte Johannes, und so gingen sie miteinander. Bald wurden sie sich recht gut, denn sie waren beide gute Menschen. Aber Johannes merkte wohl, dass der Fremde viel klüger war als er, er hatte fast die ganze Welt durchreist und wusste von allem möglichen, was existierte, zu erzählen.

Die Sonne war schon hoch herauf, als sie sich unter einen großen Baum setzten, ihr Frühstück zu genießen. Zur selben Zeit kam da eine alte Frau daher. Oh, sie war so alt und ging ganz krumm, stützte sich auf einen Krückstock und hatte auf ihrem Rücken ein Bündel Brennholz, welches sie sich im Walde gesammelt hatte. Ihre Schürze war aufgebunden, und Johannes sah, dass drei große Ruten von Farnkraut und Weidenreisern daraus hervorsahen. Indem sie ihnen ganz nahe war, glitt ihr ein Fuß aus, sie fiel um und tat einen lauten Schrei, denn sie hatte ihr Bein gebrochen, die arme, alte Frau.

Johannes meinte sogleich, dass sie sie nach Hause tragen wollten, wo sie wohnte, aber der Fremde machte sein Ränzel auf, nahm eine Kruke hervor und sagte, dass er hier eine Salbe habe, welche sogleich ihr Bein wieder ganz und kräftig machen würde, sodass sie selbst nach Hause gehen könne, und zwar so, als ob sie

nie das Bein gebrochen hätte. Aber dafür wolle er auch, dass sie ihm die drei Ruten schenke, die sie in ihrer Schürze habe.

»Das wäre gut bezahlt!«, sagte die Alte und nickte ganz eigen mit dem Kopfe; sie wollte die Ruten eben nicht gern hergeben, aber es war auch nicht angenehm, mit gebrochenem Beine dazuliegen. So gab sie ihm die Ruten, und sowie er nur die Salbe auf das Bein gerieben hatte, erhob sich auch die alte Mutter und ging viel besser denn zuvor. Das hatte die Salbe bewirkt; aber die war auch nicht in der Apotheke zu haben.

»Was willst du mit den Ruten?«, fragte Johannes nun seinen Reisekameraden.

»Das sind drei schöne Kräuterbesen!«, sagte er; »die liebe ich sehr, denn ich bin ein närrischer Patron!«

Dann gingen sie noch ein gutes Stück.

»Nein, wie der Himmel sich umzieht!«, sagte Johannes und zeigte geradeaus. »Das sind schrecklich dicke Wolken!«

»Nein«, sagte der Reisekamerad, »das sind keine Wolken, das sind Berge, die herrlichen großen Berge, wo man ganz hinauf über die Wolken in die frische Luft gelangt! Glaube mir, das ist herrlich! Morgen sind wir sicher schon dort!«

Das war nicht so nahe, wie es aussah; sie hatten einen ganzen Tag zu gehen, bevor sie die Berge erreichten, wo die schwarzen Wälder gerade gegen den Himmel aufwuchsen, und wo es Steine gerade so groß wie eine ganze Stadt gab. Das mochte wahrlich eine schwere Anstrengung werden, da ganz hinüberzukommen, aber darum gingen auch Johannes und der Reisekamerad in das Wirtshaus hinein, um sich gut auszuruhen und Kräfte zum morgigen Marsche zu sammeln.

Unten in der großen Schenkstube im Wirtshause waren viele Menschen versammelt, denn da war ein Mann, der gab Puppenkomödie; er hatte gerade sein kleines Theater aufgestellt, und die Leute saßen ringsumher, um die Komödie zu sehen. Aber ganz vorn hatte ein dicker Schlächter Platz genommen, und zwar den allerbesten; sein großer Bullenbeißer – uh! der sah so grimmig aus! – saß an seiner Seite und machte große Augen, gerade wie alle die andern Zuschauer.

Nun begann die Komödie, und das war ein niedliches Stück mit einem Könige und einer Königin; die saßen auf dem schönsten Thron, hatten goldene Kronen auf dem Haupte und lange Schleppen an den Kleidern, denn das konnten sie haben. Die niedlichsten Holzpuppen mit Glasaugen und großen Schnurrbärten standen an allen Türen und machten auf und zu, damit frische Luft in das Zimmer kommen konnte. Es war wirklich eine recht niedliche Komödie, und sie war gar nicht traurig, aber gerade als die Königin aufstand und über den Fußboden hinging, da – ja, Gott mag wissen, was der große Bullenbeißer sich dachte! – aber da der dicke Schlächter ihn nicht hielt, machte er einen Sprung gerade hinein in das Theater, nahm die Königin mitten um ihre schlanke Taille, sodass es knick! knack! ging. Es war ganz schrecklich!

Der arme Mann, der die ganze Komödie gab, war sehr erschrocken und betrübt über seine Königin, denn es war die allerniedlichste Puppe, die er hatte, und nun hatte ihr der hässliche Bullenbeißer den Kopf abgebissen; aber als die Leute später fortgingen, sagte der Fremde, der mit Johannes gekommen war, dass er sie schon wieder zurechtmachen werde, und da nahm er seine Kruke vor und schmierte die Puppe mit der Salbe, womit er der alten Frau geholfen, als sie ihr Bein gebrochen hatte. Sowie die Puppe geschmiert war, wurde sie gleich wieder ganz, ja sie konnte sogar alle ihre Glieder selbst bewegen, man brauchte gar nicht mehr an der Schnur zu ziehen; die Puppe war wie ein lebendiger Mensch, nur dass sie nicht sprechen konnte. Der Mann, der das kleine Puppentheater hatte, wurde sehr froh; nun brauchte er diese Puppe gar nicht mehr zu halten, die konnte ja von selbst tanzen. Das konnte keine der anderen.

Als es Nacht geworden und alle Leute im Wirtshause zu Bett gegangen waren, war da jemand, der schrecklich tief seufzte und so lange damit fortfuhr, bis alle aufstanden, um zu sehen, wer es sein könnte. Der Mann, der die Komödie gegeben hatte, ging nach seinem kleinen Theater hin, denn dort war es, wo jemand seufzte. Alle Holzpuppen lagen untereinander, der König und alle Trabanten, und die waren es, die so jämmerlich seufzten und mit ihren Glasaugen stierten; denn sie wollten so gern gleich der Königin ein wenig geschmiert werden, damit sie sich auch von selbst bewegen könnten. Die Königin legte sich gerade hin auf die Knie und streckte ihre prächtige Krone in die Höhe, während sie bat: »Nimm mir diese, aber schmiere meinen Gemahl und meine Hofleute!« Da konnte der arme Mann, der die Komödie und alle Puppen besaß, nicht unterlassen zu weinen, denn es tat ihm wirklich ihretwegen so leid. Er versprach sogleich dem Reisekameraden, ihm alles Geld zu geben, das er am nächsten Abend für sein Spiel erhalten werde, wenn er nur vier bis fünf von seinen niedlichsten Puppen schmieren wolle; aber der Reisekamerad sagte, dass er durchaus nichts verlange als den großen Säbel, den jener an seiner Seite habe, und als er den erhielt, beschmierte er sechs Puppen, die sogleich tanzten, und das so niedlich, dass alle Mädchen, die leben-

digen Menschenmädchen, die es sahen, sogleich mittanzten. Der Kutscher und die Köchin tanzten, der Diener und das Stubenmädchen, alle die Fremden und die Feuerschaufel und die Feuerzange; aber die fielen um, gerade als sie die ersten Sprünge machten. Ja, das war eine lustige Nacht! Am nächsten Morgen ging Johannes mit seinem Reisekameraden von ihnen allen fort, auf die hohen Berge hinauf und durch die großen Tannenwälder. Sie kamen so hoch hinauf, dass die Kirchtürme tief unter ihnen zuletzt wie kleine, rote Beeren unten in all dem Grünen aussahen, und sie konnten so weit hinsehen, viele, viele Meilen weit, wo sie nie gewesen waren! So viel Schönes der prächtigen Welt hatte Johannes früher nie auf einmal gesehen, und die Sonne schien so warm aus der frischen, blauen Luft; er hörte auch zwischen den Bergen die Jäger das Waldhorn so schön und lieblich blasen, dass ihm vor Freude das Wasser in die Augen trat und er nicht unterlassen konnte, auszurufen: »Du guter, lieber Gott, ich möchte dich küssen, weil du so gut gegen uns alle bist und uns all die Herrlichkeit, die in der Welt ist, gegeben hast!«

Der Reisekamerad stand auch mit gefalteten Händen da und sah über den Wald und die Städte in den warmen Sonnenschein hinaus. Zu gleicher Zeit ertönte es wunderbar lieblich über ihren Häuptern, sie blickten in die Höhe, ein großer, weißer Schwan schwebte in der Luft und sang, wie sie früher nie einen Vogel hatten singen hören. Aber der Gesang wurde schwächer und schwächer, der schöne Vogel neigte seinen Kopf und sank ganz langsam zu ihren Füßen nieder, wo er tot liegen blieb.

»Zwei so herrliche Flügel«, sagte der Reisekamerad, »so weiß und groß wie die, welche der Vogel hat, sind Geldes wert, die will ich mit mir nehmen! Siehst du nun wohl, dass es gut war, dass ich einen Säbel bekam?« Und so hieb er mit einem Schlage beide Flügel des toten Schwanes ab, die wollte er behalten.

Sie reisten nun viele, viele Meilen weit fort über die Berge, bis sie zuletzt eine große Stadt vor sich sahen mit über Hunderten von Türmen, die wie Silber in der Sonne erglänzten; mitten in der Stadt war ein prächtiges Marmorschloss, mit purem, roten Golde gedeckt, und hier wohnte der König.

Johannes und der Reisekamerad wollten nicht sogleich in die Stadt gehen, sondern blieben im Wirtshause draußen vor der Stadt, damit sie sich putzen konnten, denn sie wollten nett aussehen, wenn sie auf die Straße kämen. Der Wirt erzählte ihnen, dass der König ein so guter Mann sei, der nie einem Menschen etwas zuleide täte, weder dem einen noch anderen, aber seine Tochter, ja Gott behüte uns!, das wäre eine schlimme Prinzessin. Schönheit besaß sie genug, keine konnte so hübsch und niedlich sein, als sie war, aber was half das! Sie war eine schlimme, böse Hexe, die schuld daran war, dass so viele herrliche Prinzen ihr Leben verloren hatten. Allen Menschen hatte sie die Erlaubnis erteilt, um sie freien zu dürfen; ein jeder konnte kommen, er mochte Prinz oder Bettler sein, das war ihr ganz gleich; er sollte nur drei Sachen raten, an die sie gedacht hatte, und um die sie ihn befragte; könnte er das, so wollte sie sich mit ihm verbinden, und er sollte König über das ganze Land sein, wenn ihr Vater stürbe; konnte er aber die drei Sachen nicht raten, so ließ sie ihn aufhängen oder ihm den Kopf abhauen. Ihr Vater, der alte König, war so betrübt darüber, aber er konnte ihr nicht verbieten, so böse zu sein, denn er hatte einmal gesagt, er wolle nie etwas mit ihren Liebhabern zu tun haben, sie könne selbst tun, was sie wolle. Jedes Mal, wenn ein Prinz kam und raten sollte, um die Prinzessin zu erhalten, so konnte er es nicht, und dann wurde er gehängt oder geköpft; er war ja beizeiten gewarnt worden, er hätte das Freien unterlassen können.

Der alte König war so betrübt über all die Trauer und das Elend, dass er einen ganzen Tag des Jahres mit all seinen Soldaten auf den Knien lag und betete, die Prinzessin möge gut werden; aber das wollte sie durchaus nicht. Die alten Frauen, die Branntwein tranken, färbten denselben ganz schwarz, bevor sie ihn tranken; so trauerten sie, und mehr konnten sie doch nicht tun.

»Die hässliche Prinzessin!«, sagte Johannes. »Sie sollte wirklich die Rute haben, das würde ihr gut tun. Wäre ich nur der alte König, sie sollte schon gegerbt werden.«

Da hörten sie das Volk draußen »Hurra« rufen. Die Prinzessin kam vorbei, und sie war wirklich so schön, dass alle Leute vergaßen, wie böse sie war, deshalb riefen sie »Hurra«. Zwölf schöne Jungfrauen, allesamt in weißen Seidenkleidern und eine goldene Tulpe in der Hand, ritten auf kohlschwarzen Pferden ihr zur Seite; die Prinzessin selbst hatte ein kreideweißes Pferd, mit Diamanten und Rubinen geschmückt, ihr Reitkleid war von reinem Golde, und die Peitsche, die sie in der Hand hatte, sah aus, als wäre sie ein Sonnenstrahl; die goldene Krone auf dem Haupte war gerade wie kleine Sterne oben vom Himmel, und der Mantel war von mehr als Tausend schönen Schmetterlingsflügeln zusammengenäht; dessen ungeachtet war sie viel schöner als alle ihre Kleider.

Als Johannes sie zu sehen bekam, wurde er so rot in seinem Antlitz wie ein Blutstropfen, und er konnte kaum ein einziges Wort sagen; die Prinzessin sah ganz so aus wie das schöne Mädchen mit der goldenen Krone, von dem er in der Nacht geträumt hatte, in der sein Vater gestorben war. Er fand sie schön und konnte nicht unterlassen, sie recht zu lieben. Das wäre gewiss nicht wahr, sagte er, dass sie eine böse Hexe sei, welche die Leute hängen oder köpfen ließe, wenn sie nicht raten könnten, was sie von ihnen verlangte. »Ein jeder hat ja die Erlaubnis, um sie zu freien,

sogar der ärmste Bettler; ich will wirklich nach dem Schlosse gehen, denn ich kann es nicht unterlassen!« Sie sagten ihm alle, er möge es nicht tun, es würde ihm bestimmt wie allen den anderen ergehen.

Der Reisekamerad riet ihm auch davon ab, aber Johannes meinte, es würde schon gut gehen, bürstete seine Schuhe und seinen Rock, wusch sein Gesicht und seine Hände, kämmte sein hübsches, gelbes Haar und ging dann ganz allein in die Stadt hinein und nach dem Schlosse.

»Herein!«, sagte der alte König, als Johannes an die Tür pochte. Johannes öffnete, und der alte König, im Schlafrock und in gestickten Pantoffeln, kam ihm entgegen; die goldene Krone hatte er auf dem Haupte, das Zepter in der einen Hand und den Reichsapfel in der anderen. »Warte ein bisschen!«, sagte er und nahm den Apfel unter den Arm, um Johannes die Hand reichen zu können. Aber sowie er erfuhr, er sei ein Freier, fing er an so zu weinen, dass sowohl das Zepter als auch der Apfel auf den Fußboden fielen und er die Augen mit seinem Schlafrock trocknen musste. Der arme alte König!

»Lass es sein!«, sagte er, »es geht dir schlecht wie all den anderen. Nun, du sollst es sehen!« Dann führte er Johannes hinaus nach dem Lustgarten der Prinzessin. Da sah es schrecklich aus! Oben in jedem Baum hingen drei, vier Königssöhne, die um die Prinzessin gefreit hatten, die Sachen aber nicht hatten raten können, die sie ihnen aufgegeben hatte. Jedes Mal, wenn es wehte, klapperten alle Gerippe, sodass die kleinen Vögel erschraken und nie wieder in den Garten zu kommen wagten; alle Blumen waren an Menschenknochen aufgebunden, und in Blumentöpfen standen Totenköpfe und grinsten. Das war wahrlich ein sonderbarer Garten für eine Prinzessin!

»Hier kannst du es sehen!«, sagte der alte König. »Es wird dir ebenso wie all den anderen ergehen, die du hier siehst. Lass es deshalb lieber sein; du machst mich wirklich unglücklich, denn ich nehme mir das so zu Herzen!«

Johannes küsste dem guten, alten Könige die Hand und sagte, es würde schon gut gehen, denn er sei ganz entzückt von der schönen Prinzessin.

Da kam die Prinzessin selbst mit allen ihren Damen in den Schlosshof geritten; sie gingen deshalb zu ihr hinaus und sagten ihr guten Tag. Sie war so wunderschön anzuschauen und reichte Johannes die Hand, und er hielt noch viel mehr von ihr als früher; sie konnte sicher keine schlimme böse Hexe sein, wie alle Leute es ihr nachsagten. Dann gingen sie hinauf in den Saal, und die kleinen Pagen präsentierten ihnen Eingemachtes und Pfeffernüsse, aber der alte König war so betrübt, er konnte gar nichts essen, und die Pfeffernüsse waren ihm auch zu hart.

Es wurde bestimmt, dass Johannes am nächsten Morgen wieder nach dem Schlosse kommen solle, dann würden die Richter und der ganze Rat versammelt sein und hören, wie es ihm beim Raten ergehe. Wenn er gut dabei fahre, so sollte er dann noch zweimal kommen, aber es war noch nie jemand da gewesen, der es das erste Mal geraten hatte, sie hatten alle das Leben verloren.

Johannes war gar nicht bekümmert darum, wie es ihm ergehen würde, er war vielmehr vergnügt, gedachte nur der schönen Prinzessin und glaubte ganz sicher, der liebe Gott werde ihm schon helfen, aber wie, das wusste er nicht, und wollte lieber gar nicht daran denken.

Er tanzte auf der Landstraße dahin, als er nach dem Wirtshause zurückkehrte, wo der Reisekamerad auf ihn wartete.

Johannes konnte nicht fertig damit werden, zu erzählen, wie artig die Prinzessin gegen ihn gewesen und wie schön sie sei; er sehnte sich schon so sehr nach dem nächsten Tage, wo er in das Schloss sollte, um sein Glück mit Raten zu versuchen.

Aber der Reisekamerad schüttelte mit dem Kopfe und war ganz betrübt. »Ich bin dir so gut!«, sagte er, »wir hätten noch lange zusammen sein können, und nun soll ich dich schon verlieren! Du armer, lieber Johannes, ich könnte weinen, aber ich will am letzten Abend, den wir vielleicht zusammen sind, deine Freude nicht stören. Wir wollen lustig sein, recht lustig; morgen, wenn du fort bist, kann ich ungestört weinen.«

Alle Leute drinnen in der Stadt hatten sogleich erfahren, dass ein neuer Freier der Prinzessin angekommen war, und deshalb herrschte große Betrübnis. Das Schauspielhaus blieb geschlossen, alle Kuchenfrauen banden Flor um ihre Zuckerherzen, der König und die Priester lagen auf den Knien in den Kirchen, es herrschte allgemeine Betrübnis, denn Johannes konnte es ja nicht besser ergehen, als es allen den übrigen Freiern ergangen war.

Gegen Abend bereitete der Reisekamerad eine große Bowle Punsch und sagte zu Johannes: »Nun wollen wir recht lustig sein und auf der Prinzessin Gesundheit trinken.« Als aber Johannes zwei Gläser voll getrunken hatte, wurde er so schläfrig, dass es ihm unmöglich war, die Augen offen zu halten, er versank in tiefen Schlaf. Der Reisekamerad hob ihn ganz sachte vom Stuhle auf und legte ihn in das Bett hinein, und als es dann dunkle Nacht wurde, nahm er die beiden großen Flügel, die er dem Schwane abgehauen hatte, und band sie an seine Schultern fest; die größte Rute, die er von der alten Frau erhalten hatte, welche gefallen war und das Bein gebrochen hatte, steckte er in seine Tasche, öffnete das Fenster und flog so über die Stadt, gerade nach dem Schlosse hin, wo er sich in einen Winkel oben unter das Fenster setzte, welches in die Schlafstube der Prinzessin hineinging.

Es war ganz stille in der ganzen Stadt. Nun schlug die Uhr drei Viertel auf zwölf; das Fenster ging auf, und die Prinzessin flog in einem langen, weißen Mantel und mit schwarzen Flügeln über die Stadt weg, hinaus zu einem großen Berge; aber der Reisekamerad machte sich unsichtbar, sodass sie ihn nicht sehen konnte, flog hinterher und peitschte die Prinzessin mit seiner Rute, sodass ordentlich Blut floss, wohin er schlug. Ah, das war eine Fahrt durch die Luft! Der Wind fasste ihren Mantel, der sich nach allen Seiten ausbreitete, gleich einem großen Schiffssegel, und der Mond schien durch ihn hindurch.

»Wie es hagelt! Wie es hagelt!«, sagte die Prinzessin bei jedem Schlage, den sie von der Rute bekam, und das geschah ihr schon recht. Endlich kam sie hinaus zum Berge und klopfte an. Es rollte gleich dem Donner, indem der Berg sich öffnete, und die Prinzessin ging hinein. Der Reisekamerad folgte ihr, denn niemand konnte ihn sehen, er war unsichtbar. Sie gingen durch einen großen langen Gang, wo die Wände ganz besonders glänzten; es waren über Tausend glühende Spinnen, die an der Mauer auf und ab liefen und wie Feuer leuchteten. Dann kamen sie in einen großen Saal, von Silber und Gold erbaut. Blumen, so groß wie Sonnenblumen, rote und blaue, glänzten von den Wänden, aber niemand konnte die Blumen pflücken, denn die Stängel waren hässliche, giftige Schlangen, und die Blumen waren Feuer, welches ihnen aus dem Maule herausbrannte. Die ganze Decke war mit leuchtenden Johanniswürmchen und himmelblauen Fledermäusen bedeckt, welche mit den dünnen Flügeln schlugen; es sah ganz schauerlich aus! Mitten auf dem Fußboden war ein Thron, der von vier Pferdegerippen, welche Zaumzeug von den roten Feuerspinnen aufhatten, getragen wurde; der Thron selbst war von milchweißem Glase, und die Kissen darauf waren kleine, schwarze Mäuse, die einander in den Schwanz bissen. Über dem Throne war ein Dach von rosenroten Spinnweben, mit den niedlichsten kleinen, grünen Fliegen besetzt, welche wie Edelsteine glänzten. Mitten auf dem Throne saß ein alter Zauberer, mit einer Krone auf dem hässlichen Kopf und einem Zepter in der Hand. Er küsste die Prinzessin auf ihre Stirn, ließ sie sich zu seiner Seite auf den kostbaren Thron setzen, und nun begann die Musik. Große schwarze Heuschrecken spielten die Mundharmonika, und die Eule schlug sich auf den Leib, denn sie hatte keine Trommel. Das war ein possierliches Konzert! Kleine, schwarze Kobolde mit einem Irrlicht auf der Mütze tanzten im Saale herum. Niemand aber konnte den Reisekameraden erblicken; er hatte sich gerade hinter den Thron gestellt und hörte und sah alles.

Die Hofleute, die nun hereinkamen, waren fein und vornehm, aber der, welcher ordentlich sehen konnte, merkte wohl, wie es damit zusammenhing. Es waren nichts weiter als Besenstiele mit Kohlköpfen darauf, in die der Zauberer Leben gehext und denen er gestickte Kleider gegeben hatte. Aber das war ja auch gleich, sie wurden doch nur zum Staat gebraucht.

Nachdem nun etwas getanzt worden war, erzählte die Prinzessin dem Zauberer, dass sie einen neuen Freier erhalten habe, und fragte deshalb, woran sie wohl denken solle, um ihn am nächsten Morgen danach zu fragen, wenn er nach dem Schlosse komme.

»Höre!«, sagte der Zauberer, »das will ich dir sagen! Du sollst etwas recht Leichtes wählen, denn so fällt er gar nicht darauf. Denke an deinen einen Schuh. Das rät er nicht. Lass ihm dann den Kopf abhauen, doch vergiss nicht, wenn du morgen Nacht wieder zu mir herauskommst, mir seine Augen zu bringen, denn die will ich essen!«

Die Prinzessin verneigte sich ganz tief und sagte, sie werde die Augen nicht vergessen.

Der Zauberer öffnete nun den Berg, und sie flog wieder zurück, aber der Reisekamerad folgte ihr und prügelte sie so stark mit der Rute, dass sie ganz tief seufzte über das starke Hagelwetter und sich, so sehr sie konnte, beeilte, durch das Fenster in ihre Schlafstube zu gelangen; aber der Reisekamerad flog zum Wirtshause zurück, wo Johannes noch schlief, löste seine Flügel ab und legte sich dann auch auf das Bett, denn er konnte wohl ermüdet sein.

Es war ganz früh am Morgen, als Johannes erwachte; der Reisekamerad stand auch auf und erzählte, dass er diese Nacht einen ganz sonderbaren Traum von der Prinzessin und ihrem Schuh gehabt habe, und bat ihn deshalb, doch zu fragen, ob die Prinzessin nicht an ihren Schuh gedacht haben sollte, denn das war es ja, was er von dem Zauberer im Berge gehört hatte.

»Ich kann ebenso gut danach als nach etwas anderem fragen«, sagte Johannes; »vielleicht ist das ganz richtig, was du geträumt hast, denn ich vertraue auf den lieben Gott, der mir schon helfen wird! Aber ich will dir doch Lebewohl sagen, denn wenn ich falsch rate, bekomme ich dich nie mehr zu sehen!«

Dann küssten sie sich, und Johannes ging in die Stadt und nach dem Schlosse. Der ganze Saal war mit Menschen angefüllt, die Richter saßen in ihren Lehnstühlen und hatten Eiderdaunenkissen unter dem Kopfe, denn sie hatten so viel zu denken. Der alte König stand auf und trocknete seine Augen mit einem weißen Taschentuche. Nun trat die Prinzessin herein; sie war noch viel schöner als gestern und grüßte alle so lieblich, aber dem Johannes gab sie die Hand und sagte: »Guten Morgen, du!«

Nun sollte Johannes raten, woran sie gedacht habe. Gott! wie sah sie ihn freundlich an, aber sowie sie ihn das eine Wort »Schuh« aussprechen hörte, wurde sie kreideweiß im Gesicht und zitterte am ganzen Körper, aber das konnte ihr nichts helfen, denn er hatte richtig geraten!

Der Tausend! wie wurde der alte König vergnügt! Er schoss einen Purzelbaum, dass es eine Lust war, und alle Leute klatschten in die Hände für ihn und für Johannes, der das erste Mal richtig geraten hatte.

Der Reisekamerad war auch erfreut, als er erfuhr, wie gut es abgelaufen war; aber Johannes faltete seine Hände und dankte seinem Gott, der ihm sicher die beiden anderen Male wieder helfen würde. Am nächsten Tage sollte schon wieder geraten werden.

Der Abend verging ebenso wie der gestrige. Als Johannes schlief, flog der Reisekamerad hinter der Prinzessin her zum Berge hinaus und prügelte sie noch stärker als das vorige Mal, denn nun hatte er zwei Ruten genommen; niemand bekam ihn zu sehen, und er hörte alles. Die Prinzessin wollte an ihren Handschuh denken, und das erzählte er wieder dem Johannes, gerade als ob es ein Traum sei; so konnte Johannes wohl richtig raten, und es verursachte eine große Freude auf dem Schlosse. Der ganze Hof schoss Purzelbäume, gerade so wie sie es vom Könige das erste Mal hatten machen sehen; aber die Prinzessin lag auf dem Sofa und wollte nicht ein einziges Wort sagen. Nun kam es darauf an, ob Johannes das dritte Mal richtig raten konnte. Glückte es, so sollte er ja die schöne Prinzessin haben und nach dem Tode des alten Königs das ganze Königreich erben; riet er falsch, so sollte er sein Leben verlieren, und der Zauberer würde seine schönen, blauen Augen essen.

Den Abend vorher ging Johannes zeitig zu Bett, betete sein Abendgebet und schlief dann ganz ruhig; aber der Reisekamerad band seine Flügel an den Rücken, schnallte den Säbel an seine Seite, nahm alle drei Ruten mit sich, und so flog er nach dem Schlosse.

Es war ganz stockfinstere Nacht; es stürmte so, dass die Dachsteine von den Häusern flogen, und die Bäume drinnen im Garten, wo die Gerippe hingen, bogen sich gleich dem Schilfe vom Sturmwind; es blitzte jeden Augenblick, und der Donner rollte gerade, als ob es nur ein einziger Schlag sei, der die ganze Nacht währte. Nun schlug das Fenster auf, und die Prinzessin flog heraus; sie war so bleich wie der Tod, aber sie lachte über das böse Wetter, meinte, es sei noch nicht stark genug, und ihr weißer Mantel wirbelte in der Luft herum gleich einem großen Schiffssegel. Aber der Reisekamerad peitschte sie mit seinen drei Ruten, dass das

Blut auf die Erde tröpfelte und sie zuletzt kaum weiterfliegen konnte. Endlich kam sie doch nach dem Berge.

»Es hagelt und stürmt«, sagte sie; »nie bin ich in solchem Wetter ausgewesen.«

»Man kann auch des Guten zu viel haben«, sagte der Zauberer. Nun erzählte sie ihm, dass Johannes auch das zweite Mal richtig geraten habe; wenn er nun dasselbe auch morgen tue, so hätte er gewonnen, und sie könne nie mehr nach dem Berge hinauskommen und werde nie mehr solche Zauberkünste wie früher machen können; deshalb war sie ganz betrübt.

»Er soll es nicht raten können!«, sagte der Zauberer. »Ich werde schon etwas erdenken, was er sich nie gedacht hat, oder er müsste ein größerer Zauberer sein als ich. Aber nun wollen wir lustig sein!« Und damit fasste er die Prinzessin bei beiden Händen, und sie tanzten mit all den kleinen Kobolden und Irrlichtern herum, die in dem Zimmer waren; die roten Spinnen sprangen an den Wänden ebenso lustig auf und nieder; es sah aus, als ob Feuerblumen sprühten. Die Eulen schlugen auf die Trommel, die Heimchen pfiffen, und die schwarzen Heuschrecken bliesen die Mundharmonika. Es war ein lustiger Ball!

Als sie nun lange genug getanzt hatten, musste die Prinzessin nach Hause, sonst wäre sie im Schlosse vermisst worden; der Zauberer sagte, dass er sie begleiten wolle, dann wären sie doch noch unterwegs beisammen.

Dann flogen sie im bösen Wetter davon, und der Reisekamerad schlug seine drei Ruten auf ihren Rücken entzwei; nie war der Zauberer in solchem Hagelwetter ausgewesen. Draußen vor dem Schlosse sagte er der Prinzessin Lebewohl und flüsterte ihr zu-

gleich zu: »Denke an meinen Kopf!« Aber der Reisekamerad hörte es wohl, und gerade in dem Augenblick, als die Prinzessin durch das Fenster in ihr Schlafzimmer schlüpfte und der Zauberer wieder umkehren wollte, ergriff er ihn an seinem langen schwarzen Barte und hieb mit dem Säbel seinen hässlichen Zaubererkopf gerade bei den Schultern ab, sodass der Zauberer ihn nicht einmal selbst zu sehen bekam; den Körper warf er hinaus in den See zu den Fischen, doch den Kopf tauchte er nur in das Wasser und band ihn dann in sein seidenes Taschentuch, nahm ihn mit nach dem Wirtshause und legte sich dann schlafen.

Am nächsten Morgen gab er Johannes das Taschentuch und sagte ihm dabei, dass er es nicht eher aufknüpfen dürfe, als die Prinzessin frage, woran sie gedacht habe.

Es waren so viele Menschen in dem großen Saale auf dem Schlosse, dass sie so dicht standen wie Radieschen, die in ein Bund zusammengeknüpft sind. Der Rat saß in seinen Stühlen mit den weichen Kopfkissen, und der alte König hatte neue Kleider an, die goldene Krone und das Zepter waren poliert, es sah ganz feierlich aus; aber die Prinzessin war ganz bleich und hatte ein kohlschwarzes Kleid an, als gehe sie zum Begräbnis.

»Woran habe ich gedacht?«, fragte sie Johannes, und sogleich band er das Taschentuch auf und erschrak selbst ganz gewaltig, als er das hässliche Zaubererhaupt erblickte. Es schauderte allen Menschen, denn es war schrecklich anzusehen, aber die Prinzessin saß gerade wie ein Steinbild und konnte nicht ein einziges Wort sagen; zuletzt erhob sie sich und reichte Johannes die Hand, denn er hatte ja richtig geraten; sie sah weder auf ihn noch auf irgend jemand anders, sondern seufzte ganz laut: »Nun bist du mein Herr! Diesen Abend wollen wir Hochzeit halten!«

»Das gefällt mir!«, sagte der alte König; »so wollen wir es haben!« Alle Leute riefen »Hurra«, die Wachtparade machte Musik in den Straßen, die Glocken läuteten, und die Kuchenfrauen nahmen den schwarzen Flor von ihren Zuckerherzen, denn nun herrschte Freude. Drei ganze gebratene Ochsen, mit Enten und Hühnern gefüllt, wurden mitten auf den Markt gesetzt, jeder konnte sich ein Stück abschneiden; in den Wasserkünsten sprudelte der schönste

Wein, und kaufte man eine Schillingsbrezel beim Bäcker, so bekam man sechs große Zwiebäcke als Zugabe, und den Zwieback mit Rosinen darin.

Am Abend war die ganze Stadt erleuchtet, und die Soldaten schossen mit Kanonen und die Knaben mit Knallerbsen, und es wurde gegessen und getrunken, angestoßen und gesprungen oben im Schlosse, alle die vornehmen Herren und schönen Fräuleins tanzten miteinander; man konnte in weiter Ferne hören, wie sie sangen:

Hier sind viel hübsche Mädchen,
die gerne tanzen rundherum,
drehn sich wie Spinnerädchen;
hübsches Mädchen, dreh dich um!
tanzt und springet immerzu,
bis die Sohle fällt vom Schuh!

Aber die Prinzessin war ja noch eine Hexe und mochte Johannes gar nicht leiden; das fiel dem Reisekameraden ein, und deshalb gab er Johannes drei Federn aus den Schwanenflügeln und eine kleine Flasche mit einigen Tropfen darin, sagte ihm dann, dass er ein großes Fass, mit Wasser gefüllt, vor das Bett der Prinzessin setzen lassen solle, und wenn die Prinzessin hineinsteigen wolle, solle er ihr einen kleinen Stoß geben, sodass sie in das Wasser hinunterfalle, wo er sie dreimal untertauchen müsse, nachdem er vorher die Federn und die Tropfen hineingeschüttet habe; dann würde sie ihre Zauberei verlieren und ihn recht lieb haben.

Johannes tat alles, was der Reisekamerad ihm geraten hatte. Die Prinzessin schrie ganz laut, indem er sie unter das Wasser tauchte, und zappelte ihm unter den Händen als ein großer, schwarzer Schwan mit funkelnden Augen; als sie das zweite Mal wieder über das Wasser heraufkam, war der Schwan weiß, bis auf einen schwarzen Ring um den Hals. Johannes betete fromm zu Gott und ließ das Wasser das dritte Mal über den Vogel zusammenschlagen, und im selben Augenblick wurde dieser in die schönste Prinzessin verwandelt. Sie war noch schöner als zuvor und dankte ihm mit Tränen in ihren herrlichen Augen, dass er ihre Bezauberung gehoben habe.

Am nächsten Morgen kam der alte König mit seinem ganzen Hofstaate, und da gab es ein Gratulieren bis spät in den Tag hinein. Zu allerletzt kam der Reisekamerad; er hatte seinen Stock in der Hand und das Ränzel auf dem Rücken. Johannes küsste ihn viele Male und sagte, er dürfe nicht fortreisen, er solle bei ihm bleiben, denn er sei ja die Ursache seines ganzen Glückes. Aber der Reisekamerad schüttelte mit dem Kopfe und sagte so mild und freundlich: »Nein, nun ist meine Zeit um. Ich habe nur meine Schuld bezahlt. Erinnerst du dich des toten Mannes, dem die bösen Menschen Übles tun wollten? Du gabst alles, was du besaßest, damit er Ruhe in seinem Grabe haben könnte. Der Tote bin ich!«

Zu gleicher Zeit war er verschwunden.

Die Hochzeit währte nun einen ganzen Monat. Johannes und die Prinzessin liebten einander innig, und der alte König erlebte manche frohe Tage und ließ ihre kleinen Kinderchen auf seinen Knien reiten und mit seinem Zepter spielen; aber Johannes wurde König über das ganze Land.

Des Kaisers neue Kleider

Vor vielen Jahren lebte ein Kaiser, der so ungeheuer viel auf neue Kleider hielt, dass er all sein Geld dafür ausgab, um recht geputzt zu sein. Er kümmerte sich nicht um seine Soldaten, kümmerte sich nicht um Theater und liebte es nicht, in den Wald zu fahren, außer um seine neuen Kleider zu zeigen. Er hatte einen

Rock für jede Stunde des Tages, und ebenso wie man von einem Könige sagt, er ist im Rate, so sagte man hier immer: »Der Kaiser ist in der Garderobe!«

In der großen Stadt, wo er wohnte, ging es sehr munter her; an jedem Tage kamen da viele Fremde an. Eines Tages kamen auch zwei Betrüger, die gaben sich für Weber aus und sagten, dass sie das schönste Zeug, das man sich denken könne, zu weben verstünden. Die Farben und das Muster wären nicht allein ungewöhnlich schön, sondern die Kleider, die von dem Zeuge genäht würden, besäßen die wunderbare Eigenschaft, dass sie für jeden Menschen unsichtbar wären, der nicht für sein Amt tauge oder der unverzeihlich dumm sei.

»Das wären ja prächtige Kleider«, dachte der Kaiser; »wenn ich die anhätte, könnte ich ja dahinterkommen, welche Männer in meinem Reiche zu dem Amte, das sie haben, nicht taugen, ich könnte die Klugen von den Dummen unterscheiden! Ja, das Zeug muss sogleich für mich gewebt werden!«, und er gab den beiden Betrügern viel Handgeld, damit sie ihre Arbeit beginnen möchten.

Sie stellten auch zwei Webstühle auf, taten, als ob sie arbeiteten, aber sie hatten nicht das geringste auf dem Stuhle. Frischweg verlangten sie die feinste Seide und das prächtigste Gold; das steckten sie in ihre eigene Tasche und arbeiteten an leeren Stühlen bis spät in die Nacht hinein.

»Nun möchte ich doch wohl wissen, wie weit sie mit dem Zeuge sind!«, dachte der Kaiser, aber es war ihm außerordentlich beklommen zumute, wenn er daran dachte, dass der, welcher dumm sei oder schlecht zu seinem Amte tauge, es nicht sehen könne. Nun glaubte er zwar, dass er für sich selbst nichts zu fürchten brauche, aber er wollte doch erst einen anderen senden, um zu sehen, wie es damit stände. Alle Menschen in der ganzen Stadt wussten, welche besondere Kraft das Zeug habe, und alle waren begierig zu sehen, wie schlecht oder dumm ihr Nachbar sei.

»Ich will meinen alten, ehrlichen Minister zu den Webern senden!«, dachte der Kaiser; »er kann am besten beurteilen, wie das Zeug sich ausnimmt, denn er hat Verstand, und keiner versieht sein Amt besser als er!«

Nun ging der alte, gute Minister in den Saal hinein, wo die zwei Betrüger saßen und an den leeren Webstühlen arbeiteten. »Gott behüte uns!«, dachte der alte Minister und riss die Augen auf. »Ich kann ja nichts erblicken!« Aber das sagte er nicht.

Beide Betrüger baten ihn, gefälligst näher zu treten, und fragten, ob es nicht ein hübsches Muster und schöne Farben seien. Dann zeigten sie auf den leeren Stuhl, und der arme alte Minister fuhr fort, die Augen aufzureißen, aber er konnte nichts sehen, denn da war nichts. »Herr Gott«, dachte er, »sollte ich dumm sein? Das habe ich nie geglaubt, und das darf kein Mensch wissen! Sollte ich nicht zu meinem Amte taugen? Nein, es geht nicht an, dass ich erzähle, ich könne das Zeug nicht sehen!«

»Nun, Sie sagen nichts dazu?«, fragte der eine, der da webte.

»O es ist niedlich, ganz allerliebst!«, antwortete der alte Minister und sah durch seine Brille. »Dieses Muster und diese Farben! – Ja, ich werde dem Kaiser sagen, dass es mir sehr gefällt!«

»Nun, das freut uns!«, sagten beide Weber, und darauf benannten sie die Farben mit Namen und erklärten das seltsame Muster. Der alte Minister passte gut auf, damit er dasselbe sagen könne, wenn er zum Kaiser zurückkäme, und das tat er.

Nun verlangten die Betrüger mehr Geld, mehr Seide und mehr Gold, um es zum Weben zu gebrauchen. Sie steckten alles in ihre eigenen Taschen, auf den Webstuhl kam kein Faden, aber sie fuhren fort, wie bisher an dem leeren Webstuhl zu arbeiten.

Der Kaiser sandte bald wieder einen anderen tüchtigen Staatsmann hin, um zu sehen, wie es mit dem Weben stände, und ob das Zeug bald fertig sei; dem ging es gerade wie dem ersten, er sah und sah; weil aber außer dem leeren Webstuhl nichts da war, so konnte er nichts sehen.

»Ja, ist das nicht ein hübsches Stück Zeug?«, fragten die beiden Betrüger und zeigten und erklärten das prächtige Muster, welches gar nicht da war.

»Dumm bin ich nicht!«, dachte der Mann; »es ist also mein gutes Amt, zu dem ich nicht tauge? Das wäre komisch genug, aber das muss man sich nicht merken lassen!«, und so lobte er das Zeug, welches er nicht sah, und versicherte ihnen seine Freude über die schönen Farben und das herrliche Muster. »Ja, es ist ganz allerliebst!«, sagte er zum Kaiser.

Alle Menschen in der Stadt sprachen von dem prächtigen Zeuge.

Nun wollte der Kaiser es selbst sehen, während es noch auf dem Webstuhle sei. Mit einer ganzen Schar ausgewählter Männer, unter denen auch die beiden ehrlichen Staatsmänner waren, die schon früher dort gewesen, ging er zu den beiden listigen Betrügern hin, die nun aus allen Kräften webten, aber ohne Faser und Faden.

»Ist das nicht prächtig?«, sagten die beiden alten Staatsmänner, die schon einmal da gewesen waren. »Sehen Ew. Majestät, welches

Muster, welche Farben!« Und dann zeigten sie auf den leeren Webstuhl, denn sie glaubten, dass die andern das Zeug wohl sehen könnten.

»Was!«, dachte der Kaiser, »ich sehe gar nichts! Das ist ja schrecklich! Bin ich dumm? Tauge ich nicht dazu, Kaiser zu sein? Das wäre das Schrecklichste, was mir begegnen könnte!« – »Oh, es ist sehr hübsch!«, sagte er. »Es hat meinen allerhöchsten Beifall!« Und er nickte zufrieden und betrachtete den leeren Webstuhl, denn er wollte nicht sagen, dass er nichts sehen könne. Das ganze Gefolge, welches er bei sich hatte, sah und sah und bekam nicht mehr heraus als die andern; aber sie sagten, wie der Kaiser: »Oh, das ist hübsch!« Und sie rieten ihm, diese neuen, prächtigen Kleider das erste Mal bei der großen Prozession, die bevorstand, zu tragen. »Es ist herrlich, niedlich, exzellent!«, ging es von Mund zu Mund; man schien allerseits innig erfreut darüber, und der Kaiser verlieh den Betrügern den Titel: Kaiserliche Hofweber.

Die ganze Nacht vor dem Morgen, an dem die Prozession stattfinden sollte, waren die Betrüger auf und hatten über sechzehn Lichter angezündet. Die Leute konnten sehen, dass sie stark beschäftigt waren, des Kaisers neue Kleider fertigzumachen. Sie taten, als ob sie das Zeug aus dem Webstuhl nahmen, sie schnitten mit großen Scheren in die Luft, sie nähten mit Nähnadeln ohne Faden und sagten zuletzt: »Nun sind die Kleider fertig!«

Der Kaiser mit seinen vornehmsten Kavalieren kam selbst dahin, und beide Betrüger hoben den einen Arm in die Höhe, gerade, als ob sie etwas hielten, und sagten: »Seht, hier sind die Beinkleider! Hier ist der Rock! Hier der Mantel!« und so weiter. »Es ist so leicht wie Spinnenwebe; man sollte nicht glauben, man habe nichts auf dem Leibe; aber das ist gerade die Schönheit davon!«

»Ja!«, sagten alle Kavaliere; aber sie konnten nichts sehen, denn es war nichts da.

»Belieben Ew. kaiserliche Majestät jetzt Ihre Kleider allergnädigst auszuziehen«, sagten die Betrüger, »so wollen wir Ihnen die Neuen anziehen, hier vor dem großen Spiegel!«

Der Kaiser legte alle seine Kleider ab, und die Betrüger stellten sich, als ob sie ihm jedes Stück der neuen Kleider anzögen, welche fertig waren; und der Kaiser wendete und drehte sich vor dem Spiegel.

»Ei, wie gut sie kleiden, wie herrlich sie sitzen!«, sagten alle. »Welches Muster! Welche Farben! Das ist eine köstliche Tracht!«

»Draußen stehen sie mit dem Thronhimmel, welcher über Ew. Majestät in der Prozession getragen werden soll!«, meldete der Oberzeremonienmeister.

»Seht, ja, ich bin fertig!«, sagte der Kaiser. »Sitzt es nicht gut?«, und dann wendete er sich nochmals zu dem Spiegel; denn es sollte scheinen, als ob er seinen Staat recht betrachte.

Die Kammerherrn, welche die Schleppe tragen sollten, griffen mit den Händen gegen den Fußboden, gerade als ob sie die Schleppe aufhöben, sie gingen und taten, als hielten sie etwas in der Luft; sie wagten es nicht, sich merken zu lassen, dass sie nichts sehen konnten.

So ging der Kaiser unter dem prächtigen Thronhimmel, und alle Menschen auf der Straße und in den Fenstern sprachen: »Gott, wie sind des Kaisers neue Kleider unvergleichlich! Welche Schleppe er am Kleide hat! Wie schön sie sitzt!« Keiner wollte es sich merken lassen, dass er nichts sah, denn so hätte er ja nicht zu seinem Amte getaugt oder wäre sehr dumm gewesen. Keine Kleider des Kaisers hatten solches Glück gemacht als diese.

»Aber er hat ja gar nichts an!«, sagte endlich ein kleines Kind. »Herr Gott, hört die Stimme der Unschuld«, sagte der Vater; und der eine zischelte dem andern zu, was das Kind gesagt hatte.

»Aber er hat ja gar nichts an!«, rief zuletzt das ganze Volk. Das ergriff den Kaiser, denn es schien ihm, als hätte das Volk recht, aber er dachte bei sich: »Nun muss ich aushalten.« Und die Kammerherren gingen und trugen die Schleppe, die gar nicht da war.

Der Schweinehirt

Es war einmal ein armer Prinz; er hatte ein Königreich, welches ganz klein war, aber es war immer groß genug, um sich darauf zu verheiraten, und verheiraten wollte er sich.

Nun war es freilich etwas keck von ihm, dass er zur Tochter des Kaisers zu sagen wagte: »Willst du mich haben?« Aber er wagte es doch, denn sein Name war weit und breit berühmt, es gab Hunderte von Prinzessinnen, die gern ja gesagt hätten, aber ob sie es tat?

Nun, wir wollen hören.

Auf dem Grabe des Vaters des Prinzen wuchs da ein Rosenstrauch, und solch ein herrlicher Rosenstrauch! Der blühte nur jedes fünfte Jahr und trug dann auch nur eine einzige Blume, aber das war eine Rose, die duftete so süß, dass man alle seine Sorgen und seinen Kummer vergaß, wenn man daran roch.

Der Prinz hatte aber auch eine Nachtigall, die konnte singen, als ob alle schönen Melodien in ihrer kleinen Kehle säßen. Diese Rose und diese Nachtigall sollte die Prinzessin haben; und deshalb wurden sie beide in große, silberne Behälter gesetzt und ihr so zugesandt.

Der Kaiser ließ sie vor sich her in den großen Saal tragen, wo die Prinzessin war und »Es kommen Fremde« mit ihren Hofdamen spielte; und als sie die großen Behälter mit den Geschenken darin erblickte, klatschte sie vor Freude in die Hände.

»Wenn es doch eine kleine Miezekatze wäre!« ›sagte sie, aber da kam der Rosenstrauch mit der herrlichen Rose hervor.

»Nein, wie ist die niedlich gemacht!«, sagten alle Hofdamen.

»Sie ist mehr als niedlich!«, sagte der Kaiser, »sie ist schön!«

Aber die Prinzessin befühlte sie, und da war sie nahe daran, zu weinen.

»Pfui, Papa!«, sagte sie, »sie ist nicht künstlich, sie ist natürlich!«

»Pfui!«, sagten alle Hofdamen, »sie ist natürlich!«

»Lasst uns nun erst sehen, was in dem anderen Behälter ist, ehe wir böse werden!«, meinte der Kaiser, und da kam die Nachtigall heraus, die so schön sang, dass man nicht gleich etwas Böses gegen sie vorbringen konnte.

»Superbe! Charmant!«, sagten die Hofdamen, denn sie plauderten alle französisch, die eine immer ärger als die andere.

»Wie der Vogel mich an die Spieldose der seligen Kaiserin erinnert!«, sagte ein alter Kavalier. »Ach ja, das ist ganz derselbe Ton, derselbe Vortrag!«

»Ja!«, sagte der Kaiser, und dann weinte er wie ein kleines Kind.

»Es wird doch hoffentlich kein natürlicher sein?«, sagte die Prinzessin.

»Ja, es ist ein natürlicher Vogel!«, sagten die, welche ihn gebracht hatten.

»So lasst den Vogel fliegen«, sagte die Prinzessin, und sie wollte auf keine Weise gestatten, dass der Prinz käme.

Aber er ließ sich nicht einschüchtern; er bemalte sich das Antlitz mit Braun und Schwarz, drückte die Mütze tief über den Kopf und klopfte an.

»Guten Tag, Kaiser!«, sagte er. »Könnte ich nicht hier auf dem Schlosse einen Dienst bekommen?«

»Jawohl!«, sagte der Kaiser. »Ich brauche jemand, der die Schweine hüten kann, denn deren haben wir viele!«

So wurde der Prinz angestellt als kaiserlicher Schweinehirt. Er bekam eine jämmerliche, kleine Kammer unten beim Schweinekoben, und da musste er bleiben; aber den ganzen Tag saß er und arbeitete, und als es Abend war, hatte er einen niedlichen kleinen Topf gemacht, rings um denselben waren Schellen, und sobald der Topf kochte, so klingelten sie so schön und spielten die alte Melodie:

Ach, du lieber Augustin,
alles ist weg, weg, weg!

Aber das Allerkünstlichste war doch, dass, wenn man den Finger in den Dampf des Topfes hielt, man sogleich riechen konnte, welche Speisen auf jedem Feuerherd in der Stadt zubereitet wurden. Sieh, das war wahrlich etwas ganz anderes als die Rose!

Nun kam die Prinzessin mit allen ihren Hofdamen daherspaziert, und als sie die Melodie hörte, blieb sie stehen und sah ganz erfreut aus; denn sie konnte auch »Ach, du lieber Augustin« spielen, das war das Einzige, was sie konnte, aber das spielte sie mit einem Finger.

»Das ist ja das, was ich kann!«, sagte sie. »Dann muss es ein gebildeter Schweinehirte sein! Höre, gehe hinunter und frage ihn, was das Instrument kostet!«

Und da musste eine der Hofdamen hineingehen, aber sie zog Holzpantoffeln an.

»Was willst du für den Topf haben?«, fragte die Hofdame.

»Ich will zehn Küsse von der Prinzessin haben!«, sagte der Schweinehirt.

»Gott bewahre uns!«, sagte die Hofdame.

»Ja, anders tue ich es nicht!«, antwortete der Schweinehirt.

»Er ist ja unartig!«, sagte die Prinzessin, und dann ging sie; aber als sie ein kleines Stück gegangen war, erklangen die Schellen so lieblich:

Ach, du lieber Augustin,
alles ist weg, weg, weg!

»Höre«, sagte die Prinzessin, »frage ihn, ob er zehn Küsse von meinen Hofdamen haben will!«

»Ich danke schön!«, sagte der Schweinehirt, »zehn Küsse von der Prinzessin, oder ich behalte meinen Topf!«

»Was ist das doch für eine langweilige Geschichte!«, sagte die Prinzessin. »Aber dann müsst ihr vor mir stehen, damit es niemand sieht!«

Und die Hofdamen stellten sich davor, und dann breiteten sie ihre Kleider aus, und da bekam der Schweinehirt zehn Küsse, und sie erhielt den Topf.

Nun, das gab eine Freude! Den ganzen Abend und den ganzen Tag musste der Topf kochen; es gab nicht einen Feuerherd in der ganzen Stadt, von dem sie nicht wussten, was darauf gekocht wurde, sowohl beim Kammerherrn wie beim Schuhmacher. Die Hofdamen tanzten und klatschten in die Hände.

»Wir wissen, wer süße Suppe und Eierkuchen essen wird! Wir wissen, wer Grütze und Karbonade bekommt! Wie ist das doch interessant!«

»Ja, aber haltet reinen Mund, denn ich bin des Kaisers Tochter!«

»Gott behüte uns!«, sagten alle.

Der Schweinehirt, das heißt der Prinz, aber sie wussten es ja nicht anders, als dass er ein wirklicher Schweinehirt sei, ließ die Tage nicht verstreichen, ohne etwas zu tun, und da machte er eine Knarre, wenn man die herumschwang, erklangen alle die Walzer und Hopfer, die man von Erschaffung der Welt her kannte.

»Ach das ist superbe!«, sagte die Prinzessin, indem sie vorbeiging. »Ich habe nie eine schönere Musik gehört! Höre, gehe hinein und frage ihn, was das Instrument kostet, aber küssen tue ich nicht wieder!«

»Er will hundert Küsse von der Prinzessin haben!«, sagte die Hofdame, welche hineingegangen war, um zu fragen.

»Ich glaube, er ist verrückt!«, sagte die Prinzessin, und dann ging sie; aber als sie ein kleines Stück gegangen war, blieb sie wieder stehen.

»Man muss die Kunst aufmuntern«, sagte sie; »ich bin des Kaisers Tochter! Sage ihm, er solle wie neulich zehn Küsse haben; den Rest kann er von meinen Hofdamen nehmen!«

»Ach, aber wir tun es so ungern!«, sagten die Hofdamen.

»Das ist Geschwätz!«, sagte die Prinzessin. »Wenn ich ihn küssen kann, dann könnt ihr es auch! Bedenkt, ich gebe euch Kost und Lohn!« Und da mussten die Hofdamen wieder zu ihm hineingehen.

»Hundert Küsse von der Prinzessin«, sagte er, »oder ein jeder behält das Seine!«

»Stellt euch davor!«, sagte sie dann, und da stellten alle Hofdamen sich davor, und nun küsste er.

»Was mag das wohl für ein Auflauf beim Schweinekoben sein?«, fragte der Kaiser, welcher auf den Balkon hinausgetreten war. Er rieb sich die Augen und setzte die Brille auf. »Das sind ja die Hofdamen, die da ihr Wesen treiben; ich werde wohl zu ihnen hinunter müssen!«

Und so zog er seine Pantoffeln hinten herauf, denn es waren Schuhe, die er niedergetreten hatte.

Potz Welt, wie er sich sputete!

Sobald er in den Hof hinunterkam, ging er ganz leise, und die Hofdamen hatten so viel damit zu tun, die Küsse zu zählen, damit es ehrlich zugehen möge, dass sie den Kaiser gar nicht bemerkten. Er erhob sich auf den Zehen.

»Was ist das?«, sagte er, als er sah, dass sie sich küssten, und dann schlug er sie mit seinem Pantoffel an den Kopf, gerade als der Schweinehirt den sechsundachtzigsten Kuss erhielt.

»Hinaus!«, sagte der Kaiser, denn er war böse, und sowohl die Prinzessin wie der Schweinehirt mussten sein Kaiserreich verlassen.

Da stand sie nun und weinte, der Schweinehirt schalt, und der Regen strömte hernieder.

»Ach, ich elendes Geschöpf!«, sagte die Prinzessin, »hätte ich doch den schönen Prinzen genommen! Ach, wie unglücklich bin ich!«

Der Schweinehirt ging hinter einen Baum, wischte das Schwarze und Braune aus seinem Antlitz, warf die schlechten Kleider von sich und trat nun in seiner Prinzentracht hervor, so schön, dass die Prinzessin sich verneigen musste.

»Ich bin dahin gekommen, dich zu verachten, du!«, sagte er. »Du wolltest keinen ehrlichen Prinzen haben! Du verstandest dich nicht auf die Rose und die Nachtigall, aber den Schweinehirten konntest du für eine Spielerei küssen! Das hast du nun dafür!«

Und dann ging er in sein Königreich hinein und machte ihr die Tür vor der Nase zu; da konnte sie freilich singen:

Ach, du lieber Augustin,
alles ist weg, weg, weg!

Das Feuerzeug

Es kam ein Soldat auf der Landstraße dahermarschiert: Eins, zwei! Eins, zwei! Er hatte seinen Tornister auf dem Rücken und einen Säbel an der Seite, denn er war mit in dem Krieg gewesen, und nun wollte er nach Hause.

Da begegnete er einer alten Hexe auf der Landstraße; sie war so widerlich, ihre Unterlippe hing ihr gerade bis auf die Brust herunter. Sie sagte: »Guten Abend, Soldat! Was hast du doch für einen schönen Säbel und großen Tornister! Du bist ein wahrer Soldat! Nun sollst du so viel Geld haben, als du besitzen magst!«

»Ich danke dir, du alte Hexe!«, sagte der Soldat.

»Siehst du den großen Baum da?«, sagte die Hexe und zeigte auf einen Baum, der ihnen zur Seite stand. »Er ist inwendig ganz hohl; da musst du den Gipfel erklettern, dann erblickst du ein Loch, durch welches du dich hinabgleiten lassen und tief in den Baum gelangen kannst! Ich werde dir einen Strick um den Leib binden, damit ich dich wieder heraufziehen kann, wenn du mich rufst.«

»Was soll ich denn da unten im Baume?«, fragte der Soldat.

»Geld holen!«, sagte die Hexe. »Wisse, wenn du auf den Boden des Baumes hinunterkommst, so bist du in einer großen Halle; da ist es ganz hell, denn da brennen über hundert Lampen. Dann erblickst du drei Türen. Du kannst sie öffnen, der Schlüssel steckt darin. Gehst du in die erste Kammer hinein, so erblickst du mitten auf dem Fußboden eine große Kiste; auf der sitzt ein Hund, der hat ein paar Augen so groß wie ein paar Teetassen, doch daran brauchst du dich nicht zu kehren! Ich gebe dir meine blau karierte Schürze, die kannst du auf dem Fußboden ausbreiten; geh dann rasch hin und nimm den Hund, setze ihn auf meine Schürze, öffne die Kiste und nimm so viele Schillinge, als du willst. Sie sind alle von Kupfer; willst du aber lieber Silber haben, so musst du in das nächste Zimmer hineingehen; aber da sitzt ein Hund, der hat ein paar Augen so groß wie Mühlräder. Aber das soll dich nicht kümmern. Setze ihn auf meine Schürze und nimm du von dem Gelde! Willst du hingegen Gold haben, so kannst du es auch bekommen, und zwar so viel, als du tragen willst, wenn du in die dritte Kammer hineingehst. Aber der Hund, welcher dort auf dem Geldkasten sitzt, hat zwei Augen, jedes so groß wie der runde Turm in Kopenhagen. Glaube mir, das ist ein ordentlicher Hund! Aber daran sollst du dich nicht kehren! Setze ihn nur auf meine Schürze, so tut er dir nichts, und nimm aus der Kiste so viel Gold, als du willst!«

»Das ist so übel nicht!«, sagte der Soldat. »Aber was soll ich dir geben, du alte Hexe, denn etwas willst du doch wohl auch haben!«

»Für mich sollst du nur ein altes Feuerzeug nehmen, welches meine Großmutter vergaß, als sie das letzte Mal da unten war!«

»Nun, so binde mir den Strick um den Leib!«, sagte der Soldat.

»Hier ist er!«, sagte die Hexe, »und hier ist meine blau karierte Schürze.«

Dann kletterte der Soldat auf den Baum hinauf, ließ sich in das Loch hinuntergleiten und stand nun, wie die Hexe gesagt hatte, unten in der großen Halle, wo die vielen hundert Lampen brannten.

Nun öffnete er die erste Tür. Uh! da saß der Hund mit den Augen so groß wie Teetassen und glotzte ihn an.

»Du bist ein netter Kerl!«, sagte der Soldat, setzte ihn auf die Schürze der Hexe und nahm so viele Kupferschillinge, als seine Tasche fassen konnte, schloss dann die Kiste, setzte den Hund wieder darauf und ging in das andere Zimmer hinein. Wahrhaftig! da saß der Hund mit den Augen so groß wie Mühlräder.

»Du solltest mich lieber nicht so ansehen!«, sagte der Soldat; »du könntest Augenschmerzen bekommen!« Und dann setzte er den Hund auf die Schürze der Hexe. Aber als er das viele Silbergeld in der Kiste erblickte, warf er all das Kupfergeld, das er hatte, fort und füllte die Taschen und den Tornister nur mit Silber. Nun ging er in die dritte Kammer! Nein, das war hässlich! Der Hund darin hatte wirklich zwei Augen so groß wie der runde Turm, und die drehten sich im Kopfe gerade wie Mühlräder.

»Guten Abend!«, sagte der Soldat und berührte die Mütze, denn einen solchen Hund hatte er früher nie gesehen; aber als er ihn nun etwas betrachtet hatte, dachte er: »Nun ist es genug!«, hob ihn auf den Fußboden herunter und machte die Kiste auf. Gott bewahre! was war da für eine Menge Gold! Er konnte dafür ganz

Kopenhagen und die Zuckerferkel der Kuchenfrauen, alle Zinnsoldaten, Peitschen und Schaukelpferde in der ganzen Welt kaufen! Ja, da war einmal Gold! Nun warf der Soldat alles Silbergeld, womit er seine Taschen und seinen Tornister gefüllt hatte, fort und nahm dafür Gold, ja alle Taschen, der Tornister, die Mütze und die Stiefel wurden gefüllt, sodass er kaum gehen konnte. Nun hatte er Geld! Den Hund setzte er auf die Kiste, schlug die Türe zu und rief dann durch den Baum hinauf:

»Zieh mich jetzt in die Höhe, du alte Hexe!«

»Hast du auch das Feuerzeug?«, fragte die Hexe.

»Das ist wahr!«, sagte der Soldat, »das habe ich rein vergessen.« Und nun ging er und holte es. Die Hexe zog ihn herauf, und da stand er wieder auf der Landstraße, mit Taschen, Stiefeln, Tornister und Mütze voll von Gold.

»Was willst du mit dem Feuerzeug?«, fragte der Soldat »Das geht dich nichts an!«, sagte die Hexe. »Nun hast du ja Geld bekommen! Gib mir nur das Feuerzeug!« –

»Ach was!«, sagte der Soldat »Willst du mir gleich sagen, was du damit willst, oder ich ziehe meinen Säbel und schlage dir den Kopf ab!«

»Nein!«, sagte die Hexe.

Da schlug der Soldat ihr den Kopf ab. Da lag sie! Er aber band all sein Geld in ihre Schürze, nahm es wie ein Bündel auf seinen Rücken, steckte das Feuerzeug in die Tasche und ging gerade nach der Stadt.

Das war eine prächtige Stadt, und in dem prachtvollsten Wirtshause kehrte er ein, verlangte die allerbesten Zimmer und seine Lieblingsspeisen, denn nun war er ja reich, da er so viel Geld hatte.

Dem Diener, welcher seine Stiefel putzen sollte, kam es freilich vor, als seien es recht jämmerlich alte Stiefel, die ein so reicher Herr besäße, aber er hatte sich noch keine neuen gekauft; am nächsten Tage bekam er anständige Stiefel und schöne Kleider. Nun war aus dem Soldat ein vornehmer Herr geworden, und man erzählte ihm von allen den Herrlichkeiten, die in ihrer Stadt waren, und von dem Könige, und was für eine niedliche Prinzessin seine Tochter sei.

»Wo kann man sie zu sehen bekommen?«, fragte der Soldat.

»Sie ist gar nicht zu Gesicht zu bekommen!«, sagten sie alle. »Sie wohnt in einem kupfernen Schlosse, von vielen Mauern und Türmen umgeben. Niemand außer dem König darf bei ihr ein- und ausgehen, denn es ist prophezeit, dass sie an einen ganz gemeinen Soldaten verheiratet wird, und das kann der König nicht zugeben!«

»Die möchte ich wohl sehen!«, dachte der Soldat, aber dazu konnte er ja durchaus keine Erlaubnis erhalten.

Nun lebte er recht lustig, besuchte das Theater, fuhr in des Königs Garten und gab den Armen so viel Geld, und das war hübsch von ihm; er wusste noch von früheren Zeiten her, wie schlimm es ist, nicht einen Schilling zu besitzen! Er war nun reich, hatte schöne Kleider und bekam nun so viele Freunde, die alle sagten, er sei ein vortrefflicher Mensch, ein wahrer Kavalier, und das hatte der Soldat gern! Aber da er jeden Tag Geld ausgab und nie etwas einnahm, so blieben ihm zuletzt nicht mehr als zwei Schillinge übrig, und er musste die schönen Zimmer verlassen, wo er gewohnt hatte, und oben in einer ganz kleinen Kammer wohnen, dicht unter dem Dache, seine Stiefel selbst bürsten und sie mit einer Stopfnadel zusammennähen, und keiner seiner Freunde kam zu ihm, denn es waren so viele Treppen hinaufzusteigen.

Es war ein ganz dunkler Abend, und er konnte sich nicht einmal ein Licht kaufen; aber da fiel es ihm ein, dass ein kleiner Stummel in dem Feuerzeug liege, welches er aus dem hohlen Baume, in welchen ihn die Hexe hinuntergeholfen, genommen hatte. Er holte das Feuerzeug und den Lichtstummel vor: Aber gerade indem er Feuer schlug und die Funken aus dem Flintsteine flogen, sprang die Tür auf, und der Hund, welcher Augen wie ein paar Teetassen so groß hatte, und den er unter dem Baume gesehen hatte, stand vor ihm und sagte: »Was befiehlt mein Herr?«

»Was ist das?«, sagte der Soldat. »Das ist ja ein lustiges Feuerzeug, wenn ich so bekommen kann, was ich haben will! Schaffe mir etwas Geld«, sagte er zum Hunde, und wipps! war er fort, wipps! da war er wieder und hielt einen großen Beutel voller Schillinge in seinem Maule.

Nun wusste der Soldat, was für ein prächtiges Feuerzeug das war! Schlug er einmal, so kam der Hund, der auf der Kiste mit dem Kupfergeld saß, schlug er zweimal, so kam der, welcher das Silbergeld hatte, und schlug er dreimal, so kam der, welcher das Gold hatte. Nun zog der Soldat wieder in die schönen Zimmer hinunter, erschien wieder in schönen Kleidern, und da erkannten ihn gleich alle seine Freunde und hielten sehr viel von ihm.

Da dachte er einst: »Es ist doch etwas recht Sonderbares, dass man die Prinzessin nicht zu sehen bekommen kann. Sie soll so schön sein, sagen alle, aber was kann das helfen, wenn sie immer in dem großen Kupferschlosse mit den vielen Türmen sitzen soll! Kann ich sie denn gar nicht zu sehen bekommen? Wo ist nur mein Feuerzeug?« Er schlug Feuer, und wipps! da kam der Hund mit den Augen so groß wie Teetassen.

»Es ist freilich mitten in der Nacht«, sagte der Soldat, »aber ich möchte so herzlich gern die Prinzessin nur einen Augenblick sehen!« Der Hund war gleich aus der Tür, und ehe der Soldat daran dachte, sah er ihn schon mit der Prinzessin wieder. Sie saß und schlief auf dem Rücken des Hundes und war so lieblich, dass ein jeder sehen konnte, dass es eine wirkliche Prinzessin war; der Soldat konnte es durchaus nicht unterlassen, sie zu küssen, denn er war ganz und gar Soldat.

Darauf lief der Hund mit der Prinzessin wieder zurück; doch als es Morgen wurde und der König und die Königin Tee tranken, sagte die Prinzessin, sie hätte in der vorigen Nacht einen ganz sonderbaren Traum von einem Hunde und einem Soldaten gehabt. Sie hätte auf dem Hunde geritten, und der Soldat hätte sie geküsst.

»Das wäre wahrlich eine schöne Geschichte!«, sagte die Königin.

Nun sollte in der nächsten Nacht eine der alten Hofdamen am Bette der Prinzessin wachen, um zu sehen, ob es ein wirklicher Traum sei, oder was es sonst sein möchte.

Der Soldat hatte eine außerordentliche Sehnsucht, die Prinzessin wieder zu sehen, und so kam denn der Hund in der Nacht, nahm sie und lief, was er konnte; aber die alte Hofdame zog Wasserstiefel an und lief ebenso schnell hinterher. Als sie nun sah, dass jene in ein großes Haus verschwanden, dachte sie: »Nun weiß ich, wo es ist«, und schrieb mit einem Stück Kreide ein großes Kreuz an die Tür. Dann ging sie nach Hause und legte sich nieder, und der Hund kam auch mit der Prinzessin wieder. Aber als er sah, dass ein Kreuz an die Türe, wo der Soldat wohnte, geschrieben war, nahm er auch ein Stück Kreide und machte Kreuze an alle Türen in der ganzen Stadt, und das war klug getan, denn nun konnte ja die Hofdame die richtige Tür nicht finden, da Kreuze an allen waren.

Frühmorgens kamen der König und die Königin, die alte Hofdame und alle Offiziere, um zu sehen, wo die Prinzessin gewesen war.

»Da ist es!«, sagte der König, als er die erste Tür mit einem Kreuz erblickte.

»Nein, dort ist es, mein lieber Mann!«, sagte die Königin, als die die zweite Tür mit einem Kreuze darauf gewahr wurde.

»Aber da ist eins, und dort ist eins!«, sagten alle; wohin sie blickten, waren Kreuze an den Türen. Da begriffen sie denn wohl, dass ihnen das Suchen nichts helfen würde.

Aber die Königin war eine äußerst kluge Frau, die mehr konnte, als in einer Kutsche fahren. Sie nahm ihre große goldene Schere, schnitt ein großes Stück Seidenzeug in Stücke und nähte nun einen kleinen niedlichen Beutel; den füllte sie mit kleiner feiner Buchweizengrütze, band ihn der Prinzessin auf den Rücken, und als das getan war, schnitt sie ein kleines Loch in den Beutel, sodass die Grütze den ganzen Weg bestreuen konnte, den die Prinzessin nahm.

In der Nacht kam nun der Hund wieder, nahm die Prinzessin auf den Rücken und lief mit ihr zum Soldaten hin, der sie so lieb hatte und gern ein Prinz hätte sein mögen, um sie zur Frau bekommen zu können.

Der Hund merkte durchaus nicht, wie die Grütze gerade vom Schlosse bis zu dem Fenster des Soldaten, wo er die Mauer mit der Prinzessin hinauflief, sich ausstreute. Am Morgen sahen der König und die Königin nun wohl, wo ihre Tochter gewesen war, und da nahmen sie den Soldaten und setzten ihn ins Gefängnis.

Da saß er. Hu, wie dunkel und hässlich war es da! Und dazu sagten sie ihm: »Morgen sollst du gehängt werden!« Das zu hören, war eben nicht ergötzlich, und sein Feuerzeug hatte er zu Hause im Gasthof gelassen. Am Morgen konnte er durch das Eisengitter vor dem kleinen Fenster sehen, wie sich das Volk beeilte, aus der Stadt zu kommen, um ihn hängen zu sehen. Er hörte die Trommeln und sah die Soldaten marschieren. Alle Menschen liefen hinaus; unter ihnen war auch ein Schuhmacherjunge mit Schurzfell und Pantoffeln; er lief so im Galopp, dass einer seiner Pantoffeln abflog und gerade gegen die Mauer, wo der Soldat saß und durch das Eisengitter hinaussah.

»Ei, du Schuhmacherjunge! Du brauchst nicht solche Eile zu haben«, sagte der Soldat zu ihm; »es wird nichts daraus, bevor ich komme! Willst du aber hinlaufen, wo ich gewohnt habe, und mir mein Feuerzeug holen, so sollst du vier Schillinge haben! Aber du musst die Beine mitnehmen!«

Der Schuhmacherjunge wollte gern die vier Schillinge haben und lief davon nach dem Feuerzeug, gab es dem Soldaten und – ja, nun werden wir hören!

Außerhalb der Stadt war ein großer Galgen gemauert, ringsherum standen die Soldaten und viele Hunderttausend Menschen. Der König und die Königin saßen auf einem prächtigen Thron, den Richtern und dem ganzen Rate gegenüber.

Der Soldat stand schon oben auf der Leiter, aber als sie ihm den Strick um den Hals legen wollten, sagte er, dass man ja immer einem armen Sünder, bevor er seine Strafe erdulde, die Erfüllung eines unschuldigen Wunsches gewähre. Er möchte so gern eine Pfeife Tabak rauchen, es wäre ja die letzte Pfeife, die er in dieser Welt bekäme.

Das wollte der König ihm denn auch nicht abschlagen, und so nahm der Soldat sein Feuerzeug und schlug Feuer, einmal, zweimal, dreimal! Da standen alle Hunde da, der mit den Augen so groß wie Teetassen, der mit den Augen wie Mühlräder und der, welcher Augen so groß wie der runde Turm hatte.

»Helft mir nun, dass ich nicht gehängt werde«, sagte der Soldat, und da fielen die Hunde über den Richter und den ganzen Rat her, nahmen den einen bei den Beinen und den andern bei der Nase und warfen sie viele Ellen hoch in die Luft, sodass sie beim Niederfallen sich ganz in Stücke zerschlugen.

»Ich will nicht«, sagte der König, aber der größte Hund nahm sowohl ihn wie die Königin und warf sie alle den anderen nach. Da erschraken die Soldaten, und das Volk rief: »Guter Soldat, du sollst unser König sein und die schöne Prinzessin haben!«

Dann setzten sie den Soldaten in des Königs Kutsche, und alle drei Hunde tanzten vorauf und riefen: »Hurra!«, und die Knaben pfiffen auf den Fingern, und die Soldaten präsentierten. Die Prinzessin kam aus dem kupfernen Schlosse und wurde Königin, und das gefiel ihr wohl! Die Hochzeit währte acht Tage lang, und die Hunde saßen mit bei Tische und machten große Augen.

Das kleine Mädchen mit den Schwefelhölzern

Es war fürchterlich kalt; es schneite und begann dunkler Abend zu werden, es war der letzte Abend im Jahre, Neujahrsabend! In dieser Kälte und in dieser Finsternis ging ein kleines, armes Mädchen mit bloßem Kopfe und nackten Füßen auf der Straße; ja, sie hatte freilich Pantoffeln gehabt, als sie von zu Hause wegging, aber was half das? Es waren sehr große Pantoffeln, ihre Mutter hatte sie zuletzt getragen, so groß waren sie, und die verlor die Kleine, als sie sich beeilte, über die Straße zu gelangen, indem zwei Wagen so gewaltig schnell daherjagten. Der eine Pantoffel war nicht wiederzufinden, und mit dem anderen lief ein Knabe davon; er sagte, den könnte er als Wiege benutzen, wenn er selbst einmal Kinder bekommen würde.

Da ging nun das arme Mädchen auf den bloßen, kleinen Füßen, die ganz rot und blau vor Kälte waren. In einer alten Schürze hielt sie eine Menge Schwefelhölzer, und ein Bund trug sie in der Hand. Niemand hatte ihr während des ganzen Tages etwas abgekauft, niemand hatte ihr auch nur einen Dreier geschenkt; hungrig und halb erfroren schlich sie einher und sah so gedrückt aus, die arme Kleine! Die Schneeflocken fielen in ihr langes, gelbes Haar, welches sich so schön über den Hals lockte, aber an den Staat dachte sie freilich nicht.

In einem Winkel zwischen zwei Häusern – das eine sprang etwas weiter in die Straße vor als das andere – da setzte sie sich und kauerte sie sich zusammen; die kleinen Füße hatte sie fest angezogen, aber es fror sie noch mehr, und sie wagte nicht nach Hause zu gehen, denn sie hatte ja keine Schwefelhölzer verkauft, nicht einen einzigen Dreier erhalten, ihr Vater würde sie schlagen, und kalt war es daheim auch, sie hatten nur das Dach gerade über sich, und da pfiff der Wind herein, obgleich Stroh und Lappen zwischen die größten Spalten gestopft waren. Ihre kleinen Hände waren vor Kälte ganz erstarrt. Ach! ein Schwefelhölzchen könnte gewiss recht gut tun; wenn sie nur wagen dürfte, eins aus dem Bunde herauszuziehen, es gegen die Wand zu streichen und die Finger daran zu wärmen! Sie zog eins heraus, ritsch! wie sprühte es, wie brannte es! Es gab eine warme, helle Flamme, gerade wie ein kleines Licht, als sie die Hand darum hielt, es war ein wunderbares Licht! Es kam dem kleinen Mädchen vor, als sitze sie vor einem großen eisernen Ofen mit blanken Messingkugeln und einem messingnen Aufsatz; das Feuer brannte ganz herrlich darin und wärmte so schön! Nein, was war das! – Die Kleine streckte schon die Füße aus, um auch diese zu wärmen – da erlosch die Flamme, der Ofen verschwand – sie saß mit einem kleinen Stumpf des ausgebrannten Schwefelholzes in der Hand.

Ein neues wurde angestrichen, es brannte, es leuchtete, und wo der Schein desselben auf die Mauer fiel, wurde diese durchsichtig wie ein Flor; sie sah gerade in das Zimmer hinein, wo der Tisch mit einem glänzend weißen Tischtuch und mit feinem Porzellan gedeckt stand, und herrlich dampfte eine mit Pflaumen und Äpfeln gefüllte gebratene Gans darauf! Und was noch prächtiger war, die Gans sprang von der Schüssel herab, watschelte auf dem Fußboden hin mit Gabel und Messer im Rücken; gerade auf das arme Mädchen kam sie zu.

Da erlosch das Schwefelholz, und nur die dicke, kalte Mauer war zu sehen.

Sie zündete ein neues an. Da saß sie unter dem schönsten Weihnachtsbaume; der war noch größer und aufgeputzter als der, welchen sie zu Weihnachten durch die Glastüre bei dem reichen Kaufmanne erblickt hatte. Tausende von Lichtern brannten auf den grünen Zweigen, und bunte Bilder wie die, welche die Ladenfenster schmückten, schauten zu ihr herab. Die Kleine streckte die beiden Hände in die Höhe – da erlosch das Schwefelholz; die vielen Weihnachtslichter stiegen höher und immer höher, nun sah sie, dass es die klaren Sterne am Himmel waren, einer davon fiel herab und machte einen langen Feuerstreifen am Himmel.

»Nun stirbt jemand!«, sagte die Kleine, denn ihre alte Großmutter, welche die Enzige war, die sie lieb gehabt hatte, die jetzt aber tot war, hatte gesagt: »Wenn ein Stern fällt, so steigt eine Seele zu Gott empor.«

Sie strich wieder ein Schwefelholz gegen die Mauer, es leuchtete ringsumher, und im Glanze desselben stand die alte Großmutter so klar, so glänzend, so mild und lieblich da.

»Großmutter!«, rief die Kleine. »Oh, nimm mich mit! Ich weiß, dass du fort bist, wenn das Schwefelholz ausgeht; fort wie der warme Ofen, der schöne Gänsebraten und der große, herrliche Weihnachtsbaum!« – und sie strich eiligst den ganzen Rest der

Schwefelhölzer, welche noch im Bunde waren, sie wollte die Großmutter recht fest halten; und die Schwefelhölzer leuchteten mit solchem Glanz, dass es heller war als am lichten Tage. Die Großmutter war nie so schön, so groß gewesen; sie hob das kleine Mädchen auf ihren Arm, und in Glanz und Freude flogen sie so hoch, so hoch, und da fühlte sie keine Kälte, keinen Hunger, keine Furcht – sie waren bei Gott!

Aber im Winkel am Hause saß in der kalten Morgenstunde das kleine Mädchen mit roten Wangen, mit lächelndem Munde – tot, erfroren am letzten Abend des alten Jahres. Der Neujahrsmorgen ging über die kleine Leiche auf, welche mit Schwefelhölzern dasaß, von denen ein Bund fast verbrannt war. »Sie hat sich wärmen wollen«, sagte man. Niemand wusste, was sie Schönes erblickt hatte, in welchem Glanze sie mit der alten Großmutter zur Neujahrsfreude eingegangen war!

Die kleine Seejungfrau

Weit hinaus im Meer ist das Wasser so blau wie die Blätter der schönsten Kornblume und so klar wie das reinste Glas, aber es ist sehr tief, tiefer als irgendein Ankertau reicht; viele Kirchtürme müssten aufeinander gestellt werden, um vom Boden bis über das Wasser zu reichen. Dort unten wohnt das Meervolk.

Nun muss man aber nicht glauben, dass da nur der nackte, weiße Sandboden sei; nein, da wachsen die sonderbarsten Bäume und Pflanzen, die so geschmeidig im Stiel und in den Blättern sind, dass sie sich bei der geringsten Bewegung des Wassers rühren, gerade als ob sie lebten. Alle Fische, große und kleine, schlüpfen zwischen den Zweigen hindurch, ebenso wie hier oben die Vögel in der Luft An der allertiefsten Stelle liegt des Meerkönigs Schloss, die Mauern sind von Korallen und die langen, spitzen Fenster vom allerklarsten Bernstein; aber das Dach bilden Muschelschalen, die sich öffnen und schließen, je nachdem das Wasser strömt. Das sieht herrlich aus; denn in jeder liegen strahlende Perlen, eine einzige würde großen Staat in der Krone einer Königin machen.

Der Meerkönig dort unten war seit vielen Jahren Witwer gewesen, während seine alte Mutter bei ihm wirtschaftete. Sie war eine kluge Frau, aber stolz auf ihren Adel, deshalb trug sie zwölf Austern auf dem Schwanze, die andern Vornehmen durften nur sechs tragen. – Sonst verdiente sie großes Lob, besonders weil sie viel von den kleinen Meerprinzessinnen, ihren Enkelinnen, hielt. Es waren sechs schöne Kinder, aber die Jüngste war die Schönste von allen, ihre Haut war so klar und fein wie ein Rosenblatt, ihre Augen so blau wie die tiefste See, aber ebenso wie die anderen hatte sie keine Füße, ihr Körper endete in einem Fischschwanz.

Den ganzen Tag konnten sie unten im Schlosse, in den großen Sälen, wo lebendige Blumen aus den Wänden hervorwuchsen, spielen. Die großen Bernsteinfenster wurden aufgemacht, und

dann schwammen die Fische zu ihnen herein, ebenso wie bei uns die Schwalben hereinfliegen, wenn wir die Fenster aufmachen. Doch die Fische schwammen gerade zu den Prinzessinnen hin, fraßen aus ihren Händen und ließen sich streicheln.

Draußen vor dem Schlosse war ein großer Garten mit feuerroten und dunkelblauen Bäumen; die Früchte strahlten wie Gold und die Blumen wie brennendes Feuer, indem sie fortwährend Stängel und Blätter bewegten. Die Erde selbst war der feinste Stand, aber blau wie die Schwefelflamme. Über dem Ganzen dort unten lag ein eigentümlich blauer Schein, man hätte eher glauben mögen, dass man hoch in der Luft stände und nur Himmel über und unter sich habe, als dass man auf dem Grunde des Meeres sei. Während der Windstille konnte man die Sonne erblicken, sie erschien wie eine Purpurblume, aus deren Kelch alles Licht ausströmte.

Eine jede der kleinen Prinzessinnen hatte ihren kleinen Fleck im Garten, wo sie graben und pflanzen konnte, wie es ihr gefiel. Die eine gab ihrem Blumenfleck die Gestalt eines Walfisches, einer anderen gefiel es besser, dass der ihrige einem kleinen Meerweibe gleiche, aber die jüngste machte den ihrigen ganz rund, der Sonne gleich, und hatte nur Blumen, die rot wie diese schienen. Sie war ein sonderbares Kind, still und nachdenkend, und wenn die anderen Schwestern mit den sonderbarsten Sachen, welche sie von gestrandeten Schiffen erhalten hatten, Staat machten, wollte sie nur

außer den rosenroten Blumen, die der Sonne dort oben glichen, eine hübsche Marmorstatue haben; es war ein herrlicher Knabe, aus weißem Stein gehauen, der beim Stranden auf den Meeresgrund gekommen war. Sie pflanzte bei der Statue eine rosenrote Trauerweide, die wuchs herrlich und hing mit ihren frischen Zweigen über dieselbe hinweg, gegen den blauen Sandboden hinunter, wo der Schatten sich violett zeigte und gleich den Zweigen in Bewegung war; es sah aus, als ob die Spitze und die Wurzeln miteinander spielten, als wollten sie sich küssen.

Es gab keine größere Freude für sie, als von der Menschenwelt dort oben zu hören; die alte Großmutter musste alles, was sie von Schiffen und Städten, Menschen und Tieren wusste, erzählen, und hauptsächlich erschien ihr ganz besonders schön, dass oben auf der Erde die Blumen dufteten, das taten sie auf dem Grunde des Meeres nicht, und dass die Wälder grün wären, und dass die Fische, die man dort zwischen den Bäumen erblickte, so laut und herrlich singen könnten, dass es eine Lust sei; das waren die kleinen Vögel, welche die Großmutter Fische nannte, denn sonst konnten die Kinder sie nicht verstehen, da sie noch keinen Vogel erblickt hatten.

»Wenn ihr euer fünfzehntes Jahr erreicht habt«, sagte die Großmutter, »dann sollt ihr die Erlaubnis erhalten, aus dem Meere emporzutauchen, im Mondenscheine auf der Klippe zu sitzen und die großen Schiffe, die vorbeisegeln, zu sehen, Wälder und Städte werdet ihr dann erblicken!« In dem kommenden Jahre war die eine der Schwestern fünfzehn Jahre, aber von den anderen, da war eine immer ein Jahr jünger als die andere, die Jüngste von ihnen hatte demnach noch volle fünf Jahre, bevor sie aus dem Grunde des Meeres hinaufkommen und sehen konnte, wie es bei uns aussah. Aber die eine versprach den anderen zu erzählen, was sie erblickt, was sie am ersten Tage am schönsten gefunden habe; denn ihre Großmutter erzählte ihnen nicht genug, da war so vieles, worüber sie Auskunft haben wollten.

Keine war so sehnsüchtig als die Jüngste, die noch die längste Zeit zu warten hatte, und die so still und gedankenvoll war. Manche Nacht stand sie am offenen Fenster und sah durch das dunkelblaue Wasser empor, wie die Fische mit ihren Flossen und Schwänzen schlugen. Mond und Sterne konnte sie sehen, freilich schienen sie ganz bleich, aber durch das Wasser sahen sie weit größer aus als vor unseren Augen. Zog dann etwas einer schwarzen Wolke gleich unter ihnen hin, so wusste sie, dass es entweder ein Walfisch, der über ihr schwamm, oder ein Schiff mit vielen Menschen war; die dachten sicher nicht daran, dass eine liebliche kleine Seejungfer unten stehe und ihre weißen Hände gegen den Kiel emporstreckte.

Nun war die älteste Prinzessin fünfzehn Jahre alt und durfte über die Meeresfläche emporsteigen.

Als sie zurückkehrte, hatte sie hunderterlei zu erzählen, aber das Schönste, sagte sie, war, im Mondenscheine auf einer Sandbank in der ruhigen See zu liegen und nahebei die Küste mit der großen Stadt zu betrachten, wo die Lichter gleich Hundert Sternen blinkten, die Musik und den Lärm und das Toben von Wagen und Menschen zu hören, die vielen Kirchtürme und Spitzen zu sehen und das Läuten der Glocken zu hören; gerade weil sie nicht da hinauf gelangen konnte, so sehnte sich die Jüngste am allermeisten nach all diesem.

Oh, wie horchte die jüngste Schwester auf, und wenn sie später des Abends am offenen Fenster stand und durch das dunkelblaue Wasser emporblickte, gedachte sie der großen Stadt mit all dem Lärm und dem Toben, und dann glaubte sie die Kirchenglocken bis zu sich herunter läuten hören zu können.

Im folgenden Jahre erhielt die zweite Schwester die Erlaubnis, durch das Wasser emporzusteigen und zu schwimmen, wohin sie wolle. Sie tauchte auf, gerade als die Sonne unterging, und dieser Anblick, fand sie, war das Schönste. Der ganze Himmel hätte wie Gold ausgesehen, sagte sie, und die Wolken, ja deren Schönheit konnte sie gar nicht genug beschreiben! Rot und violett waren sie über ihr dahingesegelt, aber weit schneller als diese flog, einem langen, weißen Schleier gleich, ein Schwarm wilder Schwäne über das Wasser hin, wo die Sonne stand; sie schwammen derselben entgegen, aber die Sonne sank, und der Rosenschein erlosch auf der Meeresfläche und den Wolken.

Das Jahr darauf kam die dritte Schwester hinauf; sie war die dreisteste von allen, deshalb schwamm sie einen breiten Fluss aufwärts, der in das Meer ausmündete. Herrlich grüne Hügel mit Weinranken erblickte sie, Schlösser und Gehöfte schimmerten durch prächtige Wälder hervor; sie hörte, wie alle Vögel sangen, und die Sonne schien so warm, dass sie oft unter das Wasser tauchen musste, um ihr brennendes Antlitz abzukühlen. In einer kleinen Bucht traf sie einen ganzen Schwarm kleiner Menschenkinder, ganz nackend liefen sie und plätscherten im Wasser; sie wollte mit ihnen spielen, aber sie liefen erschrocken davon, und es kam ein kleines, schwarzes Tier, das war ein Hund, aber sie hatte nie einen Hund gesehen, der bellte sie so schrecklich an, dass ihr bange wurde und sie die offene See zu erreichen suchte. Aber nie konnte sie die prächtigen Wäldern, die grünen Hügel und die niedlichen Kinder vergessen, die im Wasser schwimmen konnten, obgleich sie keinen Fischschwanz hatten.

Die vierte Schwester war nicht so kühn, sie blieb draußen mitten im wilden Meere, und sie erzählte, dass es gerade dort am schönsten sei; man sähe ringsumher viele Meilen weit, und der Himmel stände wie eine Glasglocke darüber. Schiffe hatte sie gesehen, aber nur in weiter Ferne, sie sahen wie Strandmöwen aus, und die possierlichen Delfine hatten Kobolz geschossen und die großen Walfische aus ihren Nasenlöchern Wasser emporgespritzt, sodass es ausgesehen hatte wie Hunderte von Springbrunnen ringsumher.

Nun kam die Reihe an die fünfte Schwester; ihr Geburtstag fiel gerade in den Winter, und deshalb sah sie, was die anderen das erste Mal nicht gesehen hatten. Die See nahm sich ganz grün aus, und ringsumher schwammen große Eisberge, ein jeder sah aus wie eine Perle, sagte sie, und war doch weit größer als die Kirchtürme, welche die Menschen bauen. Sie zeigten sich in den sonderbarsten Gestalten und glänzten wie Diamanten. Sie hatte sich auf einen der allergrößten gesetzt, und alle Segler kreuzten erschrocken draußen herum, wo sie saß und den Wind mit ihrem langen Haare spielen ließ; aber gegen Abend wurde der Himmel mit Wolken überzogen, es blitzte und donnerte, während die schwarze See die großen Eisblöcke hoch emporhob und sie beim roten Blitze erglänzen ließ. Auf allen Schiffen nahm man die Segel ein, da war eine Angst und ein Grauen, aber sie saß ruhig auf ihrem schwimmenden Eisberge und sah die blauen Blitzstrahlen im Zickzack in die schimmernde See fahren.

Das erste Mal, wenn eine der Schwestern über das Wasser emporkam, war eine jede entzückt über das Neue und Schöne, was sie erblickte; aber da sie nun als erwachsene Mädchen die Erlaubnis hatten, hinaufzusteigen, wann sie wollten, wurde es ihnen gleichgültig. Sie sehnten sich wieder zurück, und nach Verlauf eines Monates sagten sie, dass es da unten bei ihnen am allerschönsten sei, und da wäre man so hübsch zu Hause.

In mancher Abendstunde nahmen sich die fünf Schwestern einander in die Arme und stiegen in einer Reihe über das Wasser auf; herrliche Stimmen hatten sie, schöner denn irgendein Mensch, und wenn dann ein Sturm im Anzuge war, sodass sie vermuten konnten, dass Schiffe untergehen würden, schwammen sie vor den Schiffen her und sangen so lieblich, wie schön es auf dem Grunde des Meeres sei, und baten die Seeleute, sich nicht zu fürchten, da hinunterzukommen; aber diese konnten die Worte nicht verstehen und glaubten, es sei der Sturm, und sie bekamen auch die Herrlichkeiten dort unten nicht zu sehen, denn wenn das Schiff sank, ertranken die Menschen und kamen als Leichen zu des Meerkönigs Schloss.

Wenn die Schwestern so des Abends Arm in Arm hoch durch das Wasser hinaufstiegen, dann stand die kleine Schwester ganz allein und sah ihnen nach, und es war ihr, als ob sie weinen müsste, aber die Seejungfrau hat keine Tränen, und darum leidet sie weit mehr.

»Ach, wäre ich doch fünfzehn Jahre alt!«, sagte sie. »Ich weiß, dass ich die Welt dort oben und die Menschen, die darauf wohnen und hausen, recht lieben werde.«

Endlich war sie denn fünfzehn Jahre alt.

»Sieh, nun bist du erwachsen!«, sagte die Großmutter, die alte Königinwitwe. »Komm nun, lass mich dich schmücken, gleich deinen anderen Schwestern!« Und sie setzte ihr einen Kranz weißer Lilien auf das Haar, aber jedes Blatt in der Blume war die Hälfte einer Perle; und die Alte ließ acht große Austern sich im Schwanze der Prinzessin festklemmen, um ihren hohen Rang zu zeigen.

»Das tut so weh!«, sagte die kleine Seejungfrau.

»Ja, Hoffart muss Zwang leiden!«, sagte die Alte.

Oh, sie hätte so gern alle diese Pracht abschütteln und den schweren Kranz ablegen mögen, ihre roten Blumen im Garten kleideten sie besser, aber sie konnte es nun nicht ändern. »Lebt wohl!«, sprach sie und stieg so leicht und klar gleich einer Blase durch das Wasser auf.

Die Sonne war gerade untergegangen, als sie den Kopf über das Wasser erhob, aber alle Wolken glänzten noch wie Rosen und Gold, und inmitten der blassroten Luft strahlte der Abendstern so hell und schön, die Luft war mild und frisch und das Meer ganz ruhig. Da lag ein großes Schiff mit drei Masten, nur ein einziges Segel war aufgezogen, denn es rührte sich kein Lüftchen, und ringsumher im Tauwerk und auf den Stangen saßen Matrosen. Da war Musik und Gesang, und wie der Abend dunkler ward, wurden Hunderte von bunten Laternen angezündet; sie sahen aus, als ob aller Völker Flaggen in der Luft wehten. Die kleine Seejungfrau schwamm gerade bis zum Kajütenfenster hin, und jedes Mal, wenn das Wasser sie emporhob, konnte sie durch die spiegelklaren Fensterscheiben hineinblicken, wo so viele geputzte Menschen standen; aber der Schönste war doch der junge Prinz mit den großen schwarzen Augen. Er war sicher nicht mehr als sechzehn Jahre alt, heute war sein Geburtstag, und deshalb herrschte all diese Pracht. Die Matrosen tanzten auf dem Verdeck; und als der junge Prinz da hinaustrat, stiegen die hundert Raketen in die Luft, die leuchteten wie der helle Tag, sodass die kleine Seejungfrau sehr erschrak und unter das Wasser tauchte, aber bald steckte sie den Kopf wieder hervor, und da war es gerade, als ob alle Sterne des Himmels zu ihr herunterfielen. Nie hatte sie solche Feuerkünste gesehen. Große Sonnen sprühten herum, prächtige Feuerfische flogen in die blaue Luft, und alles glänzte in der klaren, stillen See wider. Auf dem Schiffe selbst war es so hell, dass man jedes kleine Tau, wie viel mehr nicht die Menschen sehen konnte. Oh, wie war der junge Prinz hübsch, und er drückte den Leuten die Hände und lächelte, während die Musik in der herrlichen Nacht erklang!

Es wurde spät, aber die kleine Seejungfer konnte ihre Augen nicht von dem Schiffe und dem schönen Prinzen wegwenden. Die bunten Laternen wurden ausgelöscht, Raketen stiegen nicht mehr in die Höhe, es ertönten auch keine Kanonenschüsse mehr, aber tief unten im Meere summte und brummte es. Inzwischen saß sie auf dem Wasser und schaukelte auf und nieder, sodass sie in die Kajüte hineinblicken konnte; aber das Schiff bekam mehr Wind, ein Segel nach dem anderen breitete sich aus, nun gingen die Wogen stärker, große Wolken zogen auf, es blitzte in der Ferne. Oh, es wird schrecklich böses Wetter werden! Deshalb nahmen die Matrosen die Segel ein. Das große Schiff schaukelte in fliegender Fahrt auf der wilden See, das Wasser erhob sich gleich großen schwarzen Bergen, die sich über die Maste wälzen wollten, aber das Schiff tauchte einem Schwamme gleich zwischen den hohen Wogen nieder und ließ sich wieder auf die aufgetürmten Wasser heben. Der kleinen Seejungfrau bedünkte es eine recht lustige Fahrt zu sein, aber so erschien es den Seeleuten nicht. Das

Schiff knackte und krachte, die dicken Planken bogen sich bei den starken Stößen, die See drang in das Schiff hinein, der Mast brach mitten durch, als ob er ein Rohr wäre, und das Schiff legte sich auf die Seite, während das Wasser in den Raum eindrang. Nun sah die kleine Seejungfrau, dass sie in Gefahr waren, sie musste sich selbst vor Balken und Stücken vom Schiffe, die auf dem Wasser trieben, in Acht nehmen. Einen Augenblick war es so pechdunkel, dass sie nicht das Mindeste wahrnehmen konnte, aber wenn es dann blitzte, wurde es wieder so hell, dass sie alle auf dem Schiffe erkennen konnte; besonders suchte sie den jungen Prinzen, und sie sah ihn, als das Schiff verschwand, in das tiefe Meer versinken. Zuerst wurde sie ganz vergnügt, denn nun kam er zu ihr hinunter, aber da gedachte sie, dass die Menschen nicht im Wasser leben können, und dass er nicht anders als tot zum Schlosse ihres Vaters hinuntergelangen konnte. Nein, sterben, das durfte er nicht; deshalb schwamm sie zwischen Balken und Planken, die auf der See trieben, und vergaß völlig, dass diese sie hätten zerquetschen können; sie tauchte tief unter in das Wasser und stieg wieder hoch zwischen den Wogen empor und gelangte am Ende so zu dem jungen Prinzen hin, der fast nicht länger in der stürmenden See schwimmen konnte; seine Arme und Beine begannen zu ermatten, die schönen Augen schlossen sich; er hätte sterben müssen, wäre die kleine Seejungfrau nicht hinzugekommen. Sie hielt seinen Kopf über dem Wasser empor und ließ sich dann mit ihm von den Wogen treiben, wohin sie wollten.

Am Morgen war das böse Wetter vorüber; von dem Schiffe war kein Span zu erblicken, die Sonne stieg rot und glänzend aus dem Wasser empor, es war, als ob des Prinzen Wangen Leben dadurch erhielten, aber die Augen blieben geschlossen. Die Seejungfrau küsste seine schöne Stirn und strich sein nasses Haar zurück; es kam ihr vor, als gleiche er der Marmorstatue unten in ihrem kleinen Garten, sie küsste ihn wieder und wünschte, dass er doch leben möchte.

Nun erblickte sie vor sich das feste Land, hohe blaue Berge, auf deren Gipfel der weiße Schnee erglänzte, als wären es Schwäne, die dort lägen; unten an der Küste waren herrliche grüne Wälder, und vorn lag eine Kirche oder ein Kloster, das wusste sie nicht recht, aber ein Gebäude war es. Zitronen- und Apfelsinenbäume wuchsen da im Garten, und vor dem Tore standen hohe Palmenbäume. Die See bildete hier eine kleine Bucht, da war es ganz still, aber sehr tief, gerade bis zur Klippe hin, wo der weiße Sand aufgespült war; dorthin schwamm sie mit dem schönen Prinzen, legte ihn in den Sand, sorgte aber besonders dafür, dass der Kopf hoch im warmen Sonnenschein lag.

Nun läuteten die Glocken in dem großen weißen Gebäude, und es kamen viele junge Mädchen durch den Garten. Da schwamm die kleine Seejungfrau weiter hinaus, hinter einige hohe Steine, die aus dem Wasser emporragten, legte Seeschaum auf ihr Haar und ihre Brust, sodass niemand ihr kleines Antlitz sehen konnte, und dann passte sie auf, wer zu dem armen Prinzen kommen würde.

Es währte nicht lange, bis ein junges Mädchen dorthin kam; sie schien zu erschrecken, aber nur einen Augenblick, dann holte sie mehrere Menschen, und die Seejungfrau sah, dass der Prinz zum Leben zurückkehrte, und dass er alle ringsherum anlächelte, aber zu ihr hinaus lächelte er nicht, er wusste ja auch nicht, dass sie ihn gerettet hatte. Sie fühlte sich so betrübt, und als er in das große Gebäude hineingeführt wurde, tauchte sie traurig unter das Wasser und kehrte zum Schlosse ihres Vaters zurück.

Immer war sie still und nachdenkend gewesen, aber nun wurde sie es weit mehr. Die Schwestern fragten sie, was sie das erste Mal da oben gesehen hätte, aber sie erzählte nichts.

Manchen Abend und manchen Morgen stieg sie da hinauf, wo sie den Prinzen verlassen hatte. Sie sah, wie die Früchte des Gartens reiften und abgepflückt wurden, sie sah, wie der Schnee auf den hohen Bergen schmolz, aber den Prinzen erblickte sie nicht, und deshalb kehrte sie immer betrübter heim. Da war es ihr einziger Trost, in ihrem kleinen Garten zu sitzen und ihre Arme um die schöne Marmorstatue zu schlingen, die dem Prinzen glich, aber ihre Blumen pflegte sie nicht, sie wuchsen wie in einer Wildnis über die Gänge hinaus und flochten ihre langen Stiele und Blätter in die Zweige der Bäume hinein, sodass es dort ganz dunkel war.

Zuletzt konnte sie es nicht länger aushalten, sondern sagte es einer ihrer Schwestern, und da bekamen es gleich alle anderen zu wissen, aber auch niemand sonst als diese und ein paar andere Seejungfrauen, die es nicht weitersagten, außer ihren nächsten Freundinnen. Eine von ihnen wusste, wer der Prinz war, sie hatte auch das Fest auf dem Schiffe gesehen und gab an, woher er war, und wo sein Königreich lag.

»Komm, kleine Schwester!«, sagten die anderen Prinzessinnen, und Arm in Arm stiegen sie in einer langen Reihe aus dem Meer empor, da, wo sie wussten, dass des Prinzen Schloss lag.

Dieses war aus einer hellgelben, glänzenden Steinart aufgeführt, mit großen Marmortreppen, deren eine gerade in das Meer hinunterreichte. Prächtige, vergoldete Kuppeln erhoben sich über dem Dache, und zwischen den Säulen, die um das ganze Gebäude herumliefen, standen Marmorbilder, die sahen aus, als lebten sie. Durch das klare Glas in den hohen Fenstern blickte man in die prächtigsten Säle hinein, wo köstliche Seidengardinen und Teppiche aufgehängt und alle Wände mit großen Gemälden geziert waren, sodass es ein wahres Vergnügen war, das alles zu betrachten. Mitten in dem größten Saale plätscherte ein großer Springbrunnen, seine Strahlen reichten hoch hinauf gegen die Glaskuppel in der Decke, durch welche die Sonne auf das Wasser und die schönen Pflanzen schien, die in dem großen Becken wuchsen.

Nun wusste sie, wo er wohnte, und dort war sie manchen Abend und manche Nacht auf dem Wasser; sie schwamm dem Lande weit näher, als eine der anderen es gewagt hatte, ja sie ging den schmalen Kanal ganz hinauf, unter den prächtigen Marmoraltan, welcher einen langen Schatten über das Wasser hinwarf. Hier saß sie und betrachtete den jungen Prinzen, der da glaubte, er sei ganz allein in dem klaren Mondenschein.

Sie sah ihn manchen Abend mit Musik in seinem prächtigen Boote, wo die Flaggen wehten, segeln; sie lauschte durch das grüne Schilf hervor, und ergriff der Wind ihren langen, silberweißen Schleier, und jemand sah ihn, so glaubte er, es sei ein Schwan, der die Flügel ausbreite.

Sie hörte in mancher Nacht, wenn die Fischer mit Fackeln auf der See waren, dass sie viel Gutes von dem jungen Prinzen erzählten, und es freute sie, dass sie sein Leben gerettet hatte, als er halb tot auf den Wogen umhertrieb, und sie dachte daran, wie fest sein Haupt an ihrem Busen geruht und wie herzlich sie ihn da geküsst hatte; er wusste gar nichts davon, konnte nicht einmal von ihr träumen. Mehr und mehr fing sie die Menschen an zu lieben, mehr und mehr wünschte sie, unter ihnen umherwandeln zu können, deren Welt ihr weit größer zu sein schien als die ihrige; sie konnten ja auf Schiffen über das Meer fliegen, auf den hohen Bergen hoch über die Wolken emporsteigen, und die Länder, die sie besaßen, erstreckten sich mit Wäldern und Feldern weiter, als ihre Blicke reichten. Da war so vieles, was sie zu wissen wünschte, aber die Schwestern wussten ihr nicht alles zu beantworten, deshalb fragte sie die alte Großmutter, und diese kannte die höhere Welt recht gut, die sie sehr richtig die Länder über dem Meere nannte.

»Wenn die Menschen nicht ertrinken«, fragte die kleine Seejungfrau, »können sie dann ewig leben, sterben sie nicht, wie wir hier unten im Meere?«

»Ja!«, sagte die Alte, »sie müssen auch sterben, und ihre Lebenszeit ist sogar noch kürzer als die unsere. Wir können dreihundert Jahre alt werden, aber wenn wir dann aufhören zu sein, so werden wir nur in Schaum auf dem Wasser verwandelt und haben nicht einmal ein Grab hier unten unter unseren Lieben. Wir haben keine unsterbliche Seele, wir erhalten nie wieder Leben, wir sind gleich dem grünen Schilf; ist das einmal durchschnitten, so kann es nicht wieder grünen.

Die Menschen hingegen haben eine Seele, die ewig lebt, lebt, nachdem der Körper zu Erde geworden ist; sie steigt durch die klare Luft empor, hinauf zu allen den glänzenden Sternen! So wie wir aus dem Wasser auftauchen und die Länder der Menschen erblicken, so steigen sie zu unbekannten, herrlichen Orten auf, die wir nie zu sehen bekommen.«

»Weshalb bekommen wir keine unsterbliche Seele?«, fragte die kleine Seejungfrau betrübt. »Ich möchte alle meine Hunderte von Jahren, die ich zu leben habe, dafür geben, um nur einen Tag ein Mensch zu sein und dann Anteil an der himmlischen Welt zu haben.«

»Daran musst du nicht denken!«, sagte die Alte. »Wir fühlen uns weit glücklicher und besser als die Menschen dort oben!«

»Ich werde also sterben und als Schaum auf dem Meere treiben, nicht die Musik der Wogen hören, die schönen Blumen und die rote Sonne sehen? Kann ich denn gar nichts tun, um eine unsterbliche Seele zu gewinnen?«

»Nein!«, sagte die Alte, »nur wenn ein Mensch dich so lieben würde, dass du ihm mehr als Vater und Mutter wärest; wenn er mit all seinem Denken und all seiner Liebe an dir hinge und den Prediger seine rechte Hand in die deinige, mit dem Versprechen der Treue hier und in alle Ewigkeit, legen ließe, dann flöße seine Seele in deinen Körper über, und auch du erhieltest Anteil an der Glückseligkeit der Menschen. Er gäbe dir Seele und behielte doch seine eigene. Aber das kann nie geschehen! Was hier im Meere gerade schön ist, dein Fischschwanz, den finden sie dort auf der Erde hässlich, sie verstehen es eben nicht besser, man muss dort zwei plumpe Stützen haben, die sie Beine nennen, um schön zu sein!«

Da seufzte die kleine Seejungfrau und sah betrübt auf ihren Fischschwanz.

»Lass uns froh sein!«, sagte die Alte. »Hüpfen und springen wollen wir in den dreihundert Jahren, die wir zu leben haben. Das ist wahrlich lange Zeit genug, später kann man sich um so besser ausruhen. Heute Abend werden wir Hofball haben!«

Das war auch eine Pracht, wie man sie nie auf Erden erblickt. Die Wände und die Decke des großen Tanzsaales waren von dickem, aber klarem Glase. Mehrere Hundert ungeheure Muschelschalen, rosenrote und grasgrüne, standen zu jeder Seite in Reihen mit einem blau brennenden Feuer, welches den ganzen Saal beleuchtete und durch die Wände hinausschien, sodass die See draußen ganz beleuchtet war; man konnte alle die unzähligen Fische sehen, große und kleine, die gegen die Glasmauern hinschwammen; auf einigen glänzten die Schuppen purpurrot, auf anderen erschienen sie wie Silber und Gold. Mitten durch den Saal floss ein breiter Strom, und auf diesem tanzten die Meermänner und Meerweibchen zu ihrem eigenen lieblichen Gesang. So schöne Stimmen haben die Menschen auf der Erde nicht. Die kleine Seejungfrau sang am schönsten von ihnen allen, und sie wurde deshalb beklatscht, und einen Augenblick fühlte sie eine Freude in ihrem Herzen, denn sie wusste, dass sie die schönste Stimme von allen auf der Erde und im Meere hätte. Aber bald gedachte sie wieder der Welt oben über sich; sie konnte den hübschen Prinzen und ihren Kummer, dass sie keine unsterbliche Seele wie er besitze, nicht vergessen. Deshalb schlich sie sich aus ihres Vaters Schloss hinaus, und während alles drinnen Gesang und Frohsinn war, saß sie betrübt in ihrem kleinen Garten. Da hörte sie das Waldhorn durch das Wasser ertönen, und sie dachte: »Nun segelt er sicher dort oben, er, von dem ich mehr halte als von Vater und Mutter, er, an dem meine Sinne hängen und in dessen Hand ich meines Lebens Glück legen möchte. Alles will ich wagen, um ihn und eine unsterbliche Seele zu gewinnen! Während meine Schwestern dort in meines Vaters Schloss tanzen, will ich zur Meerhexe gehen, vor der ich immer so bange gewesen bin, aber sie kann mir vielleicht raten und helfen!«

Nun ging die kleine Seejungfrau aus ihrem Garten hinaus nach den brausenden Strudeln hin, hinter denen die Hexe wohnte. Den Weg hatte sie früher nie zurückgelegt; da wuchsen keine Blumen, kein Seegras, nur der nackte, graue Sandboden erstreckte sich gegen die Strudel hin, wo das Wasser gleich brausenden Mühlrädern herumwirbelte und alles, was es erfasste, mit sich in die Tiefe riss. Mitten zwischen diesen zermalmenden Wirbeln musste sie hindurch, um in den Bereich der Meerhexe zu gelangen, und hier war ein langes Stück kein anderer Weg als über warmen, sprudelnden Schlamm, den die Hexe ihr Torfmoor nannte. Dahinter lag ihr Haus mitten in einem seltsamen Walde. Alle Bäume und Büsche waren Polypen, halb Tier, halb Pflanze, sie sahen aus wie hundertköpfige Schlangen, die aus der Erde hervorwuchsen; alle Zweige waren lange, schleimige Arme, mit Fingern wie geschmeidige Würmer, und Glied um Glied bewegten sie sich, von der Wurzel bis zur äußersten Spitze. Alles, was sie im Meere erfassen konnten, umschlangen sie fest und ließen es nie wieder fahren. Die kleine Seejungfrau blieb ganz erschrocken stehen; ihr Herz pochte vor Furcht, fast wäre sie ganz umgekehrt, aber da dachte sie an den Prinzen und an die Seele der Menschen, und da bekam sie Mut. Ihr langes, fliegendes Haar band sie fest um das Haupt, damit die Polypen sie nicht daran ergreifen möchten, beide Hände legte sie über ihrer Brust zusammen, und so schoss sie davon, wie der Fisch durch das Wasser schießen kann, zwischen den hässlichen Polypen hindurch, die ihre geschmeidigen Arme und Finger hinter ihr herstreckten. Sie sah, wie jeder von ihnen etwas, was er ergriffen hatte, mit Hunderten von kleinen Armen, gleich starken Eisenbanden, hielt Menschen, die auf der See umgekommen und tief hinuntergesunken waren, sahen als weiße Gerippe aus den Armen der Polypen hervor. Schiffsruder und Kisten hielten sie fest, Skelette von Landtieren und ein kleines Meerweib, das sie gefangen und erstickt hatten, das war ihr fast das Schrecklichste.

Nun kam sie zu einem großen, sumpfigen Platz im Walde, wo große, fette Wasserschlangen sich wälzten und ihren hässlichen weißgelben Bauch zeigten. Mitten auf dem Platze war ein Haus, von weißen Knochen gestrandeter Menschen errichtet, da saß die Meerhexe und ließ eine Kröte aus ihrem Munde fressen, gerade wie die Menschen einem kleinen Kanarienvogel Zucker zu essen geben. Die hässlichen, fetten Wasserschlangen nannte sie ihre kleinen Küchlein und ließ sie sich auf ihrer großen schwammigen Brust wälzen.

»Ich weiß schon, was du willst!«, sagte die Meerhexe; »es ist zwar dumm von dir, doch du sollst deinen Willen haben, denn er wird dich ins Unglück stürzen, meine schöne Prinzessin. Du willst gern deinen Fischschwanz los sein und stattdessen zwei Stützen wie die Menschen zum Gehen haben, damit der junge Prinz verliebt in dich werden möge und du ihn und eine unsterbliche Seele erhalten kannst!« Dabei lachte die Hexe laut und widerlich, sodass die Kröte und die Schlangen auf die Erde fielen, wo sie sich wälzten. »Du kommst gerade zur rechten Zeit«, sagte die Hexe, »morgen, wenn die Sonne aufgeht, könnte ich dir nicht helfen, bis wieder ein Jahr um wäre. Ich werde dir einen Trank bereiten, mit dem musst du, bevor die Sonne aufgeht, nach dem Lande schwimmen, dich dort an das Ufer setzen und ihn trinken, dann verschwindet dein Schweif und schrumpft zu dem, was die Menschen niedliche Beine nennen, ein; aber das tut wehe, es ist, als ob ein scharfes Schwert dich durchdränge. Alle, die dich sehen, werden sagen, du seiest das schönste Menschenkind, das sie gesehen haben! Du behältst deinen schwebenden Gang, keine Tänzerin kann schweben wie du, aber bei jedem Schritt, den du machst, ist es dir, als ob du auf scharfe Messer trätest, als ob dein Blut fließen müsste. Willst du alles dies leiden, so werde ich dir helfen!«

»Ja!«, sagte die kleine Seejungfrau mit bebender Stimme, und sie gedachte des Prinzen und der unsterblichen Seele.

»Aber bedenke«, sagte die Hexe, »hast du erst menschliche Gestalt bekommen, so kannst du nie wieder eine Seejungfrau werden! Du kannst nie durch das Wasser zu deinen Schwestern und zu dem Schlosse deines Vaters zurückkehren, und gewinnst du des Prinzen Liebe nicht, sodass er für dich Vater und Mutter vergisst, an dir mit Leib und Seele hängt und den Priester eure Hände ineinander legen lässt, dass ihr Mann und Frau werdet, so bekommst du keine unsterbliche Seele! Am ersten Morgen, nachdem er mit einer andern verheiratet ist, da wird dein Herz brechen, und du wirst zu Schaum auf dem Wasser.«

»Ich will es!«, sagte die kleine Seejungfrau und ward bleich wie der Tod.

»Aber mich musst du auch bezahlen!«, sagte die Hexe, »und es ist nicht wenig, was ich verlange. Du hast die schönste Stimme von allen hier auf dem Grunde des Meeres, damit glaubst du wohl, ihn bezaubern zu können, aber diese Stimme musst du mir geben. Das Beste, was du besitzest, will ich für meinen köstlichen Trank haben! Mein eigen Blut muss ich dir ja darin geben, damit der Trank scharf werde wie ein zweischneidig Schwert!«

»Aber wenn du meine Stimme nimmst«, sagte die kleine Seejungfrau, »was bleibt mir dann übrig?«

»Deine schöne Gestalt«, sagte die Hexe, »dein schwebender Gang und deine sprechenden Augen, damit kannst du schon ein Menschenherz betören. Nun, hast du den Mut verloren? Strecke deine kleine Zunge hervor, dann schneide ich sie an Zahlungs statt ab, und du erhältst den kräftigen Trank!«

»Es geschehe!«, sagte die kleine Seejungfrau, und die Hexe setzte ihren Kessel auf, um den Zaubertrank zu kochen. »Reinlichkeit ist eine gute Sache!«, sagte sie und scheuerte den Kessel mit den Schlangen ab, die sie in einen Knoten band; nun ritzte sie sich selbst in die Brust und ließ ihr schwarzes Blut da hineintröpfeln; der Dampf bildete die sonderbarsten Gestalten, sodass einem angst und bange werden musste. Jeden Augenblick warf die Hexe neue Sachen in den Kessel, und als es recht kochte, war es, als ob ein Krokodil weinte. Zuletzt war der Trank fertig, er sah wie das klarste Wasser aus.

»Da hast du ihn!«, sagte die Hexe und schnitt der kleinen Seejungfrau die Zunge ab, die nun stumm war, weder singen noch sprechen konnte.

»Sollten die Polypen dich ergreifen, wenn du durch meinen Wald zurückkehrst«, sagte die Hexe, »so wirf nur einen einzigen Tropfen dieses Getränkes auf sie, davon zerspringen ihre Arme und Finger in tausend Stücke!« Aber das brauchte die kleine Seejungfrau nicht zu tun, die Polypen zogen sich erschrocken vor ihr zurück, als sie den glänzenden Trank erblickten, der in ihrer Hand leuchtete, als sei es ein funkelnder Stern. So kam sie schnell durch den Wald, das Moor und die brausenden Strudel.

Sie konnte ihres Vaters Schloss sehen; die Fackeln waren in dem großen Tanzsaal erloschen; sie schliefen sicher alle darinnen, aber sie wagte doch nicht, sie aufzusuchen, nun, da sie stumm war und sie auf immer verlassen wollte. Es war, als ob ihr Herz von Trauer zerspringen sollte. Sie schlich in den Garten, nahm eine Blume von jedem Blumenbeet ihrer Schwestern, warf Tausende von Kussfingern dem Schlosse zu und stieg durch die dunkelblaue See hinauf.

Die Sonne war noch nicht aufgegangen, als sie des Prinzen Schloss erblickte und die prächtige Marmortreppe hinanstieg. Der Mond schien herrlich klar. Die kleine Seejungfrau trank den brennenden scharfen Trank, und es war, als ginge ein zweischneidiges Schwert durch ihren feinen Körper, sie fiel dabei in Ohnmacht und lag wie tot da. Als die Sonne über die See schien, erwachte sie und fühlte einen schneidenden Schmerz, aber gerade vor ihr stand der schöne, junge Prinz und heftete seine kohlschwarzen Augen auf sie, sodass sie die ihrigen niederschlug. Da nahm sie wahr, dass ihr Fischschwanz fort war, und dass sie die niedlichsten, weißen Beine hatte, die nur ein kleines Mädchen haben kann; aber sie war ganz nackt, deshalb hüllte sie sich in ihr großes, langes Haar ein. Der Prinz fragte, wer sie sei, und wie sie dahin gekommen wäre, und sie sah ihn milde und doch so betrübt mit ihren dunkelblauen Augen an, sprechen konnte sie ja nicht. Da nahm er sie bei der

Hand und führte sie ins Schloss hinein. Bei jedem Schritt, den sie tat, war es ihr, wie die Hexe im Voraus gesagt hatte, als träte sie auf spitze Nadeln und scharfe Messer, aber das ertrug sie gern; an des Prinzen Hand stieg sie so leicht wie eine Seifenblase, und er sowie alle wunderten sich über ihren lieblichen, schwebenden Gang.

Köstliche Kleider von Seide und Musselin bekam sie nun anzuziehen, im Schlosse war sie die Schönste von allen, aber sie war stumm, konnte weder singen noch sprechen. Herrliche Sklavinnen, in Seide und Gold gekleidet, kamen hervor und sangen vor dem Prinzen und seinen königlichen Eltern; eine sang schöner als alle die anderen, und der Prinz klatschte in die Hände und lächelte sie an, da wurde die kleine Seejungfrau betrübt, sie wusste, dass sie selbst weit schöner gesungen hatte! »Oh«, dachte sie, »er sollte nur wissen, dass ich, um bei ihm zu sein, meine Stimme für alle Ewigkeit dahingegeben habe!«

Nun tanzten die Sklavinnen niedlich schwebende Tänze zur herrlichsten Musik; da erhob die kleine Seejungfrau ihre schönen weißen Arme, richtete sich auf die Zehenspitzen auf und schwebte tanzend über den Fußboden hin, wie noch keine getanzt hatte; bei jeder Bewegung wurde ihre Schönheit noch sichtbarer, und ihre Augen sprachen tiefer zum Herzen als der Gesang der Sklavinnen.

Alle waren entzückt davon, besonders der Prinz, der sie sein kleines Findelkind nannte, und sie tanzte fort und fort, obwohl es jedes Mal, wenn ihr Fuß die Erde berührte, war, als ob sie auf scharfe Messer trete. Der Prinz sagte, dass sie immer bei ihm sein solle, und sie erhielt die Erlaubnis, vor seiner Tür auf einem Sammetkissen zu schlafen.

Er ließ ihr eine Männertracht machen, damit sie ihn zu Pferde begleiten könne. Sie ritten durch die duftenden Wälder, wo die grünen Zweige ihre Schultern berührten und die kleinen Vögel hinter den frischen Blättern sangen. Sie kletterte mit dem Prinzen auf die hohen Berge hinauf, und obgleich ihre zarten Füße bluteten, sodass die andern es sehen konnten, lachte sie doch darüber und folgte ihm, bis sie die Wolken unter sich segeln sahen, als wäre es ein Schwarm Vögel, die nach fremden Ländern zögen.

Zu Hause in des Prinzen Schloss, wenn nachts die andern schliefen, ging sie auf die breite Marmortreppe hinaus, und es kühlte ihre Füße, im kalten Seewasser zu stehen, und dann gedachte sie derer dort unten in der Tiefe.

Eines Nachts kamen ihre Schwestern Arm in Arm, sie sangen so traurig, indem sie über dem Wasser schwammen, und sie winkte ihnen, und sie erkannten sie und erzählten, wie sie sie allesamt betrübt habe. Darauf besuchten die Schwestern sie in jeder Nacht, und einst erblickte sie, weit hinaus, auch ihre alte Großmutter, die in vielen Jahren nicht über der Meeresfläche gewesen war, und den Seekönig mit seiner Krone auf dem Haupte; sie streckten die Hände gegen sie aus, wagten sich aber dem Lande nicht so nahe als die Schwestern.

Tag für Tag wurde sie dem Prinzen lieber, er hatte sie so lieb, wie man ein gutes, liebes Kind lieb hat, aber sie zu seiner Königin zu machen, kam ihm nicht in den Sinn, und seine Frau musste sie doch werden, sonst bekam sie keine unsterbliche Seele und musste an seinem Hochzeitsmorgen zu Schaum auf dem Meere werden.

»Liebst du mich nicht am meisten von ihnen allen?«, schienen der kleinen Seejungfrau Augen zu sagen, wenn er sie in seine Arme nahm und ihre schöne Stirn küsste.

»Ja, du bist mir die Liebste«, sagte der Prinz, »denn du hast das beste Herz von allen, du bist mir am meisten ergeben, und du gleichst einem jungen Mädchen, das ich einmal sah, aber sicher nie wiederfinde. Ich war auf einem Schiffe, welches strandete, die Wellen warfen mich bei einem heiligen Tempi an das Land, wo mehrere junge Mädchen den Dienst verrichteten; die jüngste dort fand mich am Ufer und rettete mein Leben; ich sah sie nur zweimal; sie wäre die Einzige, die ich in dieser Welt lieben könnte, aber du gleichst ihr, du verdrängst fast ihr Bild aus meiner Seele, sie gehört dem heiligen Tempel an, und deshalb hat mein gutes Glück dich mir gesendet, nie wollen wir uns trennen!« »Ach, er weiß nicht, dass ich sein Leben gerettet habe!«, dachte die kleine Seejungfrau. »Ich trug ihn über das Meer zu dem Walde hin, wo der Tempel steht, ich saß hinter dem Schaume und sah, ob keine Menschen kommen würden. Ich sah das hübsche Mädchen, das er mehr liebte als mich!«, und die Seejungfrau seufzte tief, weinen konnte sie nicht. »Das Mädchen gehört dem heiligen Tempel an, hat er gesagt, sie kommt nie in die Welt hinaus, sie begegnen sich nicht mehr, ich bin bei ihm, sehe ihn jeden Tag, ich will ihn pflegen, lieben, ihm mein Leben opfern.«

Aber nun solle der Prinz sich verheiraten und des Nachbarkönigs schöne Tochter haben, erzählte man, deshalb rüste er ein so prächtiges Schiff aus. Der Prinz reise, um des Nachbarkönigs Länder zu besichtigen, heiße es wohl, aber es geschehe, um des Nachbarkönigs Tochter zu sehen, und großes Gefolge solle ihn begleiten. Aber die kleine Seejungfrau schüttelte das Haupt und lächelte; sie kannte des Prinzen Gedanken weit besser als alle die anderen. »Ich muss reisen!«, hatte er zu ihr gesagt »Ich muss die schöne Prinzessin sehen, meine Eltern verlangen es, aber sie wollen mich nicht zwingen, sie als meine Braut heimzuführen. Ich kann sie nicht lieben, sie gleicht nicht dem schönen Mädchen im Tempel, der du ähnlich siehst; sollte ich einst eine Braut wählen, so würdest du es eher sein, mein stummes Findelkind mit den sprechenden Augen!« Und er küsste ihren roten Mund, spielte mit ihren langen Haaren und legte sein Haupt an ihr Herz, sodass dieses von Menschenglück und einer unsterblichen Seele träumte.

»Du fürchtest doch das Wasser nicht, mein stummes Kind?«, sagte er, als sie auf dem prächtigen Schiffe standen, welches ihn nach den Ländern des Nachbarkönigs führen sollte; und er erzählte ihr vom Sturm und von der Windstille, von seltsamen Fischen in der Tiefe, und was die Taucher dort gesehen hatten, und sie lächelte bei seiner Erzählung, sie wusste ja besser als sonst jemand auf dem Grunde des Meeres Bescheid. In der mondhellen Nacht, wenn sie alle bis auf den Steuermann, der am Ruder stand, schliefen, saß sie an dem Bord des Schiffes und starrte durch das klare Wasser hinunter, und sie glaubte ihres Vaters Schloss zu erblicken; hoch auf demselben stand die alte Großmutter mit der Silberkrone auf dem Haupte und starrte durch die reißenden Ströme gegen des Schiffes Kiel empor. Da kamen ihre Schwestern über das Wasser hervor und starrten sie traurig an und rangen ihre weißen Hände; sie winkte ihnen zu, lächelte und wollte erzählen, dass es ihr gut ginge und sie glücklich sei, aber der Schiffsjunge näherte sich ihr, und die Schwestern tauchten unter, sodass er glaubte, das Weiße, was er gesehen hatte, sei nur Schaum auf der See gewesen.

Am nächsten Morgen segelte das Schiff in den Hafen von des Nachbarkönigs prächtiger Stadt. Alle Kirchenglocken läuteten, und von den hohen Türmen wurden die Posaunen geblasen, während die Soldaten mit fliegenden Fahnen und blitzenden Bajonetten in Reih und Glied dastanden. Jeder Tag führte ein neues Fest mit sich. Ball und Gesellschaften folgten einander, aber die Prinzessin war noch nicht da, sie werde weit davon entfernt in einem heiligen Tempel erzogen, sagten sie, dort lerne sie alle königlichen Tugenden. Endlich traf sie ein. Die kleine Seejungfrau war begierig, ihre Schönheit zu sehen, und sie musste anerkennen, dass sie eine lieblichere Erscheinung noch nicht gesehen hatte. Die Haut war so fein und klar, und hinter den langen dunklen Augenwimpern lächelten ein Paar schwarzblaue, treue Augen.

»Du bist es«, sagte der Prinz, »du, die mich gerettet hat, als ich einer Leiche gleich an der Küste lag!« Und er drückte seine errötende Braut in seine Arme. »O ich bin allzu glücklich!«, sagte er zur kleinen Seejungfrau. »Das Beste, was ich je hoffen durfte, ist mir in Erfüllung gegangen. Du wirst dich über mein Glück freuen, denn du meinst es am besten mit mir von ihnen allen!« Und die kleine Seejungfrau küsste seine Hand, und es kam ihr schon vor, als fühle sie ihr Herz brechen. Sein Hochzeitsmorgen würde ihr ja den Tod geben und sie in Schaum auf dem Meere verwandeln.

Alle Kirchenglocken läuteten, die Herolde ritten in den Straßen umher und verkündeten die Verlobung. Auf allen Altären brannte duftendes Öl in köstlichen Silberlampen. Die Priester schwangen die Räucherfässer, und Braut und Bräutigam reichten einander die Hand und erhielten den Segen des Bischofs. Die kleine Seejungfrau stand in Gold und Seide und hielt die Schleppe der Braut, aber ihre Ohren hörten die festliche Musik nicht, ihr Auge sah die heilige Handlung nicht, sie gedachte ihrer Todesnacht und alles dessen, was sie in dieser Welt verloren hatte.

Noch desselben Abends gingen die Braut und der Bräutigam an Bord des Schiffes; die Kanonen donnerten, alle Flaggen wehten, und mitten auf dem Schiffe war ein köstliches Zelt von Gold und Purpur und mit den schönsten Kissen errichtet, da sollte das Brautpaar in der stillen, kühlen Nacht schlafen.

Die Segel schwollen im Winde, und das Schiff glitt leicht und ohne große Bewegung über die klare See dahin.

Als es dunkelte, wurden bunte Lampen angezündet, und die Seeleute tanzten lustige Tänze auf dem Verdecke. Die kleine Seejungfrau musste ihres ersten Auftauchens aus dem Wasser gedenken, als sie dieselbe Pracht und Freude erblickt hatte, und sie drehte sich mit im Tanze, schwebte, wie die Schwalbe schwebt, wenn sie verfolgt wird, und alle jubelten ihr Bewunderung zu, nie hatte sie so herrlich getanzt; es schnitt wie scharfe Messer in die zarten Füße, aber sie fühlte es nicht; es schnitt ihr noch schmerzlicher durch das Herz. Sie wusste, es sei der letzte Abend, an dem sie ihn erblickte, für den sie ihre Verwandten und ihre Heimat verlassen, ihre schöne Stimme dahingegeben und täglich unendliche Qualen ertragen hatte, ohne dass er eine Ahnung davon hatte. Es war die letzte Nacht, dass sie dieselbe Luft mit ihm einatmete, das tiefe Meer und den sternklaren Himmel erblickte, eine ewige Nacht ohne Gedanken und Traum harrte ihrer, die keine Seele hatte, keine Seele gewinnen konnte. Alles war Freude und Heiterkeit auf dem Schiffe bis weit über Mitternacht hinaus, sie lachte und tanzte mit Todesgedanken im Herzen. Der Prinz küsste seine schöne Braut, und sie spielte mit seinen schwarzen Haaren, und Arm in Arm gingen sie zur Ruhe in das prächtige Zelt.

Es wurde tot und stille auf dem Schiffe, nur der Steuermann stand am Ruder; die kleine Seejungfrau legte ihre weißen Arme auf den Schiffsrand und blickte gegen Osten nach der Morgenröte, der erste Sonnenstrahl, wusste sie, würde sie töten. Da sah sie ihre Schwestern der Flut entsteigen, sie waren bleich wie sie; ihre langen, schönen Haare wehten nicht mehr im Winde, sie waren abgeschnitten.

»Wir haben sie der Hexe gegeben, um dir Hilfe bringen zu können, damit du diese Nacht nicht sterben musst. Sie hat uns ein Messer gegeben, hier ist es! Siehst du, wie scharf? Bevor die Sonne aufgeht, musst du es in das Herz des Prinzen stechen, und wenn dann das warme Blut auf deine Füße spritzt, so wachsen diese in einen Fischschwanz zusammen, und du wirst wieder eine Seejungfrau, kannst zu uns herabsteigen und lebst deine dreihundert Jahre, bevor du toter, salziger Seeschaum wirst. Beeile dich! Er oder du, eins muss sterben, bevor die Sonne aufgeht! Unsere alte

Großmutter trauert so, dass ihr weißes Haar ausgefallen ist, wie das unsrige von der Schere der Hexe. Töte den Prinzen und komme zurück! Beeile dich, siehst du den roten Streifen am Himmel? In wenigen Minuten steigt die Sonne auf, und dann musst du sterben!« Und sie stießen einen tiefen Seufzer aus und versanken in die Wogen.

Die kleine Seejungfrau zog den Purpurteppich vom Zelte fort, und sie sah die schöne Braut mit ihrem Haupte an des Prinzen Brust ruhen, und sie bog sich nieder, küsste ihn auf seine schöne Stirne, blickte gen Himmel auf, wo die Morgenröte mehr und mehr leuchtete, betrachtete das scharfe Messer und heftete ihre Augen wieder auf den Prinzen, der im Traum seine Braut bei dem Namen nannte; nur sie war in seinen Gedanken, und das Messer zitterte in der Seejungfrau Hand – aber da warf sie es weit hinaus in die Wogen, die glänzten rot, und wo es hinfiel, sah es aus, als keimten Blutstropfen aus dem Wasser auf. Noch einmal sah sie mit halb gebrochenem Blicke auf den Prinzen, stürzte sich vom Schiffe in das Meer hinab und fühlte, wie ihr Körper sich in Schaum auflöste.

Nun stieg die Sonne aus dem Meere auf, die Strahlen fielen so mild und warm auf den todkalten Meeresschaum, und die kleine Seejungfrau fühlte nichts vom Tode; sie sah die klare Sonne, und oben über ihr schwebten Hunderte von durchsichtigen herrlichen Geschöpfen, sie konnte durch sie hindurch des Schiffes weiße Segel und des Himmels rote Wolken erblicken. Ihre Sprache war melodisch, aber so geistig, dass kein menschliches Ohr es vernehmen, ebenso wie kein menschliches Auge sie erblicken konnte; ohne Schwingen schwebten sie vermittelst ihrer eigenen Leichtigkeit durch die Luft. Die kleine Seejungfrau sah, dass sie einen Körper hatte wie diese, der sich mehr und mehr aus dem Schaume erhob.

»Zu wem komme ich?«, fragte sie, und ihre Stimme klang wie die der anderen Wesen, so geistig, dass keine irdische Musik sie wiederzugeben vermag.

»Zu den Töchtern der Luft!«, erwiderten die anderen. »Die Seejungfrau hat keine unsterbliche Seele, kann sie nie erhalten, wenn sie nicht eines Menschen Liebe gewinnt; von einer fremden

Macht hängt ihr ewiges Dasein ab. Die Töchter der Luft haben auch keine ewige Seele, aber sie können durch gute Handlungen sich selbst eine schaffen. Wir fliegen nach den warmen Ländern, wo die schwüle Pestluft den Menschen tötet; dort fächeln wir Kühlung. Wir breiten den Duft der Blumen durch die Luft aus und senden Erquickung und Heilung. Wenn wir dreihundert Jahre lang gestrebt haben, alles Gute, was wir vermögen, zu vollbringen, so erhalten wir eine unsterbliche Seele und nehmen teil am ewigen Glücke der Menschen. Du arme kleine Seejungfrau hast mit ganzem Herzen nach demselben, wie wir, gestrebt, du

hast gelitten und geduldet, dich zur Luftgeisterwelt erhoben, nun kannst du dir selbst durch gute Werke nach drei Jahrhunderten eine unsterbliche Seele schaffen.«

Und die kleine Seejungfrau erhob ihre verklärten Arme gegen Gottes Sonne, und zum ersten Male fühlte sie Tränen in ihren Augen.

Auf dem Schiffe aber war wieder Lärm und Leben, sie sah den Prinzen mit seiner schönen Braut nach ihr suchen, wehmütig starrten sie den perlenden Schaum an, als ob sie wüssten, dass sie sich in die Fluten gestürzt habe. Unsichtbar küsste sie die Stirne der Braut, lächelte ihn an und stieg mit den übrigen Kindern der Luft auf die rosenrote Wolke hinauf, welche den Äther durchschiffte.

»Nach dreihundert Jahren schweben wir so in das Reich Gottes hinein!«

»Auch können wir noch früher dahin gelangen!«, flüsterte eine Tochter der Luft. »Unsichtbar schweben wir in die Häuser der Menschen hinein, wo da Kinder sind, und für jeden Tag, an dem wir ein gutes Kind finden, welches seinen Eltern Freude bereitet und deren Liebe verdient, verkürzt Gott unsere Prüfungszeit. Das Kind weiß nicht, wann wir durch die Stube fliegen, und müssen wir aus Freude über das Kind lächeln, so wird ein Jahr von den dreihundert abgerechnet, aber sehen wir ein unartiges, böses Kind, so müssen wir Tränen der Trauer vergießen, und jede Träne legt unserer Prüfungszeit einen Tag zu!«

Die Nachtigall

In China, weißt du ja wohl, ist der Kaiser ein Chinese, und alle, die er um sich hat, sind Chinesen. Es ist nun viele Jahre her, aber gerade deshalb ist es wert, die Geschichte zu hören, ehe sie vergessen wird. Des Kaisers Schloss war das prächtigste der Welt, ganz und gar von feinem Porzellan, so kostbar, aber so spröde, so misslich daran zu rühren, dass man sich ordentlich in Acht nehmen musste. Im Garten sah man die wunderlichsten Blumen, und an die allerprächtigsten waren Silberglocken gebunden, welche erklangen, damit man nicht vorbeigehen möchte, ohne die Blumen zu bemerken. Ja, alles war in des Kaisers Garten so fein ausgedacht, und er erstreckte sich so weit, dass der Gärtner selbst das Ende nicht kannte; ging man immer weiter, so kam man in den herrlichsten Wald mit hohen Bäumen und tiefen Seen. Der Wald ging gerade hinunter bis zum Meere, welches blau und tief war; große Schiffe konnten gerade unter den Zweigen hinsegeln, und in diesen wohnte eine Nachtigall, welche so herrlich sang, dass selbst der arme Fischer, der so viel anderes zu tun hatte, still hielt und horchte, wenn er des Nachts ausgefahren war, um das Fischnetz aufzuziehen, und dann die Nachtigall hörte. »Ach Gott, wie ist das schön!«, sagte er, aber dann musste er auf seine Sachen achtgeben und vergaß den Vogel; doch wenn der in der nächsten Nacht wieder sang und der Fischer kam dorthin, sagte er wieder: »Ach Gott, wie ist das doch schön!«

Von allen Ländern der Welt kamen da Reisende nach der Stadt des Kaisers und bewunderten diese, das Schloss und den Garten; doch wenn sie die Nachtigall zu hören bekamen, sagten sie alle: »Das ist doch das Beste!«

Die Reisenden erzählten davon, wenn sie nach Hause kamen, und die Gelehrten schrieben viele Bücher über die Stadt, das Schloss und den Garten, aber die Nachtigall vergaßen sie nicht, sie wurde am höchsten gestellt; und die, welche dichten konnten, schrieben die herrlichsten Gedichte über die Nachtigall im Walde bei dem tiefen See.

Die Bücher durchliefen die Welt, und einige kamen dann auch einmal zum Kaiser. Er saß in seinem goldenen Stuhle, las und las, jeden Augenblick nickte er mit dem Kopfe, denn es freute ihn, die prächtigen Beschreibungen der Stadt, des Schlosses und des Gartens zu vernehmen. »Aber die Nachtigall ist doch das Allerbeste!«, stand da geschrieben.

»Was ist das?«, sagte der Kaiser. »Die Nachtigall kenne ich ja gar nicht! Ist ein solcher Vogel hier in meinem Kaiserreiche und sogar in meinem Garten? Das habe ich nie gehört! So etwas soll man erst aus Büchern erfahren?«

Da rief er seinen Haushofmeister. Der war so vornehm, dass, wenn jemand, der geringer als er war, mit ihm zu sprechen oder ihn um etwas zu fragen wagte, er weiter nichts erwiderte als »P!« – und das hat nichts zu bedeuten.

»Hier soll ja ein höchst merkwürdiger Vogel sein, welcher Nachtigall genannt wird!«, sagte der Kaiser. »Man spricht, dies sei das Allerbeste in meinem großen Reiche! Weshalb hat man mir nie etwas davon gesagt?«

»Ich habe ihn früher nie nennen hören!«, sagte der Haushofmeister. »Ich werde ihn suchen, ich werde ihn finden!«

»Tsing-pe!«, sagte der Kavalier und lief wieder alle Treppen auf und nieder, durch Säle und Gänge, keiner von allen denen, auf die er traf, hatte von der Nachtigall sprechen hören, und der Haushofmeister lief wieder zum Kaiser und sagte, dass es sicher eine Fabel von denen sein müsse, die da Bücher schrieben. »Dero Kaiserliche Majestät können gar nicht glauben, was da alles geschrieben wird! Das sind Erdichtungen und etwas, was man die schwarze Kunst nennt!«

»Aber das Buch, in dem ich dieses gelesen habe«, sagte der Kaiser, »ist mir von dem großmächtigen Kaiser von Japan gesandt worden, also kann es keine Unwahrheit sein. Ich will die Nachtigall hören! Sie muss heute Abend hier sein! Sie hat meine höchste Gnade! Und kommt sie nicht, so soll der ganze Hof auf den Leib getrampelt werden, wenn er Abendbrot gegessen hat!«

»Tsing-pe!«, sagte der Kavalier und lief wieder alle Treppen auf und nieder, durch alle Säle und Gänge; und der halbe Hof lief mit, denn sie wollten nicht gern auf den Leib getrampelt werden. Da gab es ein Fragen nach der merkwürdigen Nachtigall, welche die ganze Welt kannte, nur niemand bei Hofe.

Endlich trafen sie ein kleines, armes Mädchen in der Küche. Sie sagte: »Oh Gott, die Nachtigall, die kenne ich gut, ja, wie kann die singen! Jeden Abend habe ich die Erlaubnis, meiner armen, kranken Mutter einige Überbleibsel vom Tische mit nach Hause zu bringen; sie wohnt unten am Strande, und wenn ich dann zurückgehe, müde bin und im Walde ausruhe, dann höre ich die Nachtigall singen; es kommt mir dabei das Wasser in die Augen, und es ist gerade, als ob meine Mutter mich küsste!«

»Kleine Köchin!«, sagte der Haushofmeister, »ich werde dir eine feste Anstellung in der Küche und die Erlaubnis, den Kaiser speisen zu sehen, verschaffen, wenn du uns zur Nachtigall führen kannst, denn sie ist zu heute Abend angesagt.«

Und so zogen sie allesamt hinaus in den Wald, wo die Nachtigall zu singen pflegte; der halbe Hof war mit. Als sie im besten Zuge waren, fing eine Kuh zu brüllen an.

»Oh!«, sagten die Hofjunker, »nun haben wir sie! Das ist doch eine merkwürdige Kraft in einem so kleinen Tiere! Die habe ich sicher schon früher gehört!«

»Nein, das sind Kühe, welche brüllen!«, sagte die kleine Köchin. »Wir sind noch weit von dem Orte entfernt!«

Nun quakten die Frösche im Sumpfe.

»Herrlich!«, sagte der chinesische Schlosspropst. »Nun höre ich sie, es klingt gerade wie kleine Kirchenglocken.«

»Nein, das sind Frösche!«, sagte die kleine Köchin. »Aber nun, denke ich, werden wir sie bald hören!«

Da begann die Nachtigall zu singen.

»Das ist sie«, sagte das kleine Mädchen. »Hört! Hört! Und da sitzt sie!« Und dabei zeigte sie nach einem kleinen grauen Vogel oben in den Zweigen.

»Ist es möglich?«, sagte der Kavalier.

»So hätte ich sie mir nimmer gedacht! Wie einfach sie aussieht! Sie hat sicher ihre Farbe darüber verloren, dass sie so viele vornehme Menschen um sich erblickt!«

»Kleine Nachtigall«, rief die kleine Köchin ganz laut, »unser gnädigster Kaiser will so gern, dass Sie vor ihm singen möchten!«

»Mit dem größten Vergnügen!«, sagte die Nachtigall und sang dann, dass es eine Lust war.

»Es ist gerade wie Glasglocken!«, sagte der Haushofmeister. »Und seht die kleine Kehle, wie sie arbeitet! Es ist merkwürdig, dass wir sie früher nie gehört haben! Sie wird großes Aufsehen bei Hofe machen!«

»Soll ich noch einmal vor dem Kaiser singen?«, sagte die Nachtigall, welche glaubte, der Kaiser sei auch da.

»Meine vortreffliche kleine Nachtigall«, sagte der Haushofmeister, »ich habe die große Freude, Sie zu einem Hoffeste heute Abend einzuladen, wo Sie Dero hohe Kaiserliche Gnaden mit Ihrem charmanten Gesange bezaubern werden!«

»Der nimmt sich am besten im Grünen aus!«, sagte die Nachtigall, aber sie kam doch gerne mit, als sie hörte, dass der Kaiser es wünschte.

Auf dem Schlosse war alles aufgeputzt. Die Wände und der Fußboden, welche von Porzellan waren, glänzten im Strahle vieler Tausend goldener Lampen; die prächtigsten Blumen, welche recht klingeln konnten, waren in den Gängen aufgestellt; da war ein Laufen und ein Zugwind, aber alle Glocken klingelten so, dass man sein eigenes Wort nicht hören konnte.

Mitten in dem großen Saal, wo der Kaiser saß, war ein goldener Stab hingestellt, und auf dem sollte die Nachtigall sitzen; der ganze Hof war da, und die kleine Köchin hatte die Erlaubnis erhalten, hinter der Tür zu stehen, da sie nun den Titel einer Wirklichen Hofköchin bekommen hatte. Alle waren sie in ihrem größten Staate, und alle sahen sie nach dem kleinen, grauen Vogel, dem der Kaiser zunickte.

Und die Nachtigall sang so herrlich, dass dem Kaiser die Tränen in die Augen traten; die Tränen liefen ihm über die Wangen hernieder, und da sang die Nachtigall noch schöner; das ging so recht zu Herzen. Der Kaiser war sehr erfreut und sagte, dass die Nachtigall seinen goldnen Pantoffel um den Hals zu tragen haben solle. Aber die Nachtigall dankte, sie habe schon Belohnung genug erhalten:

»Ich habe Tränen in des Kaisers Augen gesehen, das ist mir der reichste Schatz! Eines Kaisers Tränen haben eine besondere Kraft! Gott weiß es, ich bin genug belohnt!« Und darauf sang sie wieder mit ihrer süßen, herrlichen Stimme.

»Das ist die liebenswürdigste Stimme, die ich kenne!«, sagten die Damen ringsherum, und dann nahmen sie Wasser in den Mund, um zu schlucken, wenn jemand mit ihnen spräche; sie glaubten, dann auch Nachtigallen zu sein. Ja, die Diener und Kammermädchen ließen melden, dass auch sie zufrieden seien, und das will viel sagen, denn sie sind am schwierigsten zu befriedigen. Ja, die Nachtigall machte wahrlich Glück.

Sie sollte nun bei Hofe bleiben, ihr eigenes Bauer samt der Freiheit haben, zweimal des Tages und einmal des Nachts herauszuspazieren. Sie bekam zwölf Diener mit, welche ihr alle ein Seidenband um das Bein geschlungen hatten, woran sie sie recht festhielten. Es war durchaus kein Vergnügen bei einem solchen Ausflug.

Die ganze Stadt sprach von dem merkwürdigen Vogel, und begegneten sich zwei, so sagte der eine nichts anderes als »Nacht!«, und der andere sagte: »Gall«, und dann seufzten sie und verstanden einander; ja elf Hökerkinder wurden nach ihr benannt, aber nicht eine von ihnen hatte einen Ton in der Kehle.

Eines Tages erhielt der Kaiser ein großes Paket, auf dem geschrieben stand: »Die Nachtigall.«

»Da haben wir nun ein neues Buch über unsern berühmten Vogel«, sagte der Kaiser; aber es war kein Buch, es war ein kleines Kunststück, welches in einer Schachtel lag, eine künstliche Nachtigall, die der lebenden gleichen sollte, aber überall mit Diamanten, Rubinen und Saphiren besetzt war. Sobald man den Kunstvogel aufzog, konnte er eins der Stücke, die der wirkliche sang, singen, und dann bewegte sich der Schweif auf und nieder und glänzte von Silber und Gold. Um den Hals hing ein kleines Band, und darauf stand geschrieben: »Des Kaisers von Japan Nachtigall ist arm gegen die des Kaisers von China.«

»Das ist herrlich!«, sagten alle, und er, welcher den künstlichen Vogel gebracht hatte, erhielt sogleich den Titel Kaiserlicher Ober-Nachtigall-Bringer.

»Nun müssen sie zusammen singen, was wird das für ein Genuss werden!«

Und so mussten sie zusammen singen, aber es wollte nicht recht gehen, denn die wirkliche Nachtigall sang auf ihre Weise, und der Kunstvogel ging auf Walzen. »Der hat keine Schuld«, sagte der Spielmeister; »der ist besonders taktfest und ganz nach meiner Schule.« Nun sollte der Kunstvogel allein singen. Er machte ebenso viel Glück als der wirkliche, und dann war er ja so viel niedlicher anzusehen; er glänzte wie Armbänder und Brustnadeln.

Dreiunddreißigmal sang er ein und dasselbe Stück und war doch nicht müde; die Leute hätten ihn gern wieder von vorn gehört, aber der Kaiser meinte, dass nun auch die lebendige Nachtigall etwas singen solle. Aber wo war sie? Niemand hatte bemerkt, dass sie aus dem offenen Fenster fort zu ihren grünen Wäldern geflogen war.

»Aber was ist denn das?«, sagte der Kaiser; und alle Hofleute schalten und meinten, dass die Nachtigall ein höchst undankbares Tier sei. »Den besten Vogel haben wir doch!«, sagten sie, und so musste der Kunstvogel wieder singen, und das war das vierunddreißigste Mal, dass sie dasselbe Stück zu hören bekamen, aber sie konnten es noch nicht ganz auswendig, denn es war so schwer. Der Spielmeister lobte den Vogel so außerordentlich, ja er versicherte, dass er besser als die wirkliche Nachtigall sei, nicht nur was die Kleider und die vielen herrlichen Diamanten beträfe, sondern auch innerlich.

»Denn sehen Sie, meine Herrschaften, der Kaiser vor allen, bei der wirklichen Nachtigall kann man nie berechnen, was da kommen wird, aber bei dem Kunstvogel ist alles bestimmt; man kann es erklären, man kann ihn aufmachen und das menschliche Denken zeigen, wie die Walzen liegen, wie sie gehen, und wie das eine aus dem anderen folgt!«

»Das sind ganz unsere Gedanken!«, sagten sie alle, und der Spielmeister erhielt die Erlaubnis, am nächsten Sonntag den Vogel dem Volke vorzuzeigen; es sollte ihn auch singen hören, befahl der Kaiser, und es hörte ihn, und es wurde so vergnügt, als ob es sich in Tee berauscht hätte, denn das ist nun so ganz chinesisch, und da sagten alle: »Oh!«, und hielten den Zeigefinger in die Höhe und nickten dazu. Aber die armen Fischer, welche die wirkliche Nachtigall gehört hatten, sagten: »Es klingt hübsch genug, die Melodien gleichen sich auch, aber es fehlt etwas, ich weiß nicht was!«

Die wirkliche Nachtigall war aus dem Lande und Reiche verwiesen.

Der Kunstvogel hatte seinen Platz auf einem seidenen Kissen dicht bei des Kaisers Bett; alle Geschenke, welche er erhalten hatte, Gold und Edelsteine, lagen rings um ihn her, und im Titel war er zu dem Hochkaiserlichen Nachttisch-Sänger gestiegen, im Range Numero eins zur linken Seite, denn der Kaiser rechnete die Seite für die vornehmste, auf der das Herz saß, und das Herz sitzt auch bei einem Kaiser links. Und der Spielmeister schrieb ein Werk von fünfundzwanzig Bänden über den Kunstvogel; das war so gelehrt und so lang, voll von den allerschwersten chinesischen Wörtern, dass alle Leute sagten, sie hätten es gelesen und verstanden, denn sonst wären sie ja dumm gewesen und auf den Leib getrampelt worden.

So ging es ein ganzes Jahr; der Kaiser, der Hof und alle die übrigen Chinesen konnten jeden kleinen Kluck in des Kunstvogels Gesang auswendig, aber gerade deshalb gefiel er ihnen jetzt am allerbesten; sie konnten selbst mitsingen, und das taten sie. Die Straßenbuben sangen: »Zizizi! Kluckkluck!«, und der Kaiser sang es! Ja, das war gewiss prächtig!

Aber eines Abends, als der Kunstvogel am besten sang und der Kaiser im Bett lag und darauf hörte, sagte es »Schwupp!« inwendig im Vogel: da sprang etwas. »Schnurr!« Alle Räder liefen herum, und dann stand die Musik still.

Der Kaiser sprang gleich aus dem Bette und ließ seinen Leibarzt rufen, aber was konnte der helfen! Dann ließen sie den Uhrmacher holen, und nach vielem Sprechen und Nachsehen bekam er den Vogel etwas zustande, aber er sagte, dass er sehr geschont werden müsse, denn die Zapfen seien abgenutzt, und es wäre unmöglich, neue so einzusetzen, dass die Musik sicher ginge. Das war nun eine große Trauer! Nur einmal des Jahres durfte man den Kunstvogel singen lassen, und das war fast schon zu viel; aber dann hielt der Spielmeister eine kleine Rede mit den schweren Worten und sagte, dass es ebenso gut als früher sei, und dann war es ebenso gut als früher.

Nun waren fünf Jahre vergangen, und das ganze Land bekam eine wirkliche große Trauer. Die Chinesen hielten im Grunde allesamt große Stücke auf ihren Kaiser, jetzt war er krank und konnte nicht länger leben. Schon war ein neuer Kaiser gewählt, und das Volk stand draußen auf der Straße und fragte den Haushofmeister, wie es ihrem alten Kaiser ginge.

»P!«, sagte er und schüttelte mit dem Kopfe.

Kalt und bleich lag der Kaiser in seinem großen prächtigen Bette, der ganze Hof glaubte ihn tot, und ein jeder von ihnen lief hin, den neuen Kaiser zu begrüßen; die Kammerdiener liefen hinaus, um darüber zu sprechen, und die Kammermädchen hatten große Kaffeegesellschaft. Ringsumher in allen Sälen und Gängen war Tuch gelegt, damit man niemand gehen hören könnte, und deshalb war es da so still, so still. Aber der Kaiser war noch nicht tot; steif und bleich lag er in dem prächtigen Bette mit den langen Sammetgardinen und den schweren Goldquasten, hoch oben stand ein Fenster auf, und der Mond schien herein auf den Kaiser und den Kunstvogel.

Der arme Kaiser konnte kaum atmen, es war gerade, als ob etwas auf seiner Brust säße; er schlug die Augen auf, und da sah er, dass es der Tod war, der auf seiner Brust saß und sich seine goldene Krone aufgesetzt hatte und in der einen Hand des Kaisers goldenen Säbel, in der anderen seine prächtige Fahne hielt; und ringsumher aus allen Falten der großen Sammetbettgardinen sahen wunderliche Köpfe hervor, einige ganz hässlich, andere so lieblich und mild: das waren alle des Kaisers böse und gute Taten, welche ihn anblickten, jetzt, da der Tod ihm auf dem Herzen saß.

»Entsinnst du dich dieses?«, flüsterte der eine nach dem anderen. »Erinnerst du dich dessen?«, und dann erzählten sie ihm so viel, dass ihm der Schweiß von der Stirne rann.

»Das habe ich nie gewusst!«, sagte der Kaiser. »Musik, Musik, die große chinesische Trommel!«, rief er, »damit ich nicht alles zu hören brauche, was sie sagen!«

Und sie fuhren fort, und der Tod nickte wie ein Chinese zu allem, was gesagt wurde.

»Musik, Musik!«, schrie der Kaiser. »Du kleiner, herrlicher Goldvogel, singe doch, singe! Ich habe dir Gold und Kostbarkei-

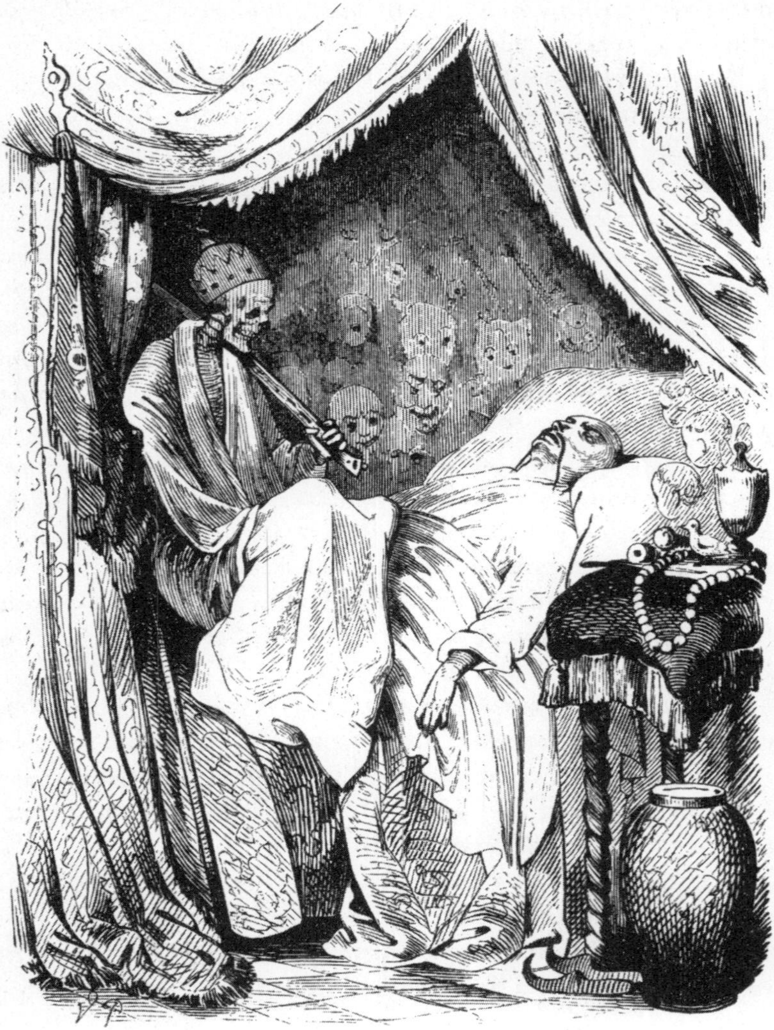

ten gegeben, ich habe dir selbst meinen goldenen Pantoffel um den Hals gehängt, singe doch, singe!«

Aber der Vogel stand stille, es war niemand da, um ihn aufzuziehen, und sonst sang er nicht; aber der Tod fuhr fort, den Kaiser mit seinen großen leeren Augenhöhlen anzustarren, und es war so stille, so schrecklich stille.

Da klang auf einmal vom Fenster her der herrlichste Gesang. Es war die kleine lebendige Nachtigall, welche auf dem Zweige draußen saß, sie hatte von der Not ihres Kaisers gehört und war deshalb gekommen, ihm Trost und Hoffnung zu singen; und sowie sie sang, wurden die Gespenster immer bleicher und bleicher, das Blut kam immer rascher und rascher in des Kaisers schwachen Gliedern in Bewegung, und selbst der Tod horchte und sagte: »Fahre fort, kleine Nachtigall! Fahre fort!«

»Ja, willst du mir den prächtigen goldenen Säbel geben? Willst du mir die reiche Fahne geben? Willst du mir des Kaisers Krone geben?«

Und der Tod gab jedes Kleinod für einen Gesang, und die Nachtigall fuhr noch fort zu singen, und sie sang von dem stillen Gottesacker, wo die weißen Rosen wachsen, wo der Flieder duftet und wo das frische Gras von den Tränen der Überlebenden befeuchtet wird. Da bekam der Tod Sehnsucht nach seinem Garten und schwebte wie ein kalter, weißer Nebel aus dem Fenster.

»Dank, Dank!«, sagte der Kaiser. »Du himmlischer kleiner Vogel, ich kenne dich wohl! Dich habe ich aus meinem Lande und Reiche gejagt, und doch hast du die bösen Gesichter von meinem Bette weggesungen und den Tod von meinem Herzen weggeschafft! Wie kann ich dir danken?«

»Du hast mich belohnt!«, sagte die Nachtigall. »Ich habe deinen Augen Tränen entlockt, als ich das erste Mal sang, das vergesse ich nie! Das sind die Juwelen, die ein Sängerherz erfreuen! Aber schlafe nun und werde frisch und stark, ich werde dir vorsingen!«

Und sie sang, und der Kaiser fiel in einen süßen Schlummer; ach, so mild und wohltuend war der Schlaf.

Die Sonne schien durch die Fenster zu ihm herein, als er gestärkt und gesund erwachte; keiner von seinen Dienern war noch zurückgekehrt, denn sie glaubten, er sei tot; aber die Nachtigall saß noch und sang.

»Immer musst du bei mir bleiben!«, sagte der Kaiser. »Du sollst nur singen, wenn du selbst willst, und den Kunstvogel schlage ich in tausend Stücke.«

»Tu das nicht!«, sagte die Nachtigall, »der hat ja das Gute getan, solange er konnte! Behalte ihn wie bisher. Ich kann nicht nisten und wohnen im Schlosse, aber lass mich kommen, wenn ich selbst Lust habe, da will ich des Abends auf dem Zweige dort beim Fenster sitzen und dir vorsingen, damit du froh werden könnest und gedankenvoll zugleich! Ich werde von den Glücklichen singen und von denen, die da leiden, ich werde vom Bösen und Guten singen, was rings um dich her dir verborgen bleibt! Der kleine Singvogel fliegt weit herum zu dem armen Fischer, zu des Landmanns Dach, zu jedem, der weit von dir und deinem Hofe entfernt ist. Ich liebe dein Herz mehr als deine Krone, und doch hat die Krone einen Duft von etwas Heiligem um sich. Ich komme, ich singe dir vor! Aber eins musst du mir versprechen.«

»Alles!«, sagte der Kaiser und stand da in seiner kaiserlichen Tracht, die er selbst angelegt hatte, und drückte den Säbel, welcher schwer von Gold war, an sein Herz.

»Um eins bitte ich dich: Erzähle niemand, dass du einen kleinen Vogel hast, der dir alles sagt, dann wird es noch besser gehen!«

Und so flog die Nachtigall fort.

Die Diener kamen herein, um nach ihrem toten Kaiser zu sehen; – – ja, da standen sie, und der Kaiser sagte: »Guten Morgen!«

Das hässliche junge Entlein

Es war so herrlich draußen auf dem Lande; es war Sommer und das Korn stand gelb, der Hafer grün, das Heu war unten auf den grünen Wiesen in Schobern aufgesetzt, und da ging der Storch auf seinen langen roten Beinen und plapperte ägyptisch, denn diese Sprache hatte er von seiner Mutter gelernt. Rings um den Acker und die Wiese waren große Wälder und mitten in den Wäldern tiefe Seen; ja, es war wirklich herrlich da draußen auf dem Lande! Mitten im Sonnenschein lag dort ein altes Rittergut, von

tiefen Kanälen umgeben, und von der großen Mauer herunter bis zum Wasser wuchsen große Klettenblätter, die so hoch waren, dass kleine Kinder unter den höchsten aufrecht stehen konnten; es war aber so wild darin wie im tiefsten Walde. Und hier saß eine Ente auf ihrem Neste, welche ihre Jungen ausbrüten musste, aber es wurde ihr fast zu langweilig, ehe die Jungen kamen, dazu bekam sie selten Besuch; die andern Enten schwammen lieber in den Kanälen umher, als dass sie hinauf liefen, sich unter ein Klettenblatt zu setzen und mit ihr zu schnattern.

Endlich barst ein Ei nach dem andern. »Piep, piep!«, sagte es, und alle Eidotter waren lebendig geworden und steckten den Kopf heraus.

»Rapp, rapp!«, sagte sie, und so rappelten sich alle, was sie konnten, und sahen nach allen Seiten unter die grünen Blätter, und die Mutter ließ sie sehen, soviel sie wollten, denn das Grüne ist gut für die Augen.

»Wie groß ist doch die Welt!«, sagten alle Jungen; denn nun hatten sie freilich ganz anders Platz, als wie sie noch drinnen im Ei lagen.

»Glaubt ihr, dass dies die ganze Welt sei?«, sagte die Mutter. »Die erstreckt sich noch weit über die andere Seite des Gartens, gerade hinein in des Pfarrers Feld, aber da bin ich noch nie gewesen! Ihr seid doch alle beisammen?«, fuhr sie fort, und so stand sie auf. »Nein, ich habe noch nicht alle, das größte Ei liegt noch da. Wie lange soll das noch währen! Jetzt bin ich es bald überdrüssig!« Und so setzte sie sich wieder.

»Nun, wie geht es?«, sagte eine alte Ente, welche gekommen war, um ihr einen Besuch abzustatten.

»Es währt so lange mit dem einen Ei!«, sagte die Ente, die dasaß, »es will nicht entzweigehen; doch blicke nur auf die andern hin, sind sie nicht die niedlichsten Entlein, die man je gesehen hat? Sie gleichen ihrem Vater; der Bösewicht kommt nicht, mich zu besuchen.«

»Lass mich das Ei sehen, welches nicht bersten will!«, sagte die Alte.

»Glaube mir, es ist ein Kalekutenei; ich bin auch einmal so angeführt worden und hatte meine große Sorge und Not mit den Jungen, denn ihnen ist bange vor dem Wasser. Ich konnte sie nicht hinausbekommen; ich rappte und schnappte, aber es half nichts. Lass mich das Ei sehen! Ja, das ist ein Kalekutenei, lass du das liegen und lehre lieber die andern Kinder schwimmen.«

»Ich will doch noch ein bisschen darauf sitzen«, sagte die Ente; »habe ich nun so lange gesessen, so kann ich auch noch einige Zeit sitzen.«

»Nach Belieben«, sagte die alte Ente und ging von dannen.

Endlich barst das große Ei. »Piep, piep!«, sagte das Junge und kroch heraus; es war so groß und hässlich. Die Ente betrachtete es. »Das ist ein gewaltig großes Entlein«, sagte sie; »keines von den andern sieht so aus; sollte es doch wohl ein kalekutisches Küklein sein? Nun, wir wollen bald dahinter kommen; in das Wasser muss es, ob ich es auch selbst hineinstoßen soll.«

Am nächsten Tage war schönes, herrliches Wetter; die Sonne schien auf all die grünen Kletten. Die Entleinmutter ging mit ihrer ganzen Familie zum Kanale hinunter; patsch! da sprang sie in das Wasser. »Rapp! Rapp!«, sagte sie, und ein Entlein nach dem andern plumpste hinein; das Wasser schlug ihnen über dem Kopf zusammen, aber sie kamen gleich wieder empor und schwammen so prächtig; die Beine gingen von selbst, und alle waren sie darin, selbst das hässliche graue Junge schwamm mit.

»Nein, es ist kein Kalekut«, sagte sie; »sieh, wie herrlich es die Beine gebraucht, wie gerade es sich hält, es ist mein eigenes Kind. Im Grunde ist es doch ganz hübsch, wenn man es nur recht betrachtet. Rapp, rapp! – Kommt nur mit mir, ich werde euch in die große Welt führen, euch im Entenhofe präsentieren, aber haltet euch immer nahe zu mir, damit niemand auf euch trete, und nehmt euch vor den Katzen in Acht!«

Und so kamen sie zum Entenhofe hinein. Da drinnen war ein schreckliches Lärmen, denn da waren zwei Familien, die sich um einen Aalkopf bissen, und am Ende bekam ihn doch die Katze.

»Seht, so geht es in der Welt zu!«, sagte die Entleinmutter und wetzte ihren Schnabel, denn sie wollte auch den Aalkopf haben. »Braucht nun die Beine!«, sagte sie. »Seht, dass ihr euch rappeln könnt, und neigt euern Hals vor der alten Ente dort; sie ist die vornehmste von allen hier; sie ist aus spanischem Geblüt, deshalb ist sie so dick; und seht ihr, sie hat einen roten Lappen um das Bein; das ist etwas außerordentlich Schönes und die größte Auszeichnung, welche einer Ente zuteil werden kann; das bedeutet so viel, dass man sie nicht verlieren will, und dass sie von Tier und Menschen erkannt werden soll! Rappelt euch! Setzt die Füße nicht einwärts, ein wohlerzogenes Entlein setzt die Füße weit voneinander, gerade wie Vater und Mutter. Seht, so! Nun neigt euern Hals und sagt: ›Rapp‹.«

Und das taten sie; aber die andern Enten ringsumher betrachteten sie und sagten ganz laut: »Sieh da! Nun sollen wir noch den Anhang haben, als ob wir nicht so schon genug wären, und pfui! wie das eine Entlein aussieht, das wollen wir nicht dulden!« Und sogleich flog eine Ente hin und biss es in den Nacken.

»Lass es in Ruhe!«, sagte die Mutter. »Es tut ja niemand etwas.«

»Ja, aber es ist so groß und ungewöhnlich«, sagte die beißende Ente, »und deshalb muss es gepufft werden.«

»Es sind hübsche Kinder, welche die Mutter hat«, sagte die alte Ente mit dem Lappen um das Bein. »Alle zusammen schön, bis auf das eine, das ist nicht geglückt; ich wollte wünschen, dass sie es umarbeiten könnte.«

»Das geht nicht, Ihro Gnaden«, sagte die Entleinmutter, »es ist nicht hübsch, aber es hat ein gutes Gemüt und schwimmt so herrlich wie eins von den andern, ja, ich darf sagen, noch etwas besser; ich denke, es wird sich hübsch herauswachsen und mit der Zeit etwas kleiner werden, es hat zu lange in dem Ei gelegen und deshalb nicht die rechte Gestalt bekommen!« Und so zupfte sie es im Nacken und glättete das Gefieder. »Es ist überdies ein Enterich«, sagte sie, »und darum macht es nicht so viel aus. Ich denke, er wird gute Kräfte bekommen, er schlägt sich schon durch.«

»Die andern Entlein sind niedlich«, sagte die Alte; »tut nun, als ob ihr zu Hause wäret, und findet ihr einen Aalkopf, so könnt ihr mir ihn bringen.«

Und so waren sie wie zu Hause.

Aber das arme Entlein, welches zuletzt aus dem Ei gekrochen war und so hässlich aussah, wurde gebissen, gestoßen und zum Besten gehalten, und das sowohl von den Enten wie von den Hühnern. »Es ist zu groß«, sagten sie allesamt, und der kalkutische Hahn, welcher mit Sporen zur Welt gekommen war und deshalb glaubte, dass er Kaiser sei, blies sich wie ein Fahrzeug mit vollen Segeln auf, ging gerade auf das Entlein los, und dann kollerte er und wurde ganz rot am Kopfe. Das arme Entlein wusste weder, wo es gehen noch stehen sollte; es war so betrübt, weil es so hässlich aussah und vom ganzen Entenhof verspottet wurde.

So ging es den ersten Tag, und später wurde es schlimmer und schlimmer. Das arme Entlein wurde von allen gejagt, selbst seine Geschwister waren so böse gegen dasselbe und sagten immer: »Wenn die Katze dich nur fangen möchte, du hässliches Geschöpf!« Und die Mutter sagte: »Wenn du nur weit fort wärest!« Und die Enten bissen es, und die Hühner schlugen es, und das Mädchen, welches die Tiere füttern sollte, stieß mit dem Fuße danach.

Da lief und flog es über die Gehege; die kleinen Vögel in den Gebüschen flogen erschrocken auf. »Das geschieht, weil ich so hässlich bin!«, dachte das Entlein und schloss die Augen, lief aber gleichwohl weiter; so kam es hinaus zu dem großen Moor, wo die wilden Enten wohnten. Hier lag es die ganze Nacht, es war so müde und kummervoll.

Am Morgen flogen die wilden Enten auf, und sie betrachteten den neuen Kameraden. »Was bist du für einer?«, fragten sie, und das Entlein wendete sich nach allen Seiten und grüßte, so gut es eben konnte.

»Du bist außerordentlich hässlich!«, sagten die wilden Enten; »aber das kann uns gleich sein, wenn du dich nur nicht in unsere Familie hineinheiratest.« Das Arme, es dachte wahrlich nicht daran, sich zu verheiraten, wenn es nur die Erlaubnis hatte, im Schilfe zu liegen und etwas Moorwasser zu trinken.

So lag es ganze zwei Tage, da kamen zwei wilde Gänse, oder richtiger, wilde Gänseriche dorthin, denn es waren zwei Hähne;

es war noch nicht lange her, dass sie aus dem Ei gekrochen waren, und deshalb waren sie auch so keck.

»Höre, Kamerad«, sagten sie. »Du bist so hässlich, dass ich dich gut leiden mag; willst du mitziehen und Zugvogel sein? Hier nahebei in einem andern Moore gibt es einige liebliche wilde Gänse, alle zusammen Fräuleins, die da ›Rapp!‹ sagen können. Du bist imstande, dein Glück zu machen, so hässlich du auch bist!«

»Piff, paff!«, ertönte es zugleich, und beide wilden Gänse fielen tot in das Schilf nieder, und das Wasser wurde blutrot. »Piff, paff!«, erscholl es wieder, und ganze Scharen wilder Gänse flogen aus dem Schilfe auf, und dann knallte es wieder. Es war große Jagd; die Jäger lagen rings um das Moor herum, ja, einige saßen oben in den Baumzweigen, welche sich weit über das Schilf hinstreckten; der blaue Dampf zog gleich Wolken in die dunklen Bäume hinein und ging weit über das Wasser hin; zum Moore kamen die Jagdhunde: patsch! patsch! – das Schilf und das Rohr neigten sich nach allen Seiten. Das war ein Schreck für das arme Entlein; es wendete den Kopf, um ihn unter den Flügel zu stecken, und im selben Augenblick stand ein fürchterlich großer Hund dicht bei dem Entlein, die Zunge hing ihm lang aus dem Halse heraus, und die Augen leuchteten gräulich hässlich; er streckte seinen Rachen dem Entlein gerade entgegen, zeigte ihm die scharfen Zähne – und platsch! platsch! ging er wieder, ohne es zu packen.

»Oh Gott sei Dank!«, seufzte das Entlein, »ich bin so hässlich, dass mich selbst der Hund nicht beißen mag!«

So lag es ganz stille, während der Hagel durch das Schilf sauste und Schuss auf Schuss knallte.

Erst spät am Tage wurde es stille, aber das arme Junge wagte noch nicht, sich zu erheben; es wartete noch mehrere Stunden, bevor es sich umsah, und dann eilte es fort aus dem Moore, so schnell es konnte; es lief über Feld und Wiese, und es war ein Sturm, dass es ihm schwer wurde, von der Stelle zu kommen.

Gegen Abend erreichte es eine kleine Bauernhütte; die war so baufällig, dass sie selbst nicht wusste, nach welcher Seite sie fallen wollte, und darum blieb sie stehen. Der Sturm umjaulte das Entlein so, dass es sich niederlegen musste, um sich dagegenzustemmen; und es wurde schlimmer und schlimmer; da bemerkte es, dass die Tür aus der einen Angel gegangen war und so schief hing, dass es durch die Öffnung in die Stube hineinschlüpfen konnte, und das tat es.

Hier wohnte eine alte Frau mit ihrer Katze und ihrem Huhne, und die Katze, welche sie Söhnchen nannte, konnte einen Buckel machen und spinnen, sie sprühte sogar Funken, aber dann musste man sie gegen die Haare streicheln. Das Huhn hatte ganz kleine niedrige Beine, und deshalb wurde es Küchelchen-Kurzbein genannt; es legte gute Eier, und die Frau liebte es wie ihr eigenes Kind.

Am Morgen bemerkte man sogleich das fremde Entlein, und die Katze fing an zu spinnen und das Huhn zu glucken.

»Was ist das?«, sagte die Frau und sah sich rings um, aber sie sah nicht gut, und so glaubte sie, dass das Entlein eine fette Ente sei, die sich verirrt habe. »Das ist ja ein seltener Fang!«, sagte sie. »Nun kann ich Enteneier bekommen. Wenn es nur kein Enterich ist! Das müssen wir erproben.«

Und so wurde das Entlein für drei Wochen auf Probe angenommen, aber da kamen keine Eier. Und die Katze war Herr im Hause, und das Huhn war die Dame, und immer sagten sie: »Wir und die Welt!«, denn sie glaubten, dass sie die Hälfte seien, und zwar der allerbeste Teil. Das Entlein glaubte, dass man auch eine Meinung haben könne, aber das litt das Huhn nicht.

»Kannst du Eier legen?«, fragte es.

»Nein!«

»So wirst du deinen Mund halten!«

Und die Katze sagte: »Kannst du einen krummen Buckel machen, spinnen und Funken sprühen?«

»Nein!«

»So darfst du auch keine Meinung haben, wenn vernünftige Leute sprechen!«

Und das Entlein saß im Winkel und war bei schlechter Laune; da fiel es ihm ein, an die frische Luft und an den Sonnenschein zu denken; es bekam solche sonderbare Lust, auf dem Wasser zu schwimmen, dass es nicht unterlassen konnte, dies der Henne zu sagen.

»Was fehlt dir?«, fragte sie. »Du hast nichts zu tun, deshalb bekommst du die Grillen! Lege Eier oder spinne, so gehen sie vorüber.«

»Aber es ist so schön, auf dem Wasser zu schwimmen«, sagte das Entlein, »so herrlich, es über dem Kopfe zusammenschlagen zu lassen und auf den Grund niederzutauchen!«

»Ja, das ist ein großes Vergnügen!«, sagte die Henne, »du bist wohl verrückt geworden! Frage die Katze danach, sie ist die Klügste, die ich kenne, ob sie es liebt, auf dem Wasser zu schwimmen oder unterzutauchen? – ich will nicht von mir sprechen. Frage selbst unsere Herrschaft, die alte Frau, klüger als sie ist niemand auf der Welt! Glaubst du, dass sie Lust hat zu schwimmen und das Wasser über dem Kopf zusammenschlagen zu lassen?«

»Ihr versteht mich nicht!«, sagte das Entlein.

»Wir verstehen dich nicht? Wer soll dich denn verstehen können! Du wirst doch wohl nicht klüger sein wollen als die Katze und die Frau, mich will ich nicht erwähnen! Bilde dir nichts ein, Kind, und danke deinem Schöpfer für all das Gute, das man dir erwiesen hat! Bist du nicht in eine warme Stube gekommen und hast einen Umgang, von dem du etwas lernen kannst? Aber du bist ein Schwätzer, und es ist nicht erfreulich mit dir umzugehen! Mir kannst du glauben, ich meine es gut mit dir, ich sage dir Unannehmlichkeiten, und daran kann man seine wahren Freunde erkennen! Sieh nun zu, dass du Eier legen kannst oder spinnen und Funken sprühen lernst!«

»Ich glaube, ich gehe hinaus in die weite Welt!«, sagte das Entlein.

»Ja, tu das!«, sagte das Huhn.

Und so ging das Entlein; es schwamm auf dem Wasser, es tauchte unter, aber von allen Tieren wurde es wegen seiner Hässlichkeit übersehen.

Nun trat der Herbst ein, die Blätter im Walde wurden gelb und braun, der Wind riss sie ab, sodass sie umhertanzten, und oben in der Luft war es sehr kalt; die Wolken hingen schwer von Hagel und Schneeflocken, und auf dem Zaun stand der Rabe und schrie: »Au! Au!« vor lauter Kälte; ja man konnte ordentlich frieren, wenn man daran dachte.

Das arme Entlein hatte es wahrlich nicht gut. Eines Abends, als die Sonne schön unterging, kam ein ganzer Schwarm herrlicher großer Vögel aus dem Busche; das Entlein hatte solche nie so schön gesehen. Sie waren ganz blendend weiß, mit langen, geschmeidigen Hälsen; es waren Schwäne. Sie stießen einen ganz eigentümlichen Ton aus, breiteten ihre prächtigen, langen Flügel aus und flogen von der kalten Gegend fort nach wärmeren Ländern, nach offenen Seen. Sie stiegen so hoch, so hoch, und dem hässlichen, kleinen Entlein wurde so sonderbar zumute; es drehte sich im Wasser wie ein Rad rundherum, streckte den Hals hoch in die Luft nach ihnen aus und stieß einen so lauten, sonderbaren Schrei aus, dass es sich selbst davor fürchtete. Oh, es konnte die schönen, die glücklichen Vögel nicht vergessen, und sobald es sie nicht mehr erblickte, tauchte es gerade bis auf den Grund, und als es wieder heraufkam, war es gerade wie außer sich. Es wusste nicht, wie die Vögel hießen, nicht, wohin sie flogen, aber doch war es ihnen gut, wie es nie jemandem gewesen war. Es beneidete sie durchaus nicht, wie konnte es ihm einfallen, sich solche Lieblichkeit zu wünschen! Es wäre schon froh gewesen, wenn die Enten es unter sich geduldet hätten – das arme, hässliche Tier!

Und der Winter wurde so kalt, so kalt; das Entlein musste im Wasser herumschwimmen, um das völlige Zufrieren desselben zu verhindern; aber in der Nacht wurde das Loch, worin es schwamm, kleiner und kleiner; es fror, sodass es in der Eisdecke knackte; das Entlein musste fortwährend die Beine gebrauchen, damit das Wasser sich nicht schloss; zuletzt wurde es matt, lag ganz still und fror so im Eise fest.

Des Morgens früh kam ein Landmann, der dies sah, ging hinaus und schlug mit seinem Holzschuh das Eis in Stücke und trug das Entlein heim zu seiner Frau. Da wurde es wiederbelebt.

Die Kinder wollten mit dem Entlein spielen, aber das glaubte, sie wollten ihm etwas zuleide tun, und fuhr in der Angst gerade in den Milchnapf hinein, sodass die Milch in die Stube hinausspritzte; die Frau schrie, schlug die Hände zusammen, worauf es in das Butterfass, dann hinunter in die Mehltonne und dann wieder aufflog. Na, wie sah es da aus! Die Frau schrie und schlug mit der Feuerzange danach, die Kinder rannten einander über den Haufen, um das Entlein zu fangen; sie lachten und schrien! Gut war es, dass die Tür aufstand und es zwischen die Reiser in den frischgefallenen Schnee schlüpfen konnte; da lag es, ganz ermattet.

Aber all die Not und das Elend, welche das Entlein in dem harten Winter erdulden musste, zu erzählen, würde zu trübe sein. Es lag im Moore zwischen dem Rohre, als die Sonne wieder warm zu scheinen begann; die Lerchen sangen, es war herrlicher Frühling.

Da konnte auf einmal das Entlein seine Flügel schwingen, sie brausten stärker als früher und trugen es kräftig davon; und ehe es sich recht versah, befand es sich in einem großen Garten, wo die Apfelbäume in Blüte standen, wo der Flieder duftete und seine langen, grünen Zweige gerade bis zu den gekrümmten Kanälen hinunter neigte.

Oh, hier war es so schön, so frühlingsfrisch! Gerade vorn aus dem Dickicht kamen drei prächtige Schwäne; sie brausten mit den Federn und schwammen so leicht auf dem Wasser. Das Entlein kannte die prächtigen Tiere und wurde von einer eigentümlichen Traurigkeit befangen.

»Ich will zu ihnen hinfliegen, zu den königlichen Vögeln, und sie werden mich totschlagen, weil ich, da ich so hässlich bin, mich ihnen zu nähern wage; aber das ist gleichviel! Besser von ihnen getötet, als von den Enten gezwackt, von den Hühnern geschlagen, von dem Mädchen, welches den Hühnerhof hütet, gestoßen zu werden und im Winter Mangel zu leiden!« Und es flog hinaus in das Wasser und schwamm den prächtigen Schwänen entgegen; diese erblickten es und schossen mit brausenden Federn auf das Entlein los. »Tötet mich nur!«, sagte das arme Tier und neigte den Kopf der Wasserfläche zu und erwartete den Tod. Aber was erblickte es in dem klaren Wasser? Es sah sein eigenes Bild unter sich, das kein plumper, schwarzgrauer Vogel mehr, hässlich und garstig, sondern selbst ein Schwan war.

Es schadet nichts, in einem Entenhofe geboren zu sein, wenn man nur in einem Schwanenei gelegen hat!

Es fühlte sich ordentlich erfreut über all die Not und die Drangsal, welche es erduldet hatte; nun erkannte es erst recht sein Glück an all der Herrlichkeit, die es begrüßte. Und die großen Schwäne umschwammen es und streichelten es mit dem Schnabel.

Im Garten kamen da einige kleine Kinder, die warfen Brot und Korn in das Wasser, und das kleinste rief: »Da ist ein Neuer!«, und die andern Kinder jubelten mit. »Ja, es ist ein Neuer angekommen!«, und sie klatschten mit den Händen und tanzten umher, liefen zu dem Vater und zu der Mutter, und es wurde Brot und Kuchen in das Wasser geworfen, und sie sagten alle: »Der Neue ist der Schönste, so jung und so prächtig!« Und die alten Schwäne neigten sich vor ihm.

Da fühlte es sich so beschämt und steckte den Kopf unter seine Flügel; er wusste selbst nicht, was er beginnen sollte, er war allzu glücklich, aber durchaus nicht stolz. Er dachte daran, wie er verfolgt und verhöhnt worden war, und hörte nun alle sagen, dass er der Schönste aller schönen Vögel sei; selbst der Flieder bog sich mit den Zweigen gerade zu ihm in das Wasser hinunter, und die Sonne schien so warm und mild. Da brausten seine Federn, der schlanke Hals hob sich, und aus vollem Herzen jubelte er: »So viel Glück habe ich mir nicht träumen lassen, als ich noch das hässliche Entlein war!«

Der Buchweizen

Häufig, wenn man nach einem Gewitter an einem Acker vorübergeht, auf dem Buchweizen wächst, sieht man, dass er ganz schwarz geworden und abgesengt ist; es ist gerade, als ob eine Feuerflamme über ihn hingefahren wäre, und der Landmann fragt dann: »Das hat er vom Blitze bekommen!« Aber weshalb bekam er das? Ich werde erzählen, was der Sperling mir gesagt hat, und der Sperling hat es von einem alten Weidenbaume gehört, welcher bei einem Buchweizenfelde stand und noch steht. Es ist ein so ehrwürdiger großer Weidenbaum, aber verkrüppelt und alt, er ist mitten durchgeborsten, und es wachsen Gras und Brombeerranken aus der Spalte hervor; der Baum neigt sich vornüber, und die Zweige hängen ganz auf die Erde hinunter, gerade als ob sie ein langes, grünes Haar bildeten.

Auf allen Feldern ringsumher wuchs Korn, sowohl Roggen und Gerste wie Hafer, ja der herrliche Hafer, der da, wenn er reif ist, gerade wie eine Menge kleiner gelber Kanarienvögel auf einem Zweige aussieht. Das Korn stand so gesegnet, und je schwerer es war, desto tiefer neigte es sich in frommer Demut.

Aber da war auch ein Feld mit Buchweizen, und dieses Feld war dem alten Weidenbaume gerade gegenüber. Der Buchweizen neigte sich durchaus nicht wie das übrige Korn, sondern prangte stolz und steif.

»Ich bin wohl so reich wie die Ähre«, sagte er; »überdem bin ich weit hübscher; meine Blumen sind schön wie die Blüten des Apfelbaumes, es ist eine Freude, auf mich und die Meinigen zu blicken! Kennst du etwas Prächtigeres als uns, du alter Weidenbaum?«

Der Weidenbaum nickte mit dem Kopfe, gerade als ob er damit sagen wollte: »Ja, das tue ich freilich!« Aber der Buchweizen spreizte sich aus lauter Hochmut und sagte: »Der dumme Baum, er ist so alt, dass ihm Gras im Leibe wächst!«

Nun zog ein schrecklich böses Wetter auf; alle Feldblumen falteten ihre Blätter zusammen oder neigten ihre kleinen Köpfe herab, während der Sturm über sie dahinfuhr; aber der Buchweizen prangte in seinem Stolze.

»Neige dein Haupt wie wir«, sagten die Blumen.

»Das brauche ich durchaus nicht!«, erwiderte der Buchweizen.

»Senke dein Haupt wie wir«, rief das Korn. »Nun kommt der Engel des Sturmes geflogen! Er hat Schwingen, die reichen oben von den Wolken bis gerade herunter zur Erde, und er schlägt dich mittendurch, bevor du bitten kannst, er möge dir gnädig sein!«

»Ja, aber ich will mich nicht beugen!«, sagte der Buchweizen.

»Schließe deine Blumen und neige deine Blätter!«, sagte der alte Weidenbaum. »Sieh nicht zum Blitze empor, wenn die Wolke birst; selbst die Menschen dürfen das nicht, denn im Blitz kann man in Gottes Himmel hineinsehen; und dieser Anblick kann

selbst die Menschen blenden. Was würde aber erst uns, den Gewächsen der Erde, geschehen, wenn wir es wagten, wir, welche doch weit geringer sind!«

»Weit geringer?«, sagte der Buchweizen. »Nun will ich gerade in Gottes Himmel hineinsehen!« Und er tat es in seinem Übermut und Stolz. Es war, als ob die ganze Welt in Flammen stände, so blitzte es.

Als das böse Wetter vorbei war, standen die Blumen und das Korn in der stillen, reinen Luft erfrischt vom Regen; aber der Buchweizen war, vom Blitze getroffen, kohlschwarz gebrannt; er war nun ein totes Unkraut auf dem Felde.

Und der alte Weidenbaum bewegte seine Zweige im Winde, und es fielen große Wassertropfen von den grünen Blättern, gerade als ob der Baum weine, und die Sperlinge fragten: »Weshalb weinst du? Hier ist es ja so gesegnet! Sieh, wie die Sonne scheint, sieh, wie die Wolken ziehen! Kannst du den Duft von Blumen und Büschen bemerken? Weshalb weinst du, alter Weidenbaum?«

Und der alte Weidenbaum erzählte vom Stolze des Buchweizens, von seinem Übermute und von der Strafe, die immer darauf folgt. Ich, der ich die Geschichte erzählte, habe sie von den Sperlingen gehört. Sie erzählten sie mir eines Abends, als ich sie um ein Märchen bat.

Das Liebespaar

Ein Kreisel und ein Ball lagen im Kasten beisammen unter anderem Spielzeug, und da sagte der Kreisel zum Ball: »Wollen wir nicht Brautleute sein, da wir doch in dem Kasten zusammen liegen?« Aber der Ball, welcher von Saffian genäht war, und der sich so viel einbildete als ein feines Fräulein, wollte auf dergleichen nicht antworten.

Am nächsten Tag kam der kleine Knabe, dem das Spielzeug gehörte; er bemalte den Kreisel rot und gelb und schlug einen Messingnagel mitten hinein; dies sah gerade recht prächtig aus, wenn der Kreisel sich herumdrehte.

»Sehen Sie mich an!«, sagte er zum Ball. »Was sagen Sie nun? Wollen wir nun nicht Brautleute sein, wir passen so gut zueinander. Sie springen, und ich tanze! Glücklicher als wir beide würde niemand werden können.«

»So, glauben Sie das?«, sagte der Ball. »Sie wissen wohl nicht, dass mein Vater und meine Mutter Saffianpantoffeln gewesen sind, und dass ich einen Kork im Leibe habe!«

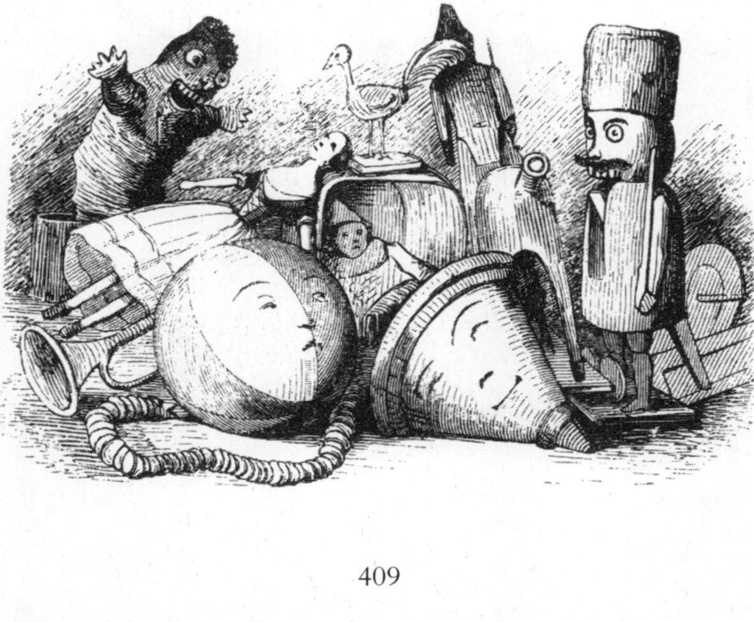

»Ja, aber ich bin von Mahagoniholz«, sagte der Kreisel, »und der Stadtrichter hat mich selbst gedrechselt; er hat seine eigene Drechselbank, und es hat ihm viel Vergnügen gemacht.«

»Kann ich mich darauf verlassen?«, fragte der Ball.

»Möge ich niemals Peitsche bekommen, wenn ich lüge«, erwiderte der Kreisel.

»Sie wissen gut für sich zu sprechen«, sagte der Ball, »aber ich kann doch nicht, ich bin mit einer Schwalbe so gut wie versprochen! Jedes Mal, wenn ich in die Luft fliege, steckt sie den Kopf zum Neste heraus und fragt: ›Wollen Sie?‹, und nun habe ich innerlich ja gesagt, und das ist so gut wie eine halbe Verlobung. Aber ich verspreche Ihnen, Sie nie zu vergessen!«

»Ja, das wird viel helfen!«, sagte der Kreisel, und so sprachen sie nicht mehr miteinander.

Am nächsten Tag wurde der Ball von dem Knaben vorgenommen. Der Kreisel sah, wie er hoch in die Luft flog, gleich einem Vogel, zuletzt konnte man ihn gar nicht mehr erblicken; jedes Mal kam er wieder zurück, machte aber immer einen hohen Sprung, wenn er die Erde berührte, und das geschah entweder aus Sehnsucht, oder weil er einen Kork im Leibe hatte. Das neunte Mal aber blieb der Ball fort und kam nicht mehr wieder, und der Knabe suchte und suchte, aber weg war er.

»Ich weiß wohl, wo er ist«, seufzte der Kreisel; »er ist im Schwalbennest und hat sich mit der Schwalbe verheiratet!«

Je mehr der Kreisel daran dachte, um so mehr wurde er für den Ball eingenommen; gerade weil er ihn nicht bekommen konnte, darum nahm die Liebe zu; dass er einen andern genommen hatte, war das Eigentümliche dabei; und der Kreisel tanzte herum und schnurrte, dachte aber immer an den Ball, welcher in seinen Gedanken immer schöner und schöner wurde. So verstrich manches Jahr – und da war es eine alte Liebe!

Und der Kreisel war nicht mehr jung –! Aber da wurde er eines Tages ganz und gar vergoldet, nie hatte er so schön ausgesehen; er war nun ein Goldkreisel und sprang, dass es schnurrte. Ja, das war doch noch etwas; aber auf einmal sprang er zu hoch und – weg war er!

Man suchte und suchte, selbst unten im Keller, doch er war nicht zu finden.

– Wo war er?

Er war in den Müllkasten gesprungen, wo da allerlei, Kohlstrünke, Müll und Schutt, lag, welches von der Dachrinne heruntergefallen war.

»Nun liege ich freilich gut! Hier wird die Vergoldung von mir verschwinden; ach, unter welchen Unrat bin ich hier geraten!« Dann schielte er nach einem langen Kohlstrunk, welcher allzu kurz abgestreift war, und nach einem sonderbaren, runden Ding, welches wie ein alter Apfel aussah; aber es war kein Apfel, es war ein alter Ball, welcher viele Jahre in der Dachrinne gelegen und den das Wasser durchdrungen hatte.

»Gott sei Dank, da kommt doch einer unsersgleichen, mit dem man sprechen kann!«, sagte der Ball und betrachtete den vergoldeten Kreisel. »Ich bin eigentlich von Saffian, von Jungfrauenhänden genäht und habe einen Kork im Leibe, aber das wird mir wohl niemand ansehen! Ich war nahe daran, mich mit einer Schwalbe zu verheiraten, aber da fiel ich in die Dachrinne, und dort habe ich wohl fünf Jahre gelegen und bin ausgequollen! Glauben Sie mir, dass ist eine lange Zeit für ein junges Mädchen!«

Aber der Kreisel sagte nichts, er dachte an sein altes Liebchen, und je mehr er hörte, desto klarer wurde es ihm, dass sie es war.

Da kam das Dienstmädchen und wollte den Kasten umwenden. »Heisa, da ist der Goldkreisel!«, sagte sie.

Und der Kreisel kam wieder zu seinem großen Ansehen und zu Ehre, aber von dem Balle hörte man nichts, und der Kreisel sprach nie mehr von seiner alten Liebe; die vergeht, wenn die Geliebte fünf Jahre lang in einer Wasserrinne gelegen hat und ausgequollen ist, ja man erkennt sie nicht wieder, wenn man ihr im Müllkasten begegnet.

Kurzbiografien der Autoren dieses Buches

Kurzbiografie der Gebrüder Grimm

Jacob (* 4. Januar 1785 in Hanau, † 20. September 1863 in Berlin) und Wilhelm Grimm (* 24. Februar 1786 in Hanau, † 16. Dezember 1859 in Berlin), besser bekannt als *Gebrüder Grimm* wuchsen in einer kinderreichen Familie in Hanau auf. Dank ihrer Mutter, die ihre beiden ältesten Söhne 1798 nach Kassel zu ihrer Tante schickte, um ihnen dort eine angemessene Schulbildung für eine vielversprechende Laufbahn als Juristen zu ermöglichen, konnten sowohl Jacob als auch Wilhelm Grimm im Anschluss an ihre Schulzeit das Studium der Rechtswissenschaften aufnehmen.

Bereits während ihrer Studienzeit weckte Friedrich Carl von Savigny, einer ihrer Hochschullehrer, ihr Interesse an der Sprache und Literatur. Nach ihrem Studienabschluss 1806 führten die Gebrüder ein sehr zurückgezogenes Leben und widmeten sich nahezu ausschließlich dem Verfassen der uns bekannten Sammlung von Märchen und Sagen – einem ihrer Hauptwerke. Diese Märchen entstammten nicht, wie man vermuten könnte, ihrer Fantasie, sondern wurden mündlich überliefert und von ihnen gesammelt und zusammengetragen. Als eine ihrer bedeutsamsten Quellen gelten die Märchen, die ihnen Dorothea Viehmann erzählte.

Weihnachten 1812 erschien der erste Band der *Kinder- und Hausmärchen*, der zweite folgte nur drei Jahre später und im Jahr 1819 wurde eine stark erweiterte und überarbeitete Neuauflage des ersten Bandes publiziert. Die Anmerkungen zu den Märchen beider Bände erschien 1822 als dritter Band.

Dank ihrer zahlreichen Publikationen hatten die Gebrüder Grimm bis ins zweite Jahrzehnt des 19. Jahrhunderts eine herausragende Stellung in der damaligen Gesellschaft inne. Ihre Forschungen wurden 1819 von der Universität Marburg sogar mit der Ehrendoktorwürde honoriert.

Zu den bekanntesten Grimmschen Märchen zählen unter anderem *Der Froschkönig oder Der eiserne Heinrich*, *Schneewittchen* und *Dornröschen*.

Kurzbiografie von Ludwig Bechstein

Ludwig Bechstein (* 24. November 1801 in Weimar, † 14. Mai 1860 in Meiningen) kam als unehelicher Sohn von Johanna Carolina Dorothea Bechstein und Louis Dupontreau in Weimar zur Welt.

Dank seines Onkels, der ihm den Schulbesuch ermöglichte, konnte sich Bechstein nach einer 1818 begonnenen Apothekerlehre seinen eigentlichen künstlerisch-sprachlichen Neigungen widmen und die Fächer Philosophie, Geschichte und Literatur in Leipzig und München studieren.

1831 avancierte er zum herzoglichen Kabinettsbibliothekar in Meiningen, 1840 war er als Hofrat tätig und wurde 1848 zum Archivar des hennebergischen Gesamtarchivs ernannt.

Zu Bechsteins bekanntesten Märchen seiner Sammlungen (Bechsteins Märchen) zählen *Des kleinen Hirten Glückstraum* oder *Das Märchen von den Siebenmeilenstiefeln* und *Tischlein deck dich, Esel streck dich, Knüppel aus dem Sack.*

Darüber hinaus verfasste er patriotisch gefärbte Lyrik sowie historische Erzählungen.

Kurzbiografie von Hans Christian Andersen

Hans Christian Andersen (* 2. April 1805 in Odense, † 4. August 1875 in Kopenhagen) ist Dänemarks namhaftester Dichter und Schriftsteller. Bereits im Alter von 14 Jahren bewarb er sich um eine Ausbildung zum Mimen am Königlichen Theater in Kopenhagen. In dieser Zeit entstanden zudem seine ersten Gedichte. Das Gedicht *Das sterbende Kind*, das er gegen Ende seiner Schulzeit niederschrieb, wurde als kleines Meisterwerk gewürdigt; darin betrachtet der Verfasser die Welt aus der kindlichen Perspektive – kennzeichnend für sein gesamtes literarisches Werk.

Berühmtheit erlangte Andersen durch seine zahlreichen Märchen, wie etwa *Die Prinzessin auf der Erbse*, die bereits um 1840 in unterschiedlichen deutschen Übersetzungen erschienen.

Andersens Märchen entstanden in enger Anlehnung an dänische, deutsche und griechische Sagen und spiegeln den Volksglauben und literarische Strömungen seiner Zeit wider. Sie gelten als die bedeutsamsten Kunstmärchen des Biedermeier.